Magic Charly

MAGIC CHARLY

Audrey ALWETT

Magic Charly

3 Justice soit faite !

Illustrations de
STAN MANOUKIAN

GALLIMARD JEUNESSE

« Porter un regard optimiste sur la vie est un effort,
une incessante nage à contre-courant, tandis que le pessimisme,
c'est le canoë qui file sur le fleuve, glisse sur l'eau sans effort. »
Coline Pierré, *Éloge des fins heureuses*

« La justice sans force est contredite parce qu'il y a toujours
des méchants. La force sans la justice est accusée. Il faut donc
mettre ensemble la justice et la force, et pour cela faire que
ce qui est juste soit fort ou que ce qui est fort soit juste. »
Pascal, *fragment Raisons des effets*

« La lumière croit voyager plus vite que tout,
mais elle se trompe. Elle aura beau foncer
le plus vite possible, elle verra toujours
que les ténèbres sont arrivées les premières
et qu'elles l'attendent. »
Terry Pratchett, *Le Faucheur*

Lac du Dour Louzet
Cimetière de la Petite Jeune Fille
Chemin Qui Va Là
Chemin des Poulpiquets
Saint-Fouettard
Rivière Louvoie
Route des Miliciens
CANAL CARPIEN
Rue des Ogres gastronomes
Rue Sisteron de Pourance
Pont-Chenille
Barrage de la Karpass
Pitchounette
Quartier de la Rose Subite
Rue des Quarante
Quartier des Premiers Sabbats
Quartier des Korrigans Pouilleux
Route des Joyeux Parapluies
Quartier des Petites Fées Modèles
Place du Cuir de Dragon
Place des Deux Algos
Rue du Fameux Capitaine
Place de l'Allégorie Courage
Allée Ysangrin Petit Boudin
Rue de l'Académie
Place de la Victoire 1927
Milicerie
Quartier des Cent Magisters
Jardins
Quartier Droit
Rue des Étoiles à Croquer
Route du Magister Lamproie
Place des Magisters
Académie de Magie
Quartier Abraxas
Route du Marquis les Trois Mouches
Boulevard Archibald Crépillon
Quartier En Octobre
THADAM

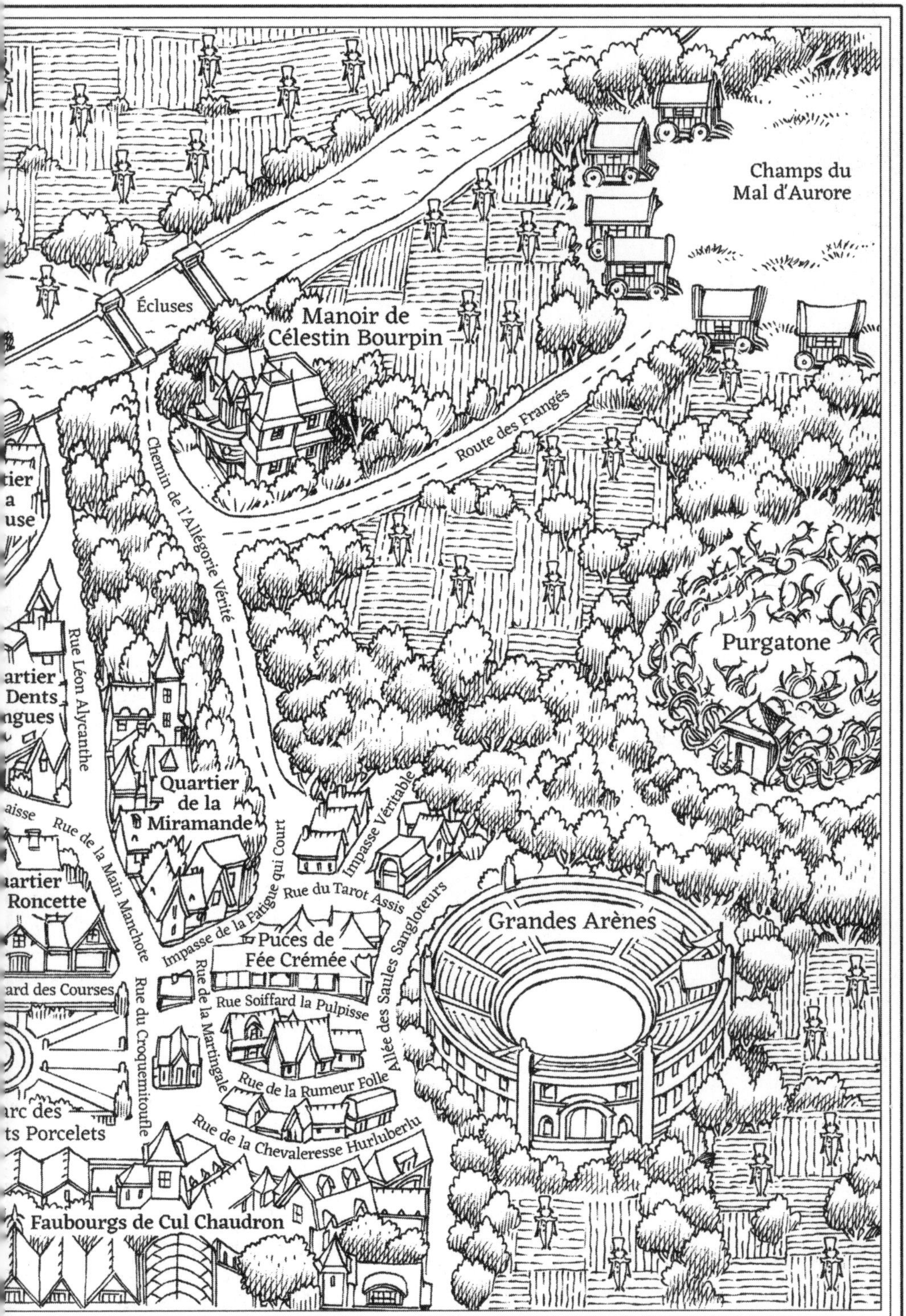

Champs du
Mal d'Aurore
Écluses
Manoir de
Célestin Bourpin
Route des Frangés
Chemin de l'Allégorie Vérité
tier
a
use
Purgatone
artier
Dents
ngues
Rue Léon Alycanthe
Quartier
de la
Miramande
aisse
Rue de la Main Manchote
Impasse Véritable
Impasse de la Fatigue qui Court
Rue du Tarot Assis
uartier
Roncette
Puces de
Fée Crémée
Allée des Saules Sangloteurs
Grandes Arènes
ard des Courses
Rue du Croquemitoufle
Rue de la Martingale
Rue Soiffard la Pulpisse
Rue de la Rumeur Folle
arc des
ts Porcelets
Rue de la Chevaleresse Hurluberlu
Faubourgs de Cul Chaudron

PROLOGUE

Six ans plus tôt
Souvenir appartenant à Sapotille Butternut

À huit ans, Sapotille a pleinement conscience de ne pas être la préférée de ses parents. Sa mère Ludmilla et son père Aragon ont des « Gothen-ci » et des « Gothen-ça » plein la bouche, toute la journée, en public et en privé.

C'est grâce à Gothen, si la famille Butternut a pu emménager dans le très convoité quartier des Petites Fées Modèles. La maison y est immense et donne l'impression que l'architecte n'a pas su où s'arrêter. Elle dispose d'un jardin tout géométrique où la nature marche au pas, avec des buis triangulaires et des carrés de fleurs. Dans la famille, personne n'a pris la peine de retenir le nom des employés – petits brevaillons sans importance – qui en gèrent l'entretien. Pourtant, le travail ne manque pas, car la magie fait pousser les plantes et Gothen consomme beaucoup, beaucoup de magie.

À l'écart de la maison se trouve une tour crénelée. Elle abrite la chambre et le laboratoire indépendant de Gothen, parce que, évidemment, c'est toujours pareil, il n'y en a que pour Gothen. Parfois, Sapotille en a plus qu'assez. Elle y songe, quand ses parents lui font la leçon.

– Ne nous fais pas honte, surtout, dit Ludmilla. Les Dendelion seront à la réception et il paraît que leur jeune Thibald lance déjà des sortilèges d'une stupéfiante rapidité.

– Il est plus vieux que moi ! s'offusque Sapotille. En plus, moi, je connais le Dictionnaire des sortilèges *par cœur !*

– Merveilleux, ironise Aragon, tu auras bientôt le niveau des affreux jojos de Saint-Fouettard ! Apprendre le dictionnaire, c'est bon pour les brevaillons. On ne te paye pas des cours de magie avec les meilleurs professeurs pour ça. À ton âge, Gothen présentait déjà son premier sortilège devant l'Académie. Résultat, il y est, lui, dans le dictionnaire ! Il était le plus jeune Élémenter de l'histoire et il ne s'est jamais préoccupé de l'apprendre.

– Mais merde à Gothen, à la fin ! Moi aussi, je deviendrai la plus jeune Élémentère !

– Sapotille ! crient de concert les parents.

Ils ne protestent pas davantage. Un tintement caractéristique s'approche en trottinant. C'est un petit cochon-tirelire en terre cuite.

– Ronch-ronch ! exige celui-ci.

– Tu connais la règle, déclare Ludmilla à sa fille. Tu as dit un gros mot, alors tu mets une trébuchante dans la cagnotte.

– Comme par hasard, c'est encore une invention de Gothen. râle Sapotille. Tout ça, parce que môssieur ne dit jamais de gros mots, lui !

– Ronch-ronch !

– Rien ne t'oblige toi-même à en prononcer ! En attendant, paie ton obole à Ronch-ronch. Il s'impatiente et va finir par te compter des intérêts.

En grommelant, Sapotille défait sa petite bourse de satin rose et glisse une pièce dans la fente du cochon. Tout guilleret, celui-ci repart en sautillant.

– Et puisque tu parles de ton frère, prends donc exemple sur lui. Sois à l'heure à ton cours de gestuelle.

Sapotille ne sait pas bien ce qui lui prend à ce moment-là. La jalousie, un coup de ras-le-bol ou la simple volonté de se prouver qu'elle a un peu de pouvoir. Elle s'exclame :

– Gothen n'est pas si parfait que ça, vous savez ! Dans son laboratoire, il fait des expériences d'ingénierie même pas déclarées à l'Académie, alors que c'est super illégal. Et il utilise des sortilèges qui ne sont pas dans le dictionnaire, et ça, je le sais parce que je l'ai appris PAR CŒUR, la preuve que ça sert !

Au silence qui glace tout dans la pièce, encore pire que du givre, Sapotille comprend qu'elle a dit quelque chose de grave.

– Tes accusations sont terribles, souffle son père d'une voix basse. Est-ce que tu es sûre de ce que tu viens de nous apprendre ?

Sapotille en est sûre, mais elle l'est un peu moins de vouloir nuire à son frère, même s'il l'énerve.

– Heu… oui, marmonne-t-elle.

Elle voudrait qu'il tombe de son piédestal, à côté d'elle, là où il pourrait lui tenir la main. Elle voudrait se sentir moins seule au rang des enfants qui déçoivent leurs parents. Elle n'avait pas vraiment l'intention de trahir les secrets qu'il lui a confiés dans un moment de complicité.

Les parents continuent de se regarder avec une gravité qui ne dit rien de bon à Sapotille. Elle choisit la fuite.

– Je dois y aller. Dame Duncan tient à ce qu'on arrive à l'heure.

Elle enfile une pelisse en velours parsemée de roses toujours fraîches et qui fleurissent toute l'année. Ce n'est pas de saison, on est encore en hiver, mais sa mère insiste pour qu'elle porte des vêtements magiques tape-à-l'œil. Une histoire de prestige.

Après quoi, Sapotille traverse le jardin taillé au carré. Au moment où elle franchit le portail, Gothen la hèle :

– Sapo !

Il n'y a que lui qui l'appelle comme ça. Il la rejoint en trottant. C'est fou comme il est grand et élégant, songe Sapotille, alors qu'elle-même a l'air d'un petit machin rond et frisé.

– Il paraît que Ronch-ronch te fait des misères ?

– T'étais pas obligé d'inventer ce truc, râle Sapotille.

– Tiens, une autre invention. Pour toi. Attention, elle est encore secrète.

Comme Sapotille se sent coupable sur la question des secrets, elle botte en touche :

– Un œuf en sucre ? Pff, j'ai passé l'âge !

– Fais pas ta mijaurée, je sais que tu adores ça. Des fois, on oublie que tu n'as que huit ans, dans cette famille. Même toi, tu l'oublies. Allez, file à ton cours, maintenant !

Sapotille n'a pas le temps de lui dire au revoir. Tout bondissant, il a déjà regagné sa tour.

Elle boude encore un peu quand elle casse la coquille en sucre sous sa dent. Aussitôt, quelque chose de magique s'en échappe et virevolte jusqu'à sa joue. SMOUTCH. Un énorme bisou baveux. Gothen lui a encore fait une blague.

Quand même, ça la fait rire. Elle a honte de l'avoir dénoncé. Il va sans doute être grondé très fort par sa faute, peut-être même être privé de Carnaval ou quelque chose comme ça.

Elle se promet de plaider sa cause ce soir, lors du dîner familial. Les parents se laisseront sûrement amadouer, s'ils s'y mettent à deux.

Sapotille ignore à cet instant qu'il n'y aura jamais plus de dîner familial. À son retour, elle ne trouvera de sa maison qu'une ruine fumante. Elle en extraira péniblement une photo de mariage, quelques livres de magie et le chapeau-sapeur de son coffre à déguisement. Ce sera tout ce qui lui restera. Après quoi, elle sera envoyée à Saint-Fouettard et elle aura chaque jour de sa vie pour se reprocher ce qu'elle a fait.

1
L'Arlésienne

Les forêts en hiver sont pleines d'un silence sentencieux. Un silence peu aimable, qui vous assène : « Abandonnez, vous êtes perdu. »

Ce fut la raison pour laquelle Sapotille eut des difficultés à se repérer. Elle connaissait l'endroit, le Cavalier l'avait laissée non loin des arènes de Thadam. Mais il lui fallut un moment pour en retrouver le chemin.

Sapotille rajusta ses lunettes, dont les branches avaient été tordues par le choc. Elle était désorientée par les récents événements, et la forêt en rajoutait. Les ronces dénudées par l'hiver s'emmêlaient autour de ses chevilles, accrochaient les boucles blondes de ses cheveux et les mailles de son pull-over couleur de nuit. Elle frissonna. À présent qu'elle avait perdu le chapeau-sapeur de Charly, le sortilège qui l'avait revêtue d'un épais manteau s'était volatilisé et le mois de janvier la pinçait au travers des trous détricotés de ses vêtements.

Sur le sol, les feuilles brunes, raidies par le gel, craquaient comme des os. Elle marchait sur un tapis de mort et songea à Gothen. Bien sûr que son frère avait toujours eu trop d'ambition. Mais tout de même, devenir le Cavalier ? L'Allégorie de la mort ? Comment l'Académie avait-elle pu exiger cela ?

Et cet horrible juge, alors ! Comme si son pouvoir de nuisance n'était pas assez grand, voilà que Rhadamante Dendelion était devenu la Justice en personne. Qu'est-ce qui pourrait l'arrêter, désormais ?

Sapotille eut un petit sourire tremblant. Elle, au fait, était parvenue à poser une limite. Trop pressé de récupérer son cher Cavalier, le juge avait passé un pacte de sang avec elle. La dette funeste de Charly était à présent effacée. Les poursuites envers Maître Lin et Dame Mélisse, abandonnées. Et même – elle en ricanait tant ça paraissait futile – et même, son amende était remboursée. Elle allait pouvoir quitter Saint-Fouettard et retrouver son insigne de Patouilleuse.

Il y avait toujours de l'espoir. Charly avait eu raison d'y croire. Maintenant, elle n'avait plus qu'une envie : lui sauter au cou et se blottir contre sa chaleur. Elle adorait la façon qu'il avait de refermer ses bras autour d'elle, en douceur. Elle aurait pu le lire dans la ligne de ses paumes qu'il posait sur ses joues : « Je te respecte, ma précieuse. »

C'était tout frais eux deux, même si ça couvait depuis longtemps. Mais les lèvres de Charly qu'elle avait découvertes le matin même lui avaient murmuré des promesses d'encore. Elle avait hâte de le rejoindre et de tout lui raconter.

Il devait avoir fini la course de citrolles à présent. Elle espéra qu'il n'était pas blessé. Le juge Dendelion avait tenté de provoquer un accident, mais selon ses propres dires, il avait échoué.

Comme elle arrivait enfin en vue des arènes, elle pressa le pas. Autour du bâtiment, une foule bigarrée agitait tout un tas de trucs dans les airs : des drapeaux, des banderoles et des enfants. L'ambiance était à la fête et cela rassura Sapotille. Pas d'accident grave à déplorer, donc. En déchiffrant les couleurs, elle comprit avant d'y être qu'une seule équipe échappait à la liesse, celle de Thibald Dendelion, le fils du juge, et de sa mécagicière, Marusa de Pourance. Leur déconfiture expliquait l'enthousiasme collectif. On boude rarement son plaisir à flanquer une fessée aux donneurs de leçons. Quelle que soit l'équipe vainqueresse, les deux autres s'étaient associées pour la célébrer.

Pour une personne aussi petite que Sapotille, il n'était pas simple de remonter une foule à contre-courant. Elle avait l'habitude de se faire respecter à coups de manières cinglantes, mais dans la cohue, tout le monde se fichait de son sourcil froncé et de sa petite bouche pincée. Aussi rebondissait-elle comme une quille contre les supporteurs déchaînés. L'épuisement la gagnait, quand soudain un appel puissant retentit, bientôt repris par le public dans son entièreté :

– SAINT-FOU ! SAINT-FOU ! SAINT-FOU !

ON VOUS A PÉTÉ LE COU !

AHOUUUUUUUU !

– On a gagné ?

Sapotille était stupéfaite.

– Sérieusement, on a gagné ? Charly a gagné ?

Et elle poussa un hurlement de victoire. Un géant à barbe rousse lui demanda :

– Vous en êtes ? Vous êtes de Saint-Fouettard ?

Sapotille éclata de rire et écarta les bras, fière pour la première fois de son accoutrement minable, élimé et plein de trous.

– Ça se voit, non ?

Alors le géant la souleva du sol et l'assit sur ses épaules. Autour d'elle, il y eut une ovation. On lui donna une bouteille de pétillonade, qu'elle secoua avant d'en asperger la foule ravie. On la porta aux nues et Sapotille, qui avait tant de mal à vivre l'instant présent, s'autorisa un vrai moment de joie pure.

– Et maint'nant, on va faire la bamboche ! tonna le géant.

Voyant qu'il l'entraînait vers les puces de Fée Crémée, Sapotille se récria :

– Non ! Non, je dois rejoindre le vainqueur ! Dans les arènes !

– C'ton amoureux ? la taquina le géant.

Comme Sapotille ne répondait pas, hésitant à crier sur tous les toits une affaire qui n'appartenait qu'à son cœur, le géant se reprit :

– Oh, oh ! Alors ça rigole plus ! On y va, petiote.

Et la tenant solidement par les genoux, il fendit la houle des supporteurs qui s'écoulait par la grand-porte. Dressée sur ses épaules, Sapotille regardait avec fascination cette marée des corps s'ouvrir devant eux, alors qu'elle l'avait presque piétinée quelques minutes plus tôt.

– En avant ! s'enhardit-elle à crier en donnant deux légers coups de talon sur la poitrine de son porteur.

Se prenant au jeu, celui-ci accéléra et atteignit bientôt le cœur de la foule qui se pressait autour du podium.

– Et voilà, petiote, je t'laisse ici ! Si jamais tu changes d'avis pour la fête, on s'ra rue Soiffard la Pulpisse. Et on paiera d'quoi s'rincer à tous les gamins de Saint-Fouettard qui s'présenteront. Fais passer le mot ! J'te fais confiance pour me r'trouver, paraît qu'on m'repère de loin, ha ha !

Sapotille le remercia chaleureusement. Puis, elle se dirigea vers le podium du haut duquel June, couverte de citrolle des pieds à la tête, glapissait :

– Lâchez ça ! Lâchez ça, j'vous dis ! On avait un deal ! C'est nous qu'on a gagné alors c'est nos prix !

La récompense des vainqueurs était considérable puisque tous les commerçants de Thadam ou presque avaient mis la main à la poche, offrant qui des miroirs enchantés, qui une potion magique, qui des cours de vol acrobatique en balai. On avait déposé tout cela en un énorme tas sur lequel grouillait la totalité des gamins de Saint-Fouettard. Ça se disputait les sacs, les bouteilles et autres, en se flanquant gifles et coups de pied. Une véritable foire d'empoigne. Finalement, June n'y tint plus et se jeta à plat ventre dans la mêlée :

– YAHAAA !

Deux Académiciens, dans leur costume de velours noir, assistaient au spectacle le nez pincé.

– Des petits sauvages ! s'exclama le premier.

– Le jeune Thibald Dendelion n'avait aucune chance face à une telle chienlit ! ajouta le second. Il est civilisé, lui.

– En effet, quel chaos, admit Sapotille en imitant leur ton guindé. On dirait des Magisters qui se battent pour un poste d'Académicien.

Les deux hommes reniflèrent, offusqués, et quittèrent les lieux.

Il n'empêche qu'ils avaient raison, songea Sapotille en lorgnant la bagarre avec affolement. Tous les coups étaient permis, là-dedans.

– J'vous préviens tous, on partagera avec Truc ! brailla Panus.

Autour de lui, Sapotille repéra bientôt Klafidie et les jumeaux Karib et Silas. Parfait. S'ils étaient là, c'est qu'ils avaient achevé leur mission de sauvetage : Maître Lin devait maintenant être aux bons soins de Dame Rumpelstilskin, la libraire. Ça ne surprenait pas Sapotille que Panus et sa fine équipe soient revenus à temps goûter aux délices que promettait la récompense. Mais où était Charly ? Elle n'y voyait rien !

Soudain, elle eut une idée et cria du plus fort qu'elle put :

– Y a un grand type roux qui paie à boire à tous ceux de Saint-Fou ! Il est rue Soiffard la Pulpisse ! À votre place, je me dépêcherais avant qu'il change d'avis !

L'effet fut immédiat. En un instant, tout le monde déguerpit et Sapotille se retrouva face à une June victorieuse.

– Sapotille ! l'accueillit June. C'est cool que tu sois pas morte ni rien. Charly se faisait vachement de souci pour toi. Les copains ont profité que je me faisais tirer le portrait par les journaux pour se servir, mais j'ai quand même eu ça ! TADAAA !

Et elle brandit un insigne de Patouilleur intact avec ses trois étoiles, ainsi qu'un énorme sac, qui ne paraissait pas bien lourd. Elle l'ouvrit brusquement.

– Mitard ! C'est quoi, ça ?

Dans sa main, elle tenait des noix tachetées d'or.

– Des noix-surprises, sourit Sapotille. Ça me rappelle des souvenirs ! Il paraît qu'une noix sur mille contient notre vœu le plus sincère. Il se réalise si on tombe dessus, mais ça n'arrive presque jamais.

– Ça vaut cher ?

– Non, presque rien, désolée.

Plusieurs papiers gisaient au sol, Sapotille se baissa pour les ramasser.

– Tiens, nos camarades ont oublié les abonnements au musée de la Guerre du Détournement de Magie… Oh, et les conférences à l'Académie !

– T'as raison, c'est sûrement un oubli, ironisa June.

– Ça ne t'embête pas si je les prends pour moi, alors ?

– Nan. Au fait, il est où, Charly ?

Sapotille reçut un coup au cœur en entendant cette question, mais s'astreignit au calme. Après tout, elle venait d'effacer la dette de mort de Charly. Il ne pouvait rien lui arriver de grave.

– Eh bien, pas loin, j'imagine, répondit-elle. Il a gagné… enfin, vous deux… Donc les journalistes doivent l'interviewer, oui ?

– Bah non. Il a volé l'attelage de Thibald et il est parti à fond de train pour te rejoindre, vu que le juge te faisait des misères. Tu l'as pas vu, alors ?

Bien sûr, se rappela Sapotille. Mandrin, le chat de Charly, était avec elle au moment des faits. Charly avait sans doute suivi les événements par ses yeux. Qu'était devenu le chat, après ça ? Elle l'avait complètement oublié après que le Cavalier l'avait emportée sur son cheval.

– Du coup, c'est pas Charly qui t'a sauvée ? insista June.

– Non, c'est… Le Cavalier. L'Allégorie de la mort. Il est revenu parmi nous et en fait, c'est mon frère.

Cela sonna drôlement à ses propres oreilles et elle se demanda si tout cela était bien réel ou si elle s'était perdue dans quelque cauchemar. Heureusement, June avait tellement les pieds sur terre qu'elle aurait pu servir d'ancre à la lune en personne.

– T'es la petite sœur de la Mort, alors, dit-elle d'un ton d'évidence. Cool, ça. C'est le genre de relation qui peut servir. Écoute, Charly doit pas être loin. Y a du monde partout. Faut juste attendre que ça se calme.

Machinalement, elle passa à son cou l'insigne de Patouilleur qui l'encombrait.

– Non ! s'écria Sapotille. Ne fais pas…

Trop tard. Une gerbe d'étincelles s'éleva, tandis qu'une voix sépulcrale demandait :

– **Quel est ton nom, Patouilleuse ?**

June fronça le nez et répondit :

– June Bourdoncle. Mais je veux pas de ce pendentif, OK ? Je l'ai juste enfilé pour avoir les mains libres. Je suis très bien à Saint-Fou, moi.

– Ce n'est pas comme ça que ça fonctionne, gémit Sapotille.

De fait, la voix poursuivit :

– June Bourdoncle, tu es maintenant recensée en tant que Patouilleuse. Tu as jusqu'à tes vingt et un ans pour passer ton grade d'Élémentère, sans quoi toute trace de magie sera effacée en toi.

– C'est vrai, ça ? s'étonna June.

– Oui, ils t'injectent la pétricelle, c'est plutôt radical, expliqua Sapotille. Bien sûr, tu peux aussi passer le brevaillon, si tu es intéressée par une vie terne et sans intérêt.

– Le port de l'insigne est obligatoire en toute circonstance. Tu es désormais soumise aux règles de l'Académie. Au bout de trois manquements relevés par la milice, tu seras consignée à Saint-Fouettard, où ton éducation sera prise en charge de la façon la plus stricte.

– Ouais, « éducation », faut le dire vite, maugréa June. Et pourtant, je suis pas difficile.

– En cas de sanction, l'Académie doit-elle prévenir un proche ou un maître ? Merci d'indiquer une personne de niveau Élémenter minimum.

– Heu… Célestin Bourpin ?

– Merci d'indiquer une personne de niveau Élémenter minimum.

– Célestin Bourpin, j'ai dit !

Une nouvelle voix s'éleva derrière elles :

– C'est adorable, June. Mais ça n'ira pas. Je n'ai que le brevaillon. Apparemment, je dois avoir une vie terne et sans intérêt.

Sapotille fit volte-face, le rouge aux joues. Célestin Bourpin se tenait là, derrière ses grosses lunettes clignotantes, tout de rouge vêtu aux couleurs de la citrolle de Charly et June. Sa grande banderole à licornes et paillettes traînait par terre et, sous les empreintes des semelles qui l'avaient piétinée, on pouvait encore lire le mot *June.* « Terne et sans intérêt » était un descriptif qui ne lui correspondait en effet pas du tout.

– Non, mais… c'est pas ce que…, bafouilla Sapotille.

– **Merci d'indiquer une personne de niveau Élémenter minimum**, insista la voix.

– Mais allez vous faire ploutre à la fin ! s'énerva June. Vous aurez qu'à prévenir Lys Atravice, tiens !

Elle venait de citer le directeur de Saint-Fouettard en personne.

– Sage décision, murmura Sapotille. Je suis sûre qu'il préférerait être prévenu en avance, si jamais tu devais retourner là-bas.

En digne agent du chaos, June avait laissé à Saint-Fouettard un souvenir impérissable et épuisant.

– **Lys Atravice, nom validé. Bienvenue chez les magiciers, Patouilleuse June Bourdoncle.**

– Mais je vais aller où, moi, du coup ? pleurnicha June. Je pensais rentrer à Saint-Fou, cette nuit !

– Et moi, je pensais que ce serait Charly qui récupérerait cet insigne, bougonna Sapotille. Ton amende à toi était beaucoup moins lourde à payer.

– Vous ne venez pas de remporter mille sonnantes ? s'étonna Célestin.

– Tu parles ! rétorqua June. Les copains nous ont rien laissé.

En plus, ils sont partis tout dépenser sans nous, alors qu'eux, ils vont dormir bien au chaud à Saint-Fouettard ! Non, je ne vois qu'une solution.

Elle se tourna vers Célestin :

– Je vais loger chez vous.

Célestin sursauta.

– Mais… mais non ! Je suis un vieux célibataire, j'adore être tout seul !

– Moi aussi ! s'écria June, sauf pour la partie où j'adore être toute seule. De toute façon, on n'a pas le choix. Je n'ai aucun autre endroit où aller.

Sapotille leva une main timide.

– Puisqu'on en parle… Pourriez-vous m'héberger également, monsieur Bourpin ? Moi aussi, j'ai été réhabilitée. Par le juge. Et l'endroit où je vivais avant a été démoli…

Elle faisait référence à l'École des Allumettes Hurluberlu, qui avait été détruite par la milice. Mais elle aurait aussi bien pu parler de son ancienne demeure, quartier des Petites Fées Modèles, qui avait explosé par la faute des expériences de Gothen.

– C'est que… je ne vais quand même pas accueillir tout Saint-Fouettard chez moi, alors que les enfants me font peur depuis que je suis petit !

– Franchement, on est presque des adultes ! tempéra June.

– Oui, et il paraît que moi, je suis adulte depuis ma naissance, rebondit Sapotille. On se fera discrètes. Enfin… *Je* me ferai discrète.

De fait, June en était bien incapable.

– Maître Lin vient d'être innocenté. Je suis sûre qu'il pourra me prendre chez lui quand il aura remis sa boutique en ordre.

La voix de Sapotille avait manqué d'aplomb sur la fin de sa tirade. La dernière fois qu'elle avait vu Maître Lin, il était en aussi mauvais état que sa boutique et il leur faudrait sans doute du temps pour se remettre l'un et l'autre.

Mais Célestin s'était laissé forcer la main. Il hochait la tête avec gêne, embarrassé d'avoir si vite capitulé.

– C'est curieux que Maître Lin soit innocenté, murmura-t-il pour lui-même. Je veux dire, c'est bien. Mais c'est curieux. Les charges étaient tout de même écrasantes...

– Maintenant que vous en parlez, répliqua Sapotille, je dois encore finaliser les détails avec le juge. Est-ce que je peux vous rejoindre chez vous, tout à l'heure ?

– Je te préviens, je dîne toujours à vingt heures.

Sapotille hocha gravement la tête, lui laissant asseoir ce petit bout d'autorité.

Deux journalistes du *Temps des magiciers* arpentaient encore l'arène, espérant sans doute finir par tomber sur Charly Vernier, le grand vainqueur de la course. Sapotille les alpagua :

– Si vous venez avec moi, vous aurez un énorme scoop pour demain.

Il ne leur en fallut pas plus pour la suivre jusqu'au 123, avenue du Dragon en Laisse, où habitait le juge Dendelion, devenu Allégorie de la justice le matin même.

***

Dodeline Dendelion reconnut les deux journalistes et se fourvoya totalement sur leur visite.

– Vous venez interviewer Thibald ? C'est vrai qu'il s'en est fallu de peu pour qu'il gagne. Il pourra vous donner sa version. Ce sera amusant, et très… sportif de comparer avec celle de Charly. C'était une course extraordinaire, Thadam s'en souviendra encore dans dix ans !

Sapotille admira la façon que Dodeline avait de défendre son fils, tout en soutenant Charly. Elle n'avait pas eu le temps de se changer et portait encore les couleurs de Thibald : une robe à carreaux noirs et blancs qui rehaussait sa pâleur et sa minceur. Par bien des côtés, Dodeline ressemblait à un très joli squelette à rubans.

Comme Sapotille craignait qu'elle ne les laisse pas entrer, elle ne la détrompa pas tout de suite sur la raison de leur venue. Mais son embarras monta d'un cran lorsque Dodeline se tourna vers l'escalier pour appeler :

– Thibald ! Thibald ! Des journalistes sont là ! Et il y a aussi…

Elle se tourna d'un air interrogatif vers Sapotille, qui lui indiqua obligeamment :

– Sapotille Butternut.

– C'est toi, Sapotille ? Charly m'a tellement parlé de toi ! Oh, tu es… tu es adorable ! C'est vraiment très fair-play à toi d'être venue féliciter Thibald.

– Vous connaissez le vainqueur ? s'enquit un journaliste. Charly Vernier ?

– Tout à fait ! Charly a été ma dame de compagnie pendant plusieurs mois. Mais passons au salon, je vous prie. On sera plus à l'aise pour discuter.

Se tournant vers l'escalier, elle appela une nouvelle fois, un peu plus fort :

– Thibald !

Un grognement lui répondit, tandis qu'elle entraînait ses hôtes dans un salon qui lui ressemblait. D'une folle élégance, il affichait une sorte de douleur muette. Sur le sol, une peau de griffon blanc s'étalait, dont la provenance s'inscrivait fièrement sur le manteau de la cheminée en la photographie de Thibald et de son juge de père, fusils à la main, posant près de la dépouille de l'animal.

Une bibliothèque majestueuse grimpait jusqu'au plafond. Le dos des livres y faisait de jolis dégradés gris perle. Un petit tabouret pourvu de deux ailes majestueuses frissonnait dans un coin, il devait permettre d'atteindre les plus hauts rayonnages.

Trois fauteuils Voltaire vinrent à eux dans un trot distingué pour les inviter à s'asseoir. Peu confiante, Sapotille y posa un fessier hésitant. Au même moment, Thibald pénétra dans le salon. Sapotille lui jeta un coup d'œil nerveux, et à raison. Alors que le fauteuil où elle était assise rejoignait ceux des journalistes autour de la peau de griffon, Thibald lui fit un croche-patte et Sapotille se retrouva cul par-dessus tête.

Immédiatement, Thibald se précipita pour l'aider à se relever.

– Tu ne t'es pas fait mal, j'espère ? demanda-t-il hypocritement.

Un déclic retentit alors, et un flash. Sapotille tourna la tête. Un journaliste venait de prendre un instantané avec un miroir.

– C'est un joli symbole, se justifia-t-il. Les classes supérieures qui aident celles, heu… de Saint-Fouettard à s'élever.

– Même quand ce sont elles qui les ont fichues par terre, oui, grinça Sapotille.

– Savez-vous que je me présente au prochain passage de grade d'Élémenter ? demanda Thibald pour couvrir sa voix. Je serai le plus jeune à tenter ma chance depuis plus de dix ans.

Sapotille manqua de s'étouffer. Ç'avait toujours été son projet à elle ! Ce pour quoi elle s'était entraînée depuis toute petite ! Et qui était totalement tombé à l'eau depuis l'arrestation de Maître Lin, évidemment… Elle se gifla mentalement. Elle devait se recentrer sur de nouvelles priorités. Le juge était devenu une menace pour eux tous, la magie disparaissait et leur situation n'était pas des plus brillantes. Il n'était plus l'heure de courir après les honneurs.

Thibald poursuivait :

– J'ai remporté plusieurs courses des Cadets pour me préparer à cette grande épreuve qu'est le passage de grade et…

– En fait, nous ne sommes pas du tout venus pour toi, désolée, le coupa Sapotille. Nous voulons voir le juge.

Les journalistes, qui avaient suivi sous la promesse d'une information croustillante, sourirent. Dodeline et Thibald, eux, parurent nettement plus inquiets.

– Le juge ? répéta Dodeline.

– Oui, le juge. Votre mari, insista Sapotille.

– Oh là là ! La journée a été… Vraiment je ne sais pas si… Vous pourriez peut-être revenir une autre fois ?

– Non, il faut que ce soit aujourd'hui. Je regrette.

– Oh. Alors nous aurons besoin de thé. Ou peut-être d'une infusion lavande-rose-mélisse ? C'est très bon pour les nerfs. Je m'en occupe…

– **Que se passe-t-il, ici ?**

Dodeline sursauta et donna l'impression que tous ses os s'entrechoquaient. Thibald, quant à lui, recula jusqu'à s'adosser au mur et tenta d'imiter la teinte du papier gris.

Le juge était rentré. Sa voix n'avait plus du tout ses reflets de hautbois. Depuis qu'il était devenu l'Allégorie de la justice, elle était métallique et glaçante. Il avait rangé son épée et sa balance à sa ceinture, mais il portait toujours son bandeau rouge sur les yeux, ce qui le rendait encore plus effrayant.

Sapotille craignit de manquer de courage et préféra se jeter à l'eau à l'instant où il posait le pied dans le salon.

– J'ai pensé qu'il valait mieux faire votre déclaration au *Temps des magiciers* immédiatement, dit-elle très vite.

– **La déclaration… ?** répéta le juge, sur un ton qui relevait plus de la menace que de la question.

– Vous avez réhabilité Dame Mélisse. Et Maître Lin. Et moi aussi. Il est inutile de laisser traîner cette affaire plus longtemps, n'est-ce pas ?

– **Jamais je ne…**, tonna le juge.

Mais il ne put aller plus loin. Son poignet se mit à fumer. Il le saisit pour le dissimuler aux yeux de l'assistance et peut-être faire cesser la douleur qui lui avait plissé le visage. Mais c'était trop tard. Les journalistes s'étaient dressés sur leur fauteuil, tendant un minois intéressé. Tous dans la pièce avaient compris : le juge était lié par un pacte de sang. Un pacte qui pouvait le tuer, toute Allégorie qu'il était, si jamais il le rompait.

– **Tu as raison, demoiselle**, se reprit-il. **Finissons-en.**

Tout s'enchaîna alors rapidement. Le juge se livra à une interview des plus efficaces. À l'évidence, il souhaitait s'étendre aussi peu que possible. Oui, Dame Mélisse, Maître Lin et Sapotille Butternut étaient réhabilités et les charges qui pesaient contre eux abandonnées. Tout cela n'était qu'un malentendu. Dame Mélisse et Maître Lin n'avaient pas réellement comploté contre le Cavalier, d'ailleurs il était ridicule de leur concéder un tel pouvoir. Dans un souci de conscience professionnelle, le juge avait repris les enquêtes qui n'étaient finalement pas si accablantes. Sa transformation en Allégorie lui avait octroyé de nouveaux pouvoirs et le doute devait profiter aux accusés, n'est-ce pas ? Dodeline pouvait-elle aller lui chercher des papiers dans son bureau ? Voilà, tout était désormais rédigé et tamponné, l'affaire était réglée. Pouvait-on passer à autre chose ?

Un journaliste s'empressa de sauter sur l'occasion :

– J'aimerais que nous abordions la question des pannes de magie. Elles sont de plus en plus fréquentes. En fait, nous avons remarqué qu'elles ne frappaient pas tous les quartiers en même temps. Ni toutes les villes. Thadam peut par exemple être privée de magie, tandis que Guérande n'est pas impactée. Avez-vous une explication ?

Depuis sa métamorphose, le visage du juge exprimait fort peu d'émotion. Mais le silence qui s'ensuivit était à lui seul tout plein de contrariété. Sapotille décida de décamper. Elle se saisit de la note que le juge venait de rédiger à l'encre marron et qui la concernait directement.

– Si vous permettez, dit-elle, je vais porter ceci à Saint-Fouettard. Je tiens à dormir libre, ce soir.

Et elle prit congé.

À peine à l'extérieur, elle s'octroya une grande bouffée d'air glacé. C'était comme si elle n'avait pas eu le luxe de respirer dans la maison du juge.

Enfin, elle se mit en chemin. Comme chaque fois qu'elle était dans le quartier des Petites Fées Modèles, elle se hâta de le quitter le plus vite possible. Trop de souvenirs, trop de douleur. Par ailleurs, le soir tombait. Il lui fallait tricoter des jambes rapidement si elle souhaitait arriver à Saint-Fouettard avant la nuit. Contrairement à ce qu'elle avait déclaré, elle n'avait pas besoin de s'y rendre en personne. La paperasse était faite et aurait suivi son cours sans traîner. Le juge était connu pour sa célérité sur les questions administratives. Mais Sapotille commençait à réellement s'inquiéter pour Charly. Où était-il ? Peut-être était-il rentré à Saint-Fouettard après la course, rompu d'épuisement et attendant qu'elle le rejoigne ? Elle l'espérait et croisait les doigts à s'en faire blanchir les jointures.

C'était ridicule, ce flou qu'elle avait dans les yeux et ce cœur qui cognait à lui briser les côtes. C'était absurde, ce petit tremblement qui lui venait dans les mains et sa gorge qui se resserrait autour de son souffle, presque à l'étrangler. Vraiment, ça n'avait aucun sens de s'inquiéter comme ça. Elle allait retrouver Charly à Saint-Fouettard. Un point, c'est tout.

D'ailleurs, elle arrivait. Les « trois boudeuses », c'est-à-dire les trois tours trapues de la bastide, étaient en vue.

***

C'était l'heure du repas, mais le pont-levis était encore baissé. Le directeur recevait sans doute un invité.

Sapotille connaissait les lieux. Elle s'en fut en ligne droite jusqu'au réfectoire, baissant la tête devant les armures qui encadraient les couloirs et les tableaux criards qui figuraient des châtiments corporels.

Dans la salle du réfectoire, on chahutait joyeusement. Après la victoire du jour à la course des citrolles, personne n'avait le cœur à maintenir la discipline. Même l'horloge furibonde houspilla sa demi-heure en sourdine à l'arrivée de Sapotille.

– Sapo ! Bah, t'as mis le temps !

À sa table, Panus lui faisait de grands gestes. Sa bande et lui portaient beau, tous autant qu'ils étaient. Ils avaient fait l'acquisition d'un tas de frusques coûteuses et tout ça dégoulinait de dentelles, de festons de fils d'or et de soieries du même tonneau. Il était évident qu'ils avaient mis la main sur le magot de la course et avaient dépensé sans compter. Sapotille soupira.

– Vous vous êtes payé des vêtements chez Mme Freluche ? Pourquoi est-ce que vous n'avez pas plutôt remboursé votre amende pour sortir d'ici ?

Klafidie haussa les épaules.

– Et on irait où ? En plus, regarde comme Truc a l'air content !

De fait, Truc bombait le torse, engoncé dans une veste de velours orange à passementerie turquoise. Elle était beaucoup trop petite et plissait outrancièrement sous ses bras, mais Truc était fier comme Artaban. Il avait un statut un peu spécial à Saint-Fouettard où la vie était pourtant dure. Quand il était arrivé, il ne savait pas plus parler qu'aujourd'hui. On l'avait appelé « Truc » pour le chambrer. Au bout de trois mois, c'était trop tard pour changer, il ne répondait plus qu'à ce nom. C'était un peu pour s'excuser qu'on lui avait fait une place à part et que, malgré tout, Panus, Klafidie et les autres l'avaient pris sous leur aile.

Sapotille lui jeta un regard gentil, quoiqu'un peu distrait. Un visage manquait à cette table, c'était la seule chose qui la préoccupait vraiment.

– Et Charly ?

Sa voix s'était comme étouffée sur la fin du prénom. Elle se reprit :

– Il était fatigué ? Il se repose au dortoir ?

– On l'a pas vu, lui répondit obligeamment Karib.

– On pensait qu'il était avec toi, rebondit Silas, son jumeau.

Le menton de Sapotille trembla quand elle rétorqua un « non » désespéré. Panus, qui portait pourtant l'insolence comme une seconde peau, parut désolé pour elle.

– Écoute, c'était le bazar, aujourd'hui. Peut-être qu'il a eu une urgence et qu'il va revenir tout nous expliquer. En attendant, tu devrais aller voir dans le bureau du directeur. Il est avec quelqu'un qui…

– C'est quelqu'un qu'on connaît ?

– Non, mais… Y a comme un air de… Écoute, va juste voir, OK ?

Sapotille hocha la tête, avant de sortir son papier signé de la main du juge.

– De toute façon, j'ai une bonne raison de m'y rendre. Je vous quitte.

Ils se rembrunirent tous à cette nouvelle.

– Mais ça ne change rien, se hâta-t-elle d'ajouter. On reste amis, d'accord ?

Ce fut un déchaînement de cris bravaches.

– Dans tes rêves !

– On n'a jamais été amis !

– Qu'est-ce qu'elle croit, l'autre ? On était juste partenaires en affaires !

Évidemment, c'était pour jouer les fiers-à-bras que l'émotion n'atteint pas. Eux, éprouver de l'affection ? Jamais, ha ha ! On n'est pas des faibles !

Seulement, le visage de Sapotille se décomposa avec une telle rapidité que Panus bondit sur ses pieds. Avant qu'elle ait pu dire « ouf », il la serrait de toutes ses forces contre lui. C'était une étreinte puissante, qui ne voulait pas la laisser s'échapper. Elle ne se débattit pas. La large bouche de Panus se pencha vers son oreille et murmura :

– Je plaisante ! Bien sûr qu'on est amis. Et si jamais ton Charly te fait des misères, je serai ravi d'être un peu plus que ça.

Et il l'embrassa juste sous le lobe, cela fit comme une ponctuation.

– Ce qu'il y a, répondit Sapotille d'une voix incertaine, c'est que Charly requiert d'abord la permission, lui.

Il la lâcha et elle quitta les lieux. Tout en marchant, elle se demandait pourquoi elle s'était laissé faire. Avait-elle été d'accord pour ça ? Elle ne savait pas bien. On lui avait toujours dit que c'était flatteur d'être désirée, mais…

Sapotille songea que, depuis que le juge avait arraché les pages de son grimoire, une part d'elle était comme anesthésiée et peinait à reconnaître ses désirs. Ça l'embêtait bien de ne même pas savoir si elle avait été d'accord avec le geste de Panus. De ne plus savoir poser les limites. Le juge avait détruit ça en elle.

C'était pour cela qu'il fallait que Charly revienne. Charly était attentif à ses désirs et leur donnait la place de s'épanouir, tout chiffonnés et abîmés qu'ils fussent.

– OÙ EST MON FILS ?

Dans le bureau du directeur, ça criait tellement que les armures en faction devant la porte en résonnaient.

– JE SUIS DÉJÀ PASSÉE PAR LA MILICERIE ! tonnait la voix. ILS M'ONT DIT QUE C'ÉTAIT VOUS LE RESPONSABLE DE MON FILS, ALORS RENDEZ-LE-MOI !

Le ton était tellement autoritaire que les armures raidirent leur garde-à-vous.

Sapotille n'en était pas certaine, mais il lui semblait qu'elle connaissait cette voix. Elle l'avait souvent entendue jaillir de haut-parleurs, dans l'école où elle vivait autrefois. Si c'était bien le cas, alors il s'agissait d'un duel de directeurs.

La porte était entrouverte, elle la poussa. Cinq paires d'yeux la fixèrent en retour.

Lys Atravice, le directeur de Saint-Fouettard, caressait nerveusement la longue natte ornée de trois rubans, un rouge, un vert et un jaune, qui lui tombait sur l'épaule. Ses trois rumeurs, des reptiles bleus et potelés, agrémentés des trois mêmes rubans, étaient entassées les unes sur les autres, dans le coin le plus éloigné de la pièce. Le dernier individu se retourna brusquement.

– Césaria Vernier ! s'écria Sapotille.

Et elle s'étonna d'entendre autant de joie dans son cri. Elle était surprise, elle était soulagée, elle était pleine d'espoir. La mère de Charly était une maîtresse-femme qui avait autrefois dirigé l'École des Allumettes Hurluberlu.

Qu'elle fût ici était pourtant étrange à plus d'un titre. À la suite d'une mauvaise manipulation, Sapotille lui avait jeté un sortilège qui lui avait fait oublier l'existence de Charly. Par ailleurs, Césaria Vernier ne pratiquait plus la magie et les souvenirs s'en étaient effacés en elle. L'Académie de Magie lui avait inoculé la pétricelle, quelque seize ans plus tôt et… Le regard de Sapotille se posa sur les mains de Césaria – la pétricelle attaquait toujours les extrémités en premier.

– Oh ! s'exclama-t-elle.

Sur la peau noire de Césaria, l'extrémité de l'auriculaire droit se distinguait nettement, changé en porcelaine blanche.

– Sapotille Butternut, dit alors Césaria.

Elle avait mis quelques instants à la reconnaître, ne s'attendant pas non plus à la trouver en ces lieux.

– Est-ce que tu sais où est Charly ? Mon fils ?

Sapotille fit non de la tête, navrée.

– Mais peut-être… Il y a une chance qu'il soit chez Célestin Bourpin ! s'exclama-t-elle soudain. Je l'ai cherché partout ailleurs.

Elle venait d'avoir cette fulgurance. Bien sûr ! C'était là-bas qu'ils avaient imaginé tous leurs plans, là-bas qu'ils s'étaient entraînés pour la course, là-bas qu'elle avait laissé son chapeau-sapeur. Charly s'était forcément rendu là où il serait en sécurité. Il avait déjà retrouvé June et ils n'attendaient plus qu'elle ! Elle planta tous ses ongles dans cet espoir pour ne pas le laisser filer.

– Si vous voulez, nous pouvons y aller ensemble ? proposa-t-elle à Césaria.

Césaria haussa les sourcils, très haut.

– Ça fait très longtemps que je n'ai pas vu Célestin, murmura-t-elle.

C'est à cet instant que Lys Atravice se souvint qui était le directeur ici.

– Attendez un instant ! Vous (il pointait Césaria du doigt), vous faites ce que vous voulez. En revanche, toi (il montrait à présent Sapotille), tu appartiens à Saint-Fouettard. Et comme tu es arrivée en retard au dîner…

Il feuilletait un de ses énormes journaux manuscrits et s'arrêta à la page consacrée à Sapotille Butternut.

– Comme tu es arrivée en retard au dîner, tu recevras une punition de premier niveau.

– Je ne crois pas, non, dit alors Sapotille. Et vous me devez un insigne de Patouilleuse. J'ai un mot du juge.

Et elle le posa fièrement sur le bureau. Du moins, elle aurait voulu que ce soit fièrement. La vérité, c'est que depuis cette histoire de pages arrachées, elle n'était plus jamais sûre d'être dans son bon droit.

Césaria s'empara du papier et le lut.

– Tout cela m'a l'air en ordre.

– C'est moi qui dois dire ça ! s'offusqua Lys Atravice. Et que les choses soient claires, Charly Vernier est à moi ! Je peux vous dire qu'il s'en souviendra quand je lui aurai mis la main dessus. Champion de course de citrolles ou pas, il va me payer cette petite escapade au prix fort !

Césaria le lorgna un instant par en dessous, puis sa main fusa très vite, l'empoigna par le col et lui fit traverser le bureau à plat ventre.

– Si vous retrouvez mon fils avant moi, vous me prévenez tout de suite et je viendrai le chercher. Compris ?

– Vous n'avez pas le droit de me traiter comme ça. Je suis quelqu'un d'important ! J'en sais, des choses ! Mon livre doit paraître dans quelques semaines, *Les Sales Petits Secrets de Thadam*. Et vous êtes dedans, alors à votre place, je me contiendrais !

Mais Césaria ne relâchait pas sa poigne.

– Je vais payer l'amende de mon fils dès demain, et il ne remettra plus jamais les pieds ici. J'espère que je suis claire ?

Lys Atravice opina du chef et elle le laissa se relever. Immédiatement, il se tourna vers ses trois rumeurs qui avaient tendu un museau intéressé.

– Vous trois, je vous préviens, si vous soufflez un mot de ceci à qui que ce soit, je vous mets au jeûne. Plus de secrets pendant un mois !

Les rumeurs impressionnées se rétractèrent encore un peu plus dans leur coin.

Césaria se pencha alors sur le bureau. Un poulpiquet, sorte de gnome-champignon luminescent, était enchaîné à l'encrier. Lys Atravice l'avait dressé à lui tendre les plumes, sceaux et papiers dont il pouvait avoir besoin. Césaria brisa l'attache et mit le poulpiquet terrorisé dans sa poche.

– Ce gnome n'a rien à faire là, je vais le relâcher dans la forêt.

Sapotille la regarda avec des étoiles dans les yeux, Césaria était sa nouvelle héroïne.

– Célestin Bourpin a créé un refuge à poulpiquets chez lui, indiqua-t-elle obligeamment.

Et elles partirent ensemble, laissant Lys Atravice les fusiller du regard. Peu leur importait. En ce qui les concernait, il tirait à blanc.

Le chemin qui menait au manoir de Célestin Bourpin passait par les écluses et des sentiers boueux. Sapotille et Césaria eurent tout le temps de mieux faire connaissance et d'échanger les informations nécessaires. Césaria, surtout, avait beaucoup à rattraper et allait de surprise en surprise. Quant à Sapotille, elle finit par remarquer que la besace de Césaria gigotait copieusement.

– Pardon, mais qu'est-ce que c'est, dans votre sac ?

– Oh, ça ?

Césaria en sortit Pépouze, la serpillière à laquelle Charly avait donné vie et qui se prenait depuis pour son animal de compagnie.

Sapotille fut folle de joie de la retrouver. Il lui sembla que c'était un signe. Que Charly était tout près désormais.

Mais quand elles arrivèrent chez Célestin, elles déchantèrent. Charly n'était pas là. En fait, depuis la victoire qu'il avait remportée, nul ne l'avait aperçu.

2

OÙ EST CHARLY

Ce qui perdit Charly, ce fut sa méfiance. Mais comment aurait-il pu faire autrement ? Après avoir été poursuivi par des miliciens, son chat dans les bras, il avait sauté dans son chapeau-sapeur et avait changé de monde.

Il s'était retrouvé dans une grotte. Les affaires qu'il avait autrefois jetées dans son chapeau étaient éparpillées partout au sol : allumettes de la Chevaleresse Hurluberlu, pull-overs, livres et même son grimoire, qui le bouda quand il l'eut ramassé.

– Mandrin, reviens !

Son chat était déjà parti explorer l'extérieur. Charly le suivit. La forêt qui les entourait avait des frondaisons très basses et une curieuse teinte bleutée. Mais ce n'était pas l'essentiel du paysage, qui s'y entendait pour en mettre plein la vue. Charly s'en aperçut dès que les branches s'écartèrent.

Devant lui, les montagnes se posaient là, la cime altière, toutes en majesté avec leurs lourds manteaux de pierre. Confiantes en leur beauté, elles projetaient torrents et cascades avec générosité, se rengorgeant dans leurs gigantesques écharpes de brume. Indéniablement, elles se savaient puissantes, toutes prêtes à écraser de leur masse le premier qui leur manquerait de respect.

En aval, tout de même, elles se faisaient tendres, laissant jouer à leurs pieds les forêts et les vallées vertes, que les gerbes de fleurs crevaient de mille feux. Mauves sylvestres, centaurées, iris sauvages, silènes, gentianes et sabots de Vénus… Ici, le printemps arrivait déjà en pagaille.

Soudain, une silhouette s'avança parmi les arbres. Charly était dans une logique de fuite, il s'aplatit derrière les buissons, demandant à son chat de l'imiter.

– Eh bien, eh bien…, dit une voix de vieille avec un curieux accent. Te voilà enfin.

Charly crut d'abord que la silhouette s'adressait à lui, mais regardant mieux, il se rendit compte qu'elle parlait à la grotte. Manifestement, elle la cherchait.

C'était une femme âgée, qui tenait une pipe tarabiscotée dans une main et une énorme pelote de fil doré dans l'autre. Elle était vêtue de noir, dans une robe qui en avait vu d'autres, mais trouvait quand même le moyen de rayonner de classe. Sa peau était tellement burinée qu'on avait du mal à définir si elle avait été blanche autrefois. Elle avait voyagé par tous les climats, et ça se voyait.

– Sacrée fissure, dit-elle encore en soupesant la bobine de fil doré dans sa main.

Charly la vit coincer sa pipe entre ses dents et farfouiller dans une besace pour en sortir un objet minuscule. Puis, il la vit s'acharner dessus avec son fil. *C'est une aiguille*, comprit-il, *et plutôt grosse*, même si à cette distance on y voyait peu.

La vieille femme disparut dans la grotte et Charly se demanda si elle allait rejoindre Thadam. Il hésita sur la conduite à tenir. Devait-il la mettre en garde sur le fait qu'elle risquait de changer de monde ? Ou sur la présence de miliciens derrière la porte ? Mais cette femme dégageait une grande puissance et avait l'air de savoir ce qu'elle faisait. Elle n'avait sans doute pas besoin de son aide.

Elle était entrée depuis plusieurs minutes, quand Charly s'avisa que le miroitement de la grotte avait changé. Elle paraissait maintenant se rétracter et s'estomper. Bien sûr, qu'il était stupide ! La vieille dame avait dû passer de l'autre côté et s'emparer du chapeau ! La grotte disparaissait à présent. Il risquait d'être prisonnier des montagnes…

– Mandrin, vite !

Il ramassa son chat et se précipita vers la grotte qui s'était presque entièrement rétractée. Au moment où il allait s'y jeter, la vieille femme en sortit.

Ils furent aussi stupéfaits l'un que l'autre, mais elle se reprit la première.

– Décidément…, dit-elle en soufflant une volute de fumée. C'est l'invasion.

Derrière elle, la grotte acheva de se volatiliser. Charly regarda la femme avec incompréhension.

– Mais… la grotte ?!

– Je suis désolée, mais tu arrives trop tard, mon garçon. Je l'ai refermée.

– Re… refermée ?

Il en perdait ses mots. Il sentait son cœur marteler sa poitrine. Perturbé par son angoisse, Mandrin se tortilla pour bondir au sol. Mais Charly craignait le danger et le pressa un peu plus fort contre lui, tout en lui soufflant mentalement : *Du calme, ça va aller*. La vieille leva les yeux au ciel.

– Quelle inconscience ! Ça a encore du lait qui lui sort du nez et ça a un familier !

C'était comme si elle l'avait senti faire de la magie.

Charly s'astreignit au calme. Cette femme avait fermé le passage. D'accord. S'il négociait correctement, elle pourrait sans doute le lui rouvrir.

Il la regarda mieux. Elle était grande, vieille et belle. Quoique sur ce dernier point, il préférait ne pas s'avancer. Sa mâchoire était si dessinée qu'elle donnait l'impression de pouvoir briser n'importe quelle volonté entre ses dents. Non, le but de cette femme n'était pas d'être belle, et tout en elle donnait le sentiment qu'il ne fallait pas se risquer à le penser et encore moins à le dire. D'ailleurs, elle avait le regard si intelligent qu'il essaya de penser moins fort.

Elle le regardait la regarder et finit par formuler la question qu'il se posait lui-même.

– Tu sais qui je suis, mon garçon ?

Charly se força à adopter sa tête de « charmant garçon ». Il s'agissait à présent de se faire bien voir s'il désirait obtenir ce qu'il voulait.

– Une magicière de haut niveau ? se risqua-t-il. Au moins une Magistère, je dirais.

Le « au moins » était une tentative de flatterie. Il n'existait aucun grade au-dessus de Magister. Mais la vieille siffla entre ses dents :

– Des noms tarabiscotés pour une magie tarabiscotée, tss ! Non, mon garçon. Moi, je suis une vraie sorcière. Je m'appelle Dame Carasse et ici, c'est un nom qui veut dire quelque chose.

Comme chaque fois qu'il désirait que tout se passe bien, Charly redoubla de charme dans son sourire. La vieille le regarda mieux, comme s'il venait de faire quelque chose d'étonnant.

– Je suis sûr que vous êtes très respectée ici, reprit Charly. Et… en parlant d'ici justement, où sommes-nous ?

– Sur la Terre d'Airain, jeune homme. Dans un pays qu'on appelle la Chaolie et dans une région baptisée la Millipucie. Et toi, d'où tu viens ? Je suis certaine que la réponse n'est pas « du cul d'un chaudron », même si tu en as l'aspect.

Charly se souvint alors que la course de citrolles l'avait laissé en piteux état. Il était recouvert de pulpe orange, comme s'il s'était en effet baigné dans une marmite de soupe. Son costume était déchiré en plusieurs endroits. Son visage et ses cheveux, surtout, avaient été roussis lors de l'attaque incendiaire du juge et devaient lui donner une curieuse dégaine. Charly décida de compenser par encore plus de charme.

– Je viens de Thadam, dit-il. Je crois que c'est… vraiment ailleurs. Et je m'appelle Charly Vernier. Enchanté de faire votre connaissance, Dame Carasse.

– C'est assez rare, rétorqua Dame Carasse, qu'on soit enchanté de me connaître. Mais ta magie est jolie, et ça aussi, c'est rare, pour quelqu'un qui vient de par chez toi.

Charly haussa les sourcils, parce qu'il n'avait pas l'impression d'avoir usé du moindre sortilège. Mais il savait qu'en effet, il ne pratiquait pas la magie comme il l'aurait dû. Il n'utilisait pas de runes mais son intuition, ce qui était strictement illégal à Thadam.

– C'est ma grand-mère qui m'a appris à faire de la magie de cette façon. Elle s'appelle Dame Mélisse. Elle aussi, elle est passée dans ce monde. D'ailleurs… elle n'est peut-être pas loin ?

Il regarda autour de lui, s'attendant presque à la voir surgir. Mais alors, l'inquiétude lui serra la gorge. La dernière fois qu'il avait aperçu sa grand-mère, elle avait engagé un combat à mort avec le Cavalier et rien n'indiquait qu'elle ait pu y survivre. Charly se sentit soudain si bouleversé que ce fut comme si tout son visage s'effondrait. Un reflet de compassion brilla dans la pupille de Dame Carasse, mais elle l'en chassa bien vite, elle se préférait dure.

– Viens avec moi, Charly Vernier, dit-elle soudain. Je possède quelque chose qui te plaira.

Que voulait-elle dire par là ? Charly hésita, mais il n'avait pas tellement le choix. Il était épuisé. Et affamé. Et curieusement, cette magici… non, cette sorcière lui inspirait une sorte de confiance.

– On n'est pas loin. Fais attention où tu mets les pieds, ça grouille de gnomes, dans les parages.

Charly opina du chef et suivit Dame Carasse en prenant garde au chemin. Il voulait être capable de revenir sur ses pas. Il s'inquiétait pour Sapotille, surtout. Pour une raison qui lui échappait, le Cavalier avait refusé de la tuer. Il l'avait même emportée loin du danger, c'est-à-dire loin du juge. Mais où était-elle à présent ?

Surveille la route, Mandrin, on ne doit pas se perdre, glissa-t-il mentalement à son familier, qui miaula en retour. Dame Carasse se retourna et le fixa. Une nouvelle fois, Charly eut l'impression qu'elle l'avait entendu penser. Mais elle dit simplement :

– Bienvenue chez moi.

Ils venaient de franchir un bosquet de sapins touffus pour déboucher dans une clairière.

– Oh, c'est… très mignon ! s'écria Charly.

De fait, une adorable petite maison de bois coloré les attendait. À leur approche, elle se dressa toutefois sur deux monumentales pattes de poulet, aux ergots longs comme le bras, et s'approcha d'eux en se dandinant. Sa démarche était si comique que Charly pouffa nerveusement.

Une voix furieuse s'éleva alors de la fenêtre :

– Ah, mais il y en a assez de cette bicoque ! Elle va encore me ficher le mal de mer !

Charly connaissait ce timbre et ces intonations par cœur. Et ce fut justement son cœur qui bondit en avant.

– GRAND-MA ! hurla-t-il.

Son cri se heurta aux hanches pleines des montagnes, qui s'en murmurèrent l'écho en retour.

– Charly ? riposta la voix stupéfaite.

***

Dame Mélisse avait de nouveau toute sa tête et avait repris de l'embonpoint, alors qu'elle était si maigre aux temps où le Cavalier lui avait volé ses souvenirs. Elle avait aussi retrouvé ses couleurs, quoique les vêtements qu'elle avait dénichés ici ne fussent pas composés de la soie dont elle avait l'habitude. Comme autrefois, elle portait une longue jupe orange et un châle turquoise, le tout mâtiné de colliers rutilants. Cela faisait ressortir sa peau noire et son éclatante chevelure blanche.

Dame Mélisse paraissait formidablement vivante sous ses atours colorés, mais elle s'avança vers Charly en boitant. Ainsi qu'elle le lui expliquerait plus tard, elle avait été blessée en arrivant dans ce monde. Un coup de sabot de la monture du Cavalier avait failli la tuer. Depuis, ça lui faisait une raideur terrible dans la hanche, comme une douleur en sourdine, toujours prête à se déchaîner.

Charly la serra très longuement contre lui. C'était sa manière de lui dire combien il s'était inquiété, combien elle lui avait manqué, combien il était heureux de la retrouver. Sa grand-mère n'était pas en reste et lui rendait son étreinte, l'assurant de la réciproque.

– C'est pas tout ça, mais quand est-ce qu'on mange ? s'agaça soudain Dame Carasse en soufflant des fumerolles par le nez.

– Si vous êtes pressée, Lyneth, vous pouvez me donner un coup de main, lui répliqua Dame Mélisse. Pour préparer des potions, vous répondez toujours présente, en revanche pour faire blanchir des choux, il n'y a plus personne, n'est-ce pas ?

– Quand on est une tueuse de magie comme vous, Estelle, vaut mieux éviter de tripatouiller les potions. Au moins, à la cuisine, vous vous rendez utile !

– C'est surtout que je suis meilleure que vous, avouez-le !

Charly n'en revenait pas. Les deux dames, chacune débordant d'élégance à sa manière, se bouffaient le nez comme deux écolières. Et à la façon que chacune avait de rebondir sur les répliques de l'autre, Charly devinait que le manège était déjà rodé depuis un certain temps. Sa grand-mère logeait-elle dans cette étrange cabane depuis presque trois mois qu'elle avait changé de monde ?

– Je vais t'aider, Grand-Ma, intervint-il pour mettre fin à la prise de bec. Ça fait longtemps qu'on n'a pas cuisiné ensemble.

– Tu es gentil, mon chéri, mais j'irais plus vite seule. Fais-moi plutôt la conversation, j'ai beaucoup à rattraper.

– Je vais vous tenir compagnie, si vous y voyez pas d'inconvénient, dit Dame Carasse d'une façon qui leur laissait entendre qu'ils n'avaient pas le choix.

Elle s'assit près d'eux et enfonça des herbes rousses dans sa pipe, avant de se mettre à fumer. Charly avait craint une odeur âcre qui l'aurait fait tousser (il n'avait jamais supporté les cigarettes), mais le parfum était doux et étonnamment frais. *Pas du tout naturel,* supputa Charly.

Lui-même s'installa à la grande table de bois où sa grand-mère épluchait, coupait et ciselait. La cabane était fonctionnelle avec une très grande cuisine tout équipée. Comme la roulotte de Dame Mélisse, elle était plus grande à l'intérieur.

Alors Charly raconta tout. Thadam, Saint-Fouettard, June, le juge Dendelion et sa métamorphose en Allégorie de la justice, l'enfermement puis l'évasion de Maître Lin, la Loge des Anamnèses qui les avait tant déçus. Il hésita, et finalement il parla aussi de Sapotille, Sapotille, Sapotille. Et encore Sapotille.

Les deux vieilles échangèrent un regard et Dame Carasse dit :

– Il est amoureux, ce garçon.

– Oui, répliqua Charly, et il s'étonna de l'évidence avec laquelle cela lui était venu. Et je m'inquiète pour elle. Le Cavalier a refusé de la tuer et le juge a sous-entendu qu'ils avaient un lien, mais elle a été emportée sur son cheval…

Sa voix s'altéra alors qu'il racontait la scène à laquelle il avait assisté par les yeux de Mandrin.

– Je pense que le Cavalier protège Sapotille, dit alors sa grand-mère.

– Mais… pourquoi ?

– Ça, je l'ignore. Toutefois, je me souviens très bien de cette petite. Elle m'a aidée à combattre le Cavalier dans la cour de l'École des Allumettes Hurluberlu*. Je dois dire que j'étais furieuse, mais elle m'a été d'une aide précieuse. Le Cavalier a eu je ne sais combien d'occasions de la tuer. Du coup, elle gênait ses mouvements parce qu'il se donnait beaucoup de mal pour ne pas lui en faire.

– Peut-être qu'il n'est pas si féroce qu'il en a l'air ? avança Charly.

---

* Voir le tome 1.

– Mon chéri, souviens-toi qu'il a essayé de te tuer.

– Mais… techniquement j'étais déjà mort ! Ou je l'aurais été, si tu n'avais pas passé un marché avec lui pour l'empêcher de m'emporter.

– Marché au cours duquel il ne m'a fait aucun cadeau non plus. Et sans Dame Carasse ici présente, je n'aurais pas fait de vieux os une fois arrivée dans ce monde.

En parlant, elle avait posé une main fragile sur sa hanche abîmée. La sorcière lui fit un petit salut et il passa entre elles une onde de respect mutuel.

– Cette chose, intervint Dame Carasse, elle n'est même plus humaine. C'est juste un tas de magie morte. Ce qui est amusant, par contre, c'est qu'elle a cru qu'elle ferait le poids contre moi.

– Par pitié, arrêtez de vous vanter ! s'agaça Dame Mélisse.

– Sûrement pas ! Mon orgueil, c'est la source de ma magie, répliqua Dame Carasse. Et comme je suis la sorcière la plus puissante de la Terre d'Airain, ça vous donne une petite idée de sa taille.

Elle paraissait très fière d'elle. Charly décida de ne pas laisser les chicaneries reprendre et intervint :

– On devrait rentrer à Thadam, Grand-Ma. Il faut que vous nous aidiez, Dame Carasse ! Rouvrez le portail que vous avez fermé, s'il vous plaît.

La grand-mère de Charly soupira :

– Dame Carasse ne nous aidera pas, Charly.

Puis, adressant un regard furieux à Dame Carasse, elle ajouta :

– Si je n'ai pas pu repartir à la suite du Cavalier tout à l'heure, c'est à cause d'elle !

– Ce n'est pas à cause de moi, si vous tuez la magie, protesta Dame Carasse. Mais faut bien que quelqu'un la protège, et ce quelqu'un, c'est moi. Je pourrais me laisser fléchir si vous étiez moins puissante, mais vous faites partie de ceux qui commettent un carnage à chaque sortilège. Une chance que vous ne soyez pas beaucoup dans votre monde à être aussi forts ! Bien sûr que je ne vais pas vous laisser rentrer !

Pour une fois, elle s'exprimait sans provocation.

– Et mon petit-fils ? Vous le coincez ici, lui aussi ?

Dans la voix de Dame Mélisse, la colère se mêlait au désespoir et Charly sut que, quelle que soit la réponse, sa grand-mère ne pourrait rien faire pour lui.

– Non, lui, il peut partir s'il veut. Il fait de la très vieille magie qu'il nourrit au lieu de la tuer.

– La magie intuitive…, murmura Charly.

– Mais il devra se trouver un nouveau passage, reprit la sorcière. Çui-là, je l'ai raccommodé et c'est pas trop tôt ! Il se déplaçait sans arrêt depuis des mois et si votre Cavalier n'avait pas soudain foncé dans la bonne direction, je le chercherais encore.

– C'est ce que vous faites ? comprit Charly avec angoisse. Raccommoder les trous qui lient les mondes entre eux ? Mais… pourquoi vous faites ça ?

– Parce que je suis mandatée par le vieux roi de Chaolie, qui est très fâché que la magie fiche le camp de son pays pour s'écouler dans le vôtre. Ce serait pas grave, si la magie n'était pas vivante et massacrée par vos sortilèges. Sans parler des pauvres bestioles qui vont se perdre par chez vous, et à qui vous ne faites pas de cadeau.

Charly grimaça. Il avait en tête Flammenküche, le pauvre dragon exploité dans l'arène des courses thadamaises.

– Alors c'est pour ça que la magie disparaît à Thadam, comprit-il. Parce que vous fermez les portails…

– Non. C'est parce que vous la tuez. Chaque humain a une petite quantité de magie en lui qu'il peut faire croître et multiplier, sinon vous ne pourriez pas la manipuler. Mais pour qu'il y ait de la magie à foison, faut soi-même produire du merveilleux. Piocher en soi. C'est un cycle. Que vous brisez en pillant tout sur votre passage.

– Ne dites pas « vous », s'interposa Dame Mélisse. Charly n'agit pas ainsi.

– Non, c'est vrai. C'est pour ça que si on trouve un autre passage, il pourra partir et pas vous.

Charly s'affola.

– Mais c'est ridicule ! Et si Grand-Ma promettait de ne plus jamais faire de magie runique pour se mettre à la magie intuitive ?

– J'ai l'air si facile à embobiner ? Je sais très bien que lorsqu'on est versé dans l'un – surtout à l'âge vénérable de ta grand-mère qui est à peu près le mien –, il est impossible de retourner vers l'autre. Les choses sont figées.

– Je trouve ça absurde ! s'énerva Charly. Et vous ne pourrez pas toujours surveiller ma grand-mère ! Qu'est-ce qui l'empêche de faire ce genre de magie ici ?

Dame Carasse eut un petit rire sec.

– Oh, mais c'est qu'ici la magie sait se défendre ! Elle n'est pas pauvre et affaiblie comme dans votre monde, à trébucher dans tous les pièges que vous lui tendez.

– Elle a raison, Charly, intervint Dame Mélisse. J'ai essayé d'en faire en arrivant et… la magie m'a mordue en quelque sorte. Mordue fort. La bonne nouvelle, c'est qu'ici elle est partout. On la respire et elle ne s'efface pas de notre mémoire si on cesse de la pratiquer. Alors… ça ira pour moi, mon chéri. Ne t'inquiète pas. Préoccupons-nous plutôt de te renvoyer à Thadam.

– Même ça, ce ne sera pas simple, dit alors Dame Carasse. En fait, je ne suis pas sûre que ce soit possible. J'ai fermé beaucoup de portails ces derniers temps, il n'en reste peut-être plus du tout.

– Vous ne pouvez vraiment pas rouvrir celui par lequel je suis arrivé ? insista Charly.

Dame Mélisse sortit la bobine de fil doré qu'il lui avait déjà vu tenir. Dessus, il ne restait plus que quelques centimètres de fil.

– Ce n'est pas un fil ordinaire, mon garçon, lui dit doucement Dame Carasse. Il provient d'une espèce de mouton qu'on appelle *toison d'or*. Les toisons d'or ont certaines propriétés, que je ne vais pas t'expliquer en détail parce que c'est barbant, mais ton portail n'existe plus. Je ne pourrais pas te renvoyer dans ton monde, même si je le voulais.

Et elle ajouta un bref : « Désolée. »

Charly la regarda sans comprendre.

– Je suis vraiment coincé ici ? *Nous* sommes coincés pour de bon ?

– On va trouver une solution, mon chéri, répéta sa grand-mère.

Mais elle-même n'y croyait pas, c'était visible.

3
Cavalier prend pion

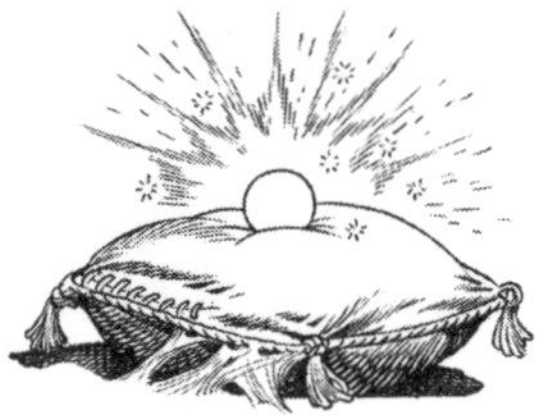

Sapotille et Césaria s'étaient levées à l'aube. Elles n'avaient fermé l'œil ni l'une ni l'autre.

Le manoir de Célestin Bourpin était encore tout endormi et grinçait comme s'il ronflait. C'était une respectable bâtisse, mais uniquement de par son âge. Le reste était une blague d'architecte, avec deux tours carrées, qui écrasaient entre elles un bateau de bois. Celui-ci paraissait comme suspendu dans les airs, prêt à s'écraser sur les visiteurs qui sonneraient à la porte.

À l'intérieur, tout n'était que tapis et coussins chatoyants. En fait, l'ensemble ressemblait beaucoup à Célestin Bourpin : improbable, pas sérieux, mais chaleureux.

La veille au soir, il avait réparti les couchages dans la panique, peu habitué à recevoir du monde. Césaria avait eu droit à une vraie chambre, tandis que Sapotille – comme June – avait été installée sur la mezzanine du bateau, dans un hamac suspendu au-dessus du laboratoire.

Épuisée par la journée, June avait déclaré : « De toute façon, ça sert à rien de rester réveillée, c'est pas ça qui nous ramènera Charly. » Et elle avait suivi son propre conseil, s'enfonçant dans un sommeil de plomb.

Sapotille, de son côté, avait gardé les yeux au plafond, épongeant quelques crises de larmes et se rongeant les ongles. Quand le petit jour s'était infiltré à pas de loup, pour venir grignoter les ombres et réchauffer le bois, elle n'y avait plus tenu. Elle était allée frapper à la porte de Césaria qui avait ouvert tout de suite, déjà habillée.

– J'ai une idée, dit Sapotille. On va avoir besoin de Pépouze.

Césaria attrapa la serpillière par la peau du cou et la suivit sans mot dire.

Elles traversèrent le manoir en silence. Seul le WC en céramique ancienne leur courut après, tout guilleret, comme si elles allaient l'emmener en promenade.

– Chht ! Tu restes là, tu gardes la maison, lui ordonna Sapotille.

De déception, il tira la chasse d'eau et fit demi-tour.

– Il faut qu'on retourne là où j'ai affronté le juge, hier, expliqua Sapotille tandis qu'elles avançaient dans l'aube grise. D'après June, Charly a tenté de me rejoindre. Il s'est peut-être blessé sur le chemin.

– Tu aurais dû m'en parler hier ! S'il a passé la nuit dehors par ce froid…

Césaria ne termina pas sa phrase, mais pressa le pas.

– Je n'y ai pensé que ce matin, murmura Sapotille, avant de l'imiter.

Elles trottaient à présent péniblement, se tordant les chevilles dans les nids-de-poule gelés. Le froid les saisit, s'emparant d'abord de leurs pieds, puis de leurs mains, de leur nez et enfin de leur poitrine. Aucune des deux ne s'en plaignait. Si elles avaient froid maintenant, ç'aurait forcément été pire pour Charly durant la nuit.

Césaria n'avait pas été très précise quant à la façon dont elle avait recouvré la mémoire. Sortilège ou pas, il semblait que son fils lui avait trop manqué et qu'une espèce de choc lui avait rendu l'intégralité de ses souvenirs. La pilule avait dû être amère, lorsque, après être arrivée à Thadam ventre à terre, elle avait découvert la disparition pure et simple de son fils. Sapotille avait beau s'inquiéter tout autant, elle compatissait.

Elles coupèrent au travers des champs désolés par l'hiver. De temps à autre, un épouvantail agitait un bras dans leur direction, mais la plupart avaient été volés pour les combats illicites des Champs du Mal d'Aurore et la campagne était désespérément nue.

Sapotille s'arrêta près d'un bosquet d'yeuses qui avaient conservé leur feuillage.

– Ça devait être à peu près par ici… Le Purgatone n'est pas loin.

De fait, elles apercevaient le roncier éventré, de là où elles se trouvaient. Sapotille se saisit de la serpillière, dont elle flatta le crin rêche.

– Allez, Pépouze. Ton maître n'est pas loin, cherche ! Cherche Charly, ma belle !

À son grand soulagement, la serpillière obéit. Elle agita d'abord ses franges, puis se mit à ramper sur le sol. Elle tourna sur elle-même, avant de se décider d'un coup et de foncer en direction des bois.

– Bravo, Pépouze, c'est bien ! l'encouragea Sapotille. Tu auras… tu auras un bon seau d'eau sale quand tu auras trouvé.

De son côté, Césaria avait le souffle court et ne pipait mot. En coulant un œil dans sa direction, Sapotille s'aperçut qu'elle était livide. Sa peau noire en était presque grise. Césaria était malade de terreur à l'idée que son fils ait passé cette nuit de janvier dehors. Nul ne pouvait survivre à des températures pareilles.

– Elle s'est arrêtée, glissa soudain Césaria entre ses dents. Là, derrière les trois arbres.

– Je ne vois rien ! cria Sapotille trop fort alors que Césaria était à ses côtés.

Pépouze, toutefois, sautillait sur place, indéniablement fière d'elle.

– Là ! C'est… un chapeau ? s'étonna Césaria.

Sapotille ne put refréner un sourire.

– Mais oui, Charly est dans le chapeau, comme Dame Mélisse ! Mandrin a dû le lui rapporter ! C'est une bonne nouvelle, ça signifie qu'il va bien.

Elle sourit à Césaria.

– Vous allez voir, je vais le ramener d'une seconde à l'autre.

Quand elle plongea sa main dans le chapeau, sa surprise

de heurter le fond fut telle, qu'elle manqua de le transpercer. Heureusement, les coutures craquèrent, mais ne cédèrent pas. Sapotille fronça les sourcils et recommença, avec davantage de douceur cette fois-ci. Mais le chapeau résista encore.

– Il est supposé se passer quelque chose ? demanda Césaria.

– Je ne comprends pas ! Le portail devrait s'ouvrir !

– La gemnez est peut-être usée ?

Les gemnez étaient des souvenirs de magiciers en forme de perles blanches qui servaient de monnaie à Thadam, mais aussi de réservoir de magie. Chaque objet magique en possédait au moins une. Sur le chapeau, elle était fixée au ruban.

– Oui, peut-être, admit Sapotille.

Et elle coiffa le sapeur, l'enfonçant profondément sur ses boucles blondes. Aussitôt, il réagit. Des arcs d'étincelles tiraillèrent les vêtements de Sapotille et, en quelques secondes, elle fut revêtue d'une flamboyante robe de laine rouge, au col et aux poignets garnis de fourrure noire à reflets dorés. Le chapeau, quant à lui, s'était changé en une couronne de roses rouges.

– Il fonctionne, déclara Sapotille, dépitée.

– Donc, mon fils est passé de l'autre côté, soupira Césaria. C'est… plutôt une bonne nouvelle, je crois. En tout cas, nous pouvons continuer d'espérer.

– Et c'est tout ? On ne va rien faire de plus ?

Sapotille attendait mieux de l'intervention d'un adulte et ne pouvait s'empêcher d'être acide.

– Si, bien sûr ! Tu crois que j'abandonnerais mon fils ? Et ma mère ? Mais inutile de s'agiter comme des poulets sans tête. Rentrons chez Célestin, j'ai besoin de réfléchir.

Sur le chemin du retour, alors que la brume du petit jour s'effilochait sous un ciel bleu vif, Sapotille s'aperçut que Césaria affichait un sourire sans joie.

– Qu'est-ce qui vous fait sourire ?

– Rien, une ironie idiote.

Césaria laissa passer un silence et reprit :

– C'est juste que… le père de Charly est de l'autre côté, lui aussi. Sur la Terre d'Airain.

– Vraiment ?

Sapotille était stupéfaite.

– Vraiment. Il est le dernier homme à avoir franchi le portail des jardins de l'Académie sans autorisation. C'était son grand rêve et il l'a réalisé. C'est depuis ça que l'Académie a triplé la sécurité.

– Mais… il n'est jamais revenu ? Il vous a abandonnés, Charly et vous ?

– Oh oui ! C'était un bon-à-rien tout à fait adorable. Il était très joli à regarder mais il n'avait aucun sens des responsabilités. Je l'avais choisi parce que ça ne le gênait pas qu'on m'ait injecté la pétricelle – ce qui est rare, tu peux me croire. Et aussi, il avait un charme ravageur dont j'étais tombée très amoureuse.

Sapotille hocha la tête, en songeant qu'elle voyait mieux de qui Charly tenait ce trait de caractère.

– J'espérais qu'il élèverait Charly dans la magie [illegible] ne pouvais pas le faire moi-même. J'étais enceinte jusqu'aux yeux quand il m'a annoncé qu'il préférait partir avant la naissance du petit, parce que après ce serait trop dur pour lui. Il m'a quittée très gentiment. Et ma mère a eu l'élégance de ne pas me dire « je te l'avais bien dit », alors qu'elle l'a pensé très fort.

Il y eut un nouveau silence.

– Enfin, c'est du passé, tout ça, conclut Césaria d'une voix fragile.

De voir Césaria atteinte inquiéta Sapotille. Elle espérait que Césaria serait forte, que Césaria serait dure. Qu'elle prendrait le taureau par les cornes et que tout plierait devant sa volonté. Mais évidemment, on ne peut pas demander à une mère d'être un roc, quand on vient de lui voler son fils.

Heureusement, le manoir de Célestin Bourpin était proche.

Heureusement aussi, Célestin avait préparé un petit déjeuner gargantuesque, avec l'aide de June. Si elles étaient rentrées dans une maison froide et déserte, elles auraient probablement flanché l'une et l'autre.

– Un des seuls inconvénients de la solitude, leur déclara Célestin tout de go, c'est qu'on ne peut pas faire de petits déjeuners en famille. Or j'en ai toujours rêvé, il paraît que c'est vraiment très bien. J'ai donc décidé qu'on serait une sorte de famille, le temps que vous resterez ici.

C'était si mignon que Sapotille, June et Césaria lui sourirent.

– Et c'est moi qui serai le chef de famille.

Les sourires disparurent.

– Allez, quoi ! S'il vous plaît !

Il avait l'air si avide et anxieux que Sapotille se rappela soudain qu'il avait passé toute sa jeunesse à Saint-Fouettard. Jouer les chefs de famille devait relever d'un très ancien fantasme.

– Bon, d'accord, admit-elle du bout de lèvres.

– Mais on fera le chef à tour de rôle, tempéra June.

– Moi, je suis une emmerderesse, comme ma mère, coupa Césaria. Je n'ai pas de chef. Mais tu peux lire le journal en posant les pieds sur la table, si ça t'amuse.

– C'est gentil de me guider, parce qu'en fait, je ne savais pas tellement en quoi consistait le rôle, la remercia Célestin.

Il les entraîna au salon, une magnifique pièce aux murs bleus, où citronniers et orangers poussaient à même le parquet. Des coussins multicolores garnissaient les lieux. Les fauteuils, des antiquités arthritiques, s'approchèrent pour leur faire la fête comme de vieux chiens fatigués. Sapotille s'assit avec moult précautions sur un rocking-chair dépaillé et leva les yeux vers les tableaux accrochés en hauteur. La première fois qu'elle était venue ici, elle était trop malade pour y prêter attention, mais ils étaient pleins de personnages souriants, jouant à l'escarpolette, à colin-maillard ou à des courses aux cerceaux.

La table centrale était recouverte de victuailles. Ça débordait de croissourires et de neige meringuée* disposés autour d'un énorme samovar rempli de thé brûlant. Dans une assiette, des crêpinettes étaient occupées à se retourner sans arrêt comme, heu… des crêpes. Il y avait aussi de la confiture de citrolles et une foule d'autres choses.

– Je me suis dit qu'un bon chef de famille devait pourvoir aux besoins collectifs, du coup, j'ai passé beaucoup de temps hier soir en cuisine. Ça vous convient ?

Il avait posé sa question sur un ton inquiet et tout le monde s'empressa d'approuver.

– Ça manque juste de noix-surprises, dit June. Vu qu'on en a des tonnes, il faut quand même qu'on trouve des occasions de les manger !

Et elle partit les chercher.

Le début du petit déjeuner se déroula très bien. On remplissait les bols et les assiettes avec un peu de normalité. Chacun avait aussi très à cœur de se rassurer sur le sort de Charly.

---

* **Neige meringuée** (recette de Dame Mélisse) : 6 œufs (ou 30 cl d'eau de pois chiches), une bonne pincée de sucrétincelle, 3 tasses de neige bien fraîche, 3 gouttes d'extrait de vanille. Cassez les œufs et séparez les blancs des jaunes, ou versez votre eau de pois chiches directement dans une jatte. Battez les blancs ou l'eau sans trop de férocité, tout cela doit rester tendre. Ajoutez le sucrétincelle jusqu'à ce que les blancs aient une consistance compacte et qu'ils soient tout poupoupidous. Quand un petit nuage d'étincelles se forme au-dessus de la préparation, ajoutez la vanille, puis la neige à la spatule. Travaillez de préférence en extérieur plutôt que dans la tiédeur de votre cuisine, pour éviter que la neige ne fonde. Sur une plaque de four, disposez de petits tas de meringue avec deux cuillers à soupe. Enfournez dans un « four à froid » et gardez la porte ouverte durant une heure. Surveillez attentivement. Chantez une petite chanson sur les neiges éternelles pour encourager vos meringues. Quand le four crépite et qu'au moins trois personnes ont passé la tête par la porte de la cuisine en disant « hmmm », sortez les meringues. Si elles sont trop molles, prétendez qu'elles sont « à l'italienne ». Recette déconseillée aux dents sensibles.

– Il a sûrement retrouvé Dame Mélisse, dit Sapotille. J'ai vu à quoi ressemblait l'autre côté, ça n'a pas l'air très peuplé. Le portail s'est déplacé, mais il n'a pas dû tomber si loin. D'ailleurs, le Cavalier est bien revenu, lui.

– Quand bien même la magie fonctionne différemment là-bas, ma mère n'est pas sans ressources, renchérit Césaria. Je suis tellement soulagée qu'elle ait retrouvé sa mémoire ! Quelque part, je préfère la savoir là-bas avec tous ses esprits, plutôt qu'ici avec le regard vide.

Et elle reprit un croissourire.

Sapotille approuva d'un coup de menton décidé, tout en cassant les noix-surprises l'une après l'autre. Assise à ses côtés, June paraissait dépitée.

– C'est ça qu'on a gagné ? Mais… à part qu'elles ont la coquille dorée, c'est juste des noix normales !

– La plupart oui, répliqua Sapotille. Seulement chaque année, les noyers de Thadam produisent une ou deux noix vides en apparence, mais qui exaucent un vœu.

– Et on peut demander ce qu'on veut si on tombe dessus ? Genre un dragon ou voler sans balai ?

– Ça ne fonctionne pas comme ça. En fait, la noix exauce le souhait que ton cœur désire le plus ardemment.

June lorgna les noix avec suspicion.

– On est sûr que ça marche, au moins ?

– Certains disent que non. Mais mon frère Gothen en a eu une, un jour.

– Et qu'est-ce qu'il souhaitait ?

– Devenir une Allégorie, c'est ce qu'il a dit.

– Bah dis donc, on a vachement intérêt à se méfier de ce qu'on désire. Moi, je touche plus à ça !

Sapotille, elle, espérait que les noix sauraient mieux qu'elle ce qu'elle désirait. Elle en voulait terriblement au juge d'avoir piétiné son intimité. Depuis, elle avait le plus grand mal à savoir quand dire oui, quand dire non, et ce qu'elle aimait. Charly savait le lui faire dire, lui. Charly était son phare, qui la guidait sans jamais l'entraîner de force. Mais Charly n'était plus là. Alors voilà, c'était simple. Elle avait besoin de Charly. Elle voulait Charly du fond du cœur. Ça, au moins, c'était un désir qu'elle était capable de formuler.

Elle brisa une autre noix.

En bout de table, Célestin peinait à jouer les patriarches. Lire les pieds sur la table n'était pas si confortable et le déséquilibrait. Il finit par les poser par terre avec une expression d'échec sur le visage. Au moins pouvait-il se concentrer sur le journal.

– Tu avais raison, dit-il finalement à Sapotille. Les condamnations de Maître Lin et de Dame Mélisse sont annulées. Ils n'expliquent pas pourquoi, mais si le juge Dendelion le dit, c'est qu'il doit avoir ses raisons.

Césaria braqua soudain son regard sur une page que Célestin n'avait pas encore lue.

– Qu'est-ce que c'est que cette histoire de pannes de magie ? demanda-t-elle.

– Ah oui, j'ai oublié de vous en parler hier soir ! s'exclama

Sapotille la bouche pleine. Ça arrive de plus en plus souvent. Il n'y a plus assez de moires à Thadam. Certains disent que c'est parce que la magie meurt, mais on ne sait pas pourquoi.

– Les moires, c'est les trucs qui servent à mesurer la magie et tout, comme les kilos qui servent à mesurer la masse, précisa June.

Bien que ce fût sans doute accidentel, elle était fière d'être parvenue à retenir cette information et tenait à le faire remarquer.

– Merci, June, je suis au courant. Permettez, Célestin ? demanda Césaria en s'emparant du journal, pour le lire plus attentivement. Vous avez vu cela ? Le juge annonce des restrictions ! Une taxe va être imposée à tous ceux qui possèdent ou vendent des plantes ou des animaux magiques. Apparemment, ils consomment trop de magie.

– Vraiment ? s'étonna Célestin. Eh bien, ma foi, Azalée Tous les Pastels du Monde et Baroque ès Lettres de Noblesse ont toujours été un caprice hors de prix. Alors un peu plus ou un peu moins...

Il évoquait ses licornes, deux carnes affreusement snobs, qu'il bichonnait avec un amour qu'elles ne méritaient pas.

– Il y a pire, poursuivit Césaria. Pour reconstituer les réserves de moires, la magie sera interdite un jour par semaine. Le mardi.

– Pour tout le monde ? s'étonna Sapotille.

Césaria lui retourna un sourire entendu.

– Non, bien sûr. Il y a une exception pour les miliciens et les Académiciens afin d'assurer le bon fonctionnement de la cité, comme ils disent.

– C'est stupide. Ce sont eux qui dépensent le plus.

– Mais… il a le droit de faire ça, votre juge ? intervint June. De pondre des règles quand ça lui chante ?

Célestin haussa les épaules.

– La justice et la loi sont deux choses du même registre, dit-il.

– Ouais, enfin, normalement dans une démocratie, y a séparation des pouvoirs et tout. Je suis sûre d'avoir entendu ça à l'école, un jour où j'écoutais par accident.

– June, la reprit Césaria gentiment, Thadam n'est pas une démocratie.

Au même instant, Célestin se racla la gorge :

– Je vous encourage bien sûr à respecter la loi. Si la magie disparaît, nous devons tous en user avec parcimonie. Néanmoins, vous devez savoir que ce manoir a autrefois été la demeure de l'Allégorie de la vérité et est donc soumis au théorème de Kerbenec.

– Ce qui signifie, traduisit Sapotille, que si on fait de la magie un mardi, personne ne pourra le savoir. Même pas les Académiciens qui contrôlent la trame, parce qu'on sera invisibles…

– Faites tout de même attention, insista Célestin. Les Allégories savent que je ne porte pas le juge dans mon cœur, mais le problème est grave et dépasse les vieilles rancœurs. Je plaindrais presque l'Académie d'avoir à gérer une telle situation de crise.

Césaria reposa brusquement le journal sur la table.

– Bien. Nous avons beaucoup à faire. Tout d'abord, jeune dame – elle s'était tournée vers June –, nous allons appeler tes parents. Tu devrais avoir honte, ils sont forcément fous d'inquiétude.

– Je rentrerai pas ! s'énerva June. Pas tant qu'on n'aura pas retrouvé Charly !

– Nous devons au moins les rassurer. Leur dire que tu es en compagnie de camarades de classe et de ton ancienne directrice devrait les apaiser un peu. Ça, et un petit sortilège.

– Ma chère Césaria, sans vouloir te faire la leçon, intervint Célestin, tu devrais te limiter en magie plus que tout autre. Je n'ai pas envie d'installer ta statue de porcelaine au cimetière de la Petite Jeune Fille d'ici à la fin de l'année. Tu sais que ça peut aller très vite…

Il lorgnait l'auriculaire droit de Césaria dont la première phalange était déjà pétrifiée.

– Si je ne fais pas de magie du tout, je risque de perdre la mémoire une fois de plus et c'est hors de question. Par ailleurs, je dois m'occuper de la Loge des Anamnèses et j'ai besoin de toutes mes capacités pour le faire.

– Les gens de la Loge nous ont plutôt déçus, avança Sapotille.

– Des gros nazes, ouais ! s'écria June. Ils nous ont laissés faire tout le boulot et ils ont même pas été fichus d'empêcher l'Ascension du juge.

– Je ne suis pas supposé entendre cette conversation, leur glissa Célestin avec un petit sourire gêné. Je ne fais pas partie de, hem… la résistance.

Mais tout le monde semblait avoir décidé du contraire.

– Je pense qu'il va falloir remettre beaucoup d'ordre dans tout ça, soupira Césaria. J'ai dirigé une école, je devrais y parvenir. Savez-vous qui sont ses membres actuels et où je peux les trouver ?

– Il y en a pas mal rue de la Main Manchote, hasarda Sapotille. Et bien sûr, vous devriez voir le dirigeant de La Charité Moqueuse qui est très pénible et qui ne veut jamais rien faire.

– Parfait. Je pars en ville. Célestin, peux-tu m'atteler ta citrolle ?

– Azalée Tous les Pastels du Monde et Baroque ès Lettres de Noblesse n'accepteront jamais d'être conduites par toi.

– Mais par moi, oui ! s'écria June en bondissant de sa chaise. Je viens avec vous.

– Moi aussi, ajouta Sapotille. Je dois me renseigner pour les conférences de l'Académie et voir les horaires du musée de la Guerre du Détournement de Magie.

June la fixa avec des yeux ronds.

– C'est tout ce que j'ai gagné dans cette histoire, alors je le veux, d'accord ? s'écria Sapotille avec une virulence qui l'étonna elle-même.

Voulait-elle vraiment ces conférences et ces visites au musée, alors qu'il y avait bien plus important ? Sans doute que oui, parce que ça lui ressemblait de désirer de telles choses. C'était ce qu'elle était : l'intellectuelle assoiffée de connaissance. Elle n'était pas certaine d'avoir envie des mêmes choses qu'autrefois, mais jusqu'à ce qu'elle y voie plus clair, il valait mieux faire semblant.

***

– Je vous préviens toutes les deux : pas question que vous soyez dans mes jambes quand j'irai discuter avec les membres de la Loge. Ce sont des histoires d'adultes et vous n'avez rien à y faire.

Sapotille pinça les lèvres. Elle avait espéré que Césaria Vernier prendrait les choses en main, pas se retrouver elle-même sur la touche. Elle répliqua avec acidité :

– En attendant, heureusement qu'on s'en est mêlés au cours des dernières semaines, de ces histoires. Parce que lesdits adultes n'ont pas brillé par leur efficacité.

– Sauf du côté des méchants, ajouta June.

– Je suis là pour que ça change. Maintenant, laissez-moi ici. La rue de la Main Manchote est à deux pas. On se rejoint dans deux heures au Lutin Gourmet. Ça existe toujours, n'est-ce pas ?

– Ça existe toujours et d'accord, répondit Sapotille, boudeuse.

– Par contre, on vous prévient, c'est vous qui payez.

June ne perdait jamais le nord sur les questions d'argent.

Dès que Césaria eut posé le pied à terre, elle siffla entre ses dents et les licornes reprirent leur trot altier.

Le musée était tout proche.

– C'est, hum… c'est vraiment ici ? s'étonna June.

Sapotille vérifia sur le papier qu'elle était parvenue à récupérer aux arènes.

– En tout cas, c'est l'adresse indiquée.

Elles descendirent avec circonspection. June attacha les licornes près d'une auge qu'elle emplit d'eau fraîche. Elle ne craignait pas que l'attelage fût volé : la citrolle dorée de Célestin, comme ses licornes, était trop reconnaissable.

Pendant ce temps, Sapotille s'était approchée du bâtiment. C'était une sorte d'immeuble croulant, dont plusieurs vitres avaient été brisées et remplacées par des cartons. Un escalier, entre les marches duquel poussaient des mauvaises herbes, menait au premier étage à une porte discrète. En plissant les yeux, Sapotille finit par décrypter le petit panneau posé à côté : « MU ÉE DE LA UERRE DU D TOURNEM T DE MAG E ». Plusieurs lettres avaient été effacées par l'usure.

– On est bien arrivées, confirma-t-elle à June. Tu viens ? On a droit à plusieurs abonnements, je ne vais pas tous les garder pour moi.

June râla.

– La dernière fois que j'ai mis les pieds dans un musée, c'est quand mes parents ont accroché ma photo dans la Haute Galerie des calissons Bourdoncle. Et je me suis juré que ce serait la dernière !

Néanmoins, elle gravit les marches avec Sapotille.

L'employé derrière le comptoir fit un véritable bond quand elles poussèrent la porte d'entrée.

– Qui… qui êtes-vous ? Qu'est-ce que vous voulez ?

June et Sapotille se retournèrent un regard incertain.

– Eh bien… on a gagné des abonnements à la course des Cadets… Vous aviez bien proposé des abonnements, oui ?

Sapotille les tendit à l'employé, qui les examina.

– Oui, oui, bien sûr ! Ils sont tout à fait authentiques. C'est juste qu'on ne pensait pas que quelqu'un viendrait vraiment. C'était plus une plaisanterie du directeur qu'autre chose !

Il eut un petit rire tout surpris, avant de se reprendre et d'enregistrer leur nom.

– Voilà. Vous pouvez entrer. Excusez la poussière. Je nettoie quand j'ai une minute à moi, mais on n'a plus les crédits pour ça.

Sitôt qu'il les eut aiguillées, il se replongea dans un énorme livre à l'écriture très serrée.

– Eh beh, ça fait longtemps qu'il a pas eu une minute à lui, souffla June lorsqu'elles eurent pénétré dans la première salle.

Elle était repoussante de crasse.

– Je pense que si on ne touche à rien, on n'attrapera pas de maladie, murmura Sapotille en retour.

Elles se dispersèrent parmi les vitrines et les panneaux jaunis, June s'ennuyant par avance. Elle passait distraitement devant les photos d'Holger Frakass, qui avaient été sélectionnées pour qu'on comprenne bien que c'était lui, le méchant : ici les cheveux en pétard, là les yeux révulsés, ici encore dans un contre-jour qui habillait sa silhouette d'une ombre inquiétante.

– Je ferais mieux d'attendre avec les licornes. Pourquoi on est là, au fait ?

– Parce qu'on a gagné le droit d'y être ! En plus, imagine qu'on passe le grade d'Élémenter, on aura besoin de savoir tout ça. La guerre du Détournement de Magie a été un événement très important dans l'histoire de Thadam.

– Mais je m'en fiche, moi, de passer le grade d'Élémenter !

– Eh bien, tu as tort ! Avec un grade d'Élémenter, on est beaucoup moins impuissants. On a plus de magie, plus de droits, plus de moyens. Et Césaria ne nous aurait pas écartées si on était des

Élémentères. Sans compter que la milice serait moins sur notre dos et qu'on ne risquerait plus de finir à Saint-Fouettard ! Et le juge ne m'aurait jamais arraché… et peut-être qu'on trouverait comment chercher Charly parce qu'on saurait plus de choses !

June fit la moue, mais ne trouva rien à répondre. Elle lut mollement deux panneaux de plus avant de reprendre la parole :

– Si tu veux mon avis, ton musée, c'est surtout un truc de propagande à la gloire de l'Académie. Ça parle que d'elle !

– C'est normal. C'est à cette occasion que l'Académie a été fondée, pour résister à Holger Frakass. Tu sais, le méchant.

À présent, elles se tenaient toutes deux devant une grande photo légendée : *Les premiers Académiciens posent la première pierre de l'actuelle Académie.* Ces messieurs tout proprets tenaient qui une pierre (pas trop grosse), qui une petite truelle, qui un mini-bac de mortier ou un fil à plomb. On voyait bien que c'était la première et la dernière fois de leur vie qu'ils touchaient ce genre d'outils.

– Pourquoi est-ce qu'ils sont tous aussi jeunes ? demanda June.

En effet, à l'exception d'une poignée de vieux sages, tous avaient l'âge d'être étudiants. Sapotille fronça les sourcils et chercha la réponse dans le long cartouche sous la photo. Ce qu'elle lut l'étonna beaucoup.

– C'est parce qu'à cette époque tout le monde pratiquait un genre de magie intuitive. Du coup, ils espéraient que les jeunes s'adapteraient plus facilement à la magie runique.

Manifestement, l'information n'était même pas secrète. Elle

était juste ignorée des Thadamais, comme on le fait d'un passé honteux, en le poussant sous le tapis. Sapotille fronça les sourcils. Elle avait toujours cru – on le lui avait martelé – que les Intuitifs consommaient trop de magie, qu'ils la gaspillaient. Mais apparemment, c'était plus subtil. C'est surtout qu'ils rendaient la magie plus sauvage, moins maîtrisable.

– Ouaip, et je suis sûre que la nouvelle Académie a choisi ses membres parmi les plus talentueux, grinça June. Ça doit être un hasard si y a que des hommes et pas une seule femme.

– C'était une autre époque, tempéra Sapotille.

– Sûr que c'est super différent aujourd'hui. Y a combien d'Académiciennes, déjà ? Quatre ? En plus, ils ont pris que des vieilles connes.

– June !

Sapotille jeta un regard inquiet vers l'employé, mais il était toujours englouti dans son livre.

– Tiens, j'ai une question, reprit June. Pourquoi ils ont pas recruté cette fille, si c'était juste une question de compétence ? C'est quand même elle qui a inventé le système !

June désignait du pouce une drôle de jeune femme aux joues basses pleines d'acné, Silverine Lampion. Le portrait était mauvais, extrait d'une photo de groupe qu'on avait trop grossie.

– J'ai déjà entendu parler d'elle, dit Sapotille. C'est Silverine Lampion qui a eu l'idée d'utiliser des casse-tête pédagogiques pour enfants comme pièges à magie. L'université de l'époque les a imaginés en plus grands et a appelé ça des runes. C'est comme ça qu'on a pu récupérer une partie de la magie détournée par

Holger Frakass et ses sbires. Évidemment, c'était un coup de chance de sa part, mais on lui doit quand même une fière chandelle.

– De la chance, hein ? maugréa June qui se crevait les yeux sur les petites lignes. Vu qu'elle était femme de ménage à l'université, ils allaient pas reconnaître qu'elle était plus maligne qu'eux !

– Regarde ! Elle a quand même eu de la reconnaissance, il y a toute une pièce qui lui est consacrée.

– Et pourquoi l'accès est barré ? On peut pas y aller ?

De fait, le traditionnel cordon de velours des musées était tendu en travers de la porte.

– La salle est peut-être en réfection, avança Sapotille.

– Vas-y, on s'en fout, on y va quand même. Je suis sûre que c'est un complot pour pas qu'on sache la vérité sur Silverine Lampion. Si ça se trouve, on va apprendre des trucs incroyables que l'Académie cherche à nous cacher.

– Ça m'étonnerait, quand même…, marmonna Sapotille.

Mais elle enjamba le cordon à la suite de June. À présent qu'elles étaient dans un lieu interdit, l'attention de June était décuplée et elle furetait partout dans la pièce minuscule.

Les vitrines affichaient des coupures de journaux et des reliques sans intérêt : son tablier de femme de ménage et une paire de sabots archi usés. Il y avait aussi un arbre généalogique plein de trous qui ne remontait que jusqu'aux grands-parents.

– June ! Viens voir !

Sapotille s'était arrêtée devant une vitrine très poussiéreuse. Après l'avoir sommairement essuyée, elle avait découvert une gemnez ternie, trônant sur un coussinet. « La présentation de la magie runique à l'université, souvenir appartenant à Silverine Lampion. »

– C'est dommage qu'on ne puisse pas la consulter, souffla Sapotille.

– Qu'est-ce que vous faites ici ? s'étrangla soudain une voix dans leur dos. Revenez tout de suite !

C'était l'employé, il était blême et leur faisait de grands gestes sans franchir le cordon.

– Ah oui ? Et pourquoi vous voulez pas qu'on soye là ? demanda June, provocante. Vous voulez pas qu'on apprenne des trucs secrets sur Silverine Lampion, c'est ça ?

– Quoi ? Mais qu'est-ce que vous racontez ! Le plancher risque de s'effondrer, le bois est tout vermoulu. C'est extrêmement dangereux, revenez !

Sapotille pâlit et se hâta de repasser le cordon, tandis que June prenait son temps, marquant sa désapprobation.

– Vous savez quand cette pièce sera réparée ? demanda Sapotille quand elles furent toutes deux en sécurité.

– Ma pauvre petite, ce n'est pas pour demain ! Ça fait trente-quatre ans qu'on l'a condamnée. Nous n'avons pas les crédits pour la faire réparer et encore moins pour déménager le musée.

– Ça serait pas un peu un complot pour pas qu'on ait certaines informations ? demanda June, méfiante.

– Si seulement ! rétorqua l'employé. La réalité est bien plus triviale : tout le monde s'en fout !

– Moi, je ne m'en moque pas, dit Sapotille. D'ailleurs, j'aimerais beaucoup lire la gemnez qui est dans la vitrine. Je pourrais utiliser une rune qui protégerait le bois juste une minute et…

– Taratata, je t'arrête tout de suite, petite malheureuse ! On n'est pas chez le marchand de bonbons. On ne consulte pas comme ça une gemnez aussi ancienne. Ces petites choses sont précieuses et trop de lecture les use. Seuls quelques Magisters peuvent y accéder pour leurs recherches et encore doivent-ils déposer une requête à l'Académie plusieurs mois à l'avance.

– Ouais, c'est un complot pour nous empêcher de voir ce qu'il y a dessus, quoi, répéta June qui ne lâchait pas son idée.

– Non, c'est la préservation de notre patrimoine, mademoiselle. D'ailleurs…

Il les ramena dans l'entrée et se mit à fouiller dans un buffet qui croulait sous les piles de prospectus.

– Voilà. Le compte rendu de la gemnez est à disposition du grand public.

Il tendait à Sapotille une fiche en bristol jauni. Dessus, une dizaine de lignes imprimées, à peine.

– C'est un peu succinct, non ?

– Je puis vous assurer que le souvenir de Silverine Lampion ne contient rien de plus. C'était une âme simple, voyez-vous.

– Hum, dit Sapotille.

Elle trouvait le compte rendu rudimentaire, mais à dire vrai, le souvenir de Silverine Lampion ne l'intéressait pas plus que ça, même dans la perspective d'un passage de grade. Elle laissa son regard courir sur le buffet. Les prospectus y étaient pour la plupart périmés depuis des années. Elle sourit en apercevant une publicité pour le livre de Dodeline Dendelion : *La Botanique enchantée.*

– Oh, vous avez le programme des conférences de l'Académie ! s'exclama-t-elle soudain. Et en plus, il est à jour !

– Toujours ! Nous lui sommes attachés. Même si nous sommes le parent pauvre.

Sapotille examina rapidement la liste des conférences, avant de la glisser dans son sac. Elle nota que l'une d'elles avait pour thème « Les Allégories », par un certain Lothaire Galbinus. Ce serait sans doute intéressant d'y assister.

Elle remercia et prit congé, traînant June derrière elle.

– Je suis sûre que c'est un complot, remâchait June en descendant les marches. Je VEUX voir cette gemnez.

– Je pense que c'est juste le système qui est mal fichu. Tu sais, un type a dit un jour qu'il fallait préférer l'hypothèse de la bêtise à celle du complot. La bêtise est courante. Alors que le complot exige un esprit rare.

– Si ça se trouve, ce type faisait partie du complot, lui aussi.

Comme June n'en démordait pas, Sapotille soupira et ensemble, elles se rendirent au café du Lutin Gourmet.

L'endroit était bondé, mais une serveuse en costume de chocolat parvint néanmoins à leur trouver une table.

– Cet endroit est trop cool ! s'écria June.

Elle s'était agenouillée sur le sol et en grattait le dallage, fait de carreaux de chocolat noir et blanc.

– June, ne mange pas ça ! Je te rappelle que les gens mettent leurs pieds dessus.

– Han, mais la table aussi est en chocolat, j'adore ! Et tu as vu cette ÉNORME fontaine de chocolat dans l'entrée ? J'en ai jamais vu d'aussi grande !

– Oui, tout est en chocolat, même la vaisselle. Elle, tu auras le droit de la manger. Le reste, non.

Sapotille laissa June continuer à s'extasier sur chaque élément du décor. Elle-même se sentait nerveuse. Autour d'elle, les discussions étaient anormalement agitées. Elle n'eut même pas à tendre l'oreille. Ça parlait fort et le même sujet était sur toutes les lèvres : le juge et ses annonces.

– En tout cas, moi, je ne compte pas me restreindre, assenait un homme. J'ai travaillé toute ma vie pour pouvoir en profiter et c'est bien ce que je compte faire. Une honte, ces restrictions de magie pour les honnêtes citoyens ! J'ai entendu parler d'un livre qui va dénoncer tout ça. Oui, par le directeur de Saint-Fouettard, lui-même ! Il en sait, des choses, on va en apprendre de belles !

– Moi, je dis que ce n'est que justice ! clamait une très grande femme. D'ailleurs, le juge en est l'Allégorie, il sait forcément ce qu'il fait. Vu l'ampleur du problème, il nous faut une poigne de fer pour nous sortir de là. Et en parlant du loup, voilà son fils.

À ces mots, Sapotille fit volte-face, si bien qu'elle se trouva en première ligne quand Thibald et ses deux acolytes, Thorus et Marusa, passèrent la porte d'entrée.

Dans un moment de flottement, une sorte de consensus s'installa, et chacun envisagea de faire semblant de ne pas avoir vu l'autre groupe.

Malheureusement, June était là aussi. Elle s'écria :

– Salut, les losers ! Alors, ça va, depuis qu'on vous a écrasés comme des noix pendant la course ?

Au même instant, les voisines de June et de Sapotille payèrent l'addition et quittèrent les lieux, si bien que la seule table libre de tout l'établissement se trouva collée à la leur.

– Par ici, jeunes gens, appela un serveur en costume de chocolat, ignorant l'hostilité entre les deux groupes.

Thibald s'assit avec mépris et passa commande :

– Trois tasses de chocolat à volonté.

– La même chose pour nous, intervint June, qui avait renoncé à décrypter la carte.

Le serveur prit note et se hâta de transmettre.

– Je pensais que ce café était réservé aux gens de bonnes familles, maugréa Thibald. Et voilà qu'on se retrouve avec des gosses de dégénérés. Les Fouetteux ne devraient pas avoir l'autorisation d'entrer ici.

Par « Fouetteux », il désignait leur ancienne appartenance à Saint-Fouettard. June ne releva pas, occupée qu'elle était à vérifier si les chewing-gums collés sous la table étaient eux aussi en chocolat – et par là même comestibles. Mais Sapotille répliqua du tac au tac :

– Puisqu'on cause de famille, Thibald, vu que tu n'oses pas respirer sans l'autorisation de ton père, je suggère que tu nous fiches la paix. Sauf s'il t'a expressément ordonné de nous asticoter ?

Thibald contracta les mâchoires sous l'attaque.

– Tu ferais moins la maligne s'il était là, mon père.

– Je te rappelle que je l'ai affronté pas plus tard qu'hier soir. Tu étais là, d'ailleurs. Mais peut-être que tu étais trop occupé à t'incruster dans le papier peint.

Le serveur revint à cet instant et interrompit la joute :

– Les consommations de ces messieurs-dames… Je rappelle à toutes fins utiles que vous devez remplir vous-mêmes vos tasses à la fontaine de chocolat.

– On sait, répliqua Marusa, on fréquente ce café depuis qu'on est petits.

– Oui, c'est vous le nouveau, insista Thorus. Nous, on sera encore là quand vous aurez été viré.

Le serveur tourna les talons, visage fermé, glissant un « bonne dégustation » forcé entre ses dents.

De son côté, Thibald n'avait pas digéré les propos de Sapotille et avait mûri sa réplique :

– Tu n'as aucun avenir, pauvre Fouetteuse. Prends les victoires que tu peux, on ne joue déjà plus dans la même cour, toi et moi. Thorus, Marusa et moi, on a décidé de se présenter au prochain passage de grade. On sera les plus jeunes Élémenters depuis dix ans. Et toi, tu es juste une future brevaillonne qui trimera sous nos ordres. Remarque… tu pourras toujours gagner ta croûte en te faisant feuilleter le grimoire. Il paraît que tu as la page légère !

Il se leva et brandit sa tasse, comme s'il trinquait à la santé de Sapotille.

– D'ailleurs, si tu m'invites, je ne dis pas non ! Mon *père* (il insista sur ce mot) m'encourage à m'amuser à l'âge que j'ai.

Thorus et Marusa se fendirent d'un gloussement complice et tous trois se dirigèrent vers la fontaine de chocolat.

– Si je peux me permettre, tenta June, je suis pas sûre de trop piger le rapport bizarre que vous avez avec vos grimoires.

Sapotille parut faire un effort terrible et sa voix était tout étranglée, lorsqu'elle répondit :

– Nos grimoires représentent une part de nous. De notre mémoire et par là même… de notre intimité. Alors quand le juge a arraché mes pages…

– C'est comme s'il t'avait arraché ton intimité.

– Voilà. Ça va beaucoup mieux depuis que je les ai récupérées, mais… Ça ne se fait pas de laisser n'importe qui toucher ton grimoire. Et le pire, c'est quand tout le monde sait que n'importe qui l'a touché. Ça ne devrait pas être comme ça, mais… C'est comme si ton intimité n'avait plus de valeur, puisque n'importe qui peut y avoir accès.

– Whoo, j'ai jamais entendu un tel ramassis d'idioties, et pourtant c'est ma spécialité.

Comme Sapotille devenait encore plus blême, June reprit, plus gentiment :

– Mais n'importe qui ne peut pas y avoir accès, à ton grimoire, puisque tu ne veux pas. Même le juge, il avait pas le droit puisque tu voulais pas.

– Je ne sais même plus…, ajouta Sapotille à voix encore plus basse. J'aurais peut-être dû mieux me défendre…

– Mais tu as dit non ?

– Apparemment, ça ne compte pas quand je dis non. Que je

veuille ou pas, ça ne compte pas. Du coup, je ne sais plus vraiment dire non.

Elle repensait à Panus qui l'avait prise dans ses bras, la veille, et embrassée sous l'oreille.

– Et j'ai aussi du mal à savoir ce que je veux, et ce que je ne veux pas…

– Oh, alors là, je peux t'aider, répliqua June. Moi, je sais toujours ce que je veux. Je vais te coacher ! On va commencer par des exercices faciles. Par exemple, est-ce que tu veux que je te venge, là, tout de suite ? Et que je fasse payer à ces trois abrutis ?

Sapotille releva des yeux flous et incertains.

– Heu… je ne sais pas ?

– Ah, ben va falloir, parce que je déciderai pas pour toi ! Même si j'ai une très bonne idée et très envie d'y aller. Alors, tu veux ou tu veux pas ? Tu as le pouvoir.

– Je… je veux ? se lança Sapotille, hésitante.

– À tes ordres !

Le sourire de June dévoilait tellement de dents quand elle se leva que Sapotille se demanda si elle ne comptait pas un ogre quelque part parmi ses ancêtres.

June se dirigea vers Thibald et sa bande. Comme d'habitude avec elle, il n'y eut pas d'avertissement. Elle fonça à la façon des béliers en direction de Thorus et le culbuta dans la fontaine. Marusa était plus légère. Elle eut à peine le temps de pousser un petit « oh » de surprise, quand June la saisit à bras-le-corps et lui fit suivre le même chemin.

Sans perdre une minute, June se tourna ensuite vers Thibald et le saisit par ses jolies boucles de poète maudit. Thibald eut le tort de vouloir l'insulter au lieu de se défendre. Cela fit de jolies bulles, quand elle lui plongea la tête dans le chocolat crémeux encore, et encore, et encore. Entre-temps, Marusa et Thorus s'étaient redressés dans la fontaine, aussi ahuris que chocolatés. Question surprise, June était partisane de la double lame. Avant qu'ils n'aient pu se reprendre, elle jetait Thibald dans la fontaine et y sautait à son tour en hurlant :

– BAAASTOOOOOON !

Mais les serveurs s'étaient remis du choc. Tandis que les gerbes de chocolat recouvraient quantité de clients horrifiés, ils se ruèrent vers la fontaine et eurent tôt fait d'en éjecter ses occupants, qu'ils secouèrent par le col.

– Vous savez qui est mon père ? leur rappela Thibald. La Justice ! La Justice en personne !

– Et vous savez qui est TOUTE MA FAMILLE ? insista Marusa. Les Pourance, ça vous dit quelque chose ? J'ai une rue à mon nom dans cette ville !

– Ouais et… moi aussi, ma famille, un peu…, tenta Thorus à son tour avec moins d'aplomb.

– Ma famille dirige la plus grosse fabrique de calissons d'Aix-en-Provence, ajouta June qui se prenait au jeu, et y a ma tête sur des boîtes qui se vendent aux quatre coins de la terre. Même la reine d'Angleterre en a une dans son bureau. Alors pardon, mais c'est moi qui gagne !

– C'EST ELLE QUI A COMMENCÉ ! hurlèrent Thibald, Thorus et Marusa dans un bel ensemble.

Les serveurs étaient indécis. En un sens, ça les arrangeait de ficher la paix à la fine fleur de Thadam et de punir une jeune Patouilleuse d'origine quiétonne. Mais il fallait avouer que filer des claques à ces sales gosses les démangeait.

June leva alors un doigt vers Sapotille.

– Le fils du juge voulait lui toucher le grimoire.

Thibald se récria immédiatement :

– Mais elle laisse tout le monde le faire !

– Sapo, reprit June, est-ce que tu voulais laisser faire cette face de fion ?

– Non, répondit Sapotille, très soulagée d'être aussi sûre d'elle. Non, je ne le voulais pas.

– Très bien, jeunes gens. Il est évident qu'on ne cautionne pas ces violences ici, qui que soient vos parents. Tout le monde dehors.

Quelques secondes plus tard, les cinq adolescents se retrouvaient sur le trottoir. Sapotille avait été invitée à rester, mais avait préféré suivre June. Il y eut un silence un peu perplexe, le temps que tout le monde raccroche les wagons sur ce qui venait de se produire. Finalement, Thibald s'estima gravement lésé.

– Vous êtes quand même des ratées, leur jeta-t-il d'une voix aigrie. Toutes les deux. Et quand vous serez brevaillonnes, je me débrouillerai pour que vous soyez à mon service. Vous me paierez ça au centuple, je vous le jure !

Sapotille prit une profonde inspiration. La réaction de June lui avait rendu un peu de combativité. Au fond, elle n'avait aucune raison de laisser piétiner ses rêves. La question de son intimité était certes complexe – et plus encore depuis la disparition de Charly. Mais il était une chose en laquelle Sapotille avait foi, c'était sa grande intelligence. Elle croyait au pouvoir de cette dernière comme d'autres croient au destin. Son intelligence était le doudou qui l'avait toujours réconfortée, même quand elle pensait ne plus rien posséder. Et personne ne pourrait la faire douter à ce sujet.

– Je ne serai pas brevaillonne, dit-elle alors. Parce que moi aussi, je vais me présenter au prochain passage de grade. Et la plus jeune Élémentère depuis dix ans, ce sera moi, pas vous, vu que vous avez tous un an de plus que moi. D'ailleurs, ça tombe bien, puisque le dernier Patouilleur à détenir le record, c'était mon frère, Gothen.

– Oui, son frère, la Mort, intervint June. Puisque vous adorez crâner avec vos relations. Ça vous en bouche un coin, pas vrai ?

Thorus et Marusa tournèrent un visage stupéfait vers Thibald qui était supposé être le mieux informé des trois. Celui-ci se mit à béer comme un poisson, tandis que les pièces s'assemblaient dans son esprit.

– Je… je crois que c'est vrai, marmonna-t-il finalement. Je me rappelle que mon père a dit… En tout cas, c'est possible.

Mais Sapotille n'en avait pas fini. Elle plongea la main dans la poche de sa robe. Son grimoire y palpitait gentiment. Il allait bien. Mais depuis cette histoire de pages arrachées, il était beaucoup plus réservé et avait cessé de voleter autour d'elle, lorsqu'il y avait du monde. Il ne s'y hasardait que quand elle était seule. Et quand Charly était là.

Elle le sortit de sa poche.

– Au fait, Thibald, tu voulais toucher mon grimoire, je crois ?

Thibald fronça les sourcils, méfiant, et deux croûtes de chocolat tombèrent au sol.

– Euh… oui ?

– Permets-moi d'exaucer ton souhait.

Et elle le gifla violemment avec la couverture de son livre. Aller et retour.

Thibald en resta coi. Il prit deux fois son souffle pour dire quelque chose, puis finit par abandonner.

– Ça suffit. J'en ai assez. Cette journée est absurde. Marusa et Thorus, faites ce que vous voulez, moi, je rentre chez moi.

Marusa et Thorus parurent perplexes un instant, puis Thorus lança à tout hasard :

– Ça ne va pas se passer comme ça, on se retrouvera et…

– Rappelle-toi que tu causes à la petite sœur de la Mort, dit June.

Finalement, la conversation se termina en eau de boudin. L'élite thadamaise décampa en catimini, pas vraiment fière d'elle, tandis que June et Sapotille faisaient le pied de grue sur le trottoir.

Heureusement, Césaria les rejoignit peu après. Elle parut un instant perplexe, puis fâchée de trouver June couverte de chocolat.

– C'est fait exprès, ça ?

– Non, mais c'est super bon. Vous voulez goûter ? J'ai même pas eu besoin de payer !

Et elle tendit son index à lécher à Césaria.

– Hyerk ! Allons plutôt chercher l'attelage. Je veux me rendre à La Charité Moqueuse, dans le quartier de Fée Crémée. Vous m'attendrez dans la citrolle.

– Ça s'est bien passé, votre rencontre avec les autres membres de la Loge ? demanda Sapotille.

Césaria parut agacée.

– Pas comme je l'espérais. Ils sont… ils sont complètement bouchés, ce sont de véritables ânes bâtés !

Sapotille tenta de se retenir, mais en fut incapable :

– Je vous l'avais dit, glissa-t-elle finalement entre ses dents.

– Bref, c'est le dirigeant de La Charité Moqueuse qui tient les rênes et je dois le convaincre que ce serait mieux si c'était moi, pour que les autres suivent. Alors que s'ils réfléchissaient deux minutes, ils me laisseraient tous le faire à leur place sans hésiter ! Mais ceci ne vous concerne pas. En route, les filles !

Et Césaria se tut, contrariée.

June en profita pour relancer Sapotille :

– T'étais sérieuse avec cette histoire de passage de grade ? Ou c'était juste pour faire bicher Thibald ?

Sapotille n'hésita pas vraiment.

– C'était un peu pour le faire bicher. Mais en fait, c'est une bonne idée. D'abord, c'est ce que je voulais depuis longtemps. Je SAIS que j'ai toujours voulu ça. Je suis très intelligente, je peux devenir Élémentère. J'ai ce pouvoir. Et c'est bien d'avoir un peu de pouvoir. C'est rassurant, quand tout le reste… est détruit ou disparaît.

Sa voix s'était un peu étranglée dans sa gorge. Elle se reprit :

– Ce qu'il y a aussi, c'est que… Toi, Charly, Césaria et tous ceux de Saint-Fouettard, vous êtes faits pour piétiner les règles. Moi, je ne suis pas comme ça. Moi, je veux utiliser les règles de l'Académie et me battre depuis l'intérieur.

– Comme ça, on les attaque de tous les côtés, dit June en détachant la longe des licornes. Bien vu. Et comment ça marche, ce passage de grade ?

Césaria les attendait déjà dans la citrolle, elles prirent leur temps pour la rejoindre.

– D'abord, il y a une sélection avec un interrogatoire théorique et un élixir ou un sujet d'ingénierie à présenter. Tu dois préparer ton projet en avance et le présenter au jury. Là, tu as le droit d'échouer, ce n'est pas dangereux. L'idée est surtout d'écrémer ceux qui iraient se faire massacrer lors de la véritable épreuve.

– Attends, deux secondes… Y a un jury qui nous déteste et qui doit décider si oui ou non, t'as le droit de te présenter au passage de grade ?

– Oui, et en plus, ils te donnent des points qui t'avantagent plus ou moins lors de la véritable épreuve. Mais ce n'est pas ça qui m'inquiète.

– Je sais pas ce qui te faut ! dit June en lançant les licornes au petit trot.

Près d'elle, Sapotille s'accrocha au banc du cocher et parla plus fort pour couvrir le bruit des sabots :

– La véritable épreuve est vraiment risquée ! Ça consiste en un affrontement général, où il faut marquer des points. Tu peux en gagner et en perdre de nombreuses façons, mais si tu descends au-dessous de zéro, tu es éliminé.

– Et c'est toujours les Académiciens qui décident ?

– Pas seulement, le public vote aussi ! C'est ce qui me rassure. Lui, au moins, il ne se laissera pas corrompre. Il votera forcément pour le candidat le plus compétent.

– Depuis quand les gens font ça ? ricana June. Ils voteront pour le candidat le plus populaire, oui ! Du coup, je comprends mieux à quoi servent les courses des Cadets… Bon, j'imagine que si tu te rates, tu pourras toujours retenter ta chance l'an prochain.

Sapotille grimaça.

– Hmm, je ne crois pas. Il y a souvent des blessures sérieuses chez les perdants. Et puis, ceux qui se présentent pour la deuxième fois prennent cent points de pénalité, du coup ça devient presque impossible de réussir. Non, la seule chose qui reste aux perdants, c'est le brevaillon.

– Ou bien l'injection de pétricelle s'ils ont dépassé l'âge fatidique ou qu'on les soupçonne d'avoir triché.

Sapotille et June se retournèrent. C'était Césaria qui avait parlé.

– Célestin nous a raconté ce qui vous était arrivé, dit Sapotille d'un air gêné. Que l'Académie vous avait accusée de tricherie pour nuire à Dame Mélisse. Que vous aviez été innocentée, mais qu'il n'existe pas d'antidote…

– Ma mère s'est laissé surprendre, reprit Césaria. Mais je ne permettrai pas à cette histoire d'arriver deux fois. C'est une bonne idée de te présenter. Tes résultats étaient fabuleux quand je dirigeais l'École des Allumettes Hurluberlu. Si tu es aussi forte en magie, ta victoire sera incontestable.

Sapotille hocha la tête.

– Je suis encore meilleure en magie. Mais je pense que… j'aurai quand même besoin d'aide.

Au même instant, la citrolle fut prise d'un violent soubresaut.

– June, fais attention avec la conduite ! s'écria Césaria.

– C'est pas moi, c'est les licornes ! Je sais pas ce qui leur prend !

De fait, Azalée Tous les Pastels du Monde et Baroque ès Lettres de Noblesse lançaient de telles ruades, qu'elles finirent par défoncer l'avant de la citrolle à coups de sabots.

– Quelque chose les énerve vraiment ! s'écria Sapotille. June, retiens-les ! Il y a des gens dans la rue, les licornes risquent de les encorner.

– Je fais ce que je peux !

– Arrête-les, intervint Césaria. On est presque arrivées, on finira à pied.

Mais les licornes ruaient tant et si bien dans les brancards qu'elles étaient devenues incontrôlables.

Sapotille sentit son souffle s'accélérer. Elle était effrayée par la situation. La voiture pouvait verser d'une seconde à l'autre et les blesser sérieusement, voire les tuer. C'est la raison pour laquelle, sans doute, elle pensa au Cavalier avant June et avant Césaria.

Elle remarqua soudain la vitesse à laquelle la rue s'était vidée.

Les gens s'enfuyaient. Et ce n'était pas leur attelage qui faisait peur. En fait, leur situation récoltait une indifférence qui n'était pas de mise face à deux licornes enragées. Elle aperçut alors le voile de brume qui tapissait les pavés.

Les licornes faisaient un tel raffut qu'on n'entendait pas le bruit puissant et métallique des autres sabots. Mais Sapotille ne fut pas surprise quand la silhouette du Cavalier, noire sur son cheval noir, apparut au bout de la rue.

La situation prit alors un tour encore plus terrifiant.

– June ! June ! hurla Césaria. Retiens-les !

– Je peux pas !

Les licornes étaient comme devenues folles et chargèrent en direction de la Mort. La rue n'était pas grande et la monture du Cavalier, elle aussi, s'emballa.

Le choc jeta June sur les pavés entre les licornes, tandis que Césaria et Sapotille se raccrochaient tant bien que mal à la citrolle, étourdies par l'impact.

Sapotille n'aurait jamais cru que les licornes puissent être si effrayantes. Elles en avaient après le cheval du Cavalier. Comme elles, il était pétri de magie. Mais cette magie-là paraissait les plonger dans la plus grande fureur, comme si elle était d'une nature différente de la leur.

Azalée Tous les Pastels du Monde griffa brutalement le flanc du cheval noir de sa corne, tandis que Baroque ès Lettres de Noblesse plongeait ses dents dans sa crinière, faisant sourdre un sang trop noir pour être vivant.

June, piégée entre les volées de sabots, criait de terreur. Elle était vulnérable à plus d'un titre. Sapotille reprenait ses esprits quand elle vit la Mort lever sa faux translucide en direction de son amie.

– NON !

Sans réfléchir, elle se jeta sur June et lui fit un rempart de son corps. La faux s'arrêta à une vingtaine de centimètres de son visage.

– Tu ne peux pas me tuer, Gothen ! hurla-t-elle au Cavalier. Parce que tu es mon frère et que tu me protèges ! Tu ne peux pas me tuer parce que tu as fait un pacte de sang avec toi-même, pour que ça n'arrive jamais !

– **Tu n'es plus rien pour moi, aujourd'hui**, dit le Cavalier mornement.

Mais il releva sa faux. Puis il fit virevolter sa monture et parvint à la dégager. Les licornes retenues par l'attelage n'étaient pas libres de leurs mouvements et ne purent le suivre. Il lança alors son cheval au galop et sa silhouette se volatilisa dans la brume.

Il n'était plus là, mais Sapotille cria tout de même :

– Tu ne peux pas me tuer, parce que tu m'as aimée, autrefois ! On s'est aimés, tous les deux ! Tu ne peux rien contre ça !

Et elle éclata en sanglots.

Les licornes s'étaient calmées, quoique fouettant l'air de leur corne. Du moins leurs sabots avaient-ils cessé d'être des projectiles mortels. June tremblait de la tête aux pieds, en serrant Sapotille dans ses bras, si bien qu'elles ne savaient pas laquelle des deux réconfortait l'autre.

– Mitard, chuchota June, je savais que t'avais des relations qui pouvaient servir.

Dans la citrolle, Césaria se redressait, hagarde.

– C'est lui ? C'est lui, le Cavalier… ? Mais bien sûr que c'est lui, je suis idiote ! Pardon, les filles, je suis navrée. J'ai perdu mes réflexes !

– Ben va falloir vous grouiller de les retrouver, répliqua June d'une voix tremblante. Sans vouloir vous faire la leçon. Parce que sans Sapotille, j'y passais.

Césaria prit un air désolé et voulut renouveler ses excuses, mais son visage se ferma soudain.

– Oh non…

– Quoi, encore ? la houspilla June, qui avait eu son comptant d'émotion.

– Je crois que je viens de comprendre pourquoi le Cavalier était ici…

Elles étaient rue Soiffard la Pulpisse. Un peu plus loin, au numéro 12, se dressait un bâtiment noir et rose, une peinture qui avait connu des jours meilleurs et une ferronnerie rouillée : c'était le bazar de La Charité Moqueuse.

– Oh non ! répéta à son tour Sapotille.

Elle avait peur d'avoir deviné.

– Cet endroit n'a pas changé depuis mon enfance, souffla Césaria en entrant. J'y ai acheté des tonnes de chaussettes amoureuses et inséparables. Finalement, c'était la paire entière qui disparaissait chaque fois… Et puis il y avait aussi ce réveil à susurrer des compliments. Au début, c'étaient des « Lève-toi, petite fleur ! Cette journée n'attend que toi, tu es si merveilleuse ! ». Et au bout de deux mois, il me lançait des « Debout, feignasse ! ». Une sacrée camelote !

June et Sapotille la suivaient sans oser faire de bruit. À l'intérieur du magasin, les promotions se bousculaient dans leurs rayonnages poussiéreux. Écharpe câline, porte-bonheur efficace deux fois, tasse à réchauffer le thé froid… le tout saupoudré d'étiquettes dorées et de points d'exclamation pour appâter le chaland.

– Ouh-ouh ? Y a quelqu'un ? tenta Sapotille.

Le magasin était trop silencieux pour être honnête et lui donnait la chair de poule. De fait, la macabre découverte n'allait pas tarder.

Deux chaussures dépassaient du rayonnage à bisous par correspondance. Deux chaussures avec des pieds dedans.

– AAAAH ! cria June.

Elle avait trouvé le cadavre.

Le propriétaire de La Charité Moqueuse était étendu par terre, le visage blême et le corps tordu dans son costume trop étroit.

– Ne regardez pas, les filles, dit Césaria. Je vais lui fermer les yeux. Et aussi la bouche.

Dans les faits, ni Sapotille ni June, trop choquées, ne parvinrent à détourner le regard.

– Il a peut-être fait un infarctus, suggéra June. Il a quand même l'air vieux et tout, alors c'est peut-être une… un décès naturel.

– En tout cas, je suis sûre que c'est ce qui sera écrit dans *Le Temps des magiciers* demain, répliqua Sapotille.

Mais elle ne croyait pas une seconde à la thèse de l'infarctus.

– Les gens vont se douter de quelque chose ! s'affola June. Si l'Académie commence à assassiner tous les membres de la Loge…

– Je ne pense pas qu'ils vont faire ça, la coupa Césaria. Évidemment, c'est un avertissement, mais… Sapotille, tu m'as bien dit que c'était ici que les réunions avaient lieu ?

– Oui. Dans l'arrière-boutique. Elle est très grande, c'était pratique pour la Loge.

– M. Bagatelle a dû se faire remarquer. À mon avis, l'Académie veut surtout empêcher la Loge de se réunir. Ce n'est pas simple de trouver un lieu assez grand et suffisamment discret. Les murs ont littéralement des oreilles, à Thadam. Par les quatre sabbats, après cette affaire, je vais vraiment avoir du mal à rassembler tout le monde…

June regarda autour d'elle avant de reprendre la parole :

– Moi, je trouve pas que La Charité Moqueuse soit hyper discrète… Je veux dire, OK, elle est pas dans la rue la plus huppée de la ville et y a pas d'oreilles sur les murs du quartier, mais si j'étais à la place de la Loge, je me réunirais dans un endroit où on peut pas me voir entrer. Et où je serais invisible magiquement. Le manoir de Célestin, par exemple, vu qu'il est protégé par votre théorème de Bidule.

– Le théorème de Kerbenec, la corrigea Sapotille.

– Oué, voilà. Bah, ce serait un meilleur endroit qu'ici, c'est sûr.

Césaria se releva d'un coup.

– Tu as raison, dit-elle à June. C'est une bonne idée, cependant… je ne veux pas débattre de ça devant le corps de M. Bagatelle. Il va falloir contacter la milice pour qu'elle vienne constater le décès et… nous allons devoir prévenir tous les autres membres de ce qui vient d'arriver.

– Il s'appelait M. Bagatelle ? demanda Sapotille d'une petite voix. Je ne connaissais même pas son nom.

Cette constatation lui fit de la peine.

4

De l'autre côté

La cabane de bois était vraiment plus grande à l'intérieur. En fait, il était probable qu'elle s'agrandisse à la demande, puisque Dame Carasse avait proposé à Charly de choisir sa chambre, désignant une porte qui n'existait pas un instant plus tôt.

– Je préfère dormir avec Grand-Ma, avait répliqué Charly.

Mandrin avait approuvé d'un miaulement et la porte avait disparu dès qu'on en avait détourné les yeux.

Maintenant que Charly avait retrouvé sa grand-mère, il craignait par-dessus tout de la perdre. Le résultat était qu'il avait passé une nuit à peu près blanche, allongé sur une paillasse, à regarder sa silhouette respirer. La forme détourée par le drap gris montait et descendait au rythme de son souffle et il avait tenté de se convaincre que cette vue le remplissait de bonheur.

La veille, quand il avait compris qu'ils étaient coincés dans ce monde pour de bon, il avait eu du mal à faire bonne figure. Oui, il avait enfin rejoint sa grand-mère, mais Sapotille… Et sa mère, et June, et Maître Lin, et Sapotille, Sapotille, Sapotille…

Il avait fallu dîner. Il avait dressé la table à l'extérieur de la maisonnette, gentiment, comme le garçon bien élevé qu'il était. Ça lui avait fait drôle, cette normalité tout en porcelaine ébréchée et fer-blanc. C'était peut-être une coïncidence, mais Charly avait noté que sa grand-mère avait préparé son plat préféré ce soir-là. Cela lui avait fait monter les larmes aux yeux et dans le regard qu'ils avaient échangé, il y avait trop de choses pour que cela puisse passer par les mots.

Les chourprises étaient de minuscules choux farcis, qui ouvraient leurs feuilles pour révéler leur farce quand on les chatouillait par en dessous. Évidemment, chacun avait un goût différent, le dernier de l'assiette étant traditionnellement sucré. Comme Mandrin avait réclamé sa part, Charly s'était hâté de partager. Son chat était aussi affamé que lui.

– Tu veux t'isoler, jeune homme ? lui avait demandé Dame Carasse au bout d'un moment.

– Ça ira, merci.

– Ben alors, laisse la vaisselle tranquille, parce que j'en ai pas beaucoup.

Charly avait regardé sa main. Il avait broyé sans s'en rendre compte une tasse en fer-blanc.

– Beaucoup de magie qui déborde, hein ?

– Ça n'a rien à voir avec la magie, je suis juste très fort et des fois, je ne me rends pas compte…

– Bien sûr. Y va falloir bosser un peu la gestion des émotions, d'accord ? Pasque c'est lié, tout ça…

Dame Mélisse avait avalé péniblement sa bouchée avant de déclarer :

– C'est ma faute. Les secrets, les non-dits dans une famille, ce n'est pas bon pour élever un enfant.

– Sans parler de mourir, avait ricané Charly. Mais ce n'était pas ta faute, Grand-Ma. Tu m'as protégé, ce jour-là.

Il faisait allusion à cet accident survenu lorsqu'il avait huit ans. Sa grand-mère avait alors empêché le Cavalier de moissonner son âme, en lui cédant ses souvenirs les uns après les autres, jusqu'à n'être plus qu'une coquille vide.

– C'est pas pour vous bousculer, était alors intervenue Dame Carasse, mais va falloir se dépêcher de finir de dîner pour éteindre les lumières.

Dame Mélisse avait hoché la tête, avant de se mettre à débarrasser promptement.

– La région est infestée de trolls, avait-elle expliqué à Charly. D'ordinaire, ils préfèrent se faire des brochettes de gnomes pendant la nuit, mais mieux vaut éviter de les attirer.

– Même si ma petite isba sait se défendre, avait dit Dame Carasse en tapotant le flanc de sa cabane qui se trémoussa de contentement.

La cabane était donc une isba, avait compris Charly. De son côté, Dame Mélisse avait levé les yeux au ciel.

– C'est arrivé la semaine dernière. Pauvre troll ! L'isba lui a donné des coups de patte et quand il a voulu s'enfuir, elle l'a coursé sur près d'un kilomètre pour lui écraser toute sa façade sur la tête.

– Elle sait se défendre, avait répété Dame Carasse.

– Mais nous, on était dedans ! J'ai cru qu'on allait mourir !

Finalement, ils étaient tous allés se coucher. En passant près du lutrin où trônait majestueusement l'énorme grimoire de Dame Carasse, Charly avait vu l'écriture illisible produire un miroitement et changer pour s'afficher dans sa langue. Le livre était ouvert à la page « Troll (et comment s'en protéger) ». Charly avait espéré que le dessin reproduit à l'encre sur la page de droite était exagéré.

Mais s'il avait ensuite passé une nuit blanche, ce n'était pas à cause d'une quelconque histoire de troll. Sa poitrine, broyée par le manque et la culpabilité, lui avait fait mal des heures durant.

Les boucles blondes de Sapotille, son ton cassant pour cacher son absence d'assurance, son odeur par-dessus tout qui le rendait fou…

– Pardon.

Il l'avait dit à voix haute pour éviter de hurler dans l'oreiller, déjà trempé de larmes. Couché en rond sur sa poitrine, Mandrin avait fait de son mieux pour le consoler, mais il y a des limites à ce qu'un chat peut accomplir, même quand il ronronne très fort.

Pourquoi n'avait-il pas choisi d'affronter les miliciens ? Il s'en mordait les lèvres d'angoisse, peinant à respirer, tandis que l'aube filtrait doucement à travers les lames disjointes de l'isba. Était-il possible qu'il ne revoie plus jamais Sapotille ?

D'un autre côté, sans cela, c'est sa grand-mère qu'il aurait abandonnée.

Soudain, il entendit un bruit étrange.

Quelque chose venait de s'abattre sur les volets. Cela produisit une espèce de froissement. La chose voulait entrer, elle s'acharnait. Il y eut un petit bruit de déchirure. Charly sentit l'isba frémir d'agacement. Puis cela fit un BONK tonitruant, quand elle ouvrit brutalement le volet de sa fenêtre. Qui que fût l'intrus, il venait d'être écrasé derrière.

Charly se leva d'un bond. Sur le lit près de lui, sa grand-mère se redressa d'une façon qui lui fit craindre qu'elle n'ait pas fermé l'œil de la nuit, elle non plus. Sans doute avait-elle préféré le lui faire croire par pudeur, pour le laisser pleurer à son aise.

Charly se précipita vers la fenêtre.

– Ça ne peut pas être un troll, n'est-ce pas ? Le jour est levé !

– Vu le bruit, répliqua Dame Mélisse, je penche plutôt pour un gnome ou une fée. Le pauvre petit a dû être broyé par le choc.

– Je vais voir. Allez, laisse-moi faire, ma toute belle.

Charly avait toujours su y faire. Il se mit à caresser les gonds tant et si bien qu'il amadoua l'isba, qui lui laissa finalement jeter un coup d'œil.

– C'est du papier. On dirait même un journal… Grand-Ma, c'est *Le Temps des magiciers* !

Il avait commencé par crier d'excitation, mais avait murmuré la fin de sa phrase, de crainte que Dame Carasse ne les entende.

Dame Mélisse avait presque bondi hors du lit. Elle rajusta sa chemise de nuit avec dignité.

– *Le Temps des magiciers* ? Mais comment est-ce possible ?

– Je ne sais p… Mais si, je sais ! C'est mon abonnement ! Tous les jours, je suis supposé le recevoir. Tant que j'étais à Saint-Fouettard, il y avait ce contre-sortilège qui le faisait atterrir sur le bureau du directeur, mais maintenant que je suis ici… Grand-Ma, est-ce que tu comprends ce que ça veut dire ? S'il vient jusqu'à nous, c'est qu'il a trouvé un passage ! Et s'il a trouvé un passage…

Cette fois, il baissa la voix jusqu'à ce qu'elle ne soit plus qu'un murmure :

– Ça veut dire que nous pouvons nous enfuir et rentrer chez nous… Tous les deux, pas juste moi.

– Cette sorcière va nous en empêcher, répliqua Dame Mélisse tout aussi bas.

Charly se tut et réfléchit.

– Tous les matins, on se lèvera à l'aube pour voir d'où arrive le journal, dit-il enfin. On doit en savoir davantage avant de s'enfuir. Il a pu parcourir des dizaines de kilomètres pour nous rejoindre.

– À flanc de montagne, des dizaines de kilomètres peuvent devenir extrêmement longs…, souffla Dame Mélisse.

Elle triturait le journal en parcourant avec avidité les gros titres. À l'évidence, Thadam lui manquait.

– Le juge lève ma peine et celle de Maître Lin ? s'étonna-t-elle soudain. Sous prétexte de « doute raisonnable » ?

– Oui, j'ai oublié de t'en parler. Sapotille a passé un pacte de sang avec le juge, en échange du retour du Cavalier. Elle a aussi annulé ma dette de mort.

Cette fois, Dame Mélisse ricana franchement.

– Ta copine a passé un pacte de sang avec une Allégorie ? Décidément, elle me plaît beaucoup, cette petite !

– À moi aussi, soupira Charly.

Et il sentit les larmes lui revenir. Dame Mélisse fit mine de n'avoir rien remarqué et se plongea dans une nouvelle page.

– Par ailleurs, ces histoires de pannes de magie m'ont l'air très préoccupantes…

Finalement, ils dissimulèrent le journal sous le matelas. Ils ne s'inquiétaient pas trop de la qualité de la cachette, Dame Mélisse ayant certifié à Charly que Dame Carasse respectait son espace privé. Le plus dur fut d'empêcher Mandrin d'y fourrer sans arrêt son museau.

***

– Tu es un grand et solide gaillard et, même si tu utilises ta magie n'importe comment, tu es très fort, dit Dame Carasse. Alors tu vas nous ramener de l'eau du torrent. En plus, c'est pas pour te vexer, mais un petit bain ne serait pas du luxe.

Charly approuva. Il était parvenu à ôter le plus gros de la citrolle et des traces de brûlure, mais il était loin d'avoir retrouvé cet aspect propre sur lui qu'il affectionnait.

– Je vais t'accompagner, poursuivit Dame Carasse en tirant sur sa pipe, qui ce jour-là dégageait une fumée verte. Ça serait bête que tu te fasses bouffer pasque tu connais pas la région.

Elle l'entraîna loin de l'isba après lui avoir suspendu à chaque bras un lourd seau de bois et lui avoir accroché une outre vide dans le dos. Après une hésitation, Mandrin les suivit.

Les premières minutes furent silencieuses. Puis Dame Carasse prit la parole. Du bec de la pipe, elle lui indiquait tel arbre ou tel oiseau, s'il fallait s'en méfier ou au contraire s'il pouvait être utile. Ils dépassèrent deux rochers étranges, creusés de nombreuses grottes miniatures et manifestement habitées.

– Un village de petits-gris. Laisse-les, ce sont des gnomes timides. Il y a aussi une ruche à fées pas loin d'ici. Leur miel est une panacée, mais je te déconseille de t'y frotter, elles mordent et leur venin rend fou ! Sinon, je ne sais pas si je dois te parler des poulpiquets. Ils sont devenus rares, ces dernières décennies, mais on en trouve encore…

– Je connais les poulpiquets, dit Charly. Il y en a, à Thadam.

– M'étonne pas. Curieux comme ils sont, z'ont pas pu s'en empêcher. C'est aussi à cause de ça que je dois refermer les passages. Je suis sûr qu'ils doivent crever de faim par chez vous et que vous leur donnez des cochonneries à écouter. Ici, on a des haut-conteurs qui sillonnent la vallée.

Charly hocha la tête. Il avait encore la gorge nouée en songeant à Thadam, mais il appréciait que Dame Carasse lui raconte les lieux. Le nez en l'air, il essayait d'apprivoiser le paysage. Et s'il avait les yeux humides en observant les fougères géantes, les merisiers en fleur et le torrent qu'ils atteignaient enfin et qui dégringolait à gros bouillons, c'était sûrement parce qu'il les écarquillait trop fort.

– Attention où tu fous les pieds !

Il fit un bond de côté, mais trop tard. Il venait de piétiner un village minuscule. Il se baissa, catastrophé, et examina les dégâts.

De petites silhouettes grises, assez trapues, avec de larges chapeaux de champignons, s'éparpillaient en couinant de rage. L'une d'elles ramassa un gravier et le lui jeta au visage, où il rebondit gentiment.

– On dirait qu'il n'y a pas de victime, soupira Charly avec soulagement. Ne vous inquiétez pas, je vais réparer.

– T'es pas obligé, gamin. Ils sont tout à fait inoffensifs, à part qu'ils préparent de très bons poisons.

Charly releva la tête.

– Je ne suis pas obligé, mais je vais le faire quand même.

Et il s'attela à la tâche. La sorcière le regardait sous ses paupières à demi baissées, tout en tirant sur sa pipe. Les demeures en mousse, pierre et fagot de brindilles étaient assez rudimentaires. Mais elles avaient volé en éclats et Mandrin, venu en renfort, ajoutait à la panique en reniflant l'ensemble de son petit museau rose.

– Tu t'y prends mal, lui glissa Dame Carasse au bout d'un moment. Pourquoi est-ce que tu n'utilises pas la magie pour réparer ? Tu fais de la vieille magie, ça ne déplairait pas aux gnomes.

Charly sentit ses joues lui cuire.

– Parce que… je ne suis pas très bon, en magie. J'arrive parfois à faire des choses, mais j'ai besoin que quelqu'un me donne l'étincelle de départ. Je ne sais pas si je suis clair, mais… je ne sais pas « allumer » la magie tout seul.

Dame Carasse étira sa bouche carnassière en un drôle de sourire. Puis elle eut un geste de sa pipe pour désigner le paysage.

– Ici, ce n'est pas comme chez toi. Il y a des étincelles partout autour de toi. Mais si tu as du mal à en attraper une, pourquoi est-ce que tu n'utilises pas ton briquet ?

Charly la regarda avec agacement, parce que les gens qui disent des choses d'un ton d'évidence en sachant très bien que vous ne les comprenez pas sont agaçants.

– Quel briquet ? demanda-t-il un peu sèchement.

– Le briquet qu'a mauvais caractère, une fourrure blanche que je m'en ferai bien un manchon et un gnome dans la gueule. D'ailleurs, tu devrais lui faire recracher. Ces saletés sont venimeuses.

– Mandrin ! s'écria Charly.

Il récupéra le pauvre gnome entre les crocs de son chat. Dès qu'il l'eut posé au sol, le gnome lui fila un coup de pied et courut se cacher derrière une racine. Charly garda son chat contre lui pour l'empêcher de le poursuivre.

– Je ne comprends pas du tout comment Mandrin pourrait être un briquet. D'ailleurs, est-ce que ça lui ferait mal ?

– Non. Et le plus simple, c'est de le gratter derrière les oreilles ou sous le menton. Assez vite tu auras un picotement sous les doigts. Dire que tu sais même pas utiliser ton familier !

Perplexe, Charly se mit à caresser son chat qui se laissa faire de bonne grâce.

– Avec le temps, t'auras même plus besoin de ça. Maintenant, vas-y, répare ce que t'as cassé.

Charly sentait sa main crépiter de magie. Un peu intimidé, il l'approcha des demeures saccagées. Immédiatement, le bois, la mousse et la vaisselle de terre cuite s'amalgamèrent en une énorme boule qui se colla à sa paume.

– Je vais t'aider, soupira Dame Carasse. Mais va vraiment falloir régler cette question d'émotions, c'est le bazar là-dedans !

Elle approcha sa main aux veines saillantes et se saisit de la sienne. Alors, les masures de bois reprirent forme et se couvrirent de brindilles sèches, les tables et les bancs se réarrangèrent d'eux-mêmes et se sculptèrent de fines nervures, et de menus jardinets poussèrent ici et là, fleuris de campanules et d'immortelles.

– Félicitations, dit Dame Carasse.

– C'est vous qui avez tout fait ! se récria Charly.

– Je ne crois pas, non. Les jardinets sont ton idée et ce village est beaucoup plus joli qu'avant.

– Je trouvais qu'ils méritaient une compensation, j'ai dû leur faire une peur bleue.

– Eh bien, je n'ai fait que canaliser un peu tout ça. La plupart de mes apprentis étaient beaucoup moins doués. Par contre, ils étaient plus propres.

Et sans ajouter un mot, elle le bouscula en arrière. Charly battit des pieds et des mains, poussa un bref AAH et atterrit les fesses dans le torrent.

– C'est froid ! protesta-t-il. Et je n'ai même pas eu le temps d'enlever mes vêtements !

– Il faut les laver aussi, mon garçon.

***

La journée se mit en place avec une drôle de lenteur. L'isba de Dame Carasse était magique de partout, et sans cet écrin de verdure apaisant qui l'entourait, Charly l'aurait trouvée plutôt fatigante.

Il y avait des placards caractériels, des coussins douillets qui refusaient qu'on s'assoie sur eux et un poêle qui fulminait en permanence. Mais le plus pénible, comme Charly s'en rendit bientôt compte, c'étaient les tasses.

– Fais-nous donc une petite infusion, mon chéri, tu veux ? demanda sa grand-mère.

Depuis plus de deux heures, elle et Dame Carasse filaient un petit tas de laine dorée avec un rouet grippé et pétri de mauvaise volonté. La sorcière essayait à grand-peine d'imposer son autorité.

– Si tu me vrilles mon fil, je te change en petit bois ! grognait-elle à intervalles réguliers.

– Tes menaces sont vaines, Lyneth, intervenait Dame Mélisse. Il sait très bien que tu n'as que lui pour filer ta laine.

– C'est le fil que vous utilisez pour fermer les passages ? demanda Charly.

Dame Carasse hocha la tête, tout en tordant des fibres sous son pouce.

– Alors, vous êtes en train de filer de la laine de toison d'or ? insista Charly.

– De la toison d'or achetée à prix d'or auprès des tonks, répondit distraitement Dame Carasse. Il y en a quelques troupeaux dans la région. Elle arrive cette infusion, ou bien ?

– Oui, je me dépêche !

Et Charly répandit quelques pétales frais dans la théière. Ils venaient d'une fleur qu'il avait déjà admirée chez Dodeline.

Dodeline… Il espérait qu'elle s'en sortait avec son Allégorie de mari. Tout en pensant à elle, il tendit une main vers une tasse bien ébréchée, qui se mit aussitôt à sangloter dans sa main.

– Pas celle-ci, dit Dame Carasse. C'est ma tasse à consoler, je n'ai pas la patience.

Charly en attrapa une autre, plus élégante.

– Non, c'est ma tasse chichiteuse. Elle supporte toutes les boissons, sauf une.

– Laquelle ?

– Je ne sais pas. Mais je n'ai pas envie qu'elle me crache un liquide bouillant à la figure. Non, pas celle-ci non plus, elle n'aime pas quand l'eau est trop chaude. Oh, celle-ci est incontinente. Elle a tendance à s'oublier sur mes genoux quand elle est distraite.

Charly soupira, découragé. Près de lui, l'énorme grimoire posé sur le lutrin émit un bruissement et Charly eut l'impression qu'il se moquait de lui.

Depuis son arrivée la veille au soir, il avait déjà pu constater que le grimoire de Dame Carasse ne réagissait pas du tout comme ceux de Thadam. D'abord, il n'avait pas de gemnez. Ensuite, il ne donnait pas l'impression d'être relié à sa propriétaire, même s'il avait un fichu caractère, lui aussi.

– Fais attention, il mord, l'avait prévenu sa grand-mère.

Depuis, Charly surveillait le livre d'un œil méfiant.

À l'évidence, le grimoire se donnait du mal pour satisfaire son exigeante maîtresse. Il suffisait qu'elle mentionne tel besoin ou telle potion et il faisait immédiatement tourner ses pages jusqu'au philtre ou à la formule en question. Parfois, il se laissait lire et ses textes apparaissaient brusquement en français, sans que Charly comprenne où il avait appris cette langue. Le reste du temps, il était simplement plein de dessins et illisible.

Dame Carasse s'exprimait elle aussi dans leur langue, quoique avec un accent étrange. Charly avait d'abord pensé que c'était sa grand-mère qui la lui avait apprise avec une stupéfiante rapidité. Mais elle l'avait détrompé :

– Non, ça lui est venu presque tout de suite après notre rencontre. Je crois que ce sont les herbes de sa pipe. En fait, elle ne parle pas *vraiment* notre langue. C'est… une sorte d'effet magique. Et puis ce n'est certainement pas auprès de moi qu'elle aurait pu apprendre des tournures aussi familières !

– Elle est super forte, avait conclu Charly. Il va falloir qu'on fasse très attention…

Il finit par dégoter deux timbales de métal qui ne s'étaient pas encore inventé d'affection bizarre, et il fit le service. Au même moment, Dame Carasse siffla entre ses dents :

– Flutrin ! C'est pas vrai ! Quand le rouet se calme, c'est le chat qui s'y met !

De fait, Mandrin s'était joyeusement emmêlé les griffes dans le fil nouvellement tissé et en avait mordillé des pans entiers.

– Mais c'est qu'il m'a fichu mon fil en l'air ! Regardez-moi ça ! Irrécupérable ! Et je n'ai plus de laine !

Charly se précipita pour récupérer son chat.

– Vraiment désolé, souffla-t-il.

– C'est ce qui arrive quand on se retrouve avec des émotions en bazar et un familier, alors qu'on n'a pas l'âge. Je ne sais pas qui t'a conseillé, mais c'est n'importe quoi !

Dame Mélisse, qui venait d'observer de longues minutes de silence, répliqua sèchement :

– La personne qui l'a conseillé n'a peut-être pas eu le choix. J'avais besoin que Charly garde un lien permanent avec la magie, sans quoi il risquait de l'oublier d'une leçon à l'autre.

– Et il avait pas des parents pour prendre le relais, ce garçon ?

Dame Mélisse soupira très fort.

– Le père de Charly a disparu avant sa naissance.

Ici, elle parut sur le point d'ajouter quelque chose, mais elle se reprit :

– Quant à ma fille, elle n'avait plus accès à la magie. On lui a injecté la pétricelle.

– La pétricelle ? répéta Dame Carasse, incertaine.

– Une maladie qui te change peu à peu en porcelaine quand tu pratiques la magie.

– Je vois. On appelle ça pestilaine par ici.

Charly s'était rapproché du coin cuisine pour tenter de trouver une troisième timbale. Soudain, il avisa du coin de l'œil le grimoire qui tournait ses pages. Il lui jeta d'abord un regard distrait, puis stupéfait.

– Vous connaissez l'antidote ! hurla-t-il presque.

Le grimoire se referma d'un coup, comme pris en faute.

Il y eut un silence plein de tension.

– Lyneth, tu connais vraiment l'antidote ? demanda Dame Mélisse d'une voix altérée.

– Plus ou moins, répliqua Dame Carasse. Les parties du corps changées en porcelaine le restent pour toujours. Tu sais comment c'est, Estelle, l'antidote arrête seulement l'avancée de la maladie.

– Mais alors, vous pourriez nous apprendre à le préparer ? insista Charly.

– Et à quoi ça vous servirait ? Vous n'êtes pas dans votre monde et c'est une maladie rare, par chez nous. Maintenant, c'est pas tout ça...

Elle se leva et sa colonne vertébrale craqua douloureusement.

– Une sale bête a grignoté mon fil et je n'ai plus de laine.

Elle tapa deux fois sur le mur de bois de son isba :

– En avant, toi ! Trouve-nous un troupeau de toisons d'or !

Se tournant vers Charly et Dame Mélisse, elle ajouta :

– Ça risque de prendre plusieurs jours.

5

Les Halles de Cul Chaudron

Au milieu de tous ces événements, Sapotille eut l'occasion de ressentir une immense joie.

Cela arriva après la mort de M. Bagatelle, le propriétaire de La Charité Moqueuse, après même son enterrement et encore après que l'onde de choc eut secoué la Loge des Anamnèses en entier. Cela arriva après que les doutes eurent rongé tout le monde, devant le calme qui avait suivi (au fond peut-être M. Bagatelle était-il mort d'un bête infarctus, sans que l'Académie ait quoi que ce soit à y voir ?). La joie immense était arrivée après aussi que Césaria était parvenue à convaincre la Loge et Célestin d'organiser les réunions au manoir, sous la protection du théorème de Kerbenec, puisqu'il fallait bien contrer le juge d'une façon ou d'une autre.

En fait, la joie immense de Sapotille était arrivée le soir même où cette réunion devait avoir lieu. La journée n'avait pourtant pas commencé sous les meilleurs auspices. Sapotille y avait même vécu un moment franchement pénible.

Depuis qu'elle avait formulé le désir de participer au passage de grade, elle travaillait dur. Mais cela faisait plusieurs mois qu'elle n'avait pas eu l'opportunité d'étudier et elle avait dû se rendre à l'évidence : elle avait beaucoup perdu.

– Je t'aiderais volontiers, avait dit Césaria. C'est vrai que j'ai été très forte autrefois. Mais cela fait tellement d'années que je n'ai pas pratiqué.

– Et moi, je n'ai que le brevaillon, alors…, avait ajouté Célestin.

– Moi, j'vais t'aider ! s'était écriée June (ce qui était sans doute l'intervention la plus déprimante des trois). J'en profiterai pour chercher des informations sur Machine, là. Sylvie Lampadaire, qu'a créé les runes.

– Silverine Lampion, traduisit Sapotille.

– Ouais, elle. Je suis sûre qu'il y a un complot contre elle.

– Il n'y a pas de complot, June ! C'est juste comme ça !

Heureusement, Célestin disposait d'une vaste bibliothèque, fort pourvue, mais pour le moins hétéroclite. *Les Confidences de Croc-croc le croquemitaine* y côtoyait la *Critique de la Magie pure* et des albums de photos extrêmement anciens étaient rangés parmi des herbiers de plantes magiques. Rien n'était trié, ni classé. D'ailleurs, la pièce servait aussi de débarras. Il fallait entreprendre ses recherches au petit bonheur et Sapotille en était un tantinet découragée.

– C'est quoi, ça ? demanda June, qui avait tenu à rester présente pour l'encourager.

Sapotille releva les yeux de son livre pour lorgner l'espèce de longue-vue que June brandissait. Elle eut un petit sourire.

– Un lecteur de trame. J'en avais un, avant. Ça sert à voir où la magie est à l'œuvre.

– Je croyais que la trame était sous le dôme de l'Académie et que c'est comme ça qu'ils espionnaient tout le monde ?

– Oui, non, c'est différent. La *trame* (elle le prononça de façon à ce qu'on entende les italiques) désigne aussi une espèce de grande carte qui permet de repérer où la magie se produit. C'est l'une des sept merveilles magiques qui existent dans notre pays. J'aimerais bien la voir, un jour.

– Qu'est-ce que c'est, les six autres ?

– June, j'essaie de travailler !

– Oui, pardon. Je te laisse tranquille. Juste... tu peux me dire ce que c'est encore que ce truc ? Et après, je t'embête plus.

Elle brandissait une espèce de réchaud en bois et ferronnerie. Sapotille haussa les sourcils.

– Je n'en ai aucune idée... Ça a l'air plus que vieux.

Elle oublia un instant son livre pour examiner l'objet.

– Célestin dit que son manoir date d'avant la guerre du Détournement de Magie et qu'il a presque tout laissé en l'état... C'est peut-être un objet qui ne peut être utilisé qu'avec de la magie intuitive.

Elle essaya de faire coulisser certains éléments, puis abandonna.

– Quoi qu'ait pu être ce truc, ça ne sert plus à rien.

– Je croyais que tout ce qui touchait à la magie intuitive était illégal à Thadam ? insista June.

Sapotille haussa les épaules.

– Encore faut-il le prouver. Plus personne ne doit connaître l'usage de ce bidule.

– Oh, dit June.

Elle laissa passer une seconde, ce qui pour elle était un très long temps de réflexion, puis ajouta :

– Mais des livres, des tas de livres sur comment pratiquer la magie intuitive, ce serait illégal, non ?

– Ce serait extrêmement illégal, confirma Sapotille.

– Non, parce que j'en ai trouvé plein. Juste là.

Sapotille fut si surprise qu'elle en eut le hoquet. Elle se hâta d'examiner la pile que June lui désignait.

– Par les quatre sabbats, tu as complètement raison…

– On pourrait essayer d'apprendre des trucs, suggéra June. L'Académie verra rien, vu qu'on est protégées par le théorème de Bidule.

– Ça ne va pas, non ? La magie intuitive a été interdite pour une bonne raison !

– … laquelle ?

La question de June était sincère, et Sapotille s'emmêla un peu dans sa réponse en essayant de se souvenir de ce qu'elle avait appris par cœur autrefois :

– Heu… eh bien, la magie intuitive peut être pratiquée en groupe et, heu… elle peut être détournée au profit d'un petit nombre de magiciers, au détriment de la communauté dans son ensemble. C'est ce qu'avaient fait Holger Frakass et ses sbires.

– Ah ouais, c'est exactement pareil que l'Académie de Magie, alors.

– Mais non, ça n'a rien à voir ! L'Académie veille à ce que la répartition soit… plus ou moins égalitaire.

– Vachement moins que plus, si tu veux mon avis. Moi, je pense qu'ils veulent toute la magie pour eux, exactement comme Holger Frakass. T'as vu les restrictions ? C'est ceux qui dépensent le moins qui doivent faire tous les efforts ! C'est pas la preuve, ça ?

– Et qu'est-ce que tu veux faire ? La révolution ?

– Ça va pas, non ? C'est trop de boulot ! Moi, je veux juste gratter un peu de magie, parce que là, c'est comme se faire vider l'assiette de cacahuètes sous le nez ! C'est pas juste !

Sapotille soupira :

– Je pratique la magie runique depuis trop longtemps, ce serait trop difficile pour moi de revenir à l'intuitive. Mais toi, tu es une Patouilleuse toute neuve, tu étais quiétonne il y a encore deux mois, alors j'imagine que tu peux essayer… Par contre, débrouille-toi toute seule, et par pitié, reste discrète, d'accord ?

– Je suis hyper discrète. Quand j'ai envie, se hâta-t-elle d'ajouter face au regard de Sapotille.

Au même moment, Célestin Bourpin entra dans la bibliothèque. June et Sapotille firent s'écrouler la pile de livres en se plaçant devant pour les dissimuler, mais il n'y prit pas garde. Pépouze, qui avait pris ses aises dans le manoir, mais leur tenait le plus souvent compagnie, se mit à ramasser en tas la poussière toute neuve.

– Les filles, pourriez-vous me faire deux ou trois courses aux halles de Cul Chaudron ? Mon garde-manger est insuffisant pour nourrir le monde qui vient ce soir. Et il ne sera pas dit que qui que ce soit ait eu faim chez Célestin Bourpin !

– Ça m'étonnerait que qui que ce soit le dise, vu qu'il s'agit quand même d'une réunion clandestine, marmonna Sapotille.

– Attendez, intervint June. On n'est pas invitées à la réunion, nous ! Il faut qu'on aille chercher de la nourriture, alors qu'on va même pas en profiter ?

– Je ne suis pas convié non plus, si ça peut te rassurer, tempéra Célestin.

– Et vous auriez voulu en être ? demanda Sapotille.

– Oh, non ! J'aurais eu l'air bête au milieu de tous ces gens sérieux ! C'est juste que… je me sens un peu exclu, vous voyez ? C'est ma maison quand même !

– Ouais, c'est nul d'être exclu. On devrait faire une contre-soirée ! s'excita June. En pyjama ! Avec des trucs à manger qu'ils auront même pas !

– Mais quelle brillante idée ! s'illumina à son tour Célestin. Ma petite June, tu ne me déçois jamais. Je ferai un dessert exprès pour nous. Et les autres n'en auront pas une miette, na !

– Et si… (Sapotille hésitait à formuler son idée.) Et si on faisait plutôt une contre-soirée *d'espionnage* en pyjama, ça ne vous dirait pas ? Je voudrais vraiment savoir ce qu'ils se disent à cette réunion. La dernière fois, c'est nous qui avons fait la moitié du travail et heureusement que nous étions renseignés.

Le résultat dépassa ses espérances. Ses interlocuteurs tournèrent vers elle un visage extatique.

– C'est grave interdit, ça, l'espionnage ! dit June, folle de joie.

– Hu hu hu, j'ai exactement, mais alors très exactement ce qu'il nous faut ! répliqua Célestin. Figurez-vous que l'ancien propriétaire… Mais attendez de voir, je vous ferai la surprise ce soir.

Et il gloussa entre ses doigts comme un gamin.

– Je n'espérais plus pouvoir utiliser ce dispositif un jour !

Sapotille leur sourit à tous les deux. Ça lui faisait du bien de partager une complicité. Depuis que Charly lui avait appris à ne plus être toute seule, elle prenait vraiment plaisir à se sentir sur la même longueur d'onde que… des *amis* ? Elle se demandait s'ils auraient accepté qu'elle leur décerne ce titre. Sapotille était une petite personne très solennelle.

***

Le quartier des Petites Fées Modèles n'était pas le moins du monde sur le chemin des faubourgs de Cul Chaudron. Pourtant, comme chaque fois que Sapotille se rendait dans le centre de Thadam, elle fut tentée d'y faire un crochet.

Elle n'avait jamais osé revenir sur les lieux de son enfance, de crainte de voir sa demeure ravagée par l'explosion et les jardins en friche. Ça lui aurait crevé le cœur. Par ailleurs, ce quartier était le plus prestigieux de la ville, aussi lui semblait-il évident qu'on n'y aurait pas abandonné une verrue calcinée. Une nouvelle famille devait y vivre, avec ses enfants, ses problèmes et ses joies. Assister à un tel spectacle lui aurait tout autant retourné le ventre. Sapotille avait donc renoncé à cette jolie impasse bourgeoise où elle vivait autrefois, et l'avait même oblitérée de ses pensées.

Les récents événements avaient toutefois réveillé des questions en elle. Qu'était réellement devenue la jolie demeure d'autrefois ? Les Allégories habitaient toujours quelque part. Alors se pouvait-il… ? Elle bavait d'envie de se dire que tout n'était peut-être pas mort. Que peut-être, Gothen vivait là-bas. Et qu'il restait un peu de ses souvenirs qu'il aurait ramenés à la vie…

Ce qui lui manquait le plus, c'étaient les fragrances de son foyer. Sa mère avait la passion des pots-pourris, qu'elle composait de peaux de clémentine, de chèvrefeuille et de giroflée. Si bien que les effluves se faisaient réconfortants dès la porte d'entrée. La maison tout entière avait cette odeur chaude et sucrée, fraîche et douce à la fois, qui murmurait : « Bon retour chez toi. » C'était une odeur qui vous prenait tout contre elle, avant même que vous n'ayez ôté vos chaussures.

Sapotille soupira.

– Je sais quel élixir je vais créer pour les sélections du passage de grade, dit-elle soudain. Je vais faire un élixir à brûler, une bougie. Tous ceux qui en respireront le parfum se sentiront comme chez eux. Ce sera une odeur qui dira : « Bienvenue à la maison. »

June pencha la tête sur le côté.

– Chez moi, ça sentait toujours la lavande et le sucre.

Elle eut une expression nostalgique l'espace d'un instant. La seconde d'après, elle fronçait le nez dans une grimace affreuse :

– Pas comme ici ! Mitard, qu'est-ce que ça pue !

– C'est vrai que c'est assez brutal, approuva Sapotille en rabattant son écharpe sur son nez. Mais les halles de Cul Chaudron sont les plus grandes de Thadam, elles voient passer des dizaines de tonnes de nourriture chaque jour. Il y en a forcément une partie qui pourrit sur place.

Sous la gigantesque structure en poutres de bronze, les étals s'étendaient à perte de vue, croulant sous les marchandises plus ou moins magiques et odorantes : haricots géants, courges-confiture, pâtisseries enchantées, sacs de noix-surprises… Ça se bousculait et ça braillait à n'en plus pouvoir :

– Il est beau mon fromage, il est beau ! Tellement fait à cœur qu'il coule bien comme il faut, oui, monsieur ! Si vous faites la course, il arrivera avant vous !

– Non, pour l'emballage, on ne peut pas le faire flotter derrière vous ! On est mardi, madame. La magie est interdite aujourd'hui, restrictions de l'Académie. Non, madame, on ne peut pas s'arranger, désolée.

– Moitié prix sur les bouquets de roses-cyclopes ! Un cadeau à votre tendre moitié, monsieur ?

– Potions de tirésine ! Qui désire changer de sexe quelques heures et se retrouver dans les chaussures d'un ou d'une autre ? Nous avons aussi des versions intersexes et assexuées !

– Poèmes magiques se chuchotant tout seuls à l'oreille de l'être aimé ! Merci de ne pas les utiliser avant demain, nous vous rappelons les restrictions mises en place par l'Académie le mardi. Vous pouvez cependant acheter aujourd'hui et utiliser le sortilège ultérieurement.

Baissant la tête sous les cris, June et Sapotille confièrent leur attelage à un brevaillon chargé de donner à boire aux montures. Puis elles s'enfoncèrent dans la foule.

– Oh, ils vendent des tartes-chercheuses ! s'exclama June. Je pourrais en envoyer une dans la face de Thibald ? Il saura que je pense à lui !

– Ça ne fonctionnera pas, dit Sapotille en relisant la liste des courses. Le rayon d'action est trop court. Viens, on commence par les petits pois sauteurs et les haricots géants. Ensuite, on achètera les apocachips, puis le tonnelet de pulpisse et on finira par les patates-patates.

Les halles du marché étaient bondées et elles eurent du mal à se frayer un chemin dans la cohue. June finit par passer devant en flanquant des coups de pied à tout le monde et en hurlant « PARDON ! ». Sapotille essaya d'abord de l'en empêcher, puis abandonna d'autant plus facilement qu'elle se faisait piétiner à loisir sous prétexte qu'elle était petite.

Au bout de plusieurs minutes de lutte, elles atteignirent enfin le stand d'apocachips, ces chips si croustillantes qu'elles faisaient trembler la terre autour d'elles quand on les mangeait.

L'une des vendeuses, aux longs cheveux noirs de princesse, était aussi très jeune.

– Klafidie ? s'étonna Sapotille.

Elle ne s'attendait pas à retrouver là celle avec qui elle avait partagé son dortoir à Saint-Fouettard.

– Quoi ? se renfrogna Klafidie. Faut bien travailler. On n'a pas tous la chance d'habiter chez les bourges.

– Tu rigoles ? intervint June. Ton job est trop cool ! Je comprends que t'aies pas voulu le lâcher, même après avoir piqué le pactole de la course.

À ces mots, Klafidie eut une moue embarrassée.

– Lys Atravice nous l'a confisqué, en fait. Il a dit qu'on le dépensait n'importe comment et qu'il le garderait pour nous.

Sapotille et elle échangèrent un regard entendu. Elles pensaient la même chose : *Il ne vous le rendra jamais.*

– En tout cas, c'est génial de travailler là ! reprit June. Tu t'amuses des fois à écraser plein de chips en même temps pour faire tomber les gens qui passent ?

– Non, rétorqua Klafidie, parce que j'ai pas intérêt si je veux garder mon job.

– Attends, ça ferait des super ventes, tes patrons seraient contents ! Imagine, tu laisses repartir les gens que s'ils acceptent de t'acheter leur poids en chips. Sinon, tu continues à faire trembler le sol. Oh, j'ai trop envie de venir t'aider ! Je peux avoir un petit tablier mignon et tout ?

– Dis non, trancha Sapotille. Et il nous en faudrait un kilo, s'il te plaît.

Klafidie s'exécuta.

– D'habitude, on fait un emballage magique pour être sûr qu'elles ne s'écrasent pas. Mais on est mardi et la magie est interdite en dehors des gemnez et des sortilèges prévus à l'avance.

Tout son visage se froissa de contrariété tandis qu'elle saisissait le sablier minuscule qu'on distribuait aux pensionnaires de Saint-Fouettard.

– Déjà qu'on a quasi pas le droit d'en faire, de la magie ! Bientôt, ils nous l'interdiront complètement. Ils nous injecteront la pétricelle et on oubliera tous nos souvenirs !

Sapotille ne chercha pas à la rassurer. Charly avait intercepté un rapport quelques semaines plus tôt qui indiquait que c'était en effet une des pistes envisagées par l'Académie.

Klafidie paraissait aussi furieuse qu'amère devant la situation. Pour elle, il était clair qu'il n'y avait rien à y faire. En revanche, June la regardait curieusement. Avant même qu'elle ouvre la bouche, Sapotille sut qu'elle allait créer des problèmes.

– Ben, c'est pas une fatalité, dit en effet June. Imagine qu'il existe une autre forme de magie. Que vous pourriez apprendre. Et même qu'il y en aurait autant que vous voudriez.

– June ! s'affola Sapotille qui comprenait enfin où elle voulait en venir. C'est dangereux !

– Vous vous foutez de moi, ou quoi ? demanda Klafidie.

– Mais non, rebondit June. Par contre, Sapo a raison. C'est dangereux. Et aussi… va falloir bûcher sévère. Tu n'as qu'à venir chez Célestin Bourpin, un jour, avec tes potes de Saint-Fou, on vous expliquera tout.

Klafidie paraissait un peu incertaine. Finalement, elle reprit :

– Faut voir… Allez en causer directement aux autres. Panus vend des patates-patates sur le stand du Mal d'Aurore, là-bas. Et les jumeaux travaillent chez la Pulpisse Vainqueresse. Mais vous ne les verrez peut-être pas. Ils sont souvent de pressage, dans les baquets. C'est pour ça qu'ils ont toujours les pieds orange.

– Les pieds de Karib et de Silas trempent dans le jus qu'on boit ensuite ? s'inquiéta Sapotille.

– Tu sais pas du tout comment on fabrique la pulpisse, toi, pas vrai ? ricana Klafidie.

Et sur ces mots, elle fila servir d'autres clients.

– On va aux patates-patates ? demanda June, en récupérant le paquet d'apocachips enveloppé de ouate. On finira par le plus lourd.

– Non ! C'est… Les patates-patates, c'est pénible à transporter. Allons d'abord chercher la pulpisse. Même si pour ma part, je m'en tiendrai désormais à la pétillonade.

Sapotille n'osa pas dire qu'elle ne tenait pas à revoir Panus. La dernière fois, elle avait été incapable de poser ses limites, rien ne laissait supposer que ce serait différent cette fois-ci.

Elles durent traverser de nouveau la foule pour atteindre le stand de la Pulpisse Vainqueresse. Il était facile à repérer, avec ses gigantesques tonneaux qui tournoyaient dans les airs en s'envoyant des giclées de boisson orange. Un grand panneau précisait : *Nos installations tournent à l'aide de gemnez. Nous respectons les restrictions de sortilège de l'Académie de Magie.*

Comme Klafidie l'avait prévu, Karib et Silas n'étaient pas là et Sapotille préféra éviter de penser à leurs pieds jamais lavés, sautillant dans les baquets.

– Plus que les patates-patates à récupérer ! s'exclama June en tenant à bout de bras le large tonnelet. J'espère qu'on ne devra pas trop se battre avec elles pour les emporter, elles sont tellement brutales !

Les patates-patates tenaient en effet leur nom de ce qu'elles étaient particulièrement hargneuses. Elles avaient tendance à flanquer des patates à tout le monde.

– En général, les maraîchers ont un étourdisseur pour faciliter les ventes, expliqua Sapotille. Il les assomme un peu afin qu'on puisse les emporter. Tiens, regarde !

Elle désignait la silhouette torse nu d'un garçon qui leur tournait le dos pour boxer à loisir un sac de jute suspendu à une poutre.

– Dis donc, ça fait les muscles ! s'écria June. Je devrais essayer, moi aussi, histoire d'impressionner les licornes.

Ce disant, elle tâtait son biceps résolument plat. Le jeune homme, lui, avait une musculature déjà très dessinée, sous une tignasse dont les teintes auburn mirent Sapotille mal à l'aise.

– Panus, murmura-t-elle entre ses dents.

Comme s'il l'avait entendue, il se retourna. Immédiatement, il leur adressa son sourire canaille, trop large dans son visage irrégulier. Panus avait une de ces beautés sauvages qui effraient autant qu'elles fascinent.

– Salut, les filles !

Et il adressa à Sapotille un clin d'œil sans équivoque.

Sapotille sentit quelque chose de glacé descendre en elle, après quoi elle eut une sorte d'absence. Elle fut toute surprise de s'entendre déclarer :

– Salut Panus, il nous faudrait six kilos de patates-patates !

– Hey, attends ! l'arrêta June. On doit lui parler du truc chez Célestin Bourpin, d'abord.

– Le truc ? répéta Sapotille, qui avait espéré se sauver rapidement.

– Le truc magique, précisa June.

Et elle se lança dans les explications qu'elle avait données à

Klafidie. Panus fronçait de plus en plus les sourcils, finalement il les haussa et lâcha un « d'accord ». Puis après un silence, il ajouta :

– On viendra cette semaine.

– Génial ! s'emballa June. Maintenant je peux boxer les sacs, pendant que tu nous prépares nos patates-patates ? Je parie que je peux les réduire en purée !

– Fais-toi plaize ! rétorqua Panus en lui cédant la place.

Pendant la discussion, il avait essuyé sa sueur à l'aide d'un linge, débandé ses poings et, au grand soulagement de Sapotille, enfilé une vareuse sur sa peau nue.

– Alors, tu peux plus te passer de moi ? lui glissa-t-il en s'approchant trop près de quelques centimètres. T'as pas besoin de prétextes pour me voir, tu sais ?

– Ça… ça n'a vraiment rien à voir ! bafouilla Sapotille. D'ailleurs, c'est une idée de June. Et elle ne m'a même pas demandé avant !

– Tu as bafouillé, souffla Panus d'un air entendu.

Dans sa jupe, le grimoire de Sapotille frémit violemment. Pourquoi attirait-il ainsi l'attention sur lui ? Elle lui en voulut.

– On dirait qu'il est content de me voir, dit Panus.

Aussitôt, il plongea la main dans la poche de Sapotille et se mit à caresser la couverture de velours. Le grimoire se figea, Sapotille eut l'impression qu'une main l'avait saisie par le col et la retenait prisonnière.

Pourtant, elle eut un petit sourire. *Pourquoi tu souris ?* se hurla-t-elle à l'intérieur d'elle-même. Mais une autre voix, très ancienne celle-là, faisait écho à sa cacophonie intérieure : « Sourire. Pas montrer que tu as peur. » Se croyant encouragé, Panus se pencha à son oreille.

– Tu sais, les filles qui aiment qu'on leur touche le grimoire, ça ne me dérange pas, au contraire. J'aime celles qui n'ont pas froid aux yeux.

– À dire vrai, je suis assez trouillarde, souffla Sapotille, très bas, parce qu'elle n'avait plus de souffle.

June ! Qu'est-ce que tu fais, June ? Viens, on s'en va, suppliait-elle mentalement. Mais June était très occupée à se prendre une raclée par le sac de jute.

– Alors on ira doucement, dit Panus. Ton Charly sait pas ce qu'il perd. On va lui apprendre à se sauver, toi et moi.

Il était vraiment trop proche, à présent. Si Sapotille n'avait pas eu quelque chose de brisé à l'intérieur, elle aurait reculé, elle aurait dit stop, elle l'aurait repoussé. Mais un poids énorme la pétrifiait. Panus était tellement plus grand qu'elle. Et plus fort. Le juge aussi avait été plus fort.

Depuis une minute, elle avait rompu leur regard et posait ses yeux résolument ailleurs, espérant que Panus comprendrait que c'était sa façon de dire « laisse-moi ». Il ne comprit pas.

Elle se sentit encore plus perdue quand il enroula sa grande main autour de sa taille.

– Viens là, ma belle.

Elle se retrouva plaquée contre sa gigantesque poitrine. Panus n'était pas brusque. Mais sa lenteur avait quelque chose d'inéluctable. Elle eut un bref réflexe qui la fit se rejeter en arrière, mais Panus ne fit que la serrer plus fort contre lui, avec un grognement satisfait. Ce n'était pas du tout comme Charly qui lui ménageait toujours une échappatoire. Elle se fit raide comme un bout de bois. *Comment peut-il ne pas le remarquer ?*

– Ça va ? Je vous dérange pas ?

June, enfin ! Panus s'écarta, il arborait un grand sourire faraud. Le souffle revint d'un coup dans le corps et l'esprit de Sapotille.

– File-nous nos patates-patates et on dégage ! s'énerva June.

Elle avait un œil au beurre noir tout frais, ayant manifestement perdu la bataille contre le sac de toile.

Panus leur tendit leur commande tout en glissant à Sapotille :

– À bientôt pour la magie. Je viendrai chez toi.

– J'ai dit : on y va ! lui cria June.

Sapotille, elle, ne dit rien du tout. Elle avait l'impression de marcher à côté d'elle-même, comme si elle était deux. Elles regagnèrent la citrolle, très chargées par leurs courses. June bousculait la foule bien plus que nécessaire. Elle écrasa une partie des apocachips pourtant bien emballées et un énorme stand de potions finit par terre, heureusement sans trop de casse.

Finalement, elles remontèrent dans la citrolle. Sapotille n'avait toujours pas décroché un mot.

– Tu vas m'expliquer, peut-être ? la harangua June. Je sais que Charly n'est plus là, mais tu as trop vite fait une croix dessus, tu crois pas ? Il va revenir !

Sapotille ne répondit pas, mais à la mention de Charly, ses yeux se trempèrent de larmes. Elle espérait bien qu'il allait revenir. À dire vrai, c'était la seule chose qu'elle désirait encore. June tourna soudain vers elle un visage soucieux.

– Sapo… est-ce que c'est encore ton problème de pas savoir ce que tu veux ?

– Je ne voulais pas, bredouilla enfin Sapotille. Mais… c'est juste que je n'arrivais pas à dire non, tu vois ?

June hocha gravement la tête.

– C'est comme si tu jouais au ni-oui ni-non, mais la version pas drôle.

Elle souffla par le nez et ajouta :

– Faut vraiment réparer ça. Écoute, on va s'entraîner pour de bon. En attendant, on n'a qu'à dire que ton « non », ce sera moi. Quand tu auras besoin de dire non, tu m'appelleras, et je le ferai pour toi. Juste le temps que tu retrouves ton « non » à toi. Est-ce que ça te va ?

Sapotille hocha la tête, avant d'ajouter brusquement :

– Je veux que Charly revienne ! Avec lui, je sais qui je suis, je sais ce que je veux et je sais où je vais.

– Mais c'est pas à cause de la disparition de Charly, ce qui t'arrive, souffla June.

– Non, mais ça rend tout dix fois pire ! Parce que je suis encore plus perdue quand il n'est pas là. Ah ! Et en plus, les gens de la Loge sont déjà arrivés. Mitard, j'ai tellement pas envie de les voir !

Comme elles venaient de franchir le portail du manoir, June se dressa sur l'assise pour mieux voir. Il y avait en effet deux personnes dont on ne distinguait que les silhouettes à contre-jour. Et une maison qui n'aurait pas dû se trouver là.

– C'est quoi, cette bicoque ? demanda June. On dirait une librairie… T'as vu cette enseigne, avec ce drôle de livre qui vole dans une cage ?

– C'est Le Grimoire qui Mord ! s'écria Sapotille qui n'en revenait pas elle-même. Mais alors…

Elle bondit de la citrolle et s'écrasa dans la boue sans y prêter attention. Alors qu'elle se relevait en pataugeant, la couronne-sapeuse de roses magiques rafraîchit son sortilège et la vêtit d'une robe plus chatoyante encore et sertie de mille broderies.

La silhouette avait beau être dans l'ombre, Sapotille la reconnaissait. Elle avait tant besoin de ressentir de la joie qu'elle était certaine de mourir si elle était déçue. Mais lorsqu'elle fut plus proche et que la lumière changea, elle vit les longs cheveux bruns et lisses, les traits du visage très fins et les lorgnons qui pinçaient un nez déjà trop mince.

Elle se jeta dans ses bras avec violence.

– Maître Lin !

Maître Lin avait tant maigri durant son séjour au Purgatone qu'il faillit tomber à la renverse. Près de lui, Justine, son crocodile familier, claqua des mâchoires.

– Eh bien, jeune dame, en voilà des manières ! dit Maître Lin avec une ironie légère pour dissimuler sa propre émotion.

Mais Sapotille s'était mise à sangloter à gros bouillons, tant et si bien que Maître Lin s'en inquiéta pour de bon et en oublia son quant-à-soi.

– Ma petite chérie, est-ce que ça va ? Qu'est-ce qui t'arrive ?

– C'est juste que… juste que…, hoqueta Sapotille en dégoulinant de morve, je suis tellement heureuse que vous soyez là !

Les lorgnons de Maître Lin étaient embués lorsqu'il referma les bras sur elle, la serrant bien fort contre lui.

– Je suis désolé si je t'ai manqué et si ces derniers jours ont été si difficiles. Avec Pulchérie, nous voulions être certains de mon amnistie avant de reparaître à Thadam.

Sapotille hocha la tête en écrasant ses lunettes contre la poitrine osseuse de Maître Lin, et continua à pleurer.

Près d'eux, Césaria, Célestin et la gigantesque libraire, Dame Pulchérie Rumpelstilskin, n'osaient plus dire un mot, de peur de perturber un moment d'une telle intensité.

– Je vais rester le temps de la réunion, tenta finalement de chuchoter la libraire avec son timbre de cathédrale, puis je ramènerai Le Grimoire qui Mord en ville. Les copies du livre du directeur de Saint-Fouettard vont bientôt arriver, ça va être un très gros événement qui va secouer tout Thadam. Je veux être prête.

Tout le monde hocha la tête avant de se replier doucement vers le manoir. Sapotille ne les remarqua même pas. Elle était trop occupée à se laisser emplir de son immense joie.

***

– De toute façon, si vous ne donnez pas de lit à Maître Lin, dit Sapotille, moi, je lui laisse mon hamac et je dors par terre dans votre laboratoire.

June passa près d'elle avec un sourire.

– Tu vois, lui chuchota-t-elle, tu arrives à vraiment vouloir des choses, des fois.

Sapotille lui rendit son sourire.

– C'est plus facile avec les bonheurs évidents, lui répondit-elle tout aussi bas. Et avec les gens gentils, évidemment.

– Gnagnagna, Célestin est gentil. Gnagnagna, Célestin va dire oui, bouda Célestin qui avait tout entendu. Gnagnagna, on peut obtenir ce qu'on veut de Célestin.

Il secoua ses mains pleines de farine.

– Mais bon, d'accord.

– Merci beaucoup, dit Sapotille.

Et tout le monde eut l'impression que, de gratitude, elle allait se remettre à pleurer.

– Non, non, non, je t'interdis ! répliqua Célestin en la menaçant d'une spatule. Si tu pleures, alors… alors moi aussi, et…

Il s'éventa très fort, comme pour faire s'évaporer l'humidité qui lui était soudain venue aux yeux.

– Allez, suffit ! Aidez-moi toutes les deux ou le buffet ne sera jamais prêt pour la réunion de ce soir.

Sapotille fronça le nez en regardant tout ce qu'ils avaient déjà préparé.

– Vous êtes sûr que ça va être très pratique à manger, tout ça ? Je veux dire… J'adore votre gratin de patates-patates, mais elles ont quand même tendance à vous boxer le palais quand vous les avalez. Et je ne parle même pas des apocachips…

– Oui, c'est sûr, ce sera peut-être un peu difficile à manger, mais ça devrait être drôle à espionner, hi hi hi !

June le regarda avec ravissement.

– Vous vous vengez ! Vous vous vengez parce qu'on n'est pas invités à la réunion de ce soir.

– Oui ! Hi hi hi !

June leva la main et ils se claquèrent un énorme check.

– Vous faites une drôle de paire de génies du crime, tous les deux, ricana Sapotille.

Elle se sentait bien. Elle ne pensait plus à ce qui s'était passé plus tôt dans la journée. Alors que sa forteresse intérieure tanguait et s'effritait, le retour de Maître Lin lui avait fait l'effet d'un contrefort massif venu la soutenir.

Et cette chaleur qu'on rencontre toujours à cuisiner avec ceux qu'on apprécie… C'était presque comme en famille et cette douceur comblait les fissures que le juge avait ouvertes en elle.

– Voilà, dit Célestin. Le buffet du salon est prêt, maintenant installons le nôtre, hu hu hu !

Il ricanait encore en faisant coulisser une plinthe le long du couloir. Immédiatement, un grand panneau de bois s'ouvrit sur un corridor étroit.

– Un passage secret ! s'écria Sapotille, ébahie.

Célestin n'en finissait plus de glousser en les faisant entrer, conscient du ravissement qu'il leur procurait. Ils avaient tous trois les bras chargés de victuailles. Sapotille n'avait pas oublié les noix-surprises.

– Oh, mais c'est mieux que génial ! s'emballa-t-elle à nouveau. Des balançoires à l'intérieur d'une maison ? J'en ai toujours rêvé !

– En fait, vous ne pouvez pas vous balancer dessus, corrigea Célestin. Sinon, vous risquez de passer au travers des tableaux du salon. Ce sont juste des sièges suspendus qui permettent de se mettre à la bonne hauteur.

– On va espionner par les yeux des personnages des tableaux ? continua de s'émerveiller Sapotille. Sur des balançoires ? Dans un passage secret ? C'est tout à fait comme dans les romans d'aventures que je lisais quand j'étais petite !

– Pff, je fais ça tous les jours ! s'exclama June.

Mais elle avait beau jouer les blasées, son excitation était palpable, à elle aussi.

– J'ai prévu des petits gadgets…, reprit Célestin. Je sais que la magie est interdite aujourd'hui, mais vous ne me dénoncerez pas, n'est-ce pas ?

– Vous dénoncer pour avoir fait de la magie, pendant qu'on espionnait pour notre propre compte une réunion illégale ? ironisa Sapotille. Je pense que nous pourrons garder le secret.

Célestin avait rempli de petits chaudrons de gratin, de neige meringuée, de pétillonade et d'une délicieuse soupe à la grimace.

– Qu'est-ce que c'est, la soupe à la grimace ? demanda June.

– Une soupe tellement délicieuse, répliqua Sapotille, que quand on la mange, le plaisir nous donne un air complètement stupide.

– Encore une recette de Dame Mélisse, naturellement, ajouta Célestin.

Il était en train de fixer les chaudrons à de minuscules balais tout enrubannés de couleurs et ornés d'exquises breloques.

– Allez, vole, mon petit ! s'exclama-t-il en lançant l'un d'eux dans les airs.

Le petit balai s'éleva en portant courageusement son chaudronnet.

– Je n'avais pas imaginé qu'une séance d'espionnage pourrait s'avérer aussi adorable, dit Sapotille.

– Quand on sera tous en pyjama, on aura atteint le degré suprême de la coolitude, confirma June.

Sapotille rougit. Elle n'avait pour ainsi dire pas de vêtements en arrivant et Célestin lui avait prêté une très vieille chemise de nuit toute de dentelle et flanelle. Elle avait dû appartenir à quelque hiératique duchesse. Sapotille se savait ridicule lorsqu'elle la portait, d'autant qu'elle était beaucoup trop longue, mais elle l'adorait. Dedans, elle se figurait ressembler à une grande dame de conte de fées. Seulement de là à parader avec devant tout le monde…

Soudain, elle se souvint que June dormait dans un tee-shirt troué et un bloomer à froufrous. Quant à Célestin, elle l'avait croisé une nuit sur le palier des toilettes. Il portait un costume de nounours bleu, brodé de petits cœurs. L'étau d'angoisse qui lui était venu se desserra d'un coup. On serait entre gens ridicules et bienveillants, tout se passerait bien. Tout de même, elle détestait ces moments de crispation et de peur qui lui venaient sans prévenir. Depuis cette affaire avec le juge, c'était pire qu'avant. Tout était pire.

Elle fit un effort violent pour balayer toutes ces pensées et partit se changer. Puis elle regagna le passage secret. Elle trébuchait sur sa chemise de nuit, trop longue de quelque vingt centimètres, qu'elle était obligée de soulever largement. Soudain, quelque chose de rêche se prit entre ses pieds.

– Pépouze ! comprit-elle avant de s'étaler sur le parquet.

Elle saisit la serpillière par la peau du cou.

– Je t'ai déjà dit de ne pas traîner dans nos jambes ! Et laisse ma chemise de nuit, ça ne se mange pas !

La chiffe lui parut misérable.

– Mais bon, si tu t'ennuies, tu peux venir avec nous…

Elle était à deux doigts de pousser la plinthe, quand des pas se firent entendre sur le parquet. Elle refréna son geste. C'était Maître Lin.

– Sapotille, je suis désolé qu'on ne puisse pas se parler davantage dès ce soir. Je voulais simplement te dire que cette réunion sera très importante et que nous avons été obligés de la préparer avec Césaria, et qu'est-ce que c'est que cet accoutrement ?

– Mon pyjama ! rétorqua Sapotille avec plus d'assurance qu'elle n'en ressentait. Je préfère enlever le sapeur pour dormir.

Maître Lin la regarda mieux.

– En fait, ça te va bien. Mais j'aurais voulu discuter avec toi du passage de grade. Césaria m'a dit que tu comptais te présenter. Je trouvais ça prématuré, puis j'ai réfléchi. Avec toutes ces pannes de magie, ce passage de grade est peut-être le dernier qui se déroulera comme nous en avons l'habitude. D'autant que le fils du juge s'y présente aussi. Après cela, je crains qu'ils ne durcissent sévèrement les conditions d'accès.

– C'est aussi ce que je pensais. Si je veux devenir Élémentère, c'est maintenant ou jamais, résuma Sapotille. Nous ne sommes pas trop nombreux à lutter contre le juge et je ne peux pas le faire correctement avec un quota de magie aussi ridicule !

Elle brandissait son sablier de Patouilleuse. Il était plus grand que celui dont elle disposait quand elle était à Saint-Fouettard, mais elle avait malgré tout déjà dépensé les trois quarts des moires qui lui étaient allouées pour ce mois. Et uniquement avec des sortilèges mineurs.

– Tu resteras une débutante, répliqua Maître Lin. Pas question de te mettre en première ligne comme nous avions commis l'erreur de le faire avec Mornille*. Mais je voulais te dire que j'allais te préparer. J'ai toujours été un excellent professeur.

Ce disant, il rejeta coquettement ses cheveux en arrière, dans un geste que Sapotille connaissait bien. Elle eut un petit rire.

– Oui… à votre façon très spéciale, vous êtes un excellent professeur, admit-elle. Merci beaucoup.

Maître Lin lui jeta un drôle de regard :

– Tu as changé, lui dit-il. Tu communiques mieux et tu caches moins tes émotions.

– C'est grâce à Charly, dit Sapotille.

– Peut-être. Mais il y a aussi des fragilités toutes neuves et une grosse blessure. Quelqu'un t'a fait du mal, Sapotille. Et si tu le veux bien, nous en parlerons.

Sapotille hocha la tête, en songeant que son grimoire avait

* Voir le tome 1. Mornille est assassinée par le Cavalier après avoir pris soin de Dame Mélisse et l'avoir renvoyée à sa famille.

préféré rester près de son hamac. Il était devenu tellement sage et renfermé que ça lui fendait le cœur.

Elle attendit que Maître Lin rejoigne Césaria au salon et déplaça la plinthe. Immédiatement, le passage secret s'ouvrit devant elle. Sapotille sourit et la douleur triste au fond d'elle reflua. C'était le grand pouvoir du merveilleux que de maintenir la souffrance à distance. Hors de question de bouder son plaisir. June avait raison : une soirée d'espionnage en pyjama était la chose la plus cool qu'elle ait jamais faite de sa vie.

Célestin était déjà en train d'espionner par les yeux d'un petit garçon jouant au ballon. Il portait en effet son pyjama nounours.

– C'est bon, ils sont tous en train d'arriver, chuchota-t-il.

– Ils risquent de nous entendre ? chuchota à son tour Sapotille.

– Non, sauf si on crie. Mais ça casserait un peu l'ambiance si on parlait normalement, alors je préfère chuchoter.

– Je prends le tableau à l'escarpolette ! s'exclama June.

– Oh, dit Sapotille un peu déçue.

Le tableau de cette jeune femme faisant s'envoler ses jupons vers le ciel la faisait rêver.

– Tu le veux ? lui demanda June. Alors demande-le !

– Non, mais c'est pas grave.

– Ça fait partie de ton entraînement ! insista June. Tes désirs ont de l'importance. Faut que tu retrouves comment les écouter.

Sapotille hésita un instant.

– Je voudrais le tableau à l'escarpolette, s'il te plaît.

– Bien sûr ! Je te fais la courte échelle.

Sapotille grimpa jusqu'au siège suspendu à quelque deux

mètres du sol. Immédiatement, elle plaqua son visage contre le tableau et put voir ce qui se passait dans le salon. Un cornet installé juste à côté permettait d'entendre.

Maître Lin, Césaria et Dame Rumpelstilskin étaient déjà présents. Marianne, l'aubergiste de la Pitchounette, était là aussi et lorgnait le buffet avec un intérêt tout professionnel. Mme Freluche, la couturière du Roi Nu, entra à cet instant et salua tout le monde rapidement.

– J'espère que la réunion ne va pas s'éterniser, déclara-t-elle tout de go. Le Carnaval est dans un mois et j'ai tellement de commandes de costumes que mes nuits sont déjà trop courtes !

– En tout cas, je suis contente qu'on ait abandonné ces masques ridicules, ajouta Dame Rumpelstilskin. Je sais que Rothebert y tenait et que ce n'est pas lui rendre hommage que de les enlever, mais qu'est-ce qu'on respirait mal, là-dessous ! Ah, voici Nana !

Sapotille reconnut en la nouvelle arrivante l'imposante vendeuse du Haricot Bleu. En peu de temps, une quinzaine d'autres personnes remplirent la pièce.

Autour de Sapotille, June et Célestin étaient assis à diverses hauteurs, chacun sur une balançoire. Les mini-balais leur volaient autour, proposant leurs victuailles dans les chaudronnets suspendus. Restée au sol, Pépouze ramassait joyeusement les miettes. Sapotille fit signe à celui qui transportait les noix-surprises et s'empara d'une large poignée. Elle en mangeait des quantités, ces derniers temps. Elle avait l'espoir – elle le savait, illusoire – de finir par ouvrir celle qui exaucerait le seul vœu qui lui était cher.

– Bonsoir à tous ! s'exclama justement la mère du vœu en question. Soyez les bienvenus à cette réunion. À l'ordre du jour…

– Excusez-moi, c'est vous la cheffe ? l'interrompit le propriétaire des Trois Méduses, puis s'adressant aux autres : Pourquoi ce serait elle, la cheffe ? Elle n'a même pas le brevaillon. Pire que ça, elle a la pétricelle !

Ce disant, il pointait du doigt la phalange de porcelaine de Césaria.

– Écoutez, on ne peut pas commencer ainsi ! intervint Maître Lin. L'Académie s'en frotterait les mains, si elle savait.

– Oh, alors vous ! Vous avez voulu faire cavalier seul et on voit où ça vous a mené ! On aurait pu penser qu'un séjour au Purgatone vous aurait calmé, mais apparemment pas.

– À votre place, répliqua Maître Lin, j'éviterais de ramener le sujet sur la table. J'ai bien noté votre lâche abandon, lorsque j'étais enfermé là-bas. J'avais espéré plus de solidarité entre nous !

– Eh bien, il ne fallait pas faire n'importe quoi ! déclara un grand homme fier de l'estomac qu'il pointait en avant (Sapotille croyait se rappeler qu'il s'agissait de l'apothicaire des Potites Potions). Vous l'avez un peu cherché et je ne suivrai pas votre exemple.

Une main noire avec une phalange blanche s'abattit brutalement sur la table du buffet.

– Non, mais vous vous entendez ?

Césaria parlait si fort que Sapotille n'avait plus besoin du cornet pour l'entendre.

– Elle est belle, la Loge des Anamnèses ! Vous vous rendez compte qu'avec vos chicaneries, des enfants ont obtenu plus de résultats que vous ? Des enfants ! À qui vous avez fait prendre tous les risques ! Et mon fils en faisait partie ! Vous avez osé ! Et pour quel résultat ? Aujourd'hui, Rothebert Bagatelle est mort, c'est tout ce que vous avez gagné.

– On n'est pas sûrs que ça ait un lien, tenta une petite voix. Il a certes rencontré des difficultés à évacuer lors de l'Ascension du juge, mais…

– Ça suffit ! tonna Césaria. Le prochain qui prend la parole sans lever la main, je l'envoie au coin ! Et lâchez ce buffet ! Vous mangerez après l'ordre du jour, bande de voraces !

Ceux qui avaient déjà succombé à leur appétit se dépêchèrent d'engloutir leur bouchée d'un air coupable. Et Marianne s'étouffa avec son gratin de patates-patates qui continuait de se battre dans sa gorge. Tout le monde se regardait plus ou moins scandalisé, avec des « Et vous la laissez faire ? » plein les yeux. Mais personne n'osa intervenir.

Derrière les tableaux, même les trois espions en herbe avaient cessé de mâcher.

– Il faut vous reconnaître une certaine autorité, dit le propriétaire des Trois Méduses d'une voix fluette.

Mais déjà, Césaria déroulait son ordre du jour.

– La disparition de la magie doit être notre préoccupation première. Il semble que la magie meure dans notre monde, sans qu'on sache pourquoi. Les pannes s'intensifient. Malgré les restrictions de l'Académie, elles sont de plus en plus longues et fréquentes.

– L'Académie ne saura pas gérer cette crise, intervint Marianne. Le juge et elle feront seulement en sorte de préserver les dernières miettes de magie pour la poignée de privilégiés à laquelle ils appartiennent.

Plusieurs personnes hochèrent vigoureusement du chef.

– La question qu'il va donc falloir se poser, intervint Maître Lin, est la suivante : Thadam est-elle destinée à perdre la mémoire ? À court terme, allons-nous tous finir comme des sortes de mitards ?

Ces questions se perdirent dans un brouhaha de discussions. Tout le monde était d'accord, mais personne n'avait de solutions à apporter.

– Mais au fait, le juge va bientôt avoir d'autres chats à fouetter ! s'écria l'apothicaire des Potites Potions. Cette espèce d'escogriffe qui dirige Saint-Fouettard répète à qui veut l'entendre que son livre sort bientôt et que ça va retourner Thadam !

– Lys Atravice parle beaucoup trop pour son bien, répliqua Dame Rumpelstilskin. *Les Sales Petits Secrets de Thadam* doit paraître dans les semaines qui viennent et, oui, il y fait de sacrées révélations. Mais l'Académie pourrait bien trouver un moyen de censurer l'ouvrage.

– Avec un peu de chance, reprit l'apothicaire, ce livre va semer un tel chaos que le juge sera noyé sous les demandes de procès. Et vous savez ce qu'on dit des Allégories ! Il n'aura pas le choix et sera contraint de s'y soumettre.

– Parfait ! Voilà qui devrait l'occuper, s'enthousiasma Mme Freluche.

– Tout de même, cet homme – est-il seulement encore un homme ? – est absolument terrifiant, intervint Césaria. Et je suis rassurée que ni lui ni le Cavalier n'aient grand pouvoir en ce lieu où nous nous réunissons. Mais cela ne résout pas notre problème. Que fait-on ?

– Il y a peut-être… (Dame Rumpelstilskin était hésitante.) Ces derniers temps, un Académicien a tenté de prendre contact avec moi. Vous savez que beaucoup d'entre eux n'approuvent pas la métamorphose du juge Dendelion en Allégorie. Ils trouvent que c'est trop de pouvoir entre les mains d'un seul homme. Bref, il m'est apparu que ce Lothaire Galbinus – c'est son nom – serait un allié précieux, d'autant qu'il pourrait gagner d'autres Académiciens à sa cause.

Sapotille se redressa d'un coup sur sa balançoire. Ce nom lui disait quelque chose. Lothaire Galbinus était l'Académicien qui donnait prochainement une conférence sur le thème des Allégories. Elle se promit de ne surtout pas la rater.

Maître Lin reprit :

– L'Académie a toute latitude pour déchoir une Allégorie et lui ôter ses pouvoirs. Mais ne serions-nous pas naïfs d'espérer que ça puisse arriver ? Il n'y a jamais eu aucun précédent !

– Cela signifie que nous devrons y travailler d'autant plus dur, dit Césaria.

– Pardon d'interrompre ces considérations solennelles, intervint Mme Freluche. Mais est-ce qu'on pourrait passer directement aux actions à entreprendre ? J'ai encore cinquante costumes à finaliser pour le Carnaval, je ne vais pas m'en sortir.

Marianne approuva :

– Pareil, je suis débordée à l'auberge. Depuis que je n'ai plus la petite Crépine pour m'aider, je ne m'en sors plus. Je suis ravie qu'elle ait retrouvé sa famille, bien sûr. Mais nous avons tous beaucoup de travail.

La panne de magie survint à cet instant précis. Dans le salon où la réunion avait lieu, cela ne changea pas grand-chose, si ce n'est que le grand lustre en verre de pluie s'éteignit. Il fonctionnait par sortilège et non par gemnez.

En revanche, côté espionnage, ce fut la bérézina. Tous les balais auxquels étaient suspendus les chaudronnets s'effondrèrent. La soupe à la grimace se renversa presque entièrement sur les genoux de Sapotille, qui parvint à grand-peine à changer son hurlement en puissant couinement.

– Mitard, elle est brûlante ! souffla-t-elle, des larmes de douleur aux yeux.

Au sol, Pépouze fit de son mieux pour éponger l'ensemble.

Dans le salon, Maître Lin fronça les sourcils et tourna le regard vers le tableau à l'escarpolette.

– Sapotille, Sapotille, souffla-t-il entre ses dents. Tu n'as pas l'âge pour tous ces soucis…

6
TROLL DE DRAME

Plusieurs jours s'étaient écoulés et l'isba avait déjà englouti trois montagnes sous ses pattes de poulet. Au grand soulagement de Charly et de Dame Mélisse qui se levaient chaque jour avant l'aube, elle s'éloignait peu de l'endroit d'où semblait provenir *Le Temps des magiciers*.

Le journal continuait de leur arriver à tire-d'aile et Charly comme sa grand-mère le dévoraient à tour de rôle avant de l'enterrer sous une racine ou une pierre (après réflexion, cette solution leur avait paru plus discrète que le matelas).

Après le premier jour, il n'avait plus été question d'eux dans les nouvelles. Au lieu de cela, le journal dithyrambait sur les conférences données à l'Académie. Les sélections pour le passage de grade à venir des Patouilleurs et les préparatifs du Carnaval dont la date approchait étaient aussi largement évoqués. Une longue interview de Mme Freluche s'attardait sur les coulisses de sa boutique, puisque ses costumes étaient les plus prisés.

Au milieu de ces informations légères, on lisait clairement entre les lignes l'inquiétude que suscitaient les pannes de magie qui, malgré les restrictions, se faisaient de plus en plus fréquentes. L'Académie se voulait rassurante, prétendait que tout était sous contrôle, mais de rares voix s'élevaient pour accuser en douceur l'intelligenstia thadamaise d'être dans le déni.

On s'interrogeait sur l'avenir. Surtout, on se demandait : le Carnaval pourrait-il oui ou non avoir lieu ? Et le prochain passage de grade ? Et les sabbats à venir ? Les pannes de magie compromettaient-elles ainsi tous les événements qui faisaient « le sel de Thadam » ? En bref, le précieux mode de vie thadamais que les quiétons auraient envié s'ils en avaient eu connaissance était-il menacé ?

Cette question de la magie mourante préoccupait également Dame Mélisse.

– Et Lyneth qui raccommode les trous de cet univers pour empêcher sa magie de fuir dans le nôtre ! Ça ne va pas arranger les choses.

Ils avaient rejoint au bout d'une dizaine de jours une vallée où broutaient les toisons d'or. En descendant de l'isba, Charly s'était extasié :

– Ils sont vraiment dorés ! Oh là là, ils sont tout petits aussi !

De fait, les moutons lui arrivaient à peine aux genoux. L'un d'eux s'approcha et commença à lui brouter l'ourlet du pantalon.

– Le laisse pas faire, sinon ils vont tous s'y mettre, lui glissa Dame Carasse en descendant à son tour.

Et elle shoota dans un mouton trop curieux qui décolla d'un bon mètre en bêlant.

– C'est pas sympa ! s'exclama Charly.

Après quoi, il cria de douleur et baissa les yeux. Les mignons petits moutons étaient maintenant huit à ses pieds et lui entamaient les mollets à coups de dents.

– Je vais voir les tonks, dit Dame Carasse.

– Mais ils sont complètement débiles ! lui répliqua Charly.

Il essayait à présent de s'enfuir, avec trente moutons à ses trousses.

– Oui, c'est pour ça que seuls les tonks les élèvent. Personne d'autre n'arrive à les supporter.

Sur ces paroles, elle s'éloigna pour rejoindre un groupe de silhouettes à peine plus petites que les toisons d'or, dotées d'un chapeau rouge conique et d'un long bâton recourbé. Les tonks étaient apparemment des gnomes bergers.

Charly finit par trouver refuge dans l'isba et claqua la porte derrière lui. Cinquante moutons tentèrent de le suivre. L'isba tendit une de ses pattes de poulet et effectua un superbe coup de patte rotatif. Les toisons d'or s'envolèrent dans toutes les directions, avant de rebondir en couinant.

Charly constata avec soulagement qu'aucun n'avait l'air de s'être fait grand mal. Tous se remirent à brouter l'herbe (et parfois les cailloux) comme si de rien n'était.

– Ce monde est super fatigant, quand même, dit Charly. Et ça risque d'être encore pire si on rejoint une ville.

– Mmh, répliqua sa grand-mère.

Elle lorgnait le grimoire de Dame Carasse avec intérêt. Celui-ci était clos et paraissait lui rendre son regard.

– Si seulement il acceptait de se laisser lire à la page qui nous intéresse…, souffla-t-elle.

– Tu veux dire, pour l'antidote de la pétricelle ? Pour maman ?

– Oui.

Dame Mélisse approcha une main hésitante du grimoire, mais aussitôt, la couverture chauffa à blanc. Dame Mélisse ôta sa main en soupirant.

– Il fait ça à chaque fois.

– Est-ce qu'on ne devrait pas essayer… (Charly hésita un instant avant de poursuivre.) Essayer de passer une espèce de pacte avec Dame Carasse ?

– Avec cette vieille bique ? Elle est plus roublarde que nous deux réunis !

– J'ai entendu ça, fit la voix de Dame Carasse.

Charly et Dame Mélisse se penchèrent par la fenêtre. Évidemment, elle était là, toute droite dans sa robe noire élimée. Elle les regardait en fumant.

– Les tonks ne veulent pas nous vendre de laine. Ils ont un problème de troll qui dévore leurs familles en brochettes. Ils ne feront affaire que quand on les en aura débarrassés.

Elle sourit de ses puissants maxillaires.

– C'est toujours assez pénible de se débarrasser d'un troll. Mais comme vous avez parlé d'un pacte, je me disais que vous pourriez l'affronter à ma place.

– À mains nues ? s'affola Charly.

– Mais non, aux cartes ! Ils ne peuvent pas résister à une envie de jouer. Par contre, je vous préviens : ils trichent comme des fous et ils dévorent les perdants ! La bonne nouvelle, c'est qu'ils respectent les tricheurs. Est-ce qu'un de vous sait tricher aux cartes ?

Il y eut un silence, puis Charly osa :

– June m'a appris un peu – c'est une amie. Mais elle était beaucoup plus douée que moi.

– Alors l'affaire est entendue ! s'écria Dame Carasse.

– Pardon ? s'offusqua Dame Mélisse. Je regrette, mais il est hors de question que mon petit-fils affronte un troll. Que ce soit aux cartes ou à mains nues.

– Attends un instant, Grand-Ma, tempéra Charly. Vous dites que les trolls respectent les tricheurs ?

– À condition de tricher mieux qu'eux.

– Et si je l'affronte, vous nous donnerez la recette de l'antidote de la pétricelle ?

– Je ne crois pas que ça te sera utile. Par contre, je peux te former comme apprenti. Avec ma recommandation, tu pourras entrer à l'université de magie que tu veux.

– C'est hors de question ! insista Dame Mélisse.

Mais Charly hésitait encore. Dame Carasse était une sorcière extraordinairement puissante. Lorsqu'il retournerait à Thadam (il ne voulait surtout pas en douter), il lui serait très profitable d'avoir été son apprenti. Par ailleurs, il avait une idée qu'il espérait mettre en pratique.

– J'accepte si vous pouvez convaincre votre grimoire de me laisser y lire tout ce que je pourrai sur les trolls. Dans ma langue.

– Quoi ? s'interposa sa grand-mère. Charly, tu ne te rends pas compte ! Les trolls sont des créatures extrêmement dangereuses !

Mais Dame Carasse couvait Charly d'un œil malicieux, comme si elle voyait clair dans son petit jeu. Charly prit l'air aussi innocent et naïf que possible.

– J'accepte pour le grimoire, dit Dame Carasse. On a donc un accord.

Elle s'imaginait sans doute que Charly en profiterait pour tenter de forcer son grimoire à lui livrer les secrets de l'antidote. Et elle faisait confiance à son grimoire pour se défendre. C'était bien mal connaître Charly, qui ne faisait jamais rien par la force.

***

Dame Mélisse avait été furieuse. Tellement, même, que l'isba s'était sentie obligée de claquer la porte à sa place quand elle s'était enfermée dans sa chambre.

De son côté, Charly avait compulsé toutes les informations qu'il pouvait récolter dans le grimoire sans jamais le toucher.

D'abord réticent, le grimoire avait appris à Charly que les trolls étaient des êtres mi-pierre mi-chair, plus ou moins immenses, qui se pétrifiaient au premier rayon de soleil, pour reprendre vie à la nuit tombée. Experts en diamants, saphirs, rubis et autres cailloux, ils étaient parfois traqués, car leurs entrailles étaient constituées de pierres précieuses. Dans les faits, peu de chasseurs s'y frottaient, surtout les nuits de pleine lune. Les trolls étaient persuadés que leurs forces doublaient ces nuits-là. D'après les naturalistes qui s'étaient risqués à les étudier, c'était faux. Mais les trolls étaient très superstitieux et cette croyance, ancrée en eux, leur faisait redoubler d'agressivité dans ces moments, ce qui les rendait en effet plus forts, par simple autopersuasion.

– C'est la pleine lune, ce soir ? cria Charly à Dame Carasse qui fumait sur le pas de la porte.

– Je ne crois pas.

– Ne le prenez pas mal, mais j'aimerais mieux que vous en soyez sûre à cent pour cent. Peux-tu tourner ta page, s'il te plaît ? demanda-t-il au grimoire.

Le grimoire obtempéra mais parut vaguement surpris d'avoir à le faire lui-même. De son côté, Charly poursuivit sa lecture. Il n'apprit rien de très utile. Les trolls étaient de véritables poubelles ambulantes, des poubelles carnivores, qui pouvaient avaler n'importe quoi, même s'ils préféraient les gnomes pardessus tout. Ils étaient supposés sentir la charogne à cause d'une histoire de digestion mêlée de phéromones. Ils étaient tricheurs, mauvais joueurs, incapables de résister à un défi, avec parfois des accès de sympathie. Dans l'ensemble, mieux valait les éviter.

Charly soupira.

– Je peux te refermer ou tu préfères le faire tout seul ?

Le grimoire agita une page en guise d'invitation et Charly referma la couverture avec délicatesse. Il savait y faire pour apprivoiser son monde.

– Merci.

– Dis donc, tu peux arrêter de faire les yeux doux à mon

grimoire ? C'est bon, j'ai vérifié, la lune est gibbeuse. Tu devrais commencer à te préparer, la nuit va bientôt tomber.

Au même moment, la porte de la chambre se rouvrit avec fracas sur la grand-mère de Charly qui siffla à l'attention de l'isba :

– Sérieusement, ne te sens pas obligée de faire ça, même si je suis de mauvaise humeur ! J'ai horreur des portes qui claquent !

Après quoi, elle s'adressa à Dame Carasse :

– Si Charly affronte ce troll ce soir, je veux l'accompagner !

– Et pour quoi faire, Estelle ? Tu tiens absolument à ce qu'il ait un dessert si les choses dégénèrent ? En plus, tu boites ! C'est moi qui accompagnerai Charly. Mais si je dois intervenir, il devra me donner quelque chose.

– D'accord, mais… je ne possède rien. Sauf si… vous voulez parler de mon grimoire ? demanda Charly.

Dans sa poche, le grimoire qu'il avait ramassé dans la grotte quelques jours plus tôt se mit soudain à peser plus lourd. Comme s'il était désespéré de se voir abandonné une fois de plus.

– Mais non, pas ça. Je veux parler du lien que tu possèdes avec ta grand-mère. Je veux ce lien. Il est d'une solidité fabuleuse, ça fera merveille dans mes sortilèges.

– Vous… pouvez vraiment prendre ça ? Mais c'est impossible !

– Oh, je t'en prie mon petit ! Je suis la sorcière la plus puissante de la Terre d'Airain. Tu as vu mon familier ? La masse gigantesque qui nous suit ?

– Le truc transparent vraiment énorme qui fait trembler l'air ? hésita Charly.

– Çui-là même ! C'est mon ego.

– Votre familier est votre ego ?

– Oh, parfait, renâcla Dame Mélisse. Une sorcière métaphysique ! C'est les pires.

– En effet. Donc pas la peine de rivaliser avec moi. Votre ego ne fait pas le poids du mien.

Une fois de plus, Charly regretta l'absence de June. Il respira profondément avant de se décider.

– C'est d'accord. J'y vais quand même, je prends le risque. Fais-moi confiance, Grand-Ma, ça vaut le coup, je crois…

– Charly, non…

– Trop tard, Estelle. Le petiot a fait son choix. Allez, viens, mon garçon, on y va.

– Attends. Prends au moins ça… Un petit instant, je ne l'ai pas enlevée depuis mes fiançailles…

Dame Mélisse dut s'y reprendre à plusieurs fois avant de parvenir à ôter la bague qu'elle avait au doigt.

– Les trolls sont passionnés par tout ce qui brille, dit-elle. Il verra que c'est un diamant de qualité.

Dame Carasse approuva :

– Ça peut faire un enjeu intéressant pour un troll.

– En effet, et comme c'est ma bague et mon petit-fils, je vous accompagne.

– Non, je ne peux pas protéger deux personnes. Et d'ailleurs, gardez ce chat avec vous. Le troll n'en ferait qu'une bouchée.

Finalement, l'isba claquemura porte et fenêtres pour retenir Dame Mélisse et Mandrin à l'intérieur. Puis, elle commença à se balancer d'une patte sur l'autre dans l'espoir de les bercer.

– Arrête ça, je vais vomir ! furent les derniers mots que Charly entendit avant de s'éloigner parmi les arbres.

À la main, il tenait la bague de sa grand-mère et un gigantesque jeu de cartes, adapté à des paluches de troll.

– Je te conseille de t'installer près de cette pierre plate qui pourra vous servir de table. Quand tu seras prêt, lance ton défi et attends. Les trolls ont l'ouïe fine.

– D'accord. Et vous, vous serez où ?

– Je vais me placer derrière ce talus, là-bas.

– Oh, c'est… C'est loin, quand même, non ? Je veux dire… S'il s'énerve, vous aurez le temps d'arriver ?

– Probablement pas. Faudra que tu le raisonnes assez pour me laisser intervenir. Je suis sûre que t'en es capable. Après tout, t'as bien tenté d'apprivoiser mon grimoire.

– C'est plutôt bas, comme vengeance, maugréa Charly.

Mais la sorcière l'avait planté là sans ambages et s'éloignait déjà.

– Allez, on y va, s'encouragea Charly.

Sa difficulté principale serait de pousser le troll à une partie de crapette. June aimait particulièrement ce jeu et l'avait entraîné à y truander son adversaire, sous prétexte qu'une partie de tricheurs était beaucoup plus intéressante qu'une partie honnête. Charly avait appris tant bien que mal, pour lui faire plaisir. Aujourd'hui, ces connaissances lui permettraient peut-être d'obtenir des cours de magie d'envergure, avec lesquels il deviendrait capable de se défendre et d'affronter des adversaires sérieux. Comme le Cavalier et le juge.

– OUHOU ! risqua-t-il d'une voix un peu tremblante.

Il se racla la gorge et reprit d'une voix forte :

– Est-ce que quelqu'un serait tenté par une partie de crapette sous cette lune qui n'est pas du tout pleine mais belle et bien gibbeuse ?

Une chouette hulula vaguement dans le lointain et Charly sursauta. Il n'y connaissait rien en chouette. Si ça se trouve, ça n'en était pas une. Il regarda tout autour de lui. Les montagnes et la cime des pins se découpaient, plus noires que la nuit. Quelques vers luisants de-ci de-là éclairaient des brins d'herbe et des racines. Ça craquait et ça cliquetait de partout. C'était l'heure des insectes. Ou peut-être d'autre chose que des insectes.

Charly se jeta à l'eau et se mit franchement à hurler :

– EST-CE QU'IL Y A UN TROLL DANS LE COIN QUI OSERAIT M'AFFRONTER AUX CARTES ? ALLEZ, UN PEU DE COURAGE ! SORS DE TA PLANQUE SI T'ES, HEU… UN TROLL ! TU VAS QUAND MÊME PAS AVOIR PEUR DE PETITS BOUTS DE CARTON !

À son grand désarroi, le bruit qui s'ensuivit ne pouvait être confondu ni avec une chouette ni avec des insectes. Cela faisait trembler le sol.

Charly vit la monumentale silhouette s'approcher de lui, à pas lourds et rapides. Et très lourds. Et très rapides. Il n'aurait aucune chance de s'enfuir.

La silhouette se pencha vers lui. Elle était tout en basalte recouverte de mousse, avec deux yeux de rubis.

– MOI, UNE TROLLE, dit-elle. POSSIBLE JOUER MÊME SI PAS UN TROLL MAIS UNE ?

– Bien sûr, dit Charly, qui espéra du fond du cœur qu'il ne l'avait pas vexée.

– QUOI JOUER ?

– La crapette, répondit Charly très vite en commençant à distribuer les cartes. Si je gagne, vous laissez les gnomes de cette vallée tranquilles et vous changez de territoire.

La trolle balaya les cartes d'une main large comme un merlin de forgeron.

– PAS CRAPETTE. CONNAIS PAS. ON JOUE BATAILLE DU MASSACRE.

– Mais c'est très sympa, la crapette ! Je vais vous apprendre ! s'écria Charly en ramassant toutes les cartes.

– NON !

La trolle frappa de toutes ses forces sur la pierre plate qui se fendit en deux.

– MOI VEUX JOUER BATAILLE DU MASSACRE ET SI TOI PERDRE, MOI TE MANGER.

Charly tressaillit.

– En fait, je pensais plutôt vous offrir une pierre précieuse en échange. Regardez comme elle est belle ! C'est un diamant sur monture en or. Ça fera très joli sur, heu… dans une de vos anfractuosités.

La trolle regarda la bague avec délicatesse et hocha vigoureusement son énorme tête.

– BEAU. SI TOI PERDRE, MOI TE MANGER ET PRENDRE LE DIAMANT.

– Mais c'est pas du tout ce que…

La trolle frappa à nouveau sur la pierre qui se lézarda plus encore.

– MAINTENANT, ON JOUE BATAILLE DU MASSACRE !

– Mais je ne connais pas les règles ! s'affola Charly.

– PAS GRAVE. TOI FAIRE COMME MOI, SAUF QUE MOI TRICHER ET TOI PAS DROIT TRICHER. SINON MOI BATAILLE MASSACRE TA TÊTE.

– C'est très clair, répliqua Charly d'une petite voix.

En lui-même, il songeait qu'il n'avait aucune chance et qu'il ferait mieux d'appeler Dame Carasse. Mais le prix qu'elle exigeait en échange… Il s'aperçut qu'il n'avait jamais envisagé de le payer.

La trolle jeta deux cartes en l'air, elles retombèrent dans le désordre.

– HA HA ! MOI DÉJÀ PRESQUE GAGNÉ !

– Comment ça, presque gagné ? s'affola Charly, qui commençait à supputer qu'il n'existait aucune règle à la bataille du massacre, sinon celle du plus fort.

La trolle jeta une troisième carte avec un hurlement de victoire. Charly compulsa mentalement tout ce qu'il savait sur les trolls. Un nuage qui voilait la lune s'éloigna, et la pierre était très éclairée lorsque la trolle jeta sa quatrième carte en braillant de joie :

– BATAILLE DU MASSACRE !

– Non ! protesta Charly.

Mais trop tard. La trolle lui souriait de toutes ses dents composées de pierres brillantes et déchiquetées. Elle leva une main et lui décrocha une baffe monumentale, qu'il évita de justesse. Sans ses réflexes, il aurait été assommé net, ou pire.

Elle commença à escalader la table pour l'atteindre. Il devait fuir ! Mais il ne courait pas assez vite. Dame Carasse peut-être pouvait l'aider… ? Son instinct de survie se réveilla alors et lui envoya une idée exactement à la bonne seconde. Il désigna les cartes posées en désordre sur la pierre plate.

– Mais c'est incroyable ! s'écria-t-il. Madame la trolle, je n'ai jamais vu un tirage pareil ! Vous avez une dame de cœur, un roi et un as de trèfle, pour finir sur un 8 de carreau ! Vous savez ce que cela signifie ?

Charly leva vers la trolle un regard qu'il espérait enthousiaste. Elle s'était figée, son énorme main suspendue en l'air. Il se hâta de dérouler son plus beau sourire. La trolle hésita franchement.

– VEUT DIRE QUOI ? demanda-t-elle finalement.

– Eh bien… Attendez, laissez-moi vérifier les cartes.

Il fronça les sourcils et grommela quelques « hmm… hmm-hmm… », pour finir par un « Ah ! » bien appuyé.

– QUOI ÇA DIT ? commença à s'inquiéter la trolle.

– Eh bien, c'est un tirage très intéressant, improvisa Charly. Le roi de trèfle en seconde position indique toujours un trésor et l'as associé signifie qu'il est important. La dame de cœur, c'est vous, bien sûr. Ce trésor vous est destiné.

– MOI, DAME DE CŒUR ? s'écria la trolle avec colère.

Elle paraissait vexée.

– Bien sûr, se rattrapa Charly. C'est une carte rouge et vos yeux le sont aussi. Ça ne peut pas être une coïncidence !

– AH OUI, FAIT SENS, concéda la trolle. ET QUOI HUIT CARREAU ?

– C'est la nature et la quantité du trésor. Le carreau symbolise le diamant, naturellement. Et huit, signifie huit kilos.

– QUOI KILO ?

– Un kilo, c'est... Une pierre comme celle-ci, par exemple.

– DIAMANTS GROS COMME ÇA ? BIEN. ET OÙ L'EST, DIAMANT TRÉSOR ?

Charly s'aperçut qu'il avait oublié de traiter ce point.

– Nous allons le découvrir ensemble, dit-il sentencieusement.

Il jeta une carte en l'air. Elle retomba par terre et la trolle la ramassa pour la reposer sur la pierre.

– Vous êtes sûre de vouloir la poser dans ce sens-là ?

– MOI DEVOIR LA POSER DANS L'AUTRE SENS ?

La voix de la trolle traduisait une certaine nervosité.

– Ah, c'est à vous de choisir, c'est votre tirage.

Finalement, la trolle retourna la carte.

– Dommage, dit Charly.

– QUOI, DOMMAGE ?

– Dommage, car un 2 posé à l'envers signifie que vous n'avez que peu de temps pour trouver ce trésor, surtout sous l'ascendance de la lune gibbeuse. En revanche, le pique forme une flèche, vous voyez ? (Il tapota la carte du bout de l'index.) Il indique la direction dans laquelle vous devez partir.

La trolle regarda Charly avec des yeux suspicieux.

– TOI SÛR DE TOUT ÇA ?

– C'est superstitionnellement prouvé, déclara Charly avec aplomb.

La trolle le fixa plusieurs secondes encore durant lesquelles il sentit une sueur glacée lui mouiller l'échine, puis elle poussa un grand cri de rage :

– AAAH ! TOI TRICHEUR ! TOI BIEN EU MOI ! MAIS MOI OBLIGÉE DE PARTIR MAINTENANT AU CAS OÙ TRÉSOR EXISTE POUR DE VRAI ! SAUF QUE... (elle prit un air rusé) MOI PEUX MANGER TOI AVANT !

– Vous pouvez, dit Charly très vite, mais ça porte malheur de tuer le tireur de cartes. C'est vous qui voyez...

La trolle le regarda avec dépit, puis avec respect.

– TOI GRAND TRICHEUR. MOI DOIS PARTIR TOUT DE SUITE, MAIS SI MOI RETROUVER TOI, MOI TE MANGER.

– C'est de bonne guerre, admit Charly tandis que la trolle s'éloignait à pas rapides. Bonne chance pour le trésor !

La trolle grommela et disparut pour de bon.

Charly entendit un applaudissement assez lent, puis vit Dame Carasse émerger des ombres pour se rapprocher de lui.

– Bravo, dit-elle. C'était bien trouvé. Pas très juste de profiter des superstitions des gens, mais bien trouvé. Les tonks seront contents.

– Vous trouvez que j'ai été... injuste ?

– Peut-être. D'un autre côté, est-ce que ça aurait été juste que tu te fasses dévorer ?

– Du point de vue de la trolle, sûrement.

– Et est-ce que c'est juste que tu deviennes mon apprenti alors que t'as triché ?

– Mais… c'est vous qui m'avez poussé à le faire ! Et c'était notre arrangement !

– Oui. Mais en ton âme et conscience, est-ce que c'est juste quand même ?

– … Pas vraiment. Mais il n'y avait pas d'autre solution, n'est-ce pas ? Alors, je crois que… j'ai agi aussi justement que je le pouvais. On sait tous… au moins un peu ce qui est juste, non ?

– C'est ce qui fait de nous des humains. La quête de ce qui est juste, ce qui est bien et ce qui est beau. Et toi, tu es très humain, Charly, pas vrai ? Au point de t'oublier pour trop penser aux autres, des fois.

– Excusez-moi, mais on parle encore de la trolle, là ?

– Non, on parle de tes émotions qui sèment le bazar dans ta magie. Le premier cours a commencé et je suis contente de voir que tu penses à l'endroit, même si tu t'oublies quand tu ressens.

Et elle se tut. Mais Charly avait trouvé cette discussion aussi étrange que suspecte. Évidemment, il ne pouvait s'empêcher de faire le lien avec le juge Dendelion récemment devenu Allégorie de la justice. Il en était question dans chaque numéro du *Temps des magiciers* que lui et sa grand-mère avaient eu l'occasion de lire. C'était une drôle de coïncidence que Dame Carasse lui parle de ce qui était *juste*. Et ça ne lui laissait pas l'esprit tranquille.

Sitôt qu'ils eurent regagné l'isba, Mandrin lui sauta dans les bras et sa grand-mère suivit de près.

– Mon chéri, tu vas bien ?

– Il a été magistral, dit Dame Carasse.

– Évidemment qu'il a été magistral, c'est mon petit-fils !

Il était déjà tard et ils ne tardèrent pas à aller se coucher, mais Charly passa une fort mauvaise nuit.

– Surtout, lève-moi avant l'arrivée du journal, glissa-t-il à sa grand-mère qui se contenta de froncer les sourcils.

Il avait eu raison de lui demander son aide, car il s'endormit juste avant que l'aube ne rosisse les montagnes.

– Charly..., le réveilla Dame Mélisse. Il est encore tôt pour *Le Temps des magiciers*, mais tu voulais être debout aux aurores...

Elle avait déjà ouvert grand la fenêtre de leur chambre pour qu'ils épient la direction d'où provenait le journal, comme tous les matins.

Charly la remercia et posa un doigt sur sa bouche, avant de lui faire signe de quitter leur chambre. Il fit pivoter leur porte tout en douceur. L'isba fut sage et ne grinça pas sur leur passage.

Comme Charly le craignait, la chambre de Dame Carasse était ouverte et il n'y avait personne à l'intérieur. Toujours silencieusement, il fit signe à sa grand-mère de regarder par les fenêtres, tandis que lui-même se penchait par la porte d'entrée. Il remarqua le nuage de fumée avant d'apercevoir la sorcière.

Elle était à une trentaine de mètres de l'isba, le nez en l'air, paraissant attendre quelque chose.

Finalement, la silhouette lointaine du journal se profila dans les cieux et même à cette distance, Charly put voir Dame Carasse hocher la tête de satisfaction.

– Oh non, souffla Charly.

Ils n'étaient pas les seuls à chercher la provenance du *Temps des magiciers*, chaque matin. Dame Carasse observait le vol du journal avec le même soin et, maintenant qu'elle allait récupérer sa laine, ce serait sans doute sa prochaine destination.

Ne grince pas, ne grince pas...

Il suppliait mentalement l'isba, tandis qu'il regagnait la chambre sur la pointe des pieds, le plus vite possible.

– Grand-Ma... Dame Carasse risque de découvrir le portail avant nous. Il va falloir qu'on trouve un moyen d'y arriver les premiers. On doit être prêts à fuir le moment venu.

– Mais... et la recette de l'antidote pour ta mère ? Il faut qu'on la récupère !

– Je pensais pouvoir apprivoiser le grimoire de Dame Carasse sur le long terme, mais je n'aurai pas le temps.

Dame Mélisse leva les bras au ciel.

– Si même toi tu ne peux pas le faire, alors c'est fichu !

Mais Charly avait les yeux rivés sur sa paillasse.

– Non, quelqu'un d'autre peut s'en charger. Quelqu'un d'encore meilleur que moi à ce petit jeu. Il faudra juste que tu sois prête à recopier la recette le moment venu, Grand-Ma.

Il s'agenouilla sur la paillasse et plongea sa main sous les couvertures. Un ronronnement lui répondit.

– Qu'est-ce que tu en dis, Mandrin ?

– D'accord, c'est ton familier, mais tu ne vas quand même pas confier cette responsabilité à un chat !

– Grand-Ma...

Charly retourna un gigantesque sourire à sa grand-mère.

– Au contraire, c'est un boulot de chat. Les chats savent très bien s'imposer là où on ne veut pas d'eux. Tu n'as jamais remarqué qu'ils finissent toujours sur les genoux de la personne qui les déteste le plus, dans une pièce ?

Dame Mélisse soupira.

– C'est vrai, approuva-t-elle. Et en plus, ils savourent leur victoire en laissant des poils partout.

7

Lothaire Galbinus

Le surlendemain de leur rencontre au marché, Panus se présenta au manoir de Célestin Bourpin, en compagnie de Klafidie, Silas, Karib et Truc.

– Alors, il paraît qu'on peut avoir de la magie gratos ici ? demanda-t-il, provocant.

Surpris, Célestin Bourpin appela Césaria, qui appela Maître Lin à la rescousse.

– Qu'est-ce que c'est que cette histoire ?

June arriva sur ces entrefaites et expliqua :

– Je me suis dit qu'on pourrait apprendre la magie intuitive tous ensemble, vu que Célestin a plein de livres sur le sujet et qu'on est protégés par le théorème de Bidule.

Les adultes eurent un silence consterné. Après quoi, il y eut des cris parce que chacun haussait la voix pour se faire entendre.

– On pourrait me demander la permission, quand même !

pleurnichait Célestin. Ou est-ce que vous avez tous oublié que j'étais chez moi ?

– C'est extrêmement dangereux ! hurlait Césaria par-dessus. June, tu es irresponsable !

– J'espère que vous ne comptez pas sur moi pour enseigner ça ! criait Maître Lin. Je suis le seul professeur de magie agréé ici et il est hors de question que je trempe là-dedans.

– Mais faut bien qu'on combatte l'Académie, vu que la Loge sert à rien comme d'hab, répétait June en boucle.

– Sérieux, on est venus pour rien ? s'énervait Panus. C'est quoi, cette arnaque ?

– Ouais bah moi, je pars pas les mains vides, c'est une question de respect, renchérit Klafidie.

– On n'est pas à votre service, espèces de sales bourges ! enchaîna Silas. Maintenant qu'on est là, y a les règles de l'hospitalité.

– Des trucs à bouffer ! Des trucs à bouffer ! Des trucs à bouffer ! scandait son frère en tambourinant sur le mur.

Truc, qui ne comprenait pas bien ce qui se passait mais percevait la tension ambiante, braillait des syllabes inarticulées, histoire de manifester son angoisse et sa colère montante.

Tout ce bruit finit par sortir Sapotille de son laboratoire. Elle ne voulait pas voir Panus, mais il y avait des choses plus importantes.

Elle fit son apparition en tablier de cuir troué, sa couronne-sapeuse de fleurs toujours sur la tête. Elle écouta les cris quelques instants et profita d'une brève accalmie pour glisser d'une voix posée :

– June a raison. Elle doit apprendre la magie intuitive avec nos camarades de Saint-Fouettard. Comme Charly.

Sapotille avait sa petite réputation de personne raisonnable et posée. Tout le monde en resta coi, même si Césaria en fut la plus interloquée :

– Charly, mon fils ? Mais comment a-t-il appris une chose pareille ?

– C'est Dame Mélisse qui la lui a enseignée.

– Dame Mélisse, ma mère ?

– Moi aussi, ça m'a vraiment étonnée, mais après réflexion, je ne crois pas que Dame Mélisse aurait fait cela pour le plaisir de l'expérience. Elle n'est pas parmi nous, mais je crois qu'on devrait lui faire confiance. En plus, June a dit vrai : la Loge ne sert à rien.

Ce disant, elle adressa un regard d'excuse à Césaria et à Maître Lin, qui eut une moue d'indifférence.

– Tu sais, elle m'a laissé pourrir des mois au Purgatone, ce n'est pas moi qui la défendrais. Toutefois… (et son ton s'était fait insistant) toutefois la Loge fait bien d'être prudente. Elle est l'unique rempart face au juge.

– Eh ben, peut-être que ce serait bien qu'y en ait un autre, de rempart ! fanfaronna June en faisant rouler ses épaules de lutin maigrichon.

Césaria paraissait hésitante.

– Ma mère ne fait rien à la légère. Si elle a eu cette intuition, si elle a appris cette magie interdite à Charly, c'est qu'elle avait une bonne raison de le faire. D'un autre côté… vous n'êtes que des enfants et…

– Hey ! intervint Panus, je crois qu'on a prouvé qu'on n'était pas trop inutiles, jusque-là.

– Ce n'est pas ce que j'ai voulu dire, corrigea Césaria. Mais cette société ne vous a déjà pas fait de cadeau. Est-il juste que nous vous fassions prendre encore plus de risques ?

– Franchement, je crois que vous avez pas tout compris, intervint Klafidie. On est déjà en première ligne. Avec toutes ces histoires d'économie de magie, on va encore se faire raboter nos droits. Lys Atravice arrête pas de nous le répéter, et en plus ça le fait ricaner de nous imaginer avec la pétricelle ou un doigt en moins ! Alors vraiment, on n'a rien à perdre. Par contre, si vous nous apprenez la magie intuitive, là on a peut-être un truc à gratter.

Panus et les jumeaux hochèrent la tête de concert. Mais Maître Lin soupira haut et fort :

– Je ne peux pas préparer Sapotille pour les sélections *et* apprendre la magie intuitive à ces zigotos.

– Je vais le faire, dit Césaria.

– Mais tu n'y connais rien !

– Toi non plus, je te signale. Mais June a parlé de livres. Et puis j'ai dirigé une école, j'ai de la pédagogie, contrairement à toi.

Après cette conversation, il y eut un brouhaha sur les questions d'organisation. Célestin se mit à bouder ostensiblement. Et Panus profita du désordre ambiant pour se rapprocher de Sapotille.

Au début, elle ne bougea pas, parce qu'elle pensait être plus en sécurité au milieu de tous que n'importe où seule dans le manoir.

Mais lorsqu'il lui glissa une main dans le dos sans que personne ne remarque rien, elle sentit une traînée de glace lui geler l'échine.

– Tu vois, lui murmura-t-il, je t'avais dit que je viendrais vite te voir…

– J'ai du travail, lui répliqua Sapotille d'une petite voix, assez timide pour qu'il ne s'énerve pas. Je n'ai pas le temps pour ça en ce moment.

Et elle décampa en courant. Elle entendit très bien Panus tenter de la suivre et poussa un glapissement intérieur. Heureusement, June s'interposa à cet instant.

– Elle a dit non.

– Pas vraiment. Elle a juste besoin que j'insiste.

– NON.

Sapotille n'en entendit pas davantage. Elle courut se cacher dans le passage secret de Célestin, où elle était certaine d'être en sécurité. Par chance, Pépouze l'avait suivie et se mit à amalgamer de petits tas de poussière. C'était apaisant à regarder et, lorsque June les débusqua vingt minutes plus tard, Sapotille se sentait beaucoup plus calme.

– C'est bon, ils sont tous partis, dit June. Pourquoi t'as pas dit non ?

– … J'avais peur qu'il n'écoute pas.

– Si tu lui dis pas, il risque pas de t'entendre, surtout. Je sais pas si t'as remarqué, mais Panus est un peu bouché, par rapport à Charly.

– J'avais dit non au juge. Il s'en moquait complètement. Et après, c'était encore pire.

– Panus n'est pas le juge.

– Mais qu'est-ce qu'on en sait ? Qu'il ne va pas faire pareil, je veux dire. Moi, je n'en sais rien.

Après ça, June passa des soirées entières à lui faire répéter de longues litanies de « non, non et non », mais Sapotille n'osa pas affronter Panus et se cacha chaque fois que lui et ses amis vinrent prendre leurs leçons de magie intuitive. C'est-à-dire tous les jours, ou presque.

Presque deux semaines s'écoulèrent durant lesquelles Sapotille s'abrutit de travail, de révisions et d'expériences laborantines pour finir de mettre au point la bougie qu'elle présenterait lors des sélections. Travailler comme une folle la rassurait. Elle avait l'impression que cela lui donnait du contrôle sur les événements à venir.

De son côté, Maître Lin voyait bien qu'elle était perturbée. Il s'était promis de la faire parler de ce qui s'était passé avec le juge, ou du moins des conséquences, mais il échoua. Sapotille avait peut-être été folle de joie de le retrouver, mais la confiance avait ses limites et elle restait taiseuse sur ce sujet. Les sélections approchaient par ailleurs à grands pas et lui portaient sur les nerfs, si bien qu'un soir où il quémandait encore les confidences, elle n'y tint plus et lui lança la pique qui la démangeait depuis longtemps :

– Je ne vois pas pourquoi vous êtes autant sur mon dos, vous n'êtes pas mon père ! Quand nous étions à Aix-en-Provence, vous m'avez envoyée vivre toute seule dans les combles de l'école de la Chevaleresse Hurluberlu, vous vous souvenez ? Je n'étais pas assez bien pour habiter chez vous !

Maître Lin soupira. Après quoi, il s'assit sur une chaise et garda un long moment de silence. Sapotille, qui cherchait surtout à être rassurée, craignit de l'avoir fâché pour de bon.

– Vous pourriez répondre, au moins, finit-elle par lancer, à la fois boudeuse et inquiète.

Finalement, Maître Lin pointa un doigt vers la couronne de roses qu'elle portait en permanence sur la tête.

– C'était mon sapeur autrefois, tu le sais ?

– Je vous le rends, s'il n'y a que ça ! cracha Sapotille. Je le garde juste au cas où Charly reviendrait. Mais si vous voulez surveiller à ma place, il n'y a pas de problème.

– Non, ce n'est pas ça. J'ai dû y greffer une gemnez puissante, pour qu'il fonctionne. Un souvenir fort, qu'il soit bon ou mauvais. Dans mon cas, c'était un très mauvais souvenir. Est-ce que tu désires le voir ?

Sapotille hésita.

– Je ne me suis jamais permis… C'est personnel, quand même.

Elle avait ôté sa couronne, sa main était à présent suspendue au-dessus de la gemnez qui bloquait le nœud du ruban. Elle hésitait.

– Non, dit-elle finalement. Ça vous appartient. C'est important de respecter les limites.

Maître Lin lui fit un pauvre sourire.

– Tu vas m'obliger à te raconter alors… C'est le jour où

Dodeline m'a quitté. Je suis content d'avoir oublié ce moment où tout s'est effondré sous mes pieds, malheureusement j'en connais encore la raison. Sa famille avait fait pression sur elle, à cause de ce que j'étais. Dodeline aurait pu s'y faire, je pense, mais il y avait des rumeurs dans Thadam, j'imagine qu'elles seront dans le livre de cet imbécile de Lys Atravice, alors autant t'en parler moi-même. Voilà, je…

Il hésita une dernière seconde, avant de lancer sur un ton badin comme si ça n'avait aucune importance alors même qu'il s'exposait tout entier :

– Mon corps n'est pas tout à fait celui d'un homme, ni celui d'une femme. Je suis entre les deux.

– Quoi ? dit Sapotille qui ne s'attendait pas à ça.

– Je suis né comme ça.

– Et ça vous fait mal ? Je veux dire, c'est une malformation ?

– Non, pas du tout. Mon corps fonctionne très bien et je l'aime comme il est. C'est le regard des autres, le problème. Je préfère passer sur ce qui est arrivé ce jour-là chez Dodeline et ses parents. On m'a menacé de m'exposer dans la presse, comme une espèce de monstre. Dodeline n'arrêtait pas de pleurer, son père la terrifiait. Bref, j'ai préféré fuir Thadam, pour rejoindre Aix-en-Provence où Dame Mélisse vivait le plus souvent. Elle n'avait pas fini de me former et c'était plus commode ainsi.

– C'est pour ça, dit alors Sapotille. Quand j'ai fui Saint-Fouettard la première fois, le trafiquant d'insignes m'a dit de chercher refuge auprès de vous, parce qu'il savait que vous détestiez la bonne société thadamaise. Il pensait que vous m'aideriez. Et c'est ce que vous avez fait. Mais quand je vous ai rencontré, j'espérais que vous me recueilleriez dans votre salon de thé incroyable. Bien sûr, vous n'aviez aucune raison de le faire. Je n'étais personne pour vous.

Maître Lin eut un élan vers Sapotille qu'il refréna aussitôt.

– Tu ne comprends pas. J'avais très envie de m'occuper de toi et je t'aurais hébergée avec plaisir. Mais on m'a traité de… de choses horribles, à cette époque. Alors si on avait su que j'hébergeais une petite fille, nous aurions eu de gros problèmes tous les deux. Tu n'avais aucune envie qu'on te retrouve, n'est-ce pas ? Il fallait être discrets.

Sapotille était choquée.

– Alors que c'est le juge, le monstre ! C'est vraiment injuste ! Et toute cette histoire… c'est pour ça que vous êtes toujours aussi froid ?

– Tout à fait. Sinon, c'est trop risqué.

– Donc, résuma Sapotille, vous vous interdisez toute forme d'affection avec qui que ce soit à cause de ce que pourraient dire des gens qui ne nous ont jamais fait que du mal ?

– Dit comme cela, c'est un peu dur à entendre, mais oui.

– Je ne suis pas la seule à avoir été blessée, on dirait. Vous ne pouvez pas m'aider alors que vous êtes dans cet état.

– C'est quand même moi l'adulte, Sapotille. Et je dois te protéger. Mais j'ai compris, je dois mériter ta confiance… Je dois juste trouver comment.

Sapotille hésita, puis demanda, radoucie :

– Voulez-vous m'accompagner à une conférence de l'Académie ? « Les Allégories, leurs pouvoirs et limites », par Lothaire Galbinus. Je pensais y aller seule, mais on pourrait faire ça ensemble... Quoi, qu'est-ce qu'il y a ?

Maître Lin avait sursauté.

– Avec Lothaire Galbinus, dis-tu ? Je ne devrais pas te parler de ça, mais la Loge essaie d'avoir un entretien avec lui depuis des jours. Seulement, il est très... prudent. Il a très peur d'être surpris en mauvaise compagnie.

– Eh bien, peut-être que vous pourriez aller le féliciter à la fin de la conférence et en profiter pour lui parler.

Maître Lin lui sourit et tendit une main hésitante vers le front de Sapotille. Il s'arrêta en cours de route.

– Je peux t'ébouriffer les cheveux ?

– En théorie, j'ai horreur de ça. Mais... ce sera votre privilège, rien qu'à vous, d'accord ? Et peut-être... peut-être que ça nous aidera à aller mieux tous les deux.

Maître Lin posa une main douce sur la tête de Sapotille, sans insister.

– Je ne t'abandonnerai plus, d'accord ?

Comme ils l'avaient espéré, Célestin leur prêta son attelage pour qu'ils se rendent à l'Académie. Tous deux se sentaient très tendus. Les sélections du passage de grade avaient lieu le lendemain et Sapotille ne pensait plus qu'à ça. Elle faisait juste une exception pour Charly qui lui manquait atrocement. Chaque jour, l'espoir de son retour s'amenuisait.

L'Académie ouvrit ses portes et un greffier tenta de diriger le public.

– L'amphithéâtre de l'Ogre Bavard est par ici ! S'il vous plaît, messieurs-dames, de la dignité et pas de bousculade !

Sapotille laissa Maître Lin batailler dans la foule qui se pressait vers l'amphithéâtre et sauter d'autorité sur deux places assises. Les conférences de l'Académie étaient hors de prix mais très courues, si bien que cette dernière tirait profit de la situation, en vendant trop de billets. La moitié du public devait alors s'agglutiner debout, derrière les bancs ou dans les escaliers. Assister à une conférence de l'Académie était une chance.

– Bonjour à tous !

L'homme qui venait d'entrer était manifestement fier de ses cheveux. Il pouvait se le permettre, disposant d'une magnifique crinière blonde, tout en reflets dorés. Il avait d'autant plus intérêt à en profiter que le reste n'était pas terrible : une silhouette quelconque, surmontée de traits mous et peu marqués. C'était un visage difficile à lire.

– Professeur Lothaire Galbinus, je sers à l'Académie depuis déjà vingt ans. J'ai passé mon grade de Magister à trente et un ans à peine. Les aînés de l'assistance connaissent certainement mon oncle Silvio Galbinus, autrefois capitaine de la milice, et ma mère, la merveilleuse chanteuse Lulla Bougainville – paix à son âme –, qui fut la vedette de notre Petit Théâtre durant plus d'un quart de siècle. Mon père, quant à lui, le magicologue Bruno Galbinus… Mais ne parlons pas de Bruno. Je ne vais pas remonter toute ma prestigieuse généalogie, puisque c'est de moi qu'il est question, ha ha ! Vous connaissez certaines de mes nombreuses publications : *La Théorie des moires*, *De l'élégance des runes* et mon fameux pamphlet *La vie est une pétricelle*. Si vous n'avez rien lu de tout cela… Ma foi, je ne sais pas ce que vous faites là !

Il eut un rire complice et poli, imité par l'assistance. Sapotille se hâta de noter tous les noms des ouvrages que Lothaire Galbinus avait cités. Elle y jetterait un coup d'œil rapide dans la soirée, au cas où ils s'avéreraient utiles pour la sélection. Dame Rumpelstilskin accepterait sans doute de les lui prêter.

– Les Allégories, donc. Comment évoquer le sujet sans parler de la toute première d'entre elles, la Chevaleresse Hurluberlu ? Cette femme, qui fut sans doute la fabricante d'allumettes la plus célèbre de l'histoire, devint aussi la protectrice des innocents à la faveur de la guerre du Détournement de Magie. C'est elle qui mit au point l'assemblage de runes permettant l'Ascension. J'imagine que beaucoup parmi vous ont assisté à celle de Rhadamante Dendelion en Justice, le mois dernier. Vous voyez donc de quoi je parle. Évidemment, à l'époque de la Chevaleresse, le sortilège était très expérimental et incomplet, d'autant que la magie runique venait à peine d'être découverte par cette Académie.

À ces mots, Sapotille tiqua. Ce n'était pas l'Académie qui avait découvert les runes, mais Silverine Lampion, ainsi que June et elle avaient pu le voir au musée. Toutefois, ce n'était pas le sujet et Lothaire Galbinus ne désirait peut-être pas s'y attarder. *Ce n'est pas un stupide complot*, se répéta Sapotille.

– Le sortilège de l'Ascension a été largement amélioré en un siècle, mais un point reste inchangé : pour devenir une Allégorie, il faut sacrifier une part de son humanité lors de la métamorphose. Cette perte sèche est appelée *la part des fées*. Tout le monde n'en perd pas la même quantité. Plus le niveau du magicier est élevé, plus *la part des fées* est faible. C'est la raison pour laquelle le juge Dendelion n'est pas si différent de celui que nous connaissions. Une chose est sûre, cependant, le processus d'allégorisation vous fige pour toujours dans ce que vous êtes et vous interdit toute évolution à venir. Pour devenir une Allégorie, il faut sacrifier un pan important de ce qui nous définit. La Chevaleresse Hurluberlu avait vu ses deux enfants assassinés par les sbires d'Holger Frakass. On sait aujourd'hui qu'elle a sacrifié sa douleur de mère pour devenir l'Allégorie de la protection des innocents.

Sapotille leva la main. Lothaire Galbinus parut d'abord exaspéré par son interruption puis avisa Maître Lin assis près d'elle et lui fit un sourire onctueux.

– Oui ?

– Sait-on ce que le juge Dendelion a sacrifié pour devenir l'Allégorie de la justice ?

– Non, jeune dame, nous ne le savons pas. Mais je gage que nous sommes nombreux à nous poser la question. Ce peut être beaucoup de choses, voyez-vous. Qu'est-ce qui fait de nous des humains ? La capacité à s'émerveiller ? L'amour que l'on porte à sa famille ? Le pouvoir d'imagination ? Le plaisir d'une odeur de café au petit matin ou celui de serrer sa femme dans ses bras ? Le goût d'une brioche juste tirée du four ? La joie et le rire lors de soirées entre amis ? Le juge Dendelion a pu renoncer à un seul élément s'il résonnait en lui assez puissamment, ou à plusieurs. Peut-être même à tous. Qui peut savoir ? Les Allégories gardent toujours cette affaire secrète et l'on n'en découvre les détails que longtemps après leur mort. Une des Allégories de la vérité, Alex Théia, qui occupa autrefois le manoir de notre incroyable Célestin Bourpin…

Ce disant, il adressa un clin d'œil à Sapotille, et une quarantaine de personnes se tournèrent vers elle, avec des questions dans les yeux. Le geste se voulait complice, mais Sapotille fut gênée d'être ainsi exposée.

– *La part des fées* d'Alex Théia, donc – on le découvrit une décennie après sa mort – fut son enfance. Il renonça à la nostalgie du sourire de sa mère, l'excitation des batailles de boules de neige dans le parc des Élégants Porcelets, la joie des anniversaires passés, *et cætera*. Ça peut sembler anodin, mais les émotions de notre enfance sont une part importante de l'humain que nous sommes.

Sapotille n'écoutait plus que d'une oreille. Elle se demandait à quoi son frère Gothen avait renoncé pour devenir l'Allégorie de la mort. À quel pan d'humanité ? Un morceau monstrueux, sans doute, car il n'était aujourd'hui plus que l'ombre de ce qu'il avait pu être. Par ailleurs, il était très jeune lors de son Ascension, presque un adolescent encore, quand toutes les Allégories étaient d'un âge avancé : une petite quarantaine d'années a minima. Autant dire que tous ceux qui tentaient habituellement l'aventure étaient, du point de vue de Sapotille, des vieillards.

Et puis l'Allégorie de la mort, ce n'était pas rien. Lothaire Galbinus expliquait justement que plus le symbole était fort, plus *la part des fées* était grande.

Sapotille eut soudain envie de pleurer. Son pauvre frère avait dû être consumé presque intégralement. Après cela, elle eut du mal à se concentrer. Elle prenait sagement des notes, mais c'était un automatisme de bonne élève. Les applaudissements qui crépitèrent à la fin de la conférence la prirent d'ailleurs par surprise.

– On essaie de l'approcher maintenant ? lui demanda Maître Lin.

Sapotille hocha la tête, se ressaisit et se leva. Beaucoup de monde se pressait auprès de l'Académicien. Qui pour le féliciter, qui pour recevoir l'aumône de quelques mots. Sapotille et Maître Lin n'eurent pas à attendre longtemps. Lothaire Galbinus fendit la foule de ses admirateurs comme s'ils étaient quantité négligeable et se dirigea droit sur eux.

– La petite sœur de la Mort, dit-il de but en blanc en s'adressant à Sapotille. Ravi de te rencontrer.

Elle tressaillit et marmonna :

– Les nouvelles vont vite.

– Nous sommes à Thadam, les murs ont des oreilles.

Et il lui fit un nouveau clin d'œil. Sapotille pinça les lèvres. Il est vrai qu'elle et June n'avaient pas été discrètes lors de l'altercation avec Thibald, au café du Lutin Gourmet. Mais l'Académie était quoi qu'il en soit au courant. Gothen ne serait pas devenu ce qu'il était sans la vive pression des instances dirigeantes.

Lothaire Galbinus salua Maître Lin d'une discrète inclinaison du chef.

– C'est vous qui êtes responsable de cette jeune personne ? demanda-t-il.

– En effet, répliqua Maître Lin avec aplomb.

Sa façon de le dire mit du baume au cœur de Sapotille. Il avait gonflé son poitrail, certes maigre et osseux, comme s'il était prêt à la défendre.

– J'aimerais m'entretenir avec elle, seul à seule, dans les jardins. Me le permettez-vous ?

– Si elle accepte. Et à condition que vous restiez sous mon regard. Après ce que le juge Dendelion lui a fait subir, je suis sûr que vous comprenez.

Lothaire Galbinus baissa les yeux.

– Il est certain que Rhadamante a commis là un acte impardonnable qui entache la réputation de l'Académie dans son ensemble. Sachez que je le condamne fermement. Nous avons entrepris des démarches pour que cela n'arrive plus. Hélas, le juge est aujourd'hui responsable des peines et je crains qu'il ne se passe de notre autorisation.

Sur ces mots, il regarda Maître Lin droit dans les yeux et Sapotille crut décrypter le sens de son regard : « Devenons alliés et aidez-moi à abattre ce monstre. »

– Je veux bien vous suivre dans les jardins, si Maître Lin peut nous surveiller, dit-elle alors.

– Merci de ta confiance.

Se tournant vers Maître Lin, il ajouta :

– Et merci de comprendre qu'une longue discussion en votre compagnie m'exposerait à des questions, de la méfiance et de possibles sanctions de la part de mes pairs.

– Mais pas avec moi ? s'étonna Sapotille.

– Je ne veux surtout pas te manquer de respect, jeune dame, mais vu ton âge, tu n'es pas perçue comme une menace. Par ailleurs, nous sommes nombreux à être légitimement curieux à ton sujet. Je pourrai même frimer auprès de mes collègues après t'avoir parlé, si tu veux tout savoir.

Bien sûr, il disait cela pour la flatter. Il n'empêche que c'était sans doute juste.

Sapotille ne les avait jamais vus en vrai, mais les jardins de l'Académie étaient plutôt tristes. La littérature thadamaise en vantait les beautés. Hélas, les mois d'hiver ne se révèlent éclatants que sur les natures sauvages. Les jardins de l'Académie, eux, arboraient leurs buis à la coupe militaire et leurs buttes de terres nues, qui au printemps se couvriraient de fleurs, mais qui pour le moment avaient l'air de tombes fraîches. Quelques fougères bleues avaient survécu, apportant ici ou là un brin de fantaisie, mais la plupart avaient été brûlées par le gel.

– Excuse le désordre, nous sommes en pleine installation des gradins et des tables pour demain. Je crois que tu passes également les sélections, n'est-ce pas ?

Sapotille hocha la tête et regarda autour d'elle. Une quinzaine de brevaillons dans leur uniforme terne étaient occupés à monter les estrades et bancs qui serviraient le lendemain.

– Peut-être aurai-je le privilège de faire partie de ton jury, reprit Lothaire Galbinus.

Il lui fit un nouveau clin d'œil et elle n'osa pas lui dire que ces derniers commençaient à lui porter sur les nerfs. Heureusement, il paraissait vouloir passer aux sujets sérieux. Il vérifia qu'ils étaient assez isolés et baissa la voix :

– Te remémores-tu… lorsque j'ai expliqué durant ma conférence que le pouvoir d'une Allégorie tenait essentiellement en trois artefacts symboliques ?

Sapotille approuva avec une gêne légère. Elle se souvenait d'avoir pris ce point en note, mais elle avait eu l'esprit ailleurs à ce moment-là.

– Le juge possède son épée, son bandeau et sa balance, avança-t-elle en gage de bonne volonté.

– Et le Cavalier, ton frère, dispose de son cheval et d'une faux. Mais nous avons remarqué que depuis son retour, il lui manque son sablier de gemnez…

Sapotille hésita, mais s'ils voulaient des alliés, il fallait bien faire le premier pas.

– C'est Charly Vernier qui l'a détruit, dit-elle finalement.

– Ah oui, un jeune homme très intéressant et dont nous aimerions beaucoup retrouver la trace. Mais je suis surpris qu'il ait accompli un tel exploit.

– C'était à la fabrique de la Chevaleresse Hurluberlu. Nous étions sous l'influence du théorème de Kerbenec, les Allégories ont beaucoup moins de pouvoir dans ces endroits.

Elle n'ajouta pas que la magie intuitive de Charly avait sans doute joué, elle aussi. L'Académicien approuvait du chef.

– Ceci explique sans doute cela. Quoi qu'il en soit, sache que vous avez considérablement affaibli le Cavalier. Le souci, c'est qu'il reste à la botte d'un adversaire plus puissant encore…

Sapotille retint un haussement de sourcil. Lothaire Galbinus avait employé le mot « adversaire » pour désigner le juge.

– Nous sommes quelques-uns à l'Académie à voir d'un mauvais œil la concentration d'un tel pouvoir entre ses seules mains. Nous sommes un collège de quarante personnes qui avons la lourde charge de nous répartir le fardeau du pouvoir. Le juge joue un jeu très dangereux. Et nous n'avons pas votre liberté d'action.

À mots couverts, il évoquait la Loge des Anamnèses et Sapotille fut flattée qu'il l'inclue dans ses rangs.

– Par ailleurs, j'ai honte de te l'avouer, mais beaucoup parmi nous sont des couards.

– En somme, vous nous envoyez prendre tous les risques ?

– Pas du tout, jeune dame. Je vous propose un partage. Je peux agir, mais l'Académie n'osera pas s'opposer frontalement au juge et au Cavalier. Les conséquences seraient trop graves pour Thadam si ces derniers décidaient de nous balayer. Nous devons préserver le *statu quo*. En revanche, si vous trouviez un moyen de débarrasser le juge et le Cavalier de leurs artefacts… (il la regarda droit dans les yeux) je finirais le travail, vois-tu ?

Le souffle manqua à Sapotille :

– Mais mon frère…

– Le Cavalier n'est un problème que parce qu'il est assujetti au juge. Nous ne lui ferons pas de mal, si c'est ce que tu désires, nous devons juste le désarmer.

Sapotille hocha la tête, avant de se pétrifier. Leurs pérégrinations les avaient menés à une espèce de grotte devant laquelle quatre miliciens surarmés montaient la garde. *C'est le portail*, songea Sapotille, *Charly est de l'autre côté.* Le temps d'un instant, elle se vit courir et profiter de la surprise générale pour bondir au travers. Changer de monde. Chercher Charly. Un jour enfin, retrouver la chaleur de ses bras. Mais bien sûr, c'était ridicule. Les miliciens étaient nombreux, surentraînés, et chacun d'entre eux aurait pu l'intercepter sans même faire un pas. Sans parler de l'Académicien à ses côtés qui lui jetterait un sortilège bien senti, avec autant d'aisance qu'il en avait à discuter avec elle.

Elle soupira.

– Alors ? Qu'en dis-tu ? lui demanda Lothaire Galbinus. Tu répéteras ma proposition à ton maître ?

– Bien sûr, répliqua Sapotille en se détournant du portail le cœur serré. Auriez-vous une idée pour nous aider ?

L'Académicien lui sourit.

– Tu as été distraite durant ma conférence, jeune dame. Alors que j'ai évoqué ce point spécialement pour toi et tes comparses : les Allégories ne peuvent éviter ce pour quoi elles ont été créées. C'est comme un appât irrésistible pour elles. Le juge, par exemple, ne peut refuser un procès, c'est dans sa nature. J'ai d'ailleurs grand hâte de voir le désordre que va semer le livre de notre ami Lys Atravice.

– Et le Cavalier… (Sapotille hésitait.) Le Cavalier ne peut s'empêcher de tuer ?

– Oh non ! Non, jeune dame ! Tuer n'est pas du tout la fonction première du Cavalier. Ça n'aurait eu qu'un intérêt très mineur pour nous…

– Pourquoi a-t-il été créé alors ?

– Mais pour les gemnez, voyons ! Thadam en consomme des quantités industrielles ! Nous n'en avons jamais assez et la raréfaction de la magie n'est pas un problème récent. Le Cavalier a été créé pour récolter les gemnez. L'intention est louable, au départ. Autrefois, lorsqu'un magicier mourait, ses gemnez étaient perdues. Tandis qu'aujourd'hui, nous pouvons récolter cette manne immense.

Sans savoir exactement pourquoi, Sapotille se sentit dégoûtée.

– Alors…, avança-t-elle, le Cavalier ne peut pas résister à une gemnez ?

– Non, pas si elle est suffisamment puissante. À présent, va retrouver ton maître. Nous discutons depuis longtemps et cela va finir par paraître suspect. Je compte sur toi pour transmettre notre conversation.

Sapotille hocha la tête et jeta un dernier regard au portail, puis aux installations qui accueilleraient les sélections le lendemain. Après quoi, elle rejoignit Maître Lin qui l'attendait à l'autre bout du jardin. Il ne l'avait pas quittée des yeux un instant.

– Tout va bien ?

Elle lui renvoya un petit sourire tiède.

Ils voulurent traverser l'Académie pour repartir, mais eurent la surprise de trouver celle-ci extrêmement encombrée. La foule qui avait assisté à la conférence ne s'était pas dissipée et s'était même étoffée de nombreuses personnes. Plus étrange encore, les gens ne circulaient pas. Ils étaient debout, tournés vers une gigantesque porte de fonte grande ouverte. L'ambiance était solennelle et pesante.

– Excusez-moi…, dit Maître Lin en cherchant à s'ouvrir un passage.

– Chhht ! Le juge est en train de regarder l'âme du coupable ! Il va rendre sa sentence !

– Sérieusement ? Il rend ses jugements en public ?

– Bien sûr, répliqua l'interlocuteur avec hauteur. La justice doit toujours être publique ! Vous avez raté le moment de l'épée, c'est dommage. Le type a tout avoué, c'était impressionnant. Après, y a eu la balance et on a tous bien vu que le type était coupable !

Mais la balance est truquée, se souvint Sapotille, *elle manipule l'opinion des foules dans le sens qu'exige le juge…*

Maître Lin renifla.

– À ce stade, c'est de l'exhibition, surtout. Viens, Sapotille.

Il se retourna pour lui attraper la main, afin de ne pas la perdre dans la foule. Elle la saisit avec angoisse.

– Le juge est là…, murmura-t-elle d'une voix blanche.

– Ne t'inquiète pas, je crois qu'il a d'autres chats à fouetter.

Et il joua des épaules pour se frayer un chemin.

Mais Sapotille ne pouvait s'empêcher de couler un œil vers la porte grande ouverte. C'était la salle d'audience dans laquelle

Charly avait bien failli être attrapé par le Cavalier et où Maître Lin avait été arrêté pour être jeté au Purgatone quelques mois plus tôt. Trois portes y menaient et toutes étaient grandes ouvertes pour que le maximum de personnes puisse assister aux procès. Le juge aimait le spectacle et voulait une audience la plus large possible pour asseoir son pouvoir.

Sa voix métallique s'éleva alors, faisant taire tous les murmures sur son passage :

– J'ai regardé dans l'Étoffe de Rédemption, le risque que vous commettiez d'autres délits à l'avenir est élevé et est donc pris en compte dans la sentence.

Sapotille ne put s'empêcher de tourner la tête. Petite comme elle l'était, elle ne pouvait pas voir le prévenu. Le juge en revanche trônait bien haut sur son estrade et faisait froid dans le dos avec son bandeau rouge sur les yeux et sa balance à la main.

– Je vous condamne à faire don à l'Académie de trente gemnez, d'une valeur minimale de dix moires chacune.

– Dix moires chacune ? glapit le prévenu. Mais… je vais devoir me séparer de souvenirs très précieux !

– Vous y réfléchirez la prochaine fois que vous voudrez commettre une infraction. Vous saviez que la magie était interdite le mardi.

– C'est ridicule ! Mon fils a manqué d'être écrasé par cette citrolle ! Je n'allais pas permettre qu'un tel accident se produise !

– La loi et la justice sont les mêmes pour tous, monsieur. Si vous ne voulez pas vous séparer de vos gemnez, le Cavalier se chargera de les prélever.

Il y eut un brouhaha léger dans le public. Quelques voix s'élevèrent, pas trop fort :

– Il n'allait pas laisser son fils se faire écraser ! Il faudrait assouplir les règles pour les cas de force majeure.

– Oui, mais où placer la limite ?

– *Dura lex sed lex*. C'est la loi, nous devons tous faire des efforts.

Dans l'ensemble, les gens paraissaient résignés. Maître Lin tira plus fort sur la main de Sapotille. D'un geste rapide, il lança un sortilège qui lui ouvrit la voie au milieu de gens furieux d'être bousculés.

– Mais faites attention ! Il a le droit de faire ça ici ?

– Beh, on n'est pas mardi.

Une fois dehors, Maître Lin respira un grand coup. Sapotille l'imita.

– Je n'aurais jamais cru dire ça un jour, mais vivement le Carnaval pour alléger l'ambiance et semer un peu de désordre ! Trop de tension, c'est mauvais. On ne sait jamais quand ça peut éclater, d'un côté comme de l'autre.

Comme il disait cela, une troupe de miliciens traversa la place, le pas millimétré et brutal.

– Rien de tel que l'autorité en patrouille pour semer la peur, surtout quand elle se donne tous les droits, conclut-il. Et maintenant, si tu me racontais ton entrevue avec ce drôle d'Académicien ? Crois-tu qu'on puisse lui faire confiance ?

– Non. Mais disons que nos intérêts convergent pour le moment.

Et elle lui raconta tout. Y compris la tentation du portail.

De retour au manoir, il fallut dételer et panser les licornes, une tâche que Maître Lin accéléra grâce à quelques sortilèges.

– Va te reposer ! Demain, tu dois être fraîche pour les sélections, lui dit-il lorsqu'elle voulut l'aider.

Sapotille se dirigeait lentement vers la porte d'entrée, décidée à se replonger dans ses livres, lorsqu'un bruit épouvantable secoua tout le manoir.

Elle regarda avec angoisse le bateau au-dessus d'elle, mais il était toujours accroché, quoique dans un équilibre instable. Elle poussa brutalement la porte. Un nuage de poussière lui sauta à la gorge.

– Y a quelqu'un… ? Vous êtes là ? tenta-t-elle d'une voix inquiète. June ? Célestin ? Césaria ?

Il y eut des bruits de toux impressionnants puis la voix de Césaria rugit avec fureur :

– C'EST LA DERNIÈRE FOIS QUE VOUS ME FAITES UN COUP PAREIL, JE VOUS PRÉVIENS, BANDE DE PETITS CRÉTINS !

Il y eut un concert de « pardon, madame » marmonnés avec plus ou moins de sincérité. Puis, la voix de Célestin se mit à glapir :

– Mon manoir ! Mon manoir !

Sapotille avança dans le nuage de plâtre en toussant, pour gagner la pièce principale. Elle n'en crut pas ses yeux. La bibliothèque était dans le salon. Littéralement. Elle avait traversé le plafond. Les fauteuils, le parquet, les agrumes, tout était défoncé par des tonnes de livres et les bibliothèques éventrées. Au milieu de ce carnage, une Césaria furibarde faisait face à June et aux enfants de Saint-Fouettard, qui avaient le bon goût de baisser les yeux. Célestin se lamentait en faisant le compte de ses objets détruits.

– Vous êtes tous vivants ? s'étonna Sapotille. C'est un miracle !

– C'est moi, le miracle ! répliqua Césaria.

Sapotille remarqua que son auriculaire était entièrement changé en porcelaine. Pire, une tache bleue apparaissait déjà à la base de l'ongle, formant un motif que Sapotille n'identifia pas. Mais Césaria n'avait pas fini d'admonester ses élèves :

– Que vous organisiez des tempêtes de livres anciens, ça ne me plaît pas, mais passe encore. En revanche, faire bondir les bibliothèques les unes au-dessus des autres comme une partie de saute-moutons, sérieusement ? Qui a eu cette idée stupide ?

June leva timidement la main.

– June, évidemment ! s'énerva Césaria. Pourquoi est-ce que je pose la question ?

– On… on peut essayer de réparer, madame, peut-être ? glissa timidement une fille assez jeune, que Sapotille n'identifia pas tout de suite.

– C'est gentil, Crépine, mais tu en es seulement à ton troisième cours, alors je ne crois pas que tu puisses y faire grand-chose.

– Crépine ? s'écria Sapotille, stupéfaite. Mais qu'est-ce que tu fais là ? Je croyais que tu étais retournée dans ta famille d'accueil. On a même fêté ton départ !

Crépine lui retourna un regard sinistre et Klafidie lui fit signe de ne pas insister.

Crépine n'avait que douze ans. La première fois que Sapotille l'avait rencontrée, elle était serveuse et aidait Marianne sur la péniche de la Pitchounette. Elle avait soutiré à Charly un puissant sortilège de hasard roulé en papillote que Dame Mélisse avait créé. Par la suite, lorsqu'elle et Sapotille avaient partagé le dortoir des filles à Saint-Fouettard, Crépine s'était particulièrement tenue à carreau et n'avait donné prise à aucune dispute, en dehors des quelques taquineries de norme à Saint-Fouettard. Elle travaillait dur depuis déjà deux ans et était sur le point de rembourser son amende à l'Académie. Son ambition ultime était de quitter Saint-Fouettard et pour rien au monde elle ne l'aurait mise en danger. D'ailleurs, le soir où elle avait fêté son départ était le seul où Sapotille l'avait réellement vue heureuse.

Sapotille se demanda si les miliciens avaient commis un nouvel abus de pouvoir en lui retirant ses étoiles. Ça n'aurait rien eu de surprenant.

– Crépine… Crépine a raison, madame, dit June qui tentait de s'amender. On peut essayer de réparer. Si on fait pousser le plancher et les agrumes jusqu'en haut, on peut reconstituer le plafond. En tout cas, si c'est pas trop fatigant, vu que la magie intuitive, ça crève vachement…

Césaria soupira :

– Vous n'êtes même pas capables de faire de la magie à deux, alors que le collectif est au cœur de la magie intuitive. Mais bon… j'imagine qu'on ne perd rien à essayer.

– Non, on ne perd rien, dit Célestin, furieux. Et si vous échouez, je vous préviens, vous serez privés de goûter !

Les enfants de Saint-Fouettard échangèrent des regards nerveux, Célestin se mettait rarement en colère.

– On n'arrive pas à faire de la magie mélangée, glissa Panus, mais si on décide avant qui fait quoi, ça devrait aller. Peut-être.

Et ils se rapprochèrent pour discuter de la façon de procéder.

Maître Lin entra sur ces entrefaites.

– Qu'est-ce que c'est que ce chantier ?

Césaria s'extrayait péniblement des décombres pour avancer vers lui.

– Ce que c'est, c'est que nos élèves sont une sacrée bande de chenapans qui font n'importe quoi.

– Parle pour les tiens, je suis ravie de la mienne !

Sapotille se trémoussa sous le compliment, puis s'arrêta net. Lorsque Césaria avait essuyé la poussière sur sa joue, elle avait identifié le dessin bleu sur l'ongle de porcelaine. C'était une tache très précise en forme de visage.

– Mais c'est…

Césaria lui tendit la main pour qu'elle observe mieux.

– Oui. C'est mon fils. La pétricelle dessine nos plus forts souvenirs sur la porcelaine.

– Évidemment, il vous manque atrocement, à vous aussi.

Elles se regardèrent. Il y eut un silence, leurs yeux se mouillèrent. Le manque gigantesque de Charly les reliait.

– On est prêts ! s'écria alors la voix de Klafidie.

– Très bien, dit Césaria en se retournant brusquement. Par quoi est-ce que vous voulez commen… Hey, non mais attendez ! Je veux d'abord savoir comment vous comptez… oh, bon, d'accord ! Mais je vous préviens, cette fois je ne rattraperai pas vos âneries.

Se tournant vers Maître Lin, elle lui lança :

– S'ils repartent en vrille, c'est pour ta pomme.

– D'accord, mais ils ont l'air de bien se débrouiller, non ?

Et comme Césaria grommelait, il ajouta :

– Tu as fait des miracles avec eux !

– C'est ma spécialité, il paraît.

Sapotille observait la scène. En effet, ça manquait de coordination, mais c'était prometteur. June était en train de faire pousser un tronc torsadé à partir du parquet, quelques branches entrelacées amorçaient déjà la reconstitution du plafond. Pendant ce temps, les jumeaux faisaient repousser le bois des bibliothèques qui serait moins régulier, mais tout aussi fonctionnel. Panus et Klafidie renvoyaient les livres vers les hauteurs. Truc les regarda faire un instant et à lui seul en souleva plusieurs centaines d'un coup. Crépine, un peu à la traîne, essayait de faire s'envoler un unique dictionnaire.

– Pépouze, tu étais là !

Sapotille se précipita sur la serpillière tout juste dégagée des décombres et lui grattouilla les franges pour la rassurer. Mais Pépouze ne paraissait pas plus perturbée que cela et se mit à faire le ménage avec enthousiasme, rassemblant en tas la poussière et les menus débris.

En une dizaine de minutes, la pièce était réparée, rangée et un nouvel arbre trônait au milieu, dont les ramures étaient serrées au point de former le plafond.

– Finalement, j'adore, c'est encore mieux qu'avant ! se réjouit Célestin.

– Maintenant que c'est réglé, reprit Maître Lin, j'aimerais vous parler. Aux adultes, je veux dire. Sapotille, emmène donc tes camarades au laboratoire, pour tester l'élixir que tu présentes aux sélections, demain.

Sapotille jeta un coup d'œil nerveux à Panus. Elle n'avait aucune envie de l'emmener où que ce soit, encore moins sans la présence d'un adulte. Comme s'il l'avait entendue penser, Panus lui retourna un sourire de matamore. Sapotille se rassura en songeant que June serait là aussi.

– Suivez-moi, dit-elle. On remonte au premier. Par les escaliers.

– Un instant, s'interposa Césaria. Je dois encore dire un mot à June qui a trouvé très drôle de soulever plusieurs bibliothèques à la fois. Le parquet y est resté et nous avons failli subir le même sort !

– Je pense vraiment que tu devrais entendre ce rapport, Césaria, dit Maître Lin.

– Le rapport peut attendre deux minutes. Nous devons d'abord finir cette petite conversation, après quoi, June rejoindra ses camarades.

– Allons-y, dit Panus.

Et d'autorité, il se saisit du bras de Sapotille pour l'entraîner dans le couloir. June eut juste le temps de lancer un regard d'excuse à son amie, tout en articulant silencieusement « j'arrive ». La porte se refermait déjà.

Sapotille sentit qu'elle se recroquevillait à l'intérieur d'elle-même. À peine avaient-ils fait trois pas dans le couloir que la voix redoutée soufflait à son oreille :

– Alors, tu fais ta timide ?

Sapotille se composa une expression neutre et répondit :

– Pas du tout, je vous guide jusqu'au laboratoire, c'est tout.

– Ils savent très bien où c'est, ils peuvent y aller tout seuls ! De toute façon, je suis fatigué, j'ai mérité une pause.

Il se glissa derrière elle et, de ses grosses mains, la saisit par la taille pour la pousser à s'arrêter. Sapotille se tortilla pour lui échapper et courut pour prendre la tête du petit groupe dans l'escalier.

– J'espère vraiment que la bougie que j'ai préparée va vous plaire, leur dit-elle. Et qu'elle plaira aux Académiciens demain. C'est une bougie du foyer, ça rappelle tout ce qui fait qu'on est chez nous et qu'on se sent bien.

Crépine, qu'elle venait de doubler, eut un drôle de rire.

– T'es sûre que ça va marcher sur nous ? Tu te rappelles où on habite ?

– Heu… Mais nous avons tous eu une vie, avant. Vous n'avez pas toujours été à Saint-Fouettard, n'est-ce pas ?

– Moi, si, dit Panus. On m'a trouvé dans une poubelle, quand j'étais bébé. Tu te souviens ?

Il la regardait curieusement.

– Eh bien… j'imagine que l'expérience sera… intéressante. Vous me ferez vos retours.

Et elle se précipita pour préparer le laboratoire.

La table était encombrée de fioles, chiffons et éclaboussures. Gênée, elle lui administra un nettoyage sommaire.

– Alors c'est ici que tu dors ? demanda Panus en fixant les hamacs suspendus en hauteur.

– C'est quoi, ces petits tas de poussière un peu partout ? intervint Klafidie à son tour. Eurk, j'ai marché dedans.

Sapotille ignora soigneusement la question de Panus.

– C'est notre serpillière domestique, Pépouze, qui s'amuse avec. On a essayé de tous les ramasser, mais ça la rend triste, alors on lui en laisse quelques-uns.

Elle se saisit d'une allumette Chevaleresse Hurluberlu. Sa main tremblait un peu lorsqu'elle la gratta et alluma la mèche.

– Hum. L'odeur met un peu de temps à se répandre, alors un peu de patience, s'il vous plaît.

– En tout cas, elle est jolie, ta bougie, dit Karib – et comme son frère lui donnait un coup de coude moqueur, il ajouta : Beh quoi, c'est vrai, elle est jolie !

Sapotille le remercia d'un sourire. Ça avait été amusant de tester la bougie sur les habitants du manoir. Pour Césaria, la bougie sentait le thym, les tubes de peinture et le soleil sur un mur de pierres sèches. Pour Maître Lin, l'odeur était celle du vieux papier, des théières de fonte patinées de thé noir et d'une touche de parfum que Sapotille suspectait être celui de Dodeline. Pour June, ça sentait le melon, l'amande et les vieux rubans, après quoi, elle avait demandé à appeler ses parents. Quant à Célestin, il n'avait pas voulu en parler mais il avait essuyé ses yeux sur un mouchoir toute une soirée en prétextant des allergies.

Sapotille avait hâte de renouveler l'expérience, d'autant qu'elle voulait être sûre de son succès. Le lendemain, elle n'aurait pas droit à l'erreur.

– Ça sent…, commença Klafidie. Ça sent le pull en laine de mouton de ma mère. Et aussi… les rognons qu'elle faisait toujours brûler sur la poêle.

– Moi, j'aurais plutôt dit une odeur de terre et de champignon, dit Crépine. Une odeur de forêt, quoi. Il y a comme un feu de cheminée, aussi. Oh là là ! Je me souviens, ça fait tellement longtemps…

Truc avait les yeux dans le vague et ne parlait pas. Panus, quant à lui, ne prêtait aucune attention à la bougie. Il s'avança vers Sapotille qui recula d'un pas, avant de sentir le mur contre ses omoplates.

– Alors Panus, qu'est-ce que tu sens ?

– Moi ? Je sens… toi, je crois.

Soudain, il plongea le nez dans ses cheveux et la respira avidement. Sapotille sentit tout son corps se raidir.

– Oui, c'est ça, c'est bien toi ! Et toi, qu'est-ce que tu sens ?

– Moi, je… je…

Nerveuse Sapotille ferma un instant les yeux pour se concentrer sur l'odeur. Elle percevait les agrumes bien sûr, dont sa mère mettait les écorces à sécher sur le poêle. Mais aussi l'odeur de magie un peu trop concentrée de son frère, lorsqu'il lui faisait une blague. Elle percevait les parfums lourds qui imbibaient les étoffes que portait sa mère et avec lesquelles elle se déguisait parfois, une note d'ambre venue de son père qui lui faisait lire *Le Temps des magiciers* sur ses genoux.

– Je sens…

Il y avait aussi une odeur très douce et chaude, un peu d'amande… non de noix. Elle pensa à Charly.

– Tu me sens moi ? la relança Panus.

Sapotille rouvrit les yeux. Ils étaient encore rêveurs des images qui s'y étaient bousculées. Aussi répondit-elle, la voix ailleurs :

– Non, justement.

– Comment ça, justement ?

– Je ne te sens pas du tout, Panus. Tu n'es pas mon chez-moi, ni avenir ni passé. Avec toi, je ne me sens pas en sécurité, je n'ai pas envie de me rouler dans un plaid. Alors c'est non.

– Non ? Mais…

Il eut un geste pour la saisir. Elle l'intercepta et le repoussa en douceur.

– Tu peux pas me laisser comme ça ! protesta-t-il. Tu m'as fait espérer des trucs, là !

Soudain, elle écarquilla les yeux, comme si elle prenait conscience de quelque chose. Elle trouva la vieille petite voix qui lui soufflait : « C'est comme ça, laisse-toi faire, ce sera plus vite fini. » Cette petite voix n'avait aucune odeur, elle ne faisait pas partie de sa famille, elle ne lui voulait pas du bien. De toute la force de son esprit, elle la renvoya brutalement vers les abysses.

– En fait…

Elle hésitait encore mais de moins en moins.

– En fait si, je peux. Alors maintenant, il faut me laisser tranquille et arrêter de me forcer. Tu as compris, Panus ?

– Mais je t'ai pas forcée ! Tu… enfin… nous deux…

Sapotille puisa toute son énergie en elle et dit encore :
– Non.
– Ah bon, dit Panus. Mais je croyais…
– NON.

Ça devenait plus facile en le répétant. Face à Sapotille, Panus paraissait penaud et un brin désespéré.

– Il faut demander la permission avant, Panus. Tant que c'est pas oui, c'est non. Je n'arrivais plus… Après ce qui était arrivé à mon grimoire, c'était trop dur de te repousser. Mais je ne t'ai jamais invité à faire ce que tu as fait. Même tacitement.

Panus rougit vivement sous ses cheveux roux.

– Je croyais que j'avais le truc… avec les filles.

– Tu l'as peut-être. J'en sais rien. On n'est pas… interchangeables comme des madeleines de réconfort. Assure-toi juste que la prochaine fille est d'accord, elle.

Panus laissa passer un silence mortifié, puis reprit :

– Est-ce que… est-ce qu'au moins on peut rester amis ?

– Pas « au moins ». Mon amitié ne vaut pas moins que ce que tu voulais. Mon amitié, elle a de la valeur. Et oui, tu peux la récupérer, mais il va falloir te faire pardonner.

Panus fit plusieurs pas en arrière, masquant mal son embarras. Par chance pour lui, les autres avaient encore les yeux dans le vague. L'odeur de la bougie emplissait la pièce. Les jumeaux se disputaient ou s'encourageaient selon qu'ils reconnaissaient les odeurs des haricots géants sous la pluie et dans le hangar des récoltes.

Sapotille songea que Panus n'avait rien senti du tout, lui.

C'était triste, mais ça ne changeait rien. Elle n'était pas un lot de consolation. Personne ne l'est.

Elle fit quelques pas vers la table et moucha la bougie. À part pour Panus, c'était efficace. Elle avait toutes ses chances pour demain.

– Je me sens un peu molle dans les jambes, dit soudain Crépine.

– C'est la faute des cours de magie, intervint Silas qui paraissait lui-même assez secoué par les parfums respirés. Ils sont crevants, ceux qu'on nous donne ici. Je pensais que les cours, c'était juste s'asseoir sans écouter les trucs d'abruti qu'on nous raconte, mais quand les cours sont bons, faut réfléchir, en fait.

– T'as rien suivi ! s'écria Klafidie. C'est aussi que la magie intuitive, ça fatigue vachement plus que l'autre, parce qu'on doit la prendre en nous, pas à l'extérieur.

De son côté, Sapotille avait tiré une chaise, pour aider Crépine à s'asseoir.

– J'ai été très concentrée sur la préparation des sélections, alors je suis désolée si j'ai raté des épisodes, mais… ça fait longtemps que tu es revenue à Saint-Fouettard ?

– Ça fait dix jours, en fait. Césaria a été sympa de bien vouloir que je rejoigne le groupe, alors que ce qu'on fait, c'est super secret et tout. J'arrive pas à croire que ce soit la fille de Dame Mélisse ! C'est dingue, non ? Tu crois qu'elle pourra m'avoir une dédicace sur la papillote de sortilège que j'ai récupérée ?

– Oui… Hum, je peux te demander ce qui s'est passé pour que tu quittes encore ta famille ? C'est la faute des miliciens ?

– Même pas, grogna Crépine, pour une fois, ils n'y sont pour rien.

Elle parut vouloir poursuivre ses explications, mais sa lèvre se mit à trembler et elle se tut. Panus s'était rapproché, cherchant à faire amende honorable. Comme Crépine peinait à refouler ses larmes, il poursuivit pour elle :

– Elle a retrouvé toute sa famille d'accueil mitardisée en rentrant chez elle. Le père, la mère, l'oncle, la cousine et le grand-père.

– Ils m'avaient jamais causé de problèmes d'argent, je comprends pas. Ils m'avaient promis de m'apprendre le vol acrobatique en balai ! Ils faisaient même partie de la parade du Carnaval ! Et cet été, on devait aller en vacances à Guérande, voir la mer et tout.

– Elle a essayé de s'occuper d'eux pendant des semaines, reprit Panus. Mais y avait plus rien à manger, t'façon. Finalement, les miliciens sont venus et les ont placés dans une institution quiétonne. Et Crépine a été ramenée à Saint-Fouettard, vu qu'y avait plus personne pour s'occuper d'elle.

– S'ils m'avaient parlé de leurs soucis, je serais restée travailler à la Pitchounette, c'était pas si grave !

Elle sortit de sa poche la papillote de sortilège surprise de Dame Mélisse et se mit à la malaxer comme un doudou.

Sapotille fronçait les sourcils. Elle demanda :

– Elle était souvent dans le besoin, ta famille d'accueil ?

– Mais non ! Enfin, elle était pas riche, mais ça allait. Ils fabriquaient des meubles magiques. Des coffrets à bijoux qui mordent les voleurs, des tabourets volants, des armoires qui repassent et qui plient le linge toutes seules, ce genre de chose... Ça marchait pas mal, je crois.

Sapotille jeta un regard interrogateur à Panus. Mais après ce qui s'était passé entre eux, il se sentit gêné et baissa les yeux. Du coup, Sapotille ressentit encore plus fort le manque de Charly. Avec lui, ils se seraient compris tout de suite. Charly aurait su sous-entendre que c'était tout de même très étrange qu'une famille entière soit mitardisée du jour au lendemain. Une famille très magique, mais pas très riche, sans histoire, qui n'habitait pas Thadam et dont la disparition mettrait sans doute du temps à être remarquée. Charly aurait su interroger Crépine sans la bousculer pour obtenir davantage de détails.

Mais Sapotille n'était pas Charly. Elle tapota l'épaule de Crépine et préféra changer de sujet.

– On ferait mieux d'aller voir si Césaria n'a pas assassiné June, dit-elle en faisant signe à tout le monde de quitter les lieux.

Elle ne fit qu'un seul pas vers la porte et s'arrêta net en sentant un craquement sous sa semelle.

– Sur quoi est-ce que j'ai marché ? s'interrogea-t-elle. C'est... un tas de poussière de Pépouze. Il devait y avoir un truc dedans.

– On dirait une noix, dit Panus qui s'était baissé pour mieux voir. Une noix-surprise, même.

– Oh ! s'écria alors Sapotille.

Elle ramassa la coque brisée et la brandit droit devant elle :

– J'en ai eu une ! J'EN AI EU UNE !

Elle tendait la coque vide, afin que chacun puisse la voir. Une brume dorée s'en échappait encore.

– C'est une vraie noix-surprise ? s'enquit Karib. Je veux dire une vraie avec un vœu dedans et tout ?

– On n'est même pas sûrs que ça marche, ces trucs, se moqua vaguement Silas.

Mais lui aussi paraissait fasciné par la brume.

– Alors, demanda Klafidie, quel vœu as-tu fait ?

– C'est ce qu'on désire le plus fort au plus profond de soi…, murmura Sapotille.

Elle avait beau se sentir perdue ces derniers temps, elle savait exactement quel était son désir le plus cher.

8
Le courage à deux pieds

– C'est aujourd'hui ou jamais, dit Charly.

Et Dame Mélisse approuva.

Aux aurores, alors qu'ils guettaient le journal par la fenêtre, ils l'avaient vu surgir précisément d'une avancée rocheuse déchiquetée. Seul un vallon les en séparait. Que Mandrin réussisse ou échoue, ils fuiraient à la nuit tombée.

Les chats gagnent toutes les guerres d'usure, parce qu'on n'a jamais fait plus borné qu'un chat. Dix jours plus tôt, à la demande de Charly, Mandrin avait commencé à tourner autour du grimoire en ronronnant. Il y avait frotté ses moustaches et s'était vite éloigné quand la couverture avait chauffé à blanc. Sitôt la température redescendue, il avait recommencé. Et ainsi de suite. Il avait renouvelé son manège plus d'une centaine de fois.

Au bout de trois jours, le grimoire était apprivoisé. Mandrin avait alors soulevé la couverture pour y couler sa cambrure et s'étirer le long des pages. Le grimoire s'était refermé en claquant et Mandrin avait dû esquiver. Mais là aussi, l'habitude avait fini par l'emporter. Une semaine après avoir débuté ses grâces, Mandrin tournait les pages de ses coussinets, sans réticence de la part du grimoire.

Le seul souci était que les chats ne savent pas lire, Dame Mélisse devait donc surveiller la scène de ses vieux yeux, sans trop s'approcher, sans quoi le grimoire se méfiait.

– C'est passionnant, avait-elle dit à Charly. Il y est beaucoup question de magie métaphysique. Je n'avais jamais pensé à la voir sous cet angle, sauf pour les Allégories, bien sûr. Mais… je découvre beaucoup de choses.

Malheureusement, elle apprenait beaucoup, sauf sur la question qui les intéressait. Les pages étaient nombreuses et les explorer prenait du temps. Or, du temps, ils n'en avaient pas.

Après la nuit où Charly avait affronté une trolle et surpris Dame Carasse observant la trajectoire du *Temps des magiciers*, les tonks avaient respecté leur part du marché et avaient fourni la laine dorée. Dame Carasse la filait tandis que l'isba fonçait sur ses pattes de poulet. Avec son nouveau fil, elle voulait refermer le dernier passage, leur seule et unique chance de rentrer à Thadam.

Heureusement, la sorcière avait tenu sa promesse de faire de Charly son apprenti. En dix jours, il avait fait des progrès spectaculaires. Elle savait exactement comment le guider et était à l'évidence une professora-née. C'était tant mieux, car à ce stade,

Charly avait besoin d'un coup de chance et surtout, d'une diversion pour laisser le champ libre à sa grand-mère et à son chat. Après aujourd'hui, ils n'auraient plus d'opportunité.

– C'est très bien, t'es fait pour ça. Puise en toi, écoute-toi. Encore… On jurerait que la montagne ronronne.

La main de Charly était posée sur le sol, en amont de la vallée. Il faisait frissonner la terre de haut en bas et les brins d'herbe vibraient au diapason.

– Soutiens les terriers, ils ne doivent pas s'effondrer, dit Dame Carasse. Ne t'exclue pas de la boucle, c'est ça l'erreur. Ça n'aboutit qu'au chaos.

Elle était assise juste à côté de lui.

– Je sais, rétorqua Charly.

Il n'empêche qu'elle lui saisit les doigts de sa main dure et sèche, pour mieux diriger son flux. À travers elle, Charly perçut la vie qui pullulait par en dessous. Les vers entortillés, les fourmis au garde-à-vous, les souris tout en nervosité, les lapins terrifiés et deux ou trois marmottes qui hésitaient à quitter le nid de la terre, à cause des rapaces qui tournoyaient dans le ciel. Les gnomes, nombreux, mettaient quant à eux une oreille déroutée sur le sol.

– Je vais arrêter de les embêter, décida Charly.

Il remonta les racines, les tiges des graminées, pour aller titiller les jupes du vent.

– Ah, tu veux faire danser les courants d'air, murmura Dame Carasse. Voyons si tu t'en sors mieux qu'hier.

Tandis qu'elle s'occupait de Charly dans l'air frais des

montagnes, à l'intérieur de l'isba, Dame Mélisse guettait le grimoire, dont Mandrin tournait les pages tantôt à coups de pattes, tantôt en y frottant le museau.

Aujourd'hui, Mandrin, il faut que ce soit aujourd'hui…

Charly peinait à se concentrer sur le cours de Dame Carasse. Pourtant, il devait gagner du temps en jouant les élèves modèles.

– Fais courir le souffle sur les digitales, là-bas, enroule le vent autour d'elles… Très bien. Maintenant, va jouer avec les cimes des sapins et regarde si tu peux pas taquiner un peu ce faucon qui a repéré un village de gnomes.

Charly obéissait sagement, quand soudain, il entendit un chuchotement par les oreilles de Mandrin.

– C'est cette page !

Il bascula par les yeux de son chat. Sa grand-mère n'avait pas parlé fort de peur d'effrayer le grimoire, mais Mandrin connaissait son rôle.

Avec l'élégance des princes sans-gêne, il se coucha en travers du grimoire, l'immobilisant. Car c'est un autre fait établi de par le monde, quiconque se retrouve avec un chat sur les genoux (ou sur les pages) demeure ainsi cloué, jusqu'à ce que le chat ait décidé de partir. Si cette personne déteste les chats, elle prendra un air embarrassé en faisant semblant de ne rien remarquer, et surtout pas que le ronronnement d'un chat est somme toute plutôt agréable. C'était l'exacte impression que le grimoire donnait en cet instant. Dame Mélisse poussa légèrement l'épaisse fourrure de Mandrin et commença à prendre des notes dans le grimoire de Charly.

Charly eut le temps d'apercevoir quelques croquis colorés sous les poils de son chat et reconnut deux plantes qu'il avait déjà aperçues chez Dodeline. Il percevait aussi la main de sa grand-mère qui écrivait dans son grimoire. Contrairement à celui de Dame Carasse qui était indépendant, le sien était relié à son être. La sensation était un peu étrange, mais il était proche de sa grand-mère, alors ce n'était pas désagréable, juste... familial. Tout de même, si quelqu'un de malintentionné ou manquant de bienveillance s'en était emparé, ça aurait été épouvantable. Et il repensa à Sapotille.

– T'es distrait, mon garçon. On peut s'arrêter là, si tu veux.

– Non ! Non, je veux continuer ! L'eau, c'est le plus difficile. Je n'arrive pas à trouver le moyen de la travailler.

– C'est parce que tu devrais plutôt imaginer que tu t'amuses. Attends, je te montre.

Au grand soulagement de Charly, elle lui reprit la main pour mieux lui montrer. Parfait. Sa grand-mère avait besoin de temps pour agir. Ils fuiraient le soir même et...

Charly songea que Dame Carasse les avait finalement beaucoup aidés. Certes, elle les avait empêchés de regagner leur monde, mais grâce à elle, il avait fait des progrès considérables en magie et il retournerait bien mieux armé à Thadam. Avant, il avait besoin de June ou de Sapotille pour lui insuffler la moindre étincelle de magie. Tandis qu'aujourd'hui, la présence seule de Mandrin lui suffisait.

Par ailleurs, ils repartiraient avec l'antidote. Sa mère pourrait être soignée et...

– Pourquoi tu me regardes comme ça, gamin ? T'as encore raté avec l'eau.

– Désolé, c'est juste que… Merci de me former comme vous le faites. Je voulais vous dire que je vous en étais très reconnaissant.

Elle le regarda bizarrement une poignée de secondes.

– Mais de rien.

***

La nuit était tombée sur les montagnes, en un manteau sombre qu'elles remontaient bien haut sur leur col. Le vent soufflait fort et faisait vibrer les planches de l'isba. En dehors de ça, c'était le silence.

– Tu es sûre qu'elle dort ? demanda Charly en roulant proprement sa paillasse.

– Non, mais si on part plus tard, on risque de manquer de temps.

L'isba nettoyait les chambres en crachant la poussière par la fenêtre, mais la grand-mère de Charly avait tout de même insisté pour qu'ils laissent les lieux impeccables derrière eux. « C'est un minimum. »

Sitôt qu'elle eut achevé de refaire son lit, Charly y déposa une feuille pliée en deux.

– Qu'est-ce que c'est ?

– L'isba m'a donné du papier. Enfin, j'en ai trouvé dans un placard. Bref, je ne voulais pas qu'on s'enfuie comme des voleurs, sans remercier Dame Carasse. Elle nous a quand même protégés et offert l'hospitalité. Sans parler des cours de magie.

Dame Mélisse hocha la tête.

– Je suis sûre que tu as fait ça bien. Allez, maintenant, il faut partir.

Charly fit signe à Mandrin, qui sauta sur ses pattes. Ensemble, ils traversèrent l'isba à pas feutrés. Tandis que Dame Mélisse poussait la porte d'entrée avec mille précautions, Charly posa une main apaisante sur la cloison de bois.

Au revoir et merci. On ne t'oubliera pas.

Un instant plus tard, ils prenaient la poudre d'escampette, à peine éclairés d'une lune discrète.

La progression fut beaucoup plus lente que Charly ne l'avait espéré. Les sentiers étaient vagues, encombrés de ronces et de pierres. Les semelles glissaient et les chevilles se tordaient sur les nids-de-poule, les cailloux et les pentes trop aiguës. Les chardons avaient poussé par hordes et les griffaient à travers leurs vêtements. Pire, Dame Mélisse se mit à boiter dès le départ. Sa hanche la lançait visiblement. Elle avait beau serrer les dents, Charly voyait bien qu'elle se fatiguait vite.

– Je nous ralentis, déclara-t-elle au bout de deux heures qu'ils se frayaient un chemin.

Ils n'étaient même pas arrivés au creux du vallon.

– On a encore le temps, voulut la rassurer Charly. Donne ta main, Grand-Ma ! Je vais t'ouvrir la voie.

Il multiplia les attentions pour prévenir les dangers du chemin, les branches griffues des buissons et les mottes d'herbes glissantes. Mais rien n'y faisait, Dame Mélisse se fatiguait et trébuchait de plus en plus.

– On peut… on peut faire juste une petite pause… avant de remonter ? finit-elle par haleter.

– D'accord, mais pas trop longtemps.

Charly surveillait le ciel avec angoisse, craignant de le voir s'éclaircir. Ils devaient absolument arriver au promontoire rocheux avant le journal pour voir d'où il surgissait précisément. Sans quoi, ils risquaient de chercher le portail pendant des heures et Dame Carasse les aurait rattrapés d'ici là.

Charly jeta un coup d'œil à sa grand-mère. Elle s'était effondrée sur le sol, en sueur, échevelée, peinant à reprendre haleine. Mandrin se frottait à elle, cherchant à la réconforter.

– On n'y arrivera pas comme ça, comprit Charly.

Sa grand-mère lui jeta un regard plein de culpabilité. Charly savait très bien ce qu'elle allait dire. Quelque chose comme « pars sans moi ». Une ânerie.

– Pars sans m…

– Monte sur mon dos, je vais te porter, l'interrompit-il.

– Tu ne peux pas escalader une montagne en me portant !

– On verra bien. De toute façon, je ne suis pas resté avec toi pour t'abandonner maintenant.

Il se baissa pour qu'elle puisse passer les bras autour de son cou et saisit ses jambes pour les maintenir autour de sa taille. Sa grand-mère tressaillit de douleur. La hanche encore.

– On va y aller en douceur, tenta-t-il de la rassurer.

Elle était légère… Trop, en fait. Elle aurait dû peser plus lourd. Charly n'avait pas voulu se l'avouer mais sa grand-mère avait terriblement vieilli ces derniers temps. Trop d'épreuves.

Il avança d'abord à pas de loup sur la pente caillouteuse, puis accéléra. Le ciel était soudain moins sombre.

Très vite, l'ascension se fit pénible. Il avait du mal à stabiliser son équilibre, alors que les pierres traîtresses roulaient sous ses pieds. À ses côtés, Mandrin traînait la patte, miaulant parfois de dépit.

– Désolé mon vieux, j'ai plus de place pour toi.

– L'isba est derrière nous ! s'écria soudain sa grand-mère.

Charly dut prendre sur lui pour ne pas se retourner brutalement, ce qui les aurait fait chuter. Il tourna le visage juste assez pour voir un point se mouvoir de l'autre côté du vallon.

– Ça va. Elle avance vite, mais on peut encore arriver avant elle.

Il tira plus fort sur ses muscles qui commençaient à lui faire mal. Il était fort, anormalement fort. Tout le monde le disait et Dame Carasse avait l'air de penser que c'était pour des raisons magiques. Eh bien, il était temps que ça serve à autre chose qu'à démolir les portes de casier, les bras de fauteuil ou les tasses en fer-blanc !

L'aube était grise à présent. La bonne nouvelle, c'était que Charly voyait mieux où il posait les pieds.

– Regarde ! dit alors Dame Mélisse.

Charly hocha la tête. Il ne voulait pas se laisser déconcentrer, mais il n'avait pas pu rater ça. Au-dessus d'eux, le promontoire rocheux avait la forme d'un gigantesque troll endormi. C'était si intimidant que Charly accéléra le pas pour le dépasser au plus vite. La roche n'était pas un vrai troll, juste une plaisanterie du paysage, mais Charly avait gardé un souvenir suffisamment pénible de sa dernière partie de cartes pour se sentir nerveux. D'ailleurs, il n'y avait plus une minute à perdre. Ils entraient dans une espèce de corridor de pierres grises et les lueurs de potron-minet se reflétaient déjà sur les hauteurs.

– Là ! Le journal !

Charly releva la tête. Le journal arrivait droit sur eux. Dame Mélisse l'intercepta au vol.

– Je n'ai pas vu d'où il était sorti ! s'affola Charly.

– On ne doit pas être loin du portail, fais-moi descendre. On va fouiller l'endroit.

– Mais c'est gigantesque !

Ils se mirent à explorer les lieux dans le plus grand désordre. Mais il y avait trop de grottes à toutes les hauteurs possibles et trop de roches qui dissimulaient la vérité du relief et en compliquaient la lecture.

Pendant une vingtaine de minutes, ils cherchèrent en tous sens, escaladant ce qu'ils pouvaient, malgré la hanche de Dame Mélisse qui les ralentissait. Charly essaya de solliciter le flair de son chat, mais Mandrin était épuisé par la marche, bien trop longue pour ses courtes pattes, et n'était plus bon à rien.

Soudain, il aperçut une brume dorée s'élevant d'une anfractuosité. Sans qu'il comprenne pourquoi, l'image de Sapotille s'imposa à son esprit.

– Par là ! s'écria-t-il.

– Sûrement pas ! lui répliqua une voix en contrebas.

Il baissa les yeux. C'était Dame Carasse. Elle était arrivée à bord de son isba par un sentier détourné et plus accessible. Elle était à peine à une douzaine de mètres en aval.

– Maintenant, descendez tout de suite ! reprit-elle. Parce que si je dois venir vous chercher, ça va mal se passer.

Charly échangea avec sa grand-mère un regard paniqué. Se faire rattraper si proches du but ! Comment pouvaient-ils encore s'en sortir ? Charly cherchait désespérément une idée. June aurait su quoi faire, c'était sûr. June aurait dit… Soudain, Charly sut exactement ce que June aurait dit dans une telle situation.

– T'es pas ma mère, OK ? cria-t-il à Dame Carasse.

Et profitant de la surprise générale, il se saisit de sa grand-mère et entreprit de courir sur les rochers vers la brume dorée.

Il passa à deux doigts de la chute, mais parvint à se rétablir. Fou de joie, il vit peu à peu se dessiner le portail.

– On y est !

Il y eut un grondement sourd et une vibration violente les jeta au sol, où ils roulèrent douloureusement.

– Je ne crois pas, non, dit Dame Carasse.

Et elle apparut devant eux, majestueuse et terrible, portée par un promontoire rocheux. Elle avait plié la montagne sous ses pieds. La pipe qu'elle tenait à la main dégageait une forte fumée rouge. La sorcière était littéralement fumasse.

Charly se releva et aida sa grand-mère, qui par chance ne paraissait pas blessée. Il la repoussa vers le portail et lui souffla :

– Cours.

Il était campé sur ses jambes, prêt à affronter Dame Carasse.

– Ça ne va pas, non ? glapit sa grand-mère avant de lui

repasser devant, prête elle aussi à en découdre. Toi, cours ! Tu es jeune, tu as l'avenir devant toi !

– Hors de question que je te laisse ici ! s'écria Charly et il lui repassa devant.

Face à eux, Dame Carasse avait l'air embarrassée.

– Dites, vous avez quand même conscience que je pourrais vous balayer tous les deux d'un claquement de doigts ? Je veux dire, c'est pas la peine de vous sacrifier, là.

Charly essaya vaguement de bander les muscles, mais en effet, ce n'était pas sérieux.

– Ne faites pas de mal à ma grand-mère, s'il vous plaît, finit-il par supplier.

– Oh, Charly, s'exclama Dame Mélisse, c'est à moi de te protéger ! C'est mon devoir pour toujours. Tu n'as pas à faire ça !

Dame Carasse soupira très fort.

– Vous êtes fatigants tous les deux.

Elle fouilla dans une poche et en sortit une petite souris, occupée à grignoter une feuille froissée.

– C'est le mot que je vous ai laissé, reconnut Charly.

Dame Carasse acquiesça.

– J'ai l'habitude d'aider beaucoup de gens. Comme je suis puissante, très puissante, même, on estime que ça ne me coûte rien. C'est pour ça que j'ai été surprise. D'ordinaire, on ne me remercie pas.

Elle paraissait maintenant… quand même pas émue, mais le stade juste avant. Elle regarda Charly droit dans les yeux.

– Tu fais décidément de la très jolie magie, mon garçon.

Charly n'osa pas lui répondre qu'il ne voyait pas ce qu'il y avait de magique dans un mot de remerciement. Elle tira une bouffée de sa pipe et soupira.

– Qu'est-ce que je vais bien pouvoir faire de vous deux ?

– Je vous en supplie, il faut qu'on rentre, dit Charly. On pourrait sauver la magie dans notre monde ! C'est ce que vous voulez, oui ?

Dame Carasse hocha la tête.

– J'ai lu votre journal, celui qui arrivait chez moi tous les jours. C'était mignon d'essayer de me le cacher, au fait. Votre pays est dans le pétrin.

Elle lança un coup de tête vers la brume dorée qui s'échappait du portail et s'étirait doucement autour de Charly.

– Par ailleurs, on dirait que quelqu'un désire vraiment ton retour, mon garçon. Un vœu, c'est une magie puissante, ça aussi.

– Une magie à laquelle vous ne pouvez pas vous opposer ? demanda Charly plein d'espoir.

– Oh, si, je peux ! rétorqua Dame Carasse avant d'ajouter dans un sourire : Mais je ne suis pas sûre d'en avoir envie.

Elle hésitait encore, malgré tout. Dame Mélisse intervint alors :

– Est-ce que tu penses être une personne utile, Lyneth ?

– Je veux, Estelle, que je suis utile. Être la sorcière la plus puissante, ça donne des responsabilités et je suis plutôt à la hauteur.

– On est utile quand on est puissante, pas vrai ? insista Dame Mélisse.

– Quand on est puissante et qu'on a le cœur au bon endroit, rectifia Dame Carasse.

– Je crois que c'est mon cas aussi, Lyneth. Que veux-tu, chaque monde a besoin de ses vieilles biques pour réparer ce qui doit l'être !

Dame Carasse tira sur sa pipe, souffla la fumée rouge entre ses lèvres et leur fit un grand sourire.

– Discutons des détails autour d'un déjeuner. Vous me devez bien ça. J'en ai pour des semaines à enlever ces foutus poils de chat coincés entre les pages de mon grimoire. Et… non mais je rêve ! Tu lis le journal pendant que je me tâte à vous laisser partir, gamin ?

Charly releva le nez de son journal, l'air coupable.

– Non, mais c'est juste que… Les sélections ont lieu aujourd'hui dans les jardins de l'Académie…

– Les jardins où donne ce portail, compléta Dame Mélisse. Ça va être drôlement intéressant. Enfin, si vous nous laissez rentrer…

– Oui, *si*. D'abord, on va vraiment discuter de ce qui est juste et de ce qui l'est pas. Vous partirez si et seulement si Charly dit ce qu'il faut.

9

SÉLECTIONS

– Tu dois impressionner les Académiciens aujourd'hui et je m'y connais pas mal, en cheveux.

Maître Lin avait attendu que Sapotille soit levée pour entrer dans le laboratoire où elle dormait avec June. À la main, il tenait un lourd peigne d'argent et une énorme brosse-miroir.

Sapotille lui fit un petit sourire, elle était en train d'ajuster la couronne-sapeuse sur sa tête. Pour la troisième fois en quelques minutes, la couronne lui proposa une tenue différente. Cette fois-ci, c'était un tailleur strict tout en tweed.

– Je sais que tu veux être prise au sérieux, reprit Maître Lin, mais, hum… il faut que tu sois à l'aise dans tes vêtements.

– Tous les autres vont avoir du sur-mesure et moi, j'ai seulement un sapeur ! se justifia Sapotille. Alors il faut que je compense.

– Tu n'as pas seulement un sapeur, tu as *mon* sapeur, rectifia Maître Lin. Je te trouverai la tenue adéquate après, mais d'abord assieds-toi. Je vais te coiffer.

Sapotille s'exécuta tandis que June se laissait glisser hors de son hamac.

– Je vais harnacher les licornes, grommela-t-elle. Faut pas qu'on soit en retard.

Elle attrapa Pépouze qui grignotait la descente de lit.

– Viens avec nous, toi ! On compte sur ton soutien.

La serpillière parut très enthousiaste et s'enroula comme une écharpe autour du cou de June.

Resté seul avec Sapotille, Maître Lin entreprit de lui démêler les cheveux. La brosse passait de haut en bas.

– C'est très apaisant, dit Sapotille, dont les épaules se décrispaient. Merci beaucoup.

– J'imagine que j'essaie de me rattraper.

Il entreprit d'entortiller ses cheveux en un chignon flou et complexe.

– Ouah, vous savez y faire ! admira Sapotille.

– Je t'apprendrai, si tu veux.

Quelques minutes s'écoulèrent durant lesquelles il multiplia les nattes et les mèches torsadées. Finalement, il reprit la parole :

– Sapotille… Je me disais… On ne pourra pas toujours vivre chez Célestin. Pour l'instant, c'est le plus pratique, bien sûr, et ma boutique est en piètre état. Mais plus tard… est-ce que tu voudras venir habiter chez moi ? Et si tout se passe bien, nous pourrons parler… d'adoption un jour ? Sans obligation, bien entendu.

Comme il était devenu nerveux, il avait tiré un peu fort sur les cheveux de Sapotille. Mais celle-ci ne protesta pas, pétrifiée qu'elle était par la proposition. Elle s'aperçut qu'elle avait oublié de respirer et reprit brutalement son souffle.

– C'est… je… très…

– Tu n'es pas obligée de répondre tout de suite, tu peux réfléchir, dit Maître Lin.

Il déposa la couronne-sapeuse de fleurs sur sa tête. Immédiatement, Sapotille se retrouva vêtue d'un chemisier de dentelle, recouvert d'une robe bleue virevoltante dont les bretelles étaient fixées par deux magnifiques nœuds de velours. La couronne sur ses cheveux était devenue un léger assemblage de bleuets. L'ensemble lui donnait une allure innocente.

– Tu es parfaite, conclut Maître Lin. À présent, allons montrer à Thadam ce que peut faire la plus jeune Élémentère qu'on ait vue depuis dix ans.

Au même moment, une multitude de coups résonna à la porte du manoir.

– On attend quelqu'un ? s'alarma Sapotille.

– Absolument personne, répliqua Maître Lin d'une voix inquiète.

Et il se rua vers l'escalier. Sapotille se hâta de le suivre. Célestin qui était occupé à préparer le petit déjeuner avait déjà ouvert la porte.

Sous le porche se tenaient Panus et Klafidie, qui portait quelque chose enroulé dans un chiffon.

– Ah c'est vous ! Vous… êtes venus me soutenir ? s'étonna Sapotille.

– On a un problème, répliqua Panus. Il faut qu'on entre, vite. La cheminée est allumée ?

Célestin leur fit signe de se rendre au salon. Klafidie s'y précipita et s'agenouilla devant le foyer où elle déballa son chiffon. À l'intérieur, Sapotille aperçut une sorte de reptile bleu au museau mou, avec un énorme nœud de satin jaune autour du cou.

– Vous avez amené une rumeur ici ? s'affola-t-elle. Mais vous êtes fous !

Maître Lin paraissait aussi affolé qu'elle.

– Surtout plus un mot, ordonna-t-il. Tenez tous votre langue, nous allons la faire sortir discrètement…

– Elle est blessée, l'interrompit alors Klafidie. Et je crois que c'est grave… En plus, elle a passé la nuit dehors.

Sapotille s'approcha et regarda mieux. La rumeur paraissait en effet très mal en point. Sa queue et ses pattes étaient noircies, peut-être par le gel. Sa cage thoracique, surtout, avait une forme bizarre, comme si elle avait été écrasée.

Sapotille n'avait jamais porté dans son cœur les trois affreuses bestioles du directeur de Saint-Fouettard, mais le spectacle faisait pitié à voir.

– Vous auriez dû la rapporter à Lys Atravice ! dit-elle. Il doit pouvoir la soigner, lui.

– Lys Atravice a disparu, intervint alors Panus. Il n'était pas là pendant le dîner hier soir. Et normalement il assiste *toujours* au dîner. C'est là qu'il fait l'appel.

– C'est vrai, concéda Sapotille, mais…

– Il n'est pas rentré de la nuit et ce matin il était toujours absent.

On a envoyé La Bouillonne et Dunkel enquêter. Ils n'ont rien trouvé, à part que les rumeurs ont disparu, elles aussi.

– C'est Crépine qui a découvert celle-ci dans les roseaux du Dour Louzet en allant chercher du travail tôt ce matin. Mais elle a vraiment pas l'air bien.

Sapotille s'agenouilla près de la bestiole.

– Elle doit savoir ce qui s'est passé. Elle a dit quelque chose depuis que vous l'avez ramassée ?

– Non, rien.

– Il faut lui révéler des secrets, suggéra alors Célestin. Il n'y a que ça pour retaper une rumeur.

Tout le monde se tourna vers lui avec étonnement.

– Quoi ? Je vous signale que j'ai passé toute ma jeunesse à Saint-Fouettard, je connais les rumeurs ! Une fois, il y en a une qui s'est blessée et le dirlo a ordonné qu'on lui murmure tous notre secret le plus cher pour la rétablir. Très mauvais souvenir. Mais ça a marché.

– J'espère que personne ne compte raconter nos secrets les plus cachés à cette bestiole, intervint Maître Lin. Si quelqu'un doit crever dans cette pièce, mieux vaut elle que nous !

– On sait, on n'est pas débiles ! s'agaça Klafidie. Mais peut-être qu'on pourrait juste lui raconter des petits secrets, le temps qu'elle nous parle ?

– Pourquoi pas, admit Maître Lin. Vous auriez dû faire ça plutôt que de l'amener ici.

– Ça n'a pas marché, répliqua Panus. On a tout dit... sauf le truc qu'on peut pas lui dire, là. On est à court de secrets, c'est pour ça qu'on est venus !

– Je vais essayer, dit alors Sapotille.

Elle se rapprocha au maximum de la rumeur agonisante, avant de jeter un regard nerveux au reste de l'assistance.

– Vous pouvez reculer un peu ? J'ai pas envie que vous entendiez.

Comme tout le monde obéissait, elle se pencha à l'oreille de la rumeur :

– Je suis amoureuse de Charly, chuchota-t-elle. Et s'il ne revient pas bientôt, je crois que j'irai très mal.

La rumeur ouvrit un œil et le tourna vers elle. Encouragée, Sapotille poursuivit toujours en murmurant :

– Maître Lin a proposé de m'adopter. J'ai très peur, mais je crois que je vais dire oui.

La respiration de la rumeur se fit soudain sifflante.

– Ça ne marche pas ! s'affola Sapotille.

– Essaie un secret plus gros ! l'encouragea Célestin.

– Mais pas trop quand même, tempéra Maître Lin.

Sapotille hésita un instant, puis chuchota :

– Je suis la petite sœur de la Mort. Et si le Cavalier ne peut pas me tuer, c'est parce qu'il a passé un pacte de sang avec lui-même.

À ces mots, la rumeur tressaillit et se tourna péniblement vers elle. D'un sifflement à peine audible, elle chuchota :

– *Ccccélessstin Bourpin va bientôt mourir.*

Et sur ces mots, elle expira.

Sapotille se recula d'un coup avec angoisse. Le petit corps de la rumeur était devenu pâle et flasque.

– Elle est morte ? questionna Klafidie. Elle a dit quelque chose, avant ! Qu'est-ce que c'était ?

– Je… c'est pas…

Sapotille bafouillait.

– Les rumeurs ne sont pas fiables ! s'écria-t-elle. Mais elle n'a pas parlé de Lys Atravice.

***

Après un petit déjeuner mouvementé où Sapotille ne put rien avaler, tous s'étaient mis en route vers les jardins de l'Académie. Ils étaient finalement partis à pied, la citrolle de Célestin n'étant pas assez vaste pour tous les accueillir. Même s'ils ne disposaient pas de carton d'invitation, Panus et Klafidie avaient souhaité les accompagner sur un bout de chemin.

Les jeunes gens marchaient devant, tandis que les adultes traînaient à l'arrière. Au début, Sapotille était perdue dans ses pensées, révisant mentalement les listes de ce qu'on pourrait lui demander lors des sélections, mais June était agitée et finit par attirer son attention.

– Faut qu'on agisse, disait-elle à Panus. Les mailles du filet se resserrent ! Faut que tu me donnes le truc que tu m'avais promis.

– OK, je vais arranger ça, rétorqua Panus. Demain, c'est bon ?

– Ça devrait aller.

– Mais de quoi est-ce que vous parlez ? s'interposa Sapotille, en prenant garde à ce que personne n'entende leur conversation.

– Du complot ! chuchota June sans discrétion. Du complot autour de Silverine Lampion. Y a forcément un truc qu'ils veulent pas qu'on sache, on doit trouver ce que c'est.

Sapotille soupira très fort en levant les yeux au ciel.

– Par les quatre sabbats, June ! Ce n'est pas un complot ! C'est juste que la recherche et les intellectuels ne reçoivent pas assez d'argent pour entretenir leurs archives. C'est toujours la même histoire. Même chez les quiétons, ça fonctionne comme ça.

– C'est ce qu'on verra ! rétorqua June en plissant les yeux d'un air mystérieux.

Sapotille souffla d'exaspération et se laissa distancer pour rejoindre Célestin qui marchait bon dernier. Il avait endossé une tenue particulièrement spectaculaire avec des manches à crevés jaunes et noires qui le faisaient ressembler à une gigantesque guêpe. Son col était une fraise faite de mille plissages complexes, très XVIe siècle. Malgré sa tenue tape-à-l'œil, il paraissait ailleurs.

– Ça va ? s'enquit Sapotille.

Elle lui avait révélé les dernières paroles de la rumeur et l'avait bien vu accuser le coup. Pourtant, il lui retourna un sourire détendu.

– Bien sûr ! Une rumeur n'est pas une prédiction. Ça m'a juste rappelé un petit secret que je croyais bien caché…

Et avec stupéfaction, Sapotille le vit ouvrir sa chemise.

– Qu'est-ce que vous… oh !

À l'emplacement du cœur, Célestin portait un appareil de la taille d'une boîte d'allumettes sur lequel était sertie une gemnez.

– Mon cœur est un peu fainéant, je le crains, expliqua-t-il. Il a besoin d'un petit assistant pour fonctionner. Tant que je peux me payer des gemnez, tout va bien. Mais mon espérance de vie est plus réduite que la moyenne. Lys Atravice sait tout sur tout le monde. Je pense qu'il a dû entendre parler de ce souci.

– Oui…

Sapotille hésitait encore, mais se décida à sourire.

– Oui, c'est forcément ça !

Au même moment, June, Klafidie et Panus se mirent à hurler.

– POUSSEZ-VOUS ! POUSSEZ-VOUS !

Ils tentèrent de se jeter sur le côté de la rue, mais celle-ci était loin d'être déserte et un mouvement de foule s'amorça dans le plus grand désordre. Sapotille leva alors les yeux et vit l'ombre immense qui leur fonçait dessus. C'était une bâtisse, juchée sur quatre gigantesques pattes noires. Et qui avançait très vite.

– On va se faire piétiner ! hurla-t-elle. Vite !

Elle voulut tirer Célestin par le bras, mais celui-ci pointa le doigt vers la maison :

– C'est Le Grimoire qui Mord !

Sapotille leva la tête et aperçut en effet l'enseigne de la librairie, un livre enfermé dans une cage, qui se balançait follement. Dame Rumpelstilskin se tenait par ailleurs à la porte, drapée dans son kilt, et hurlait à pleins poumons de son timbre de cathédrale :

– C'EST DE LA CENSURE ! C'EST DE LA CENSURE !

– Mais bougez de là ! leur cria alors Césaria en les tirant par le bras.

Sapotille et Célestin lui obéirent, rejoignant Maître Lin et leurs camarades qui s'étaient massés contre les vitrines. Ils remarquèrent alors qu'une cinquantaine de miliciens, très repérables dans leurs uniformes verts, donnaient la chasse au Grimoire qui Mord, martelant le sol de leurs bottes.

– J'ai jamais vu autant de miliciens d'un coup ! couina Klafidie.

Panus et elle pressaient leur dos contre le mur de toutes leurs forces. Ils redoutaient la milice.

– Mais pourquoi est-ce qu'ils s'en prennent à Dame Rumpelstilskin ? s'affola Sapotille.

Celle-ci, penchée à la porte de sa boutique qui avançait à pas de géant, continuait de hurler :

– VOUS N'EMPÊCHEREZ RIEN DU TOUT ! VOUS NE VOULEZ PAS QUE JE VENDE DES LIVRES ? TRÈS BIEN, JE LES DONNE !

Et elle déversa des cartons par la porte. Sapotille plissa les yeux pour mieux voir.

– Qu'est-ce qu'elle… ce sont des livres ! Elle jette des livres !

Aussitôt largués dans les airs, ces derniers battirent des pages et prirent leur envol.

La course des miliciens se désorganisa. Certains continuèrent la poursuite, tandis que d'autres tentaient d'intercepter les livres qui voletaient vers eux. Ils hurlaient sur les passants :

– Ces livres sont la propriété de l'Académie ! Vous avez interdiction d'y toucher ! Toute personne s'emparant d'un seul de ces ouvrages aura affaire à l'Allégorie de la justice en personne, en comparution immédiate !

La plupart des gens se le tenaient pour dit, mais les livres volaient dans tous les sens en une véritable tempête de pages. Les miliciens lançaient des algos destructeurs qui les faisaient exploser en millions de confettis. C'était la pagaille la plus absolue.

Comme on détruisait des livres devant ses yeux, Sapotille vit rouge. Elle avait travaillé deux mois au Grimoire qui Mord et Dame Rumpelstilskin lui avait appris comment régner sur les rayonnages et même comment se faire entendre des dictionnaires, qui croient pourtant tout savoir mieux que tout le monde.

Elle traça une rune discrète, d'une main habituée. Immédiatement, les livres se regroupèrent et foncèrent en tirs groupés vers une rangée de miliciens. Il y eut de multiples impacts et Sapotille eut la satisfaction de voir les miliciens se replier en criant.

– Voilà ce qu'il en coûte quand on détruit des livres, marmonna-t-elle entre ses dents.

À cet instant, Maître Lin posa une main sur son épaule.

– Par ici !

Et il les entraîna dans une ruelle.

Dès qu'ils eurent tourné l'angle, Sapotille comprit pourquoi il les avait attirés dans cette direction. À quelques mètres au-dessus du sol, un livre avait réussi à s'échapper et volait en se cognant doucement aux gouttières.

– Je sais comment faire, dit Sapotille. Dame Rumpelstilskin m'a appris quand je travaillais au Grimoire qui Mord.

Et elle se mit à pépier et à gazouiller doucement. Le livre l'ignora.

– Ça a pas l'air très efficace, ton truc, glissa Klafidie.

Sapotille renifla, agacée.

– Très bien, maintenant tu descends tout de suite, sinon, je te cornerai les pages les unes après les autres quand je te lirai !

– Whoo, ça, c'est efficace, constata June.

Sapotille approuva tandis que le livre descendait vers elle, tout en songeant que Charly s'y serait pris différemment, lui.

– Mitard, c'est le bouquin du dirlo ! s'écria alors Panus.

En effet, Sapotille pouvait lire nettement sur la couverture : *Les Sales Petits Secrets de Thadam*, par Lys Atravice.

– Il ne devait paraître que dans deux jours, chuchota Césaria. Mais j'imagine que Dame Rumpelstilskin avait reçu le stock en avance.

– Nous devrions cacher ce livre et partir d'ici tout de suite, dit Maître Lin. Sapotille, donne-le-moi.

– Non.

Sapotille ouvrit sa sacoche et y enfouit l'ouvrage aussi profond qu'elle le put, sous la bougie qu'elle avait soigneusement emballée et qui lui servirait lors des sélections.

– Sapotille ! s'agaça Maître Lin.

– Si n'importe lequel d'entre vous est attrapé avec ce livre sur lui, le juge le fera mitardiser. Mais pas moi, parce que mon frère ne lèvera pas sa faux sur moi.

– C'est tout de même dangereux…

– Ça suffit, on va finir par être en retard aux sélections !

Après cet incident, Panus et Klafidie se hâtèrent de prendre congé.

– T'as pas intérêt à oublier ce que tu m'as promis ! cria June en guise d'adieu.

Les autres gagnèrent les jardins de l'Académie. Sapotille sentait le livre interdit lui battre la cuisse. Elle était curieuse de savoir ce qu'il contenait. Le pire, c'était que d'après Dame Rumpelstilskin qui avait pu jeter un coup d'œil aux bonnes feuilles, il ne s'y trouvait rien de révolutionnaire. C'étaient de petits secrets qui ne pesaient pas lourd, mais qui mettraient en revanche un paquet de gens en colère. Qui sèmeraient la pagaille. Le chaos. Les règlements de comptes.

Les règlements de comptes se font devant la justice, songea Sapotille. Était-ce pour cela que le juge avait fait interdire le livre ? Redoutait-il d'être débordé par une multitude de procès sans envergure alors qu'il voulait réaliser de grandes choses, comme Lothaire Galbinus l'avait suggéré ? Elle peinait à y croire.

– Vos cartons d'invitation, s'il vous plaît, demanda un milicien souriant.

Les jardins de l'Académie, déserts la veille, étaient pleins à présent.

– Sapotille, l'appela soudain Maître Lin. Je vais finaliser l'inscription, toi, rejoins les autres candidats. Tu as bien ta bougie ?

– Pour la dix-huitième fois : oui.

Mais elle vérifia quand même que la jolie bougie bleue était toujours bien emballée dans son sac et dissimulait le livre de Lys Atravice. Césaria, quant à elle, la saisit par les épaules pour lui parler :

– J'ai cru comprendre que tu étais douée pour te mettre la pression, mais aujourd'hui, l'important est de ne pas faire de vagues. Ce sont des Académiciens qui jugent, alors ils seront forcément de parti pris. Si tu échoues, ce ne sera pas ta faute. D'accord ?

– Je préférerais ne pas échouer, répliqua Sapotille.

– Je sais.

Et Césaria fit signe à June de la suivre dans les gradins, où Célestin était déjà installé et leur faisait signe.

– Je vais t'inventer une chanson pour te soutenir ! lui cria June en s'éloignant. Comme pour la course, tu te rappelles ? Saint-Fou ! Saint-Fou ! Saint-Fou ! On va vous péter le cou ! AHOUUUU ! C'était un vrai tube ! Je vais le refaire pour toi !

– Oh, heu… C'est pas la peine, en vrai. Mais merci !

Les gradins se remplissaient vite. En tant que parrain, Maître Lin serait assis au premier rang. June et Césaria avaient quant à elles pu entrer car chaque candidat disposait de deux cartons d'invitation, d'ordinaire réservés aux parents. Quant à Célestin Bourpin, il était une célébrité thadamaise et, à ce titre, disposait de certains privilèges. Sapotille nota toutefois qu'il était isolé sur son banc et était le point de mire de plusieurs miliciens.

Quelques semaines plus tôt, il avait frondé les autorités pour permettre à Sapotille de récupérer les pages de son grimoire. Se pouvait-il qu'il ait pris des risques en l'aidant ? Et puis il y avait ce que la rumeur avait chuchoté avant de mourir… Sapotille écarta cette idée. Comme Célestin le disait lui-même, il était le clown de Thadam. Personne ne le prenait au sérieux et il ne faisait même pas partie de la Loge des Anamnèses. Si l'Académie devait éliminer sérieusement ses ennemis, elle commencerait par les plus dangereux, ainsi qu'elle l'avait prouvé avec la mort du dirigeant de La Charité Moqueuse. À ce titre, Maître Lin et

Césaria étaient beaucoup plus haut sur la liste. Sapotille sentit ses tripes se nouer plus fort encore. Si jamais elle devait perdre Maître Lin…

Soudain, une frêle silhouette blanche entreprit de gravir les gradins jusqu'à Célestin. De jolis rubans flottaient autour d'elle. Sapotille reconnut immédiatement Dodeline Dendelion, la femme du juge, qui devait être présente pour soutenir leur fils, Thibald. Même à cette distance, Sapotille voyait les gestes chaleureux qu'elle adressait à Célestin et elle lui en sut gré.

À présent, elle devait se concentrer sur l'épreuve. Les candidats étaient rassemblés sous un joli pavillon de velours rouge, avec des broderies et des pompons en or, supposé les abriter des intempéries. De l'entrée, ça faisait belle impression, mais de près, le tissu était élimé, voire troué par endroits, et les broderies étaient effilochées.

Sapotille sursauta soudain en sentant une main dans son dos.

– Sapotille, tu es là aussi !

Ses yeux s'arrondirent quand elle reconnut la fille qui lui donnait l'accolade.

– Marusa ?

– Je sais, d'habitude on n'est pas copines. Mais aujourd'hui, on peut faire une trêve, tu veux bien ? C'est déjà assez stressant de passer les sélections.

– Hum, d'accord. Avec plaisir… bonne chance, du coup !

Et Sapotille se risqua à lui adresser un sourire timide. Elle releva les yeux. Thibald et Thorus étaient là aussi, qui lui firent un joyeux signe de main. Elle le leur rendit, hésitante.

Tous trois étaient sur leur trente et un. Thorus portait les cheveux plaqués en arrière et un costume indéniablement signé Mme Freluche, avec des épaulettes rehaussées de perles et une ceinture d'organdi. Cela changeait du style de brute qu'il se donnait d'ordinaire. Thibald, lui, arborait un costume sobre, noir, à revers de brocart. Il avait toujours l'air d'un poète délicat, mais la coupe de ses vêtements lui conférait une carrure. Quant à Marusa, elle était vêtue d'une robe verte particulièrement somptueuse avec un col spectaculaire tout en nervures de métal. Sapotille se rassura en se disant qu'elle n'avait pas à avoir honte auprès d'eux. La coiffure que Maître Lin lui avait faite était sublime et la couronne-sapeuse… *Qu'est-ce que j'essaie de me faire croire, je suis lamentable.* Sapotille sursauta, étonnée de son défaitisme. Il n'était pas question de douter. Elle vérifia une énième fois que la bougie était toujours dans son sac. Oui, elle était bien là. *C'est n'importe quoi, ils vont la détester, c'est sûr ! D'ailleurs, elle est plutôt moche à y regarder de près.*

Son cœur se mit à battre la chamade. Elle fit l'effort d'aller chercher son souffle au plus profond d'elle-même. La panique montait, elle se sentait oppressée. Pour se calmer, elle observa les autres candidats. Il y en avait une bonne quarantaine. *Ils sont forcément tous meilleurs que toi. Tu n'es qu'une Fouetteuse !*

Ses yeux étaient flous, à présent. Elle n'allait quand même pas pleurer ! Elle se força à mieux regarder les autres candidats, cherchant des têtes connues. Elle repéra immédiatement ceux qui avaient participé à la dernière course des Cadets. Burt, l'ancien mécagicier de Thorus, la lorgnait en ricanant. Il y avait aussi

Sophronia, qui pouffait en lui jetant des regards en coin. Est-ce que c'était une impression ou bien tout le monde était en train de se moquer d'elle ? *Ils ont raison, je suis nulle, je vais échouer.* Elle était à deux doigts de déclarer forfait et de s'enfuir vers la sortie, quand elle vit Chrysanthème Walkie lui foncer dessus.

Chrysanthème Walkie était une majestueuse déesse de presque cent kilos avec une impressionnante chevelure blonde qui la faisait paraître encore plus grande. Sapotille fit donc plusieurs pas en arrière en la voyant se diriger droit sur elle et trébucha dans la toile de tente.

– Attends ! Mais attends !

Chrysanthème la rattrapa par la main pour l'empêcher de tomber. Puis elle la fit pivoter et arracha quelque chose d'accroché à sa robe.

– Tiens. *Quelqu'un* t'avait collé ça dans le dos, dit-elle en jetant un regard noir à Marusa.

Cette dernière explosa de rire, aussitôt imitée par Thibald, Thorus et une bonne dizaine de candidats.

– Qu'est-ce que c'est ? demanda Sapotille, en attrapant l'espèce de pancarte que Chrysanthème lui tendait.

Tout à coup, l'angoisse refluait. Elle se sentait beaucoup mieux.

– C'est un panneau à insultes aléatoires.

Sapotille regarda mieux. Une phrase s'affichait : « Tu vas rater ta vie et personne ne t'aimera jamais », presque aussitôt remplacée par « Face de mitarde », puis « Nulle, nulle, nulle ! », et encore « Ah là là, ce que t'es moche ! ».

– Ça ne sert pas seulement à faire rigoler la galerie, pas vrai ? avança Sapotille. Ça influe sur les pensées, non ?

– Rien de tel pour saper la confiance d'un adversaire, approuva Chrysanthème, et se tournant vers les autres, elle ajouta bien fort : Y a vraiment aucun honneur à gagner de cette façon !

Mais Thibald, Thorus et Marusa se contentèrent de rire encore plus fort.

– Merci beaucoup, balbutia Sapotille.

– T'y trompe pas, hein ! On reste adversaires, mais je préfère gagner à la loyale !

– Butternut Sapotille ! s'écria alors une voix puissante.

Sapotille tressaillit et se retourna en tous sens pour voir qui l'appelait.

– Butternut Sapotille ! répéta la voix agacée.

Sapotille s'aperçut alors qu'il s'agissait d'un des nombreux greffiers qui grouillaient dans l'Académie.

– Oui ! Sapotille Butternut, c'est moi ! Je… je passe la première ? comprit-elle enfin.

– *Je… je passe la première ?* l'imita grossièrement Marusa en pouffant une fois de plus.

– Vous feriez mieux de la faire concourir pour le brevaillon, intervint Thibald. Elle y serait plus à sa place !

Mais le greffier appelait déjà d'autres candidats. Sapotille se mit à trotter dans la direction qu'on lui indiquait, serrant bien fort sa bougie contre elle. *Tout le monde me regarde, je vais être ridicule.* Cette fois-ci, ce n'était pas un panneau d'insultes aléatoires qui lui soufflait ces pensées, mais bien le trac qui la gagnait.

Il y avait cinq jurys installés à bonne distance les uns des autres. Le greffier lui indiqua celui qui serait responsable de son évaluation et Sapotille fut soulagée de voir que Maître Lin serait juste derrière elle. Ainsi que Césaria et June. On avait dû leur dire dans quels gradins se placer.

Avec horreur, Sapotille vit alors June lui faire signe, se lever et se mettre à hurler à pleins poumons :

– ALLEZ SAPO ! ALLEZ SAPO ! OH-OH-OOOOH ! FAIS-LEUR BOUFFER LEUR CHAPEAU !

Par chance pour elle, Césaria empoigna June et la fit se rasseoir, si bien que le chant s'acheva dans un couinement.

– Je ne la connais pas, déclara Sapotille tout de go en se présentant au jury.

Ils étaient trois Académiciens installés derrière une estrade et Sapotille fut soulagée de constater que Lothaire Galbinus était du lot. Il lui adressa un clin d'œil. Il avait dû s'arranger pour l'avoir sur sa liste. Hélas, Steffie Alycanthe était à ses côtés qui devait la détester depuis que Célestin lui avait envoyé des bulles puantes en pleine face, quand ils avaient récupéré les pages de son grimoire. De l'autre côté, il y avait un certain Cyril Lickboots, tout juste nommé Académicien et qui avait déjà la réputation d'une girouette, prêt à se ranger à l'avis du plus fort.

Lothaire Galbinus se saisit de quelques feuilles et les compulsa.

– Eh bien, Sapotille Butternut, tu souhaites donc te présenter au grade d'Élémenter. Un parrain s'est porté garant pour toi, il s'agit de Lin Wu, connu sous le nom de Maître Lin. Il a versé ta cotisation, tout est donc en règle de ce côté. Comme tu le sais sans doute, le passage de grade en lui-même aura lieu dans un mois, mais il est risqué et mieux vaut ne pas s'y engager à la légère. Nous sommes donc là pour évaluer ton niveau et t'empêcher de faire une bêtise s'il est insuffisant.

– En somme, nous te recalerons pour ton bien, renchérit Steffie Alycanthe avec un sourire carnassier.

– Allons, Steffie ! Ne partons pas défaitistes. Après tout, cette jeune dame n'est pas issue de n'importe quelle famille.

– Attendez ! intervint Cyril Lickboots, quand vous avez dit « Butternut », vous vouliez parler de cette famille Butternut-là ? « Celle du Cavalier ? », ajouta-t-il à voix basse, mais Sapotille l'entendit parfaitement, ainsi que les quatre premiers rangs du public, parmi lesquels un brouhaha se répandit.

– Soyez plus discret, mon cher, le recadra Lothaire Galbinus. Mais oui.

– Pour résumer les propos de mon confrère, reprit Steffie Alycanthe, nous allons vous poser des questions, tester votre artefact d'ingénierie ou votre élixir... quelle spécialité avez-vous choisie, à ce propos ?

– Élixir ! cria presque Sapotille en déballant sa bougie dans la précipitation.

Celle-ci lui échappa et roula à terre, Sapotille dut se mettre à quatre pattes jusque sous le pupitre des jurés pour la ramasser et remarqua que le choc l'avait égratignée. Puis elle jeta un nouveau regard d'angoisse vers son sac resté ouvert. Mais tout allait bien. *Les Sales Petits Secrets de Thadam* y restaient enfouis et cachés.

– Élixir, bien, reprit Steffie Alycanthe. Je disais donc que vous nous ferez votre démonstration. Puis nous rejetterons sans doute votre candidature, mais souvenez-vous que c'est pour votre bien.

– Steffie, tu es trop sévère ! lui glissa Lothaire Galbinus, en enrobant son reproche d'un clin d'œil. Bien, première question : qui est l'inventrice de la magie runique ? Et que pouvez-vous nous dire à son sujet ?

Sapotille sursauta presque. La question était-elle un piège ? Ou l'Académie l'espionnait-elle lorsqu'elle avait visité le musée ?

– Vous l'ignorez ? demanda sèchement Steffie Alycanthe.

– Non, non, je le sais. Il s'agit de Silverine Lampion !

Et elle se hâta de raconter tout ce qu'elle savait sur le sujet, prenant bien soin de donner la version officielle de l'Académie, surtout sans énoncer les soupçons de June. Cette histoire de complot était ridicule, de toute façon.

– Quels sont les dangers de la magie intuitive ? questionna Cyril Lickboots à son tour.

– C'est une magie qui se pratique surtout à plusieurs et qui peut ainsi acquérir une telle puissance qu'elle détourne le flux magique… les moires du, heu… bien collectif.

C'est drôle comme il lui était plus difficile de réciter ce qu'on lui avait toujours appris, maintenant qu'elle avait des doutes sur le sujet. Elle ajouta une poignée de banalités en espérant que cela suffirait.

– Combien existe-il de sortilèges de déplacement des bagages dans le dictionnaire de l'Académie ?

– Steffie, tu exagères ! la reprit Lothaire Galbinus. Même moi, j'en ignore la réponse.

– C'est mon tour de poser une question ! s'acharna Steffie Alycanthe.

– Et je vous remercie de la poser, se hâta de répondre Sapotille. Il existe vingt-sept sortilèges de déplacement des bagages.

Le jury parut sincèrement impressionné, si bien qu'elle ne put s'empêcher de frimer :

– Toutefois l'artefact d'Ugoline Chouclair les rendra peut-être caducs si elle parvient à le terminer un jour. Voulez-vous que je nomme tous les sortilèges, le nom de leur créateur et leur date d'entrée dans le dictionnaire ?

Steffie Alycanthe eut un hoquet, parut hésiter et rétorqua enfin, boudeuse :

– Non, ce ne sera pas nécessaire.

Sapotille se mordit la langue. Elle avait été stupide de la provoquer.

Les questions s'enchaînèrent ensuite durant une dizaine de minutes et elle fit en sorte d'y répondre aussi humblement que possible. Elle avait l'impression de s'en sortir assez bien, sans toutefois en être certaine, tant le jury se montrait désormais inexpressif.

– Bien ! s'exclama Lothaire Galbinus. Nous en avons fini pour la partie théorique, voyons maintenant votre élixir. C'est une bougie ?

– Oui, je… voilà !

Elle se hâta de poser la bougie sur le pupitre, trop brutalement.

– Il faut l'allumer, j'imagine ?

Sapotille ouvrit des yeux paniqués.

– Je… j'ai oublié les allumettes ! Je… Ce n'est pas grave, je vais jeter un sort !

– Laissez, jeune dame, je vais m'en occuper.

Et Lothaire Galbinus lui fit un clin d'œil de plus. Après quoi, il claqua des doigts et la bougie s'alluma.

– C'est supposé faire quelque chose ? demanda Steffie Alycanthe avec aigreur.

– Oui, c'est l'odeur qui est magique, mais avec le vent, il faut vous rapprocher, je pense.

De mauvaise grâce, les trois jurés penchèrent le nez vers la bougie. Steffie Alycanthe fut la première à tressaillir et son regard se perdit un instant dans le vide.

Sapotille guettait leurs réactions avec espoir. Ce fut la raison pour laquelle elle ne remarqua d'abord pas l'agitation qui s'amplifiait dans les gradins. Assez vite, il y eut des cris.

Surprise, Sapotille chercha la raison de ce tapage du côté de l'Académie, mais tout paraissait normal. Un hurlement bestial retentit alors dans son dos et elle fit volte-face, juste à temps pour voir Césaria dévaler les gradins à toute vitesse, piétinant ceux qui ne s'écartaient pas.

– CHARLYYYY ! hurlait-elle à pleins poumons.

Figée sur place, Sapotille suivit des yeux la trajectoire de Césaria.

Le portail des Jardins luisait étrangement et les quatre miliciens toujours de garde s'y agitaient. Ils avaient arrêté deux personnes. Une vieille dame toute drapée de châles multicolores. Sapotille mit quelques instants à reconnaître Dame Mélisse. L'autre prisonnier était un adolescent déjà grand et fort.

– Charly, murmura Sapotille à voix très basse, car elle n'avait plus de souffle.

Elle voulut s'asseoir sur sa chaise.

Il n'y avait pas de chaise.

Elle roula au sol et s'y fit mal. Elle entendit à peine Steffie Alycanthe déclarer d'une voix sentencieuse :

– Sapotille Butternut, le jury vous accorde trente-deux points d'avance. Vous êtes admise au passage de grade.

10

Lys Atravice

Avant de les laisser partir, Dame Carasse avait désiré les entretenir du juge et de la forme de magie que ce dernier employait, durant un assez long moment. Ça n'avait pas étonné Dame Mélisse.

– La question des Allégories, c'est tout à fait votre créneau, n'est-ce pas ? avait-elle demandé.

– Ça serait mon créneau, si je tournais salement mal. Mais disons que ça m'intéresse.

Il n'empêche que Dame Carasse avait testé Charly sur sa capacité à y réfléchir et ils avaient compris qu'en cas de mauvaise réponse de sa part, elle ne les laisserait pas rentrer à Thadam.

– Qu'est-ce que tu penses de votre juge Dendelion, gamin ?

– Ce qu'il fait n'est pas bien ? avait tenté Charly pas très sûr de lui.

– C'est mal de juger ? Pourtant, tu le fais aussi. On en a déjà causé.

– Non, ce n'est pas ça. C'est juste que lui s'arroge le droit de juger tout le monde.

– Donc, selon toi, les juges de tribunaux ne devraient pas exister ?

– Si, au contraire ! C'est juste que… lui, il en fait une affaire personnelle alors que…

Après ça, il s'était embourbé assez longuement dans une discussion à bâtons rompus dont Dame Carasse avait fermement tenu les rênes, tentant parfois de le piéger. Mais il avait fini par déclarer :

– Ce que je veux dire, c'est que quand une justice est personnelle, c'est le plus souvent de la vengeance domestiquée.

Et là, il avait vu Dame Carasse le saluer d'un hochement de tête. À compter de cet instant, il avait su que c'était gagné.

– Bah c'est pas trop tôt ! s'était-elle exclamée. Retiens bien ça, gamin : une bonne justice est impersonnelle, désintéressée, proportionnée et cohérente. Répète !

– Une bonne justice est impersonnelle, désintéressée, proportionnée et… cohérente.

– Encore.

Elle lui avait fait répéter cette phrase *ad nauseam*.

– Non, parce qu'il s'agirait pas de croire que le problème, c'est seulement votre juge, là. Et si puissant soit-on, personne n'est capable de faire bouger une société tout seul.

Elle avait lorgné Dame Mélisse par en dessous.

– Mais avec ce gamin, vous avez vos chances. Maintenant, foutez-moi le camp, je vous ai assez vus !

– C'est un adieu, alors ? avait demandé Charly.

– Ah non, non ! Pas de larmes ! Je vais chercher mon fil doré, z'avez intérêt à être partis quand je reviens. Et gamin, continue à penser droit, d'accord ?

Charly s'était retenu de se jeter à son cou. Il lui avait fait un signe d'adieu. Elle leur avait tourné le dos, mais avant cela, Charly avait eu le temps d'intercepter un sourire sur son visage.

– On rentre à la maison, mon chéri ? avait demandé Dame Mélisse.

Elle aussi paraissait quelque part entre le soulagement et l'émotion. Ensemble, ils avaient quitté ce monde, suivant le rythme de sa grand-mère qui avançait en douceur sur les rochers.

***

Après avoir passé le portail, Charly eut tous les sens retournés. La première chose qu'il perçut fut le poids de l'air dans ses poumons. Ici, la consistance en était différente, elle était pauvre en magie.

Près de lui, sa grand-mère retrouvait ses esprits plus rapidement.

– À nous deux, Thadam ! glissa-t-elle entre ses dents.

Mais sa combativité fut mouchée lorsque quatre miliciens leur jetèrent leur algo en même temps. Charly et sa grand-mère encaissèrent le choc et basculèrent en arrière.

Pour Charly, la suite tint du réflexe. Il rattrapa sa grand-mère d'une main, empoigna les sortilèges de l'autre et les rejeta par-dessus son épaule. La facilité avec laquelle il avait procédé l'étonna lui-même. Les cours de Dame Carasse lui avaient profité au-delà de ses espérances.

– Faites attention avec ma grand-mère, s'il vous plaît.

Les miliciens lui retournèrent un regard stupéfait. De leur point de vue, ce que Charly venait de faire était impossible. À cet instant, la grand-mère de Charly leva crânement le menton et fit virevolter ses châles autour d'elle.

– Vous ne pensiez pas que quelques algos m'arrêteraient. Je suis Dame Mélisse !

Elle détournait ainsi les suspicions qui pesaient sur son petit-fils.

– Ah, c'est pour ça ! marmonna un milicien.

Ils hésitaient encore à se sentir vexés qu'une vieille dame ait rejeté leurs algos avec une telle nonchalance. D'un autre côté, Dame Mélisse n'était pas n'importe qui.

– Mon père est un grand fan, reprit enfin le milicien.

Puis, comme les trois autres l'assassinaient du regard, il ajouta :

– Oh, ça va ! Que celui qui n'a jamais mangé un croissourire me jette la première miette.

– C'est pas le suj…

C'est alors qu'un cri les interrompit :

– CHARLYYYY !

Charly tourna la tête.

– Maman ?

– Césaria ? s'étonna Dame Mélisse en écho.

Comme une tempête, Césaria bouscula les miliciens et sauta

au cou de Charly. Il fut d'abord si surpris qu'il n'osa pas refermer les bras.

– C'est toi, maman ? demanda-t-il, incrédule. Je croyais que tu m'avais… oublié.

Elle le serrait contre elle et étirait ses bras pour attirer Dame Mélisse dans son étreinte.

– Ma petite fille ! s'étonna celle-ci. Mais qu'est-ce que tu fais là ?

– Dites-nous si on dérange ! s'agaça un milicien.

Mais ils hésitaient à se montrer agressifs. Le fait qu'on se soit débarrassé si facilement de leurs algos les avait refroidis.

Césaria couvrait son fils de baisers, en un déluge d'affection très inhabituel. Charly se sentait débordé. Un vieux réflexe lui fit serrer le poing droit pour étouffer l'émotion naissante. Il se retint. Ce temps-là était fini. Il était heureux de retrouver sa mère, ça valait bien de laisser les larmes lui monter aux yeux.

– Ça suffit !

Un milicien plus énervé que les autres avait décidé de rétablir l'ordre.

– Vous avez franchi le portail. C'est un délit extrêmement grave. Veuillez nous suivre à la milicerie !

– Nous n'avons commis aucun délit, s'interposa Dame Mélisse. Il est interdit de sortir de Thadam par le portail, or nous n'avons fait qu'y entrer.

– Si vous revenez, c'est que vous êtes d'abord partis.

– Vous avez une preuve de ça ?

Les choses étaient parties pour s'envenimer, quand une voix forte s'éleva :

– Elle a raison !

Un Académicien, dans son habit noir rehaussé d'une fleur de lys dorée, marchait droit sur eux. Le premier sentiment de Charly fut que cet homme-là adorait ses cheveux, une crinière d'une souplesse de soie. Au second regard, il se dit qu'il en avait tout intérêt, car ni son visage ni sa silhouette n'étaient particulièrement agréables.

– Dame Mélisse a raison, répéta l'homme. Il est interdit de quitter Thadam par le portail, mais pas d'y entrer. C'est d'ailleurs pourquoi nous faisons le meilleur accueil à la magie, mais aussi à toutes les créatures qui s'en viennent par chez nous.

Charly se demanda s'il parlait des dragons qui finissaient en cuir de grimoire ou en attraction pour courses de citrolles.

Deux autres Académiciens s'avançaient à leur tour, plus lentement. Mais Charly n'y prit pas garde, car derrière eux se trouvait une jeune fille en robe bleue avec une couronne de fleurs. Elle avait une démarche fragile, comme si elle craignait de piétiner ses espoirs.

– Sapotille, souffla Charly entre ses lèvres.

Il aurait voulu l'appeler, mais la voix lui manquait. D'un élan du buste, il s'élança. Un milicien lui saisit l'épaule d'une main autoritaire et le cloua sur place.

– Po-po-pop ! Vous avez peut-être le droit de passer le portail dans ce sens, mais pas celui d'être présents dans les jardins aujourd'hui. Ils sont réservés aux sélections ! À moins que vous n'ayez des cartons d'invitation ?

– Exact ! renchérit un milicien avec un sourire de petit chef. Avez-vous vos cartons ? Sans quoi, nous devrons malheureusement vous emmener à la milicerie.

– Mais voyons, s'interposa l'Académicien aux boucles douces, ce garçon se présente lui-même comme candidat aux sélections ! À ce sujet, ravi de faire enfin votre connaissance, Charly Vernier. Je me ferai un plaisir d'être de votre jury.

Et il fit un clin d'œil à Charly qui ne sut quoi en penser.

– Quant à vous, Dame Mélisse (il s'inclina vers elle), vous êtes si je ne m'abuse sa marraine de grade ?

Dame Mélisse lui retourna un regard interloqué.

– Vous permettez que mon petit-fils et moi-même en discutions en privé ?

– Sûrement pas ! s'opposa le milicien le plus agressif. Ou vous êtes là pour les sélections, ou vous nous suivez jusqu'à la milicerie, un point c'est tout. À moins que vous ne préfériez passer en comparution immédiate devant le juge.

– Allez, on les embarque ! renchérit son collègue qui perdait patience à son tour. Le juge sera ravi de les voir.

– Vous permettez ? s'agaça Boucles Douces. Je vous rappelle que cette Académie est dirigée par quarante personnes et pas par le juge Dendelion, si brillant soit-il !

– Un souci avec le juge ?

Charly tressaillit. Il reconnaissait l'Académicienne qui venait de les rejoindre. Il s'agissait de Steffie Alycanthe, qu'il hésitait à considérer comme l'âme damnée du juge, mais qui n'était pas le moins du monde une alliée.

– Pas du tout ! répliqua Boucles Douces en se tournant vers elle. Ce jeune homme désire simplement se présenter aux sélections, ce qui est possible puisque les inscriptions sont encore ouvertes. J'expliquais juste aux miliciens que notre ami Rhadamante n'avait rien à faire dans cette histoire.

Se tournant vers Charly, il ajouta :

– Tu n'as aucune crainte à avoir, si tu n'es pas à la hauteur, nous t'empêcherons de te présenter au passage de grade et tu tenteras ta chance une autre fois. Voilà tout. C'est à cela que servent les sélections !

– Très bien, dit Charly. Que dois-je faire exactement ?

– Me suivre pour commencer. Et ta grand-mère va devoir remplir quelques papiers.

Charly, Césaria et Dame Mélisse se jetèrent un regard indécis. Puis la mère de Charly se pencha à son oreille.

– Très bien, mon chéri. Fais de ton mieux pour rater très fort cette sélection et tout devrait bien se passer.

– Je pense que je devrais y arriver, répondit Charly à haute voix.

– Nous nous faisons une joie de composer ton jury, Steffie Alycanthe, Cyril Lickboots et moi-même. Je suis l'Académicien Lothaire Galbinus, au fait.

Le troisième Académicien à les avoir rejoints, celui qui devait s'appeler Cyril Lickboots, semblait de son côté hésitant et fuyant. Il se lécha plusieurs fois les lèvres.

– Même si… même si le juge a peu à faire dans cette histoire, je crois qu'il apprécierait d'être prévenu. Je m'en charge !

Et il partit au petit trot vers l'Académie. Lothaire Galbinus en parut contrarié.

– Très bien, nous commencerons sans toi ! lui cria-t-il, tout en invitant Charly et Dame Mélisse à le suivre.

Sapotille était là. À quelques pas de lui. Et elle allait bien.

Il faillit se jeter sur elle pour la soulever de terre et la serrer contre lui. Elle lui avait trop manqué. Sapotille eut alors une réaction étrange. Elle croisa les bras sur sa poitrine et fit un pas vers lui. Un geste de défense et un autre d'invitation. Il ne comprit pas, mais cela brisa son élan.

En un instant, il se sentit devenir tout froid à l'intérieur. Est-ce qu'elle avait été brusquée par son empressement ? Il avait été si heureux de la revoir qu'il en avait oublié de déployer son charme. Il avait cru qu'ils n'en étaient plus là, mais il avait disparu pendant quoi ? Un mois ? C'était énorme. Qui sait ce qui avait pu arriver pendant ce temps-là ? Beaucoup de choses étaient advenues dans la ville de Thadam, il avait pu s'en passer tout autant dans le cœur de Sapotille.

Charly était tout chose lorsqu'il se retrouva face à son jury incomplet. Il avait dû gravir la montagne la moitié de la nuit avec sa grand-mère sur le dos, affronter Dame Carasse pendant un long débat et maintenant ça…

Dame Mélisse achevait justement de remplir les papiers sous la férule de Lothaire Galbinus. Charly regarda autour de lui, du côté des gradins. Outre Sapotille, qui tendait vers lui, tout en se mettant en retrait, il y avait sa mère et Maître Lin. Ces deux-là étaient presque couchés sur une troisième silhouette qui braillait autant que ses poumons compressés le lui permettaient :

– Lâchez-moi ! C'est mon ami ! J'veux lui faire un câlin, on s'en fout des sélections !

June ! Charly s'autorisa un franc sourire. Ce retour était bizarre et les retrouvailles très au-dessous de ses espérances, mais June, du moins, n'avait pas changé. Il lui fit un signe pour lui montrer qu'il l'avait vue. June se contorsionna pour lui rendre son salut, elle tenait à la main une espèce de grand chiffon gris… qui agita lui-même ses franges.

– Pépouze ? s'étonna Charly.

Mais il était ravi de la présence de la serpillière et sourit jusqu'aux oreilles. C'était bon d'être de retour auprès des siens.

– Dites, ça fouette sévère par ici !

– Clair ! Ils pourraient exiger un certain niveau d'hygiène, avant de laisser entrer n'importe qui !

Cette fois, Charly leva un sourcil. Thibald, Marusa et Thorus étaient là aussi, évidemment. Eux ne lui avaient pas manqué. Ils se dressaient sur les gradins en se bouchant outrancièrement le nez. Même s'ils faisaient référence à son passé à Saint-Fouettard, Charly suspectait qu'il ne sentait en effet pas très bon. Il s'était entretenu autant que possible, mais l'isba n'avait pas d'eau courante et il n'avait pu renouveler ses vêtements depuis la course des Cadets. Si bien que le glorieux costume de Mme Freluche n'était plus qu'un tas de frusques innommables.

– Hey, Machin ! l'interpella encore la voix de Thibald. J'ai quatre-vingt-six points d'avance pour le passage de grade ! J'ai hâte de te flanquer une raclée.

Charly ne put résister au plaisir de lui lancer :

– Tu ne vas pas être déçu !

De fait, il avait l'intention de se vautrer en beauté.

– Quatre-vingt-six points ! glapit Sapotille de son côté. Mais c'est énorme !

À la déception qui affleurait dans sa voix, Charly devina qu'elle était loin d'avoir fait aussi bien.

– Tout est réglé ! s'exclama soudain Lothaire Galbinus. C'est à nous, jeune homme.

Charly lui renvoya un sourire de principe. Sa mère avait paru accorder une relative confiance à cet homme, il restait malgré tout un Académicien.

Steffie Alycanthe prit alors la parole. Elle ne faisait rien pour masquer son animosité :

– Par quel type de sortilège invoque-t-on une Allégorie ? Récitez-en un à titre d'exemple.

Charly haussa les sourcils. Dans son dos, il entendit Sapotille crier « il faut… », avant de se taire dans un couinement frustré. Bien sûr, elle connaissait la réponse et brûlait de la lui souffler. Elle ignorait que Charly devait perdre.

– Je ne sais pas.

C'était parfait. Il allait échouer en toute sincérité.

– Steffie ! protesta Lothaire Galbinus. Cette question est à deux doigts d'être déloyale.

– Je ne me mêle pas de tes questions, Lothaire, ne te mêle pas des miennes.

– Très bien ! (Lothaire se racla la gorge – lui-même paraissait chercher une question plus simple.) Quelle est la recette des beignets de prédiction inventés par Dame Mélisse ?

– Aucune idée ! répliqua Charly tout aussi sincèrement.

Mais comme il avait vu sa grand-mère tressaillir, il ajouta :

– En revanche, je peux vous décrire très précisément leur goût.

– Ah, hum… Ce ne sera pas nécessaire. En revanche, jeune homme, j'aimerais vous rappeler que si vous ne répondez pas juste à au moins trois questions, l'Académie vous poursuivra pour outrage. Nous ne voulons pas que de jeunes plaisantins tournent cette cérémonie à l'insulte.

– Entendu, répliqua Charly.

Il devait donc échouer, mais pas trop.

Au même instant, Cyril Lickboots revint en courant et déposa un bristol devant Steffie Alycanthe. Charly plissa les yeux. Il croyait y distinguer une calligraphie à l'encre marron qu'il reconnaissait pour l'avoir imitée : l'écriture du juge. Steffie parut surprise et retourna rapidement le bristol pour le dissimuler.

Cyril Lickboots harangua le public.

– Votre attention, s'il vous plaît ! Les sélections vont se poursuivre normalement, toutefois notre Allégorie de la justice viendra nous saluer et nous faire une démonstration dès la fin de l'événement. Merci donc de garder votre place.

Lui-même se hâta de retrouver la sienne auprès de Lothaire Galbinus et de Steffie Alycanthe.

Charly avait tressailli. Le juge allait venir ? Il avait beau être officiellement innocenté, ça ne sentait pas bon.

– Bien, c'est à moi ? demanda Cyril Lickboots, avant d'enchaîner : Où sont enfermés les jeunes Patouilleurs turbulents afin d'être remis dans le droit chemin ?

– Hem, Saint-Fouettard ? avança Charly.

La facilité de la question l'avait déconcerté.

– Parfait ! enchaîna Steffie Alycanthe. Quelle est la couleur des uniformes des miliciens ?

Charly balaya la scène du regard. Il y avait là une bonne douzaine de miliciens et tous étaient habillés en…

– Vert ?

Lothaire Galbinus paraissait lui-même étonné. S'ensuivit une brève série de questions si faciles que Charly ne put faire autrement qu'y répondre juste. Puis Steffie Alycanthe demanda :

– Pouvez-vous nous parler du théorème de Kerbenec ?

La question était beaucoup moins anodine que les précédentes. Charly réfléchit longuement avant de répondre :

– Il s'agit d'un phénomène magique selon lequel une Allégorie ayant vécu quelque part en imprègne les lieux, ce qui limite les pouvoirs d'autres Allégories qui s'aventureraient sur ce territoire. Je crois que je ne peux rien ajouter de plus.

Du moins, choisissait-il de ne pas le faire. Il n'allait sûrement pas évoquer en détail ce qui s'était produit à l'École de la Chevaleresse Hurluberlu.

– Élixir ou ingénierie ? demanda Cyril Lickboots à brûle-pourpoint.

Apparemment, on en avait fini avec les questions.

– Mon petit-fils présentera un élixir, intervint Dame Mélisse.

– Fort bien, mais c'est à lui de nous répondre.

Charly regardait sa grand-mère avec interrogation. Elle lui faisait signe d'écrire dans un grimoire, puis désigna Mandrin qui avait retrouvé les bras de Sapotille sans qu'il s'en rende compte. Soudain, il comprit :

– Je n'ai pas d'élixir à proprement parler à vous présenter (voilà qui devrait lui valoir une élimination en bonne et due forme, tout en évitant les poursuites). En revanche, je souhaite vous proposer une recette…

Au même instant, des exclamations étouffées s'échappèrent du public. Charly releva les yeux.

Le juge Dendelion venait de passer les portes du jardin. Derrière lui, juché sur son percheron noir, le Cavalier s'avançait en subordonné. Dans le public, tous les regards se tournèrent vers la silhouette enrubannée de Dodeline Dendelion, comme si en tant qu'épouse elle pouvait apporter des réponses. Mais Dodeline avait les yeux qui lui sortaient presque de la tête. Elle ignorait visiblement les actions à venir de son époux. Thibald, qui l'avait rejointe sur les gradins, paraissait presque aussi nerveux. Le juge avait une telle raideur dans son port de tête, sans parler du bandeau écarlate qu'il portait sur les yeux, qu'il était impossible de ne pas le redouter.

Et puis ce n'était pas une, mais deux Allégories qui s'en

venaient. Laquelle était la plus à craindre ? Il était difficile de répondre à cette question.

– Eh bien, nous attendons ! s'exclama Steffie Alycanthe, à l'intention de Charly.

De son côté, elle n'était pas le moins du monde étonnée.

– Il s'agit de, hum… l'antidote de la pétricelle.

Après l'entrée du juge, son annonce fit l'effet d'un pétard mouillé. Mais c'était tant mieux puisqu'il s'agissait de perdre.

– Rien que ça ! s'écria Lothaire Galbinus.

– Oui. Pour une dose unique, distiller une livre de *rosa occultis* – c'est ce que nous appelons ici les roses-cyclopes. Puis ajouter cinq baies de *putrebus*. Je ne sais pas exactement à quoi cela correspond dans notre monde, mais je pourrais vous les dessiner.

– Comme c'est commode !

Charly ne réagit pas. Il continua de réciter sa recette, qu'il connaissait par cœur puisqu'elle était dans son grimoire. Mais ses yeux étaient rivés sur les deux Allégories. Autour d'elles, cinq ou six greffiers et une bonne dizaine de miliciens s'agitaient. *Qu'est-ce qu'ils préparent ?*

Face à lui, les jurés se disputaient à présent à voix basse. Steffie Alycanthe finit par prendre tout le monde de court en déclarant :

– Charly Vernier, vous êtes admis au passage de grade sans aucun point d'avance. Félicitations, vous avez réussi les sélections.

Charly entendit le cri de dépit de Sapotille, les ricanements de Thorus, Marusa et Thibald, et vit le visage décomposé de sa grand-mère. Être reçu sans aucun point d'avance n'était semble-t-il pas une bonne nouvelle. Il balbutia un « merci » de politesse, mais déjà, plus personne ne lui prêtait attention.

Ainsi, le juge avait donné l'ordre qu'il soit reçu au passage de grade. Pourquoi ? Charly voyait deux réponses possibles : soit il échouerait lors de cette épreuve et perdrait son droit à la magie pour toujours, soit il serait carrément tué dans un accident. Sapotille lui avait expliqué que les passages de grade étaient très dangereux, ce serait donc le moment idéal pour lui porter atteinte. Dans tous les cas, Rhadamante Dendelion était gagnant.

Charly haussa les épaules, il verrait comment traiter ce problème plus tard. Pour l'instant, ce n'était pas sa priorité.

À présent, le juge et le Cavalier s'avançaient. Les miliciens se déployaient. Il se passait quelque chose.

Dans les gradins, les gens s'agitaient aussi. Devait-on redouter un quelconque danger ? Charly était conscient que c'était son retour qui avait tout déclenché et il se demandait si sa grand-mère ou lui risquaient de devenir une cible. Avec son pacte de sang, Sapotille avait effacé leur ardoise. Mais ça ne protégeait en rien leur avenir.

Soudain, le Cavalier entama un trot léger pour se placer dans un coin du jardin. En réaction, toute la foule tressaillit et Charly ne fit pas exception. La seconde d'après, Sapotille se coulait contre lui et plaquait son corps contre le sien.

– Attention ! souffla-t-elle.

Sans réfléchir, Charly bomba le torse. Peu importaient les

dangers, puisque Sapotille cherchait refuge dans ses bras. D'un coup, il était tout-puissant. Il était prêt à soulever la terre et à appeler le tonnerre. Tous les sortilèges de Dame Carasse y passeraient si cela pouvait lui permettre de rassurer Sapotille.

– Je suis là, ne t'inquiète pas, lui souffla-t-il à l'oreille.

Elle tourna vers lui un visage si surpris qu'il comprit tout de suite qu'il avait mal compris.

– Mais… c'est moi qui te protège ! lui rétorqua-t-elle. Le Cavalier est mon frère. Même si… il n'est plus Gothen, il ne me fera pas de mal. Il a passé un pacte de sang avec lui-même.

– C'est toi qui me protèges ?

Charly sentait bien que ce n'était pas la révélation qui aurait dû le surprendre le plus. Le Cavalier était le frère de Sapotille, voilà qui était incroyable ! Mais il avait espéré endosser le rôle facile du héros pour retrouver sa proximité avec celle qui ne quittait plus ses pensées depuis des mois. Or, c'était elle, la protectrice. Est-ce qu'elle voulait quand même ses bras autour de sa taille ? Ou son nez dans ses cheveux ? Ou était-ce malvenu ?

Au même moment, un poids joyeux s'abattit sur son échine.

– Sapotille est la petite sœur de la Mort. Plutôt cool, pas vrai ? Je suis drôlement contente de te revoir, copain !

– June ! Tu m'as manqué, toi aussi !

Malgré son amie qui pesait sur lui, Charly se sentit plus léger. Avec June, au moins, tout restait simple. Mais il ne pouvait pas risquer d'attirer l'attention sur elle, pas plus que sur Sapotille.

– Les amis, si le juge vient me chercher des noises…

– Je ne crois pas qu'il soit là pour toi, l'interrompit Sapotille.

Par contre, ta présence va peut-être provoquer une démonstration de force.

– Le dirlo de Saint-Fouettard ! l'interrompit June. Regardez ! C'est là qu'il avait disparu !

– Lys Atravice ? s'étonna Charly. Lys Atravice avait disparu ? Il a… l'air beaucoup moins autoritaire que d'habitude.

Il plissait les paupières pour mieux voir. Le directeur de Saint-Fouettard avait les mains dans le dos et était maintenu sur ses jambes par deux miliciens. Son visage hésitait entre la peur et la colère. Charly y voyait une ombre qu'il n'arrivait pas à lire, jusqu'à ce qu'il comprenne qu'il s'agissait d'un énorme œil au beurre noir.

Il paraissait chercher quelqu'un du regard. *Son frère !* comprit Charly. Lys Atravice était le frère du capitaine de la milice. Toujours vêtu de rouge, celui-ci n'était pas difficile à trouver. Mais il se tenait tout raide, à l'autre bout des jardins, surveillant la foule et évitant de s'occuper de ce qui était en train de se produire.

– Les enfants, remontez dans les gradins ! fit la voix autoritaire de Césaria dans leur dos. Inutile d'attirer l'attention. Je préfère qu'on soit noyés dans la masse.

– À mon avis, on est mieux là où on est, au cas où on devrait se tirer en courant, renâcla June.

Mais elle obéit.

Charly sentit sa mère lui saisir une main et la serrer très fort dans la sienne. Il frémit. Au-delà de la chair, il perçut la texture d'un doigt de porcelaine et d'autres se raidissaient déjà.

Il faudrait qu'il parvienne à préparer cet antidote, et vite. Sa grand-mère attrapa son autre main. Maître Lin, de son côté, lui tapota l'épaule avec amitié.

– Je suis heureux de ton retour, mon garçon.

Quant à June, elle ne décollait plus de ses épaules. Charly était merveilleusement entouré. Seule Sapotille restait à l'écart, et cela lui pinçait le ventre.

– Aucun procès n'était prévu aujourd'hui.

Le juge avait soudain pris la parole et mouché les murmures comme une chandelle.

– Mais la justice ne doit pas être tenue en secret. Et puisqu'il y avait urgence, vous serez mon public.

Charly se demanda si c'était lui, l'urgence. Et comment le juge réagirait quand il s'apercevrait que le portail des Jardins était désormais fermé et que plus aucune moire n'en sortait. Avec un peu de chance, cette découverte se ferait le plus tard possible.

Dans les gradins, on hésitait à se sentir pris en otage. Certains, toutefois, s'enthousiasmaient à voix haute et leur curiosité était contagieuse :

– On va assister à une vraie démonstration allégorique ?

– Je n'ai jamais vu ça de ma vie !

– Et avec deux Allégories en plus, c'est exceptionnel !

Le juge écrasa les réactions sous sa voix :

– Aujourd'hui, nous jugeons un homme qui s'est rendu coupable de troubles à l'ordre public et de diffamation envers les nombreux et honnêtes citoyens de Thadam.

Un greffier arriva en trottant. Il portait un objet rectangulaire qu'il remit au juge. Immédiatement celui-ci le brandit vers le ciel : c'était un livre.

Charly vit Sapotille tressaillir et porter une main involontaire à sa sacoche.

– Le juge a le livre d'Atravice, lui souffla-t-elle entre ses dents. *Les Sales Petits Secrets de Thadam.*

– Je vais vous en lire un extrait, vous apprécierez par vous-mêmes.

Il feuilleta quelques pages semble-t-il au hasard, mais même à cette distance, on pouvait voir le marque-page.

– « Voilà que mes petites chéries me rapportèrent une bien étrange histoire. Dame Mélisse entretenait commerce avec le Cavalier. Cherchait-elle à acheter son immortalité ? Ou négociait-elle une vengeance après que sa fille, Césaria Vernier, a été surprise à tricher lors de son passage de grade ? Cette affaire, à l'époque, en avait étonné plus d'un. Mais pas moi. Je sais bien que la vermine grouille partout, même là où on ne l'attend pas. Et une fois qu'elle est installée, impossible de s'en défaire. La rencontre avec le dernier rejeton de la famille, Charly Vernier, allait m'en convaincre une fois de plus. Je pourrais vous parler longuement de cette graine de potence qui échoua entre mes murs… »

Charly n'avait aucune envie d'entendre la suite. Tandis que le juge poursuivait sa lecture, il serra les mains de sa mère et de sa grand-mère dans les siennes. Elles répondirent d'une pression des doigts. De l'affection. Tous les trois, ils formaient une famille, une vraie, de celles qui sont toutes-puissantes parce qu'elles se soutiennent.

Charly chercha dans les gradins la silhouette fragile de Dodeline. Elle était tournée vers lui, une main posée sur le cœur, comme pour s'excuser. Près d'elle, Thibald bichait au milieu de ses amis. Ils le montraient outrancièrement du doigt, pour le désigner aux yeux de ceux qui ne le connaissaient pas. Ils étaient deux familles que tout opposait, mais celle du juge lui faisait pitié.

– Il raconte n'importe quoi ! s'énerva Sapotille. Ne t'inquiète pas, on connaît la vérité…

– Je n'écoutais même plus, la rassura Charly.

Soudain, le juge s'interrompit, repoussa le livre et se saisit le poignet, comme pris de douleur. Charly avait peut-être rêvé, mais il avait cru voir une fumée s'en échapper. Sapotille ricana franchement.

– On dirait que mon pacte de sang lui fait des misères. Ça lui apprendra à remuer des histoires pour lesquelles il vous a graciés !

– Il n'a quand même pas relancé les poursuites.

– Sans quoi il serait mort et on aurait été débarrassés, c'est presque dommage. Mais il n'est pas si bête. Faites attention, il ne peut pas revenir sur ce qui est fait, mais il peut trouver de nouvelles accusations à vous mettre sur le dos.

– Je n'arrive pas à croire qu'il existe seulement deux Allégories et que les deux aient passé un pacte de sang à ton sujet. Tu es redoutable, Sapotille !

– Je ne me sens pas redoutable.

Charly avait envie de lui dire tout le bien qu'il pensait d'elle, mais déjà le juge reprenait la parole :

– **Ces rumeurs sont à prendre avec des pincettes. Certaines sont peut-être vraies…** (il agita son poignet comme s'il lui faisait mal à nouveau), **d'autres sont d'abominables mensonges qui pourraient semer le chaos dans notre ville en une période déjà trouble. C'est pourquoi nous devons arrêter les profiteurs de crise !**

Dame Mélisse lâcha soudain la main de Charly et fit un pas en avant. Sa voix vibrante s'éleva dans l'air froid de l'hiver finissant :

– Je suis Dame Mélisse ! Puisqu'il a longuement été question de moi dans votre lecture, je pose à voix haute la question de cette censure. Vous avez fait interdire ce livre, de quel droit ? Vous outrepassez votre rôle.

– Mais je n'ai pas décidé seul. *Les Sales Petits Secrets de Thadam* sont un livre nuisible que l'Académie de Magie a collégialement censuré !

Il fit un signe à la quinzaine d'Académiciens qui avaient composé les jurys. Ces derniers s'étaient levés dès le début de son discours. Ils marchèrent vers lui en toute cérémonie pour se placer à ses côtés. S'il y avait des dissensions, du moins n'étaient-elles pas visibles, quoique Lothaire Galbinus affichât un visage fermé.

– Ils avouent carrément avoir interdit un livre…, souffla Charly.

– À dire vrai, reprit sa mère, empêcher la diffusion d'un livre pétri de haine et de mensonges peut être une bonne chose. La vraie question, c'est *qui* pose l'interdiction et *pourquoi* ? Ici, personne n'a aucun moyen de vérifier quoi que ce soit. C'est très opaque et ça ne devrait pas l'être.

Sur ces mots, elle éleva la voix à son tour :

– Interdire un livre, c'est grave ! Comment pouvons-nous être certains que vous ne tentez pas de dissimuler une information importante aux yeux de Thadam ? Et que vous agissez réellement pour notre bien à tous ?

Charly était fier de voir sa mère et sa grand-mère fronder l'autorité. Mais Maître Lin murmura :

– Césaria, si je peux me permettre, ce serait peut-être une bonne idée de ne pas trop se faire remarquer…

En face, le juge Dendelion restait droit dans ses attributs. Avec le bandeau qui lui masquait les yeux, il était impossible de lire son visage, ni même de savoir ce qu'il regardait. Soudain, il fit glisser son épée hors de son fourreau.

– Attention, murmura Charly, faisant écho aux propos de Maître Lin.

Il se souvenait très bien de cette Épée de Vérité que le juge lui avait passée au travers du corps quelques mois plus tôt. Le malaise violent qu'il avait ressenti avait été trop cuisant pour qu'il l'oublie.

Il tendit une main vers Mandrin, qui se précipita vers lui. Avec l'entraînement de Dame Carasse, il n'avait presque plus besoin de toucher son chat pour obtenir une étincelle. Faire de la magie intuitive dans les jardins de l'Académie était dangereux, mais il ne laisserait pas le juge s'en prendre à lui ou à ses proches sans se défendre.

Mais le juge n'était pas agressif, il fit tournoyer l'épée dans sa main de façon à en présenter la garde au public.

– **Je comprends vos inquiétudes, que certains partagent peut-être ici. En ce cas, vous serez rassurés qu'une main innocente obtienne les aveux ! Thibald, mon fils, veux-tu bien me rejoindre ?**

– Hein ? fit June.

Ce qui illustrait assez bien la stupeur du public.

Charly regarda Thibald. Son côté tête-à-claques pleine de morgue lui avait toujours tapé sur les nerfs. Mais le mélange d'émotions qui se bousculaient en cet instant sur son visage – une terreur mêlée de fierté et d'étonnement – indiquait qu'il était lui aussi pris de court. Dodeline essaya de le retenir. « Pas raisonnable », entendit Charly au milieu d'un embrouillamini de mots. Mais Thibald la rabroua et s'avança vers son père.

– THI-BALD ! THI-BALD ! scanda Thorus.

Marusa lui envoya un coup brutal en pleine poitrine pour le faire taire. Il cassait la solennité du moment.

– Je ne sais pas ce que je trouve le plus effrayant, murmura Charly. Que le juge fasse une démonstration publique de cette épée démoniaque, ou qu'il utilise son fils pour jouer au bon papa sur un sujet pareil.

– Ça va se remarquer si on s'enfuit maintenant ? demanda Sapotille.

Mais ni l'un ni l'autre ne pouvaient détacher leur regard de la scène.

Le juge avait placé l'épée dans la main de son fils et guidait à présent son bras, comme il l'aurait fait d'une rame lors d'une leçon de canotage.

Quand Thibald planta son épée – d'un geste un brin maladroit – dans la poitrine de Lys Atravice, Charly sursauta. Un voisin de banc installé à quelque distance se tourna vers lui et lui adressa un bon sourire.

– La première fois, c'est surprenant, mais on s'y habitue, vous verrez.

Et Charly se sentit plus écœuré encore.

Lys Atravice commençait à gargouiller des phrases.

– **Plus fort !** exigea le juge.

– Je sais que j'ai colporté des mensonges ! Je me disais que c'était le jeu des rumeurs, mais la vérité, c'est que je voulais rabaisser tous ceux qui m'ont pris de haut pendant des années ! J'ai aussi maltraité les enfants de Saint-Fouettard à dessein, parce que je pensais que ces petites vermines le méritaient.

Tout le monde le savait et ça ne dérangeait personne jusqu'ici, songea Charly.

Le directeur de Saint-Fouettard continuait de déballer ses aveux, le juge souriait et Thibald aussi, fasciné qu'il était par le pouvoir que son père partageait avec lui.

À une dizaine de mètres, le capitaine de la milice dans sa livrée écarlate ne bougeait toujours pas. Il ne regardait pas vers son frère, mais gardait les mains dans le dos et les yeux dans le vague à la façon des militaires. Il ne ressentait rien, peut-être.

– Et puis j'ai parfois fermé les yeux sur les demandes de l'Académie alors que je savais que…

– **Ça ira comme ça !** l'interrompit le juge.

Et il retira l'épée, l'arrachant des mains de son fils sans même y prêter attention.

– **À présent, la Balance des Châtiments…**

Il dégaina son artefact, rangé à plat dans un étui qu'il portait à la ceinture.

– **Voyons à quel point cet homme est coupable et quelle peine il mérite. Devenez le jury de ma justice et décidez pour moi ! Je ne voudrais pas qu'on m'accuse d'être partial.**

Avec horreur, Charly vit le juge incliner lourdement la balance, tout en regardant le public. Il faisait vraiment de son procès un spectacle.

La balance était supposée estimer le poids de la faute des coupables, pour définir un jugement adéquat. Dans les faits, elle ne fonctionnait pas ainsi. Le juge s'en servait pour persuader n'importe qui de la culpabilité de ceux qui le gênaient. Charly avait beau le savoir, il fut l'un des premiers à crier :

– LE MITARD !

La foule se mit au diapason sans délai, « LE MITARD ! LE MITARD ! » Près de Charly, ses amis et sa famille hurlèrent à leur tour, le visage déformé par la haine :

– LE MITARD !

Il y avait même quelques personnes qui hurlaient « À MORT ! ». Charly les comprenait. Ce Lys Atravice était un être répugnant, il devait recevoir le châtiment adéquat ! Rien n'était assez terrible pour punir cette vermine. Qu'on lui arrache ses souvenirs et qu'on lui brise la mémoire ! Qu'on le condamne à mort, oui, pourquoi pas ? C'était mérité !

Il allait hurler « À MORT » à son tour, quand quelque chose se crispa à l'intérieur de lui. Non, un instant... Il n'avait jamais voulu tuer personne... À ses côtés, Sapotille hurla à son tour :

– TUEZ-LE !

De voir toute cette haine déformer les traits de celle qu'il aimait lui fit l'effet d'une douche glacée. *C'est le juge qui nous manipule*, se souvint-il d'un coup. S'il tendait la main, il pouvait même sentir le sortilège qui les enserrait dans ses rets. Il lui suffisait donc de...

Il agrippa un pan de magie et en arracha un large morceau.

Immédiatement, Sapotille, Dame Mélisse et June se turent, dessillées et horrifiées par ce qui venait de se produire.

– Qu'est-ce... ? demanda Dame Mélisse, tandis que sa fille hurlait encore « À MORT » à pleins poumons.

– Faites semblant d'être encore en colère, leur glissa Charly très vite, ou on va se faire remarquer.

Mais le juge en avait fini avec la balance. Il la rangea aussi soudainement qu'il l'avait sortie, et fit taire la foule d'un geste bienveillant.

– **S'il vous plaît ! S'il vous plaît !**

À l'exception d'un ou deux excités qui continuaient sur leur lancée, la foule se tut et parut gênée de ce qui venait de se produire.

– **Vous avez laissé parler votre cœur et je vous en remercie !**

Mais nous pratiquons peu la peine de mort à Thadam, aussi je serai magnanime. Le dénommé Lys Atravice sera mitardisé sur-le-champ par le Cavalier ici présent. Par le sacrifice de ses gemnez, le prévenu rendra à Thadam ce qu'il a voulu lui voler.

– Non ! Je vous en supplie, c'est trop cher payé ! glapit Lys Atravice. Attendez, on peut s'arranger !

– Silence ou je vous fais bâillonner. Cavalier, faites votre office.

La suite se déroula si vite, que Charly ne comprit d'abord pas ce qui s'était passé.

Le Cavalier se lança vers sa proie dans un galop lourd, la faux levée bien haut. Il l'abattit ensuite à une vitesse telle que personne ne put en suivre le mouvement. Puis, il arrêta sa monture et tendit le bras. De sa main ou de sa manche – Charly ne voyait pas à cette distance – s'échappa un flot de perles blanches. Les gemnez.

Sans un regard pour son frère, le capitaine de la milice fit signe à deux de ses hommes qui apportèrent un coffre préparé d'avance. Ils se mirent à genoux et ramassèrent à la hâte les gemnez qui avaient roulé sur le sol.

Lys Atravice se tenait maintenant, indolent, le regard creux.

Dans la foule qui occupait les gradins, les gens adoptaient des mines effarées et coupables. Étaient-ils vraiment responsables de ce qui venait de se produire ? Qu'est-ce qui leur avait pris ? Ils s'étaient laissé emporter et désormais, c'était irréversible. Il y avait beaucoup de jeunes gens parmi eux, les sélections étaient un événement familial. Quel exemple et quel spectacle atroce pour eux ! Seulement, comment dénoncer la violence qu'ils avaient eux-mêmes appelée à hauts cris ?

– Désormais, toutes les peines se purgeront en gemnez. Le Purgatone n'a plus de raisons d'être. Il est temps que les criminels se rendent utiles à Thadam. Ce n'est que justice !

Comme personne ne réagissait dans les rangs, le juge poursuivit :

– Hélas, ça ne suffira pas. Plusieurs bâtiments à Thadam ont des architectures magiques, je pense au barrage de la Karpass, au casino, au Petit Théâtre ou encore à notre splendide Académie. Ces merveilles qui font l'identité de notre ville s'effondreraient si les pannes de magie venaient à s'intensifier. C'est pourquoi, désormais, un impôt de deux moires par semaine sera réclamé à chaque magicier. La somme est payable en gemnez à la milicerie. Sans règlement, votre insigne ne se renouvellera pas.

Depuis qu'il pratiquait la magie intuitive, Charly ne faisait plus vraiment attention au sablier qu'il avait au cou. C'était encore le minuscule modèle de Saint-Fouettard, dont la chaîne trop courte ne lui permettait même pas de l'ôter. Mais autour de lui, il vit de nombreuses personnes porter une main nerveuse à leur insigne. La magie se dépensait trop vite pour ceux qui suivaient les règles. Et qu'en serait-il de ses camarades de Saint-Fouettard ? Deux moires, c'était exactement la quantité de magie qui leur était allouée chaque mois, alors comment pourraient-ils payer une telle somme chaque semaine ?

Sa mère et sa grand-mère avaient déjà pris la parole, il décida que c'était son tour.

– Bien sûr, cet impôt est payable uniquement par les adultes ? lança-t-il d'une voix forte. Il serait injuste que les jeunes aient à le payer, surtout les plus fragiles d'entre nous !

Le juge tourna vers lui son bandeau écarlate et Charly se sentit soudain beaucoup moins courageux. Rhadamante Dendelion voyait ses fautes avec ce bandeau, il pouvait fouiller en lui, il pouvait… Vite, Charly baissa les yeux pour lui échapper.

– Les jeunes magiciers utilisent aussi la magie, je crois qu'ils ont été nombreux à nous en faire la démonstration aujourd'hui…

De la main, il montrait les estrades sur lesquelles les sélections s'étaient tenues.

– Les jeunes magiciers paieront donc eux aussi l'impôt. Tout le monde doit participer à l'effort pour sauver la magie.

Mais ce ne sont pas les jeunes qui tuent massivement la magie, ce sont les gens comme vous ! eut envie de crier Charly. Sauf qu'il ne pouvait partager les révélations qui lui avaient été faites de l'autre côté du portail. Au moins quelqu'un devait-il prendre la parole pour défendre les enfants de Saint-Fouettard, et puisque personne ne semblait se porter volontaire… Au moment où il ouvrait la bouche, il sentit la main de sa mère se refermer sur son épaule.

– Nous devons partir d'ici, maintenant, souffla-t-elle.

Charly regarda fixement la main et l'auriculaire de

porcelaine posé près de son visage. La tache bleue à la place de l'ombre avait la forme de son visage. Il soupira.

– Quelqu'un doit empêcher que cet impôt s'applique aux enfants de Saint-Fouettard ! Ils ne pourront pas payer…

– Ah, c'est vrai que t'es pas au courant pour Saint-Fouettard, copain ! l'interrompit June. On a plein de trucs à te raconter.

Charly voulait encore interpeller le juge, ne pas le laisser s'en tirer à si bon compte. Mais le juge ne lui avait pas concédé le privilège de clore la conversation. Considérant qu'il avait eu le dernier mot, il retournait à l'Académie, suivi du Cavalier et des miliciens bien en rang. On emportait Lys Atravice sans ménagement. C'était fini.

Sous le choc de ce qui s'était produit, personne dans la foule n'avait osé protester contre ces règles effrayantes. Les gens quittaient doucement les gradins, avec une gêne qui leur écrasait les épaules.

Charly tenta de faire signe à Dodeline. À présent qu'il disposait d'une recette, il avait besoin des ingrédients pour guérir sa mère. Mais il était bien incapable de trouver seul les plantes nécessaires, à supposer qu'elles existent toutes dans ce monde.

Dodeline cependant n'avait d'yeux que pour son fils, Thibald, qui multipliait les rodomontades pour impressionner ses amis venus le rejoindre. Il rejouait grossièrement la scène qui l'avait vu pourfendre Lys Atravice d'un coup d'épée. Le sourire était franc et sûr de lui. Même à cette distance, Charly lui voyait bien les dents. Dodeline tenta de lui faire la leçon, un index maternel levé bien haut. Thibald lui tourna carrément le dos. Charly en souffrit pour elle. Tant pis, il lui parlerait une autre fois.

Il suivit sa mère qui déjà s'avançait vers la sortie avec le reste du groupe, à petits pas pressés.

11
Une couronne de mimosa

Sapotille avait lu *Les Sales Petits Secrets de Thadam* une bonne partie de la nuit, damant le pion aux adultes qui voulaient s'en emparer. Mais elle savait, tout en tournant les pages, que ce n'était qu'un prétexte pour garder la lumière allumée. Ainsi pouvait-elle se repaître jusqu'aux larmes de la vision de Charly endormi près d'elle.

June l'avait accueilli dans son hamac et lui ronflait maintenant dessus, malgré Mandrin qui lui donnait des coups de pattes pour se faire de la place. Charly dormait avec la grâce des anges effondrés, qui s'abandonnent complètement.

La veille au soir, ils avaient tous été si heureux de se retrouver ! Les explications, longues et enthousiastes, avaient suivi les embrassades, puis on avait porté des toasts, le bras levé bien haut. Célestin avait sorti sa réserve de pétillonades millésimées, des bonnets de cotillons étincelants et des serpentins phosphorescents. Après quoi, il avait fait entrer les licornes dans la cuisine, pour qu'elles participent à l'ambiance.

Mais à mesure que l'excitation générale montait, Sapotille s'était sentie sur la touche. Quelque chose se bloquait en elle qui l'empêchait d'en profiter. Césaria l'avait rejointe, un verre à la main, et lui avait glissé :

– On n'est pas très douées pour s'amuser, toi et moi, pas vrai ?

Sapotille avait regardé June, hissée sur les épaules de Charly qui hennissait au museau des licornes. Celles-ci lui répondaient avec hauteur. Sans doute qu'elles s'insultaient mutuellement.

– C'est vrai, avait répliqué Sapotille. Je ne sais pas m'amuser.

Et elle en avait conçu un regret colossal.

– Ça arrive quand on a trop de responsabilités trop longtemps, avait repris Césaria avant de finir sa pétillonade cul sec – comme si ce geste pouvait y changer quelque chose.

Sapotille avait songé que c'était drôlement ironique qu'elles soient les deux seules à être incapables de laisser exploser leur joie, alors même qu'elles étaient celles dont le manque de Charly avait dévoré le ventre jour après jour.

La nuit était déjà bien entamée, lorsqu'ils avaient voulu se coucher. June avait proposé à Charly de partager son hamac. Avant d'accepter, il avait jeté un coup d'œil interrogateur à Sapotille. *Bien sûr que je préférerais que tu dormes avec moi !* avait-elle voulu lui hurler. *Là où on pourrait reprendre le chemin de l'autre, là où je retrouverais tes bras loin de cette frénésie où tout le monde danse et crie dans tous les sens. Parce que moi, j'ai besoin d'aller à mon rythme !*

Mais évidemment, elle n'avait rien dit, et Charly avait dormi avec June qui lui avait filé des coups de pied et planté ses coudes dans les côtes avant de s'effondrer d'épuisement.

Alors, tout en tournant les pages de son livre, Sapotille avait pu poser les yeux sur le visage de Charly, sur l'ombre longue de ses cils recourbés, le frémissement de sa pommette, la ligne de sa mâchoire qui remuait alors qu'il reprenait son souffle… Il était là, il était revenu.

Comme personne ne pouvait l'observer, elle sentit l'émotion entrer sans frapper dans son cœur et tout bouleverser à l'intérieur. Il y eut d'abord de petits hoquets tout secs qui la secouèrent doucement, avant que les sanglots de soulagement ne jaillissent en cataracte, avec la violence d'un orage de fin d'été. Charly était revenu. Charly était là. Tout irait bien, maintenant.

Avec la pudeur qui était la sienne, Sapotille ne voulait pas être vue dans cet état. Elle se rétracta derrière son livre, essayant d'étouffer le bruit de ses pleurs, torchant morve et larmes entre les pages de cet ouvrage rarissime, dont, au fait, il n'existait peut-être déjà plus que cet unique exemplaire.

– Mais enfin ! se sermonna-t-elle toute seule.

D'un sévère coup de manche, elle essuya la page trempée d'humeurs.

– Oh !

Ses yeux chassèrent soudain les larmes pour mieux se concentrer sur les lignes.

– Oh ! répéta-t-elle.

Elle venait de comprendre pourquoi le juge avait fait interdire ce livre. Un chapitre entier lui était consacré, le plus gros d'entre tous, qui épinglait chacune des malversations et autres intrigues peu reluisantes dans lesquelles il avait trempé. Il y en avait pour des années de dossiers qui lui avaient servi à s'élever, corruption après corruption. Le système de triche mis en place avec Anasthème l'Invaincu était une plaisanterie bon enfant à côté du reste. Il y avait eu des greffiers intimidés et physiquement malmenés, l'un d'entre eux avait même disparu. Le juge faisait chanter une bonne dizaine d'Académiciens, grâce à des traquenards sordides dans lesquels il les avait lui-même poussés. *Les Sales Petits Secrets de Thadam* exposait aussi la relation que le juge entretenait avec le Cavalier.

– Gothen, murmura Sapotille avec tristesse.

Toute l'histoire était racontée. Comment le juge avait déniché ce brillant magicier au Purgatone, pour lui offrir un choix : mourir ou devenir la Mort en personne. Comment il avait inféodé cette nouvelle Allégorie de force, l'obligeant à lui obéir en tout. Et comment il s'en était ensuite servi comme d'une arme. Il y avait les noms d'une dizaine de personnes, froidement abattues d'un coup de faux parce qu'elles dérangeaient les affaires du juge.

« Encore sont-ce seulement celles que mes petites chéries ont pu dénicher. Nul doute qu'il y en eut beaucoup d'autres, de ces morts mystérieuses... sans parler des mitardisations à outrance. Car le juge consomme toujours plus de gemnez. Pour la ville, mais aussi pour lui-même. C'est un dévoreur ! »

Sapotille sentit le froid lui courir sur la peau. Lys Atravice était si habitué à effrayer des gamins, qu'il en avait oublié d'avoir peur pour lui-même. S'il avait eu cette présence d'esprit, cela l'aurait sauvé, mais jamais il n'aurait pris le risque d'écrire un tel livre.

Sapotille avait du mal à respirer. C'était une chose que d'avoir suspecté le pire au sujet du juge. C'en était une autre que de le lire, écrit noir sur blanc. Et toutes ces histoires dataient d'avant son Ascension. Maintenant qu'il était réellement tout-puissant, quels crimes se permettrait-il ? L'espace d'un instant, Sapotille songea à la famille d'accueil de Crépine. Ce n'était sans doute qu'un avant-goût.

L'aube était levée, à présent.

Sapotille glissa hors de son hamac, elle avait besoin d'air après cette nuit étrange. En plus, June puait des pieds.

Les mimosas fleurissent en février. Ces dernières semaines, Sapotille avait passé tellement de temps enfermée au laboratoire, qu'elle n'avait même pas remarqué que les arbres du domaine de Célestin s'étaient recouverts de grappes dorées et duveteuses. Visiblement, le printemps se fichait du pouvoir du juge et cela la fit sourire. Au fond, l'espoir était toujours là quelque part.

Elle était sortie par une porte sur le côté, mais un brouhaha dans l'allée centrale lui fit couler un œil vers la façade du manoir. C'étaient les membres de la Loge qui arrivaient tous en même temps, certains en citrolle, la plupart à pied. Sapotille se souvenait en effet que Césaria avait envoyé la veille une multitude de messages, pour organiser une réunion d'urgence. Les membres de la Loge étant presque tous des marchands, ils préféraient venir avant l'ouverture de leur boutique.

– Ce n'est pas très discret. Si un milicien passe dans le coin…, dit une voix derrière Sapotille.

Elle bondit et se retourna avec l'impression que ses cheveux s'étaient dressés sur sa tête. Heureusement, elle avait tout de suite reconnu la caresse contre ses mollets. C'était Mandrin qui était venu se frotter à elle. Et si Mandrin était là…

– Pardon, je ne voulais pas t'effrayer, dit Charly. C'est juste que l'arrivée du journal m'a réveillé et… Mitard, June pue des pieds, c'est une horreur !

– Et encore, elle a pris une douche avant-hier, ricana Sapotille.

– Bon, j'imagine qu'en rentrant à Thadam hier je ne devais pas sentir bien meilleur.

Sapotille faillit répondre quelque chose comme « ton odeur ne me dérange jamais », au lieu de quoi, elle dit :

– C'est sûr que tu avais une drôle de dégaine.

– Hum, je ne suis pas sûr que ça se soit tellement arrangé !

Ce disant, il leva les bras pour que Sapotille admire son accoutrement : un pantalon écarlate à passementerie beaucoup trop court, emprunté à Maître Lin, et une immense chemise de soie jaune que Célestin lui avait cédée. Par-dessus tout ça, il avait enfilé une veste poussiéreuse très gentleman farmer dénichée au grenier.

– C'est du grand n'importe quoi, admit Sapotille.

– J'espérais récupérer mon sapeur, répliqua Charly en

esquissant un geste vers la couronne de fleurs de Sapotille. Mais qui va à la chasse perd sa place.

À voix plus basse, il ajouta :

– Il te va très bien.

Et il étira son sourire le plus ravageur. Charly était charmeur, mais il en faisait plus encore que d'habitude. Pour elle.

Son cœur s'emballa. Sous le compliment, elle rougit très fort.

– Je sais, murmura-t-elle.

Au réveil, le sapeur l'avait parée d'une très jolie robe rose festonnée. Mais il allait falloir s'en séparer. Elle n'avait pas le droit de voler son sapeur à Charly. Elle ôta la couronne avec un petit pincement à l'âme. Voilà que la tristesse la reprenait…

La phrase de Césaria lui revint alors en mémoire : « Toi et moi, on ne sait pas s'amuser. » Cela lui sembla d'autant plus injuste que c'était vrai.

Elle eut l'impression d'être un peu folle, quand elle lança à Charly :

– Si tu veux récupérer ton sapeur, viens le chercher ! Touche-le et il est à toi !

Et elle s'élança en courant et en pouffant. Il lui sembla que Charly restait interdit quelques instants derrière elle, jusqu'à ce qu'il lui crie :

– Je te préviens, j'ai fait beaucoup de progrès !

On entendait le rire dans sa voix.

Maintenant, il fallait se montrer à la hauteur du jeu. Sapotille manquait d'expérience. Elle se demanda comment aurait fait June pour s'amuser, elle.

– Ah oui, faire un truc interdit !

Sans ralentir sa course, elle regarda autour d'elle. Il y avait ce cabanon où Célestin conservait son balai volant, non pas pour le plaisir de s'en servir, mais parce que c'était strictement illégal à Thadam. Célestin et June avaient un sens de l'amusement assez proche. Et Sapotille avait toujours considéré que le moyen d'apprendre le plus efficace était de prendre les experts pour modèle. Elle se rua sur le cabanon.

Trente secondes plus tard, elle s'élevait dans les airs sur le balai de Célestin. Elle eut la grande satisfaction de constater qu'elle maîtrisait beaucoup mieux son flux qu'autrefois. Aucune branchette ni même bourgeon n'avait encore envahi le manche.

Elle fit un grand signe à Charly resté au sol. Il avait déjà ramassé une branche morte et récolté un large bouquet de mimosa pour composer la queue du balai. Il donna une caresse à Mandrin. Après quoi, ce fut comme si le balai s'assemblait tout seul. En un rien de temps, il la rejoignit dans les airs.

Au fond, Sapotille avait envie que Charly la rattrape, mais pas trop vite. Sauf qu'elle n'avait jamais su bien voler et que Charly se débrouillait beaucoup mieux qu'elle avec un balai. Rapidement, il se hissa à sa hauteur et vola juste à côté d'elle, avant de coller sa cuisse à la sienne.

– Je crois que j'ai gagné, dit-il en tendant le bras vers sa couronne.

– Pas encore ! répliqua-t-elle.

Elle effectua un looping si rapide, qu'il manqua de la désarçonner. Puis le balai fonça vers le sol, hors de contrôle. Elle le rattrapa de justesse. Une petite branchette avait poussé le long du manche, elle l'arracha d'un geste rapide.

Très bien. Elle n'était pas douée pour voler, mais il y avait un domaine dans lequel elle excellait : celui des sortilèges.

Elle se dérouilla rapidement les doigts, les faisant jouer comme deux éventails qu'elle aurait pliés et dépliés. L'avantage de vivre chez Célestin, c'est que la magie y était intraçable. Elle tâchait de ne pas en abuser, mais la plupart du temps, elle ne portait même pas son insigne qui aurait pu la limiter. Elle avait donc toute liberté pour user des sorts de son choix.

Elle fit danser ses doigts devant ses yeux, en serrant bien fort le balai entre ses jambes. L'équilibre était précaire.

– Hey ! Qu'est-ce que tu fais ? s'affola Charly.

Son balai était pris de soubresauts et se mit à tracer des arabesques dans les airs.

– Tu écris quelque chose avec mon balai ?

– Je suis gentille, j'utilise l'écriture cursive, lui cria Sapotille en retour. En capitales, ça aurait été trop brutal !

Elle traçait une phrase dans les airs, en lettres invisibles. Charly s'agrippait au manche de toutes ses forces. Il hoqueta péniblement :

– Qu'est-ce que tu écris ?

– Je croyais que tu savais lire !

– Pas en volant, ça donne mal au cœur !

De fait, Sapotille l'avait bien secoué. Elle mit fin au sortilège, pour le laisser reprendre ses esprits. De toute façon, elle avait fini.

– À mon tour, maintenant, lui lança-t-il.

Mais elle ne comptait pas l'attendre. Elle reprit de la hauteur et le laissa loin derrière elle. Charly avait toujours eu le sortilège balourd, elle pouvait bien le faire bisquer encore un peu.

À cette hauteur, le vent s'engouffrait sous ses vêtements. Elle resserra sa jupe sur ses cuisses, mais c'était surtout au niveau du col que… c'était étrange. Comme si le vent avait eu des dizaines de langues ou de doigts qui l'auraient chatouillée dans le cou et sur les côtes. Elle commença malgré elle à pouffer. Allons bon, voilà qu'ils s'aventuraient à présent sous ses bras et sur son ventre. Le balai fit une embardée et le manche commença à buissonner, se couvrant de branches, de feuilles et même de fleurs. Elle arracha quelques branches d'une main molle, le rire la secouait tout entière, à présent. Le vent était entré dans ses chaussures et lui léchait la plante des pieds et les orteils. C'en fut trop. Elle explosa d'un rire tonitruant. Les chatouilles se firent encore plus vives. Elle se contorsionnait sur le balai pour leur échapper, peine perdue. Son fou rire était total.

Mais il n'était pas question de perdre si facilement. Rassemblant sa volonté, elle reprit le contrôle d'une main – une seule main suffirait pour repousser les chatouilles venteuses et les noyer dans une bourrasque. Elle esquissa son sortilège, presque à la perfection étant donné les circonstances.

Et la magie ne répondit pas. Pire, son balai ne semblait plus la porter… Elle chutait !

Une panne de magie ! comprit-elle.

Trop tard.

Charly et elle étaient bien trop haut pour ne pas se tuer en tombant. En une seconde, la terreur remplaça l'hilarité.

Mais elle n'eut pas le temps de hurler.

Elle tomba droit sur un mimosa. La suite se passa très vite. Elle eut l'impression que les branchages aux feuillages doux et palmés l'enserraient, pour la faire descendre en douceur.

Elle se retrouva finalement assise sous les frondaisons vert et or, sans s'être fait le moindre bleu. À quelques mètres d'elle, le balai de Célestin gisait, fracassé en une multitude de débris.

Charly se posa juste devant elle.

– Ça va ? Qu'est-ce qui s'est passé ? Je t'ai rattrapée de justesse !

– Ce… c'était une panne de magie ! Tu ne l'as pas sentie ?

– Non. Et heureusement ! Le Cavalier serait venu nous régler notre sort à tous les deux. Quoiqu'il aurait peut-être fait une exception pour toi…

– Oh là là ! C'est la première fois que j'expérimente une panne de magie en plein sortilège. C'est très perturbant !

– C'est curieux que je n'aie rien remarqué…

– Les pannes de magie n'ont pas lieu partout au même moment. C'est comme si la magie formait des poches. Il y a souvent des pannes dans le cœur de Thadam, chez Célestin c'est beaucoup plus rare, je ne sais pas pourquoi. J'ai dû sortir de la poche, tandis que tu devais y être encore…

– On a eu un sacré coup de chance, alors !

Lui aussi avait eu peur, c'était évident. Peur pour elle.

– Heureusement, tu étais là.

Sapotille avait dit cela d'une drôle de façon.

Soudain, Charly ouvrit les bras. Juste ça. Une invitation sans obligation.

Sapotille ne voulait pas réfléchir. Elle fit un pas, puis un deuxième et s'y blottit. Il la serra en douceur contre lui.

– J'avais peur que tu ne reviennes jamais dans mes bras, lui souffla-t-il au creux de l'oreille.

– C'est juste que je ne savais pas comment faire, répliqua Sapotille.

Puis, comme il y avait déjà eu trop d'émotion, elle voulut se montrer taquine et ajouta d'une voix tremblante.

– En tout cas, j'ai gagné !

L'arbre frémit autour d'eux.

– Tu crois ?

Il attrapa quelque chose sur une branche. Il y eut quelques étincelles et il montra à Sapotille un chapeau, qui ressemblait furieusement à la forme que le sapeur avait toujours adoptée entre ses mains.

– Mais… c'est…

Sapotille palpa sa couronne avec perplexité.

– Tu devrais l'examiner de plus près, lui souffla Charly.

Sapotille l'ôta pour la contempler. Sa couronne de roses était devenue une couronne de mimosa.

– Tu m'as tressé une couronne de fleurs ?

– Si tu préfères, je peux te rendre le sapeur. Il est autant à toi qu'à moi, après tout.

Sapotille se hâta d'enfoncer autant que possible la couronne sur son chef.

– Pas question. Je préfère le mimosa !

Puis, baissant les yeux sur elle :

– Mais je suis en chemise de nuit ! Mitard, il fait hyper froid !

Le vent de février était glacé et, sans le sapeur, elle frissonnait déjà.

– Viens, on rentre se mettre au chaud, dit Charly.

Tandis qu'ils regagnaient le manoir, il lui demanda :

– Au fait, qu'est-ce que tu as écrit avec mon balai, tout à l'heure ?

– « Tu m'as manqué. » Je voulais ajouter « affreusement », mais ça aurait été trop long.

– Mon estomac confirme.

Sapotille éternua avant de reprendre :

– En tout cas, tu as fait des progrès incroyables. J'ai hâte que tu flanques une raclée au juge.

– On n'en est quand même pas là, grimaça Charly. Et pour l'instant, c'est lui qui m'a piégé avec cette histoire de grade d'Élémenter. J'espère que la Loge va trouver une solution. C'est dommage qu'on ne puisse pas assister à la réunion.

– Mais on peut ! Viens !

Elle éternua à nouveau et le tira par le bras.

***

Dans le passage secret flottait une nette odeur de pieds.

– June, tu es là ! s'exclama Charly.

June les avait en effet précédés. Elle était assise sur sa balançoire derrière le tableau à l'escarpolette. Près d'elle, un minibalai lui proposait des confitures suspendues et un autre, un plateau de crêpinettes. June n'oubliait jamais de prendre son petit déjeuner.

– Ah, c'est vous ! les accueillit-elle, la bouille barbouillée de violet. Vous avez raté la moitié de la réunion !

– Tu peux nous faire un résumé ? suggéra Sapotille en étouffant un nouvel éternuement.

– Alors pour faire simple, la Loge prévoit un gros coup qui doit avoir lieu pendant le Carnaval. Ils vont invoquer le Cavalier sur le domaine de Célestin – quand je pense qu'il fait la grasse matinée, il va hurler quand il va l'apprendre. Bref, ils vont invoquer le Cavalier qui sera affaibli à cause du théorème de Bidule.

– De Kerbenec, corrigea machinalement Sapotille en reniflant.

– Ouais. Et du coup, ils pourront détruire ses artefacts. Du coup, le juge pourra pas faire appel à lui et la Loge l'attaquera exactement au même moment, pour détruire ses artefacts à lui aussi. Du coup, ils ont prévu une mégadiversion. Je vous raconte.

Tandis que Sapotille éternuait encore, Charly eut un geste pour refuser.

– Ce serait peut-être dangereux de connaître tous les détails. Sapotille, excuse-moi, mais je crois que tu fais une réaction au pollen de mimosa. Tu devrais enlever cette couronne.

Au lieu de quoi, Sapotille s'y cramponna de toutes ses forces.

– C'est toi qui me l'as tressée, je ne l'enlèverai plus jamais de la vie. June, continue.

– Bah, c'est dommage que vous vouliez pas que je vous raconte, parce que c'est une super diversion. Maître Lin et Mme Freluche vont créer cinquante doubles du juge pour pouvoir l'attaquer peinards en provoquant un accident de char. Ils ont passé un temps fou à discuter des meilleurs sortilèges à utiliser. Mais bon, puisque vous voulez rien savoir…

– Donc, après le Carnaval, on sera débarrassés du juge et du Cavalier ? demanda Sapotille, incrédule.

– Non, de leurs artefacts. Après c'est Lotus Glabinaire…

– Lothaire Galbinus.

– Bah, c'est lui et ses alliés académiciens qui finiront le boulot. Qui les démettront de leurs fonctions ou je sais pas quoi.

Charly mima le soulagement.

– J'avoue que j'apprécierais que tout soit fini avant cette histoire de passage de grade. J'en ai assez que le juge ou le Cavalier sautent sur toutes les occasions pour essayer de me tuer.

– Mais ça ne va pas régler la question des pannes de magie, relança Sapotille. Il y en a de plus en plus !

– Quand vous êtes arrivés, Dame Mélisse était justement en train d'expliquer que ce sont les runes qui tuent la magie.

– Ah bon ?

Sapotille avait ouvert des yeux ronds.

– C'est marrant, ils ont tous réagi comme toi. Y en a même qui n'y croient pas.

– Pourtant, c'est vrai, dit Charly. J'ai oublié de vous en parler hier soir, mais c'est un truc que nous avons découvert, de l'autre côté.

– Bref, ils étaient tous en train de se crier dessus quand vous êtes entrés. Ils vont peut-être même s'insulter, j'ai hâte de voir ça !

Et elle se tourna à nouveau vers le tableau à l'escarpolette.

Charly et Sapotille se hâtèrent de s'installer chacun sur une balançoire et de coller leurs yeux à ceux d'un tableau. Ils attrapèrent un cornet de cuivre qui leur donna le son :

– Il y a un vrai déni de l'Académie qui a poussé les indices sous le tapis au fil des décennies, martelait Dame Mélisse. Ce n'est pas que l'Académie ne savait pas, c'est qu'elle ne voulait pas savoir !

– Vous prétendez que… l'Académie a comploté pour dissimuler le fait que les runes tuaient la magie ? demanda Marianne, l'aubergiste de la Pitchounette.

– Tout le pouvoir de l'Académie tient sur les runes. Sans elles, l'Académie n'a plus de raison d'exister. Honnêtement, je pense que la plupart des Académiciens – peut-être pas tous ceci dit – en connaissent les dangers depuis des années. Seulement ils espéraient trouver une solution autre que de s'en passer.

– Cette solution existe-t-elle, au moins ? intervint le responsable des Potites Potions. Je serais ravi de dénoncer l'Académie comme tueuse de magie, mais nous ne valons pas mieux ! Nous dépendons tous des runes.

– La magie intuitive, intervint alors Césaria. C'est elle, la solution. Elle maintient la magie vivante, en mouvement, sans la figer comme le fait la magie runique. On a longtemps cru que la magie intuitive consommait plus de magie, mais c'est faux.

Elle sème simplement le désordre dans les moires et surtout, elle permet de confisquer les flux. C'est pour ça que l'Académie a choisi d'y renoncer, mais c'était une erreur. La magie doit rester vivante, même si elle nous obéit moins bien.

Dans le passage secret, June tendit une main à toper vers Charly.

– Hey ! Équipe des pas-tueurs de magie, tous les deux !

Charly topa sans quitter la réunion des yeux et Sapotille sentit ses épaules s'affaisser. Ça ne lui plaisait pas d'être traitée de tueuse de magie. Du côté de la Loge, beaucoup paraissaient en proie au même sentiment.

– On risque un nouvel Holger Frakass ! cria quelqu'un.

– Mais on n'a pas le choix et surtout, il y a urgence ! intervint Maître Lin. Il y a de moins en moins de magie dans notre monde et le grand portail qui alimentait Thadam est maintenant refermé. On doit sauver ce qui peut l'être.

– Pour le portail, je demande à voir, bougonna Mme Freluche. C'est quand même curieux qu'ils n'en aient pas parlé dans le journal…

– Ils ont dû s'en rendre compte, mais ils ne vont pas faire de publicité.

– En tout cas, ne comptez pas sur moi pour soutenir la magie intuitive !

Dame Mélisse essayait de se faire entendre par-dessus tout ça :

– La magie fonctionne comme une langue. Il faut qu'on la laisse changer au fil des gens, des paroles et des accents pour qu'elle reste vivante. Si on l'enferme dans un dictionnaire en lui refusant le droit d'évoluer, elle devient une langue morte. Il faut absolument que vous le compreniez ! Que Thadam tout entier et que tous les magiciers hors de Thadam le comprennent !

– Bon, allez, on s'emmerde, dit soudain June. Ils vont se chicaner cent sept ans, ça va être infernal. Venez, on va faire une grosse bêtise.

Sapotille fronça aussitôt les sourcils d'inquiétude. June avait souvent un problème d'estimation. Une « grosse » bêtise pour elle était sans doute « colossale » aux yeux de Sapotille.

– Va t'habiller, Sapo. Faut qu'on passe par le marché. Et vire cette couronne, on peut pas rester discrets si t'éternues tout le temps !

12

Patates-patates

– C'est une surpris-heu ! Lâchez-moi !

June les avait traînés dans les rues de Thadam sans rien leur révéler, malgré les questions insistantes de Charly. Comme ils s'enfonçaient dans les faubourgs de Cul Chaudron, June finit malgré tout par se tourner vers Sapotille.

– On doit d'abord voir Panus, ça ne t'embête pas ?

– Pourquoi ça m'embêterait ? répliqua Sapotille.

Mais elle l'avait dit d'un ton si piquant que cela interpella Charly.

– Oui, au fait, pourquoi ça embêterait Sapotille ? demanda-t-il.

Personne ne lui répondit.

Quand ils arrivèrent au stand de patates-patates, Panus était torse nu et mains bandées, occupé à boxer un gigantesque sac en toile de jute. Ses muscles jouaient sous sa sueur et, à leur vue, Charly ne put s'empêcher de carrer les épaules. Un réflexe viril qu'il jugea tout de suite ridicule. Il se hâta de lancer un salut amical, avant de demander :

– Comment est-ce que vous allez tous à Saint-Fouettard ? Ce qui est arrivé à Lys Atravice… Je sais que personne ne l'aimait, mais c'est quand même perturbant.

Panus haussa les épaules.

– C'est Dunkel von Wassermann qui a repris les rênes, maintenant. Franchement, on préfère tous, sauf les miliciens. Mais personne ose venir chercher des noises à un croque-mitaine, j'imagine qu'il a trop de dents pour ça. À l'arrivée, on se doutait que ça allait mal finir pour le dirlo. On a tous été beaucoup plus surpris d'apprendre ton retour. Ça, c'était de la vraie info.

Ce disant, il eut une expression étrange et Charly pensa qu'il était peut-être plus perturbé par le sort de Lys Atravice qu'il voulait bien l'admettre.

– Moi aussi, je suis content de te revoir, lui dit-il avec chaleur.

– Bref ! Tu as ce que je t'ai demandé ? les interrompit June.

Panus souleva une bâche, sous laquelle se trouvait un énorme sac qui paraissait grouiller.

– Je vous préviens, si jamais vous vous faites choper, ça vient pas de moi. Je les ai emballées super serrées et elles sont pas boxées, elles vont être bien énervées quand elles vont sortir.

Comme il passait devant Sapotille en tirant le sac, Charly le vit rougir en baissant les yeux. Sapotille, de son côté, le regardait d'une façon si neutre que c'en était étrange.

– HHHHGNNNN ! dit June en essayant de soulever le sac à deux reprises. Dis donc, c'est un peu lourd, ce truc…

– Je vais le porter, proposa Charly.

Il arracha tant bien que mal le sac du sol et Panus vint l'aider à le caler sur ses épaules. À l'intérieur, les patates-patates remuaient, lui massant vigoureusement le dos.

– Au fait, lui chuchota Panus en arrangeant le sac, j'espère que tu ne m'en veux pas pour Sapotille…

– De quoi suis-je supposé t'en vouloir, au juste ?

– Heu… non, rien…

Panus s'était fait fuyant.

– Bon bah, bonne chance ! leur lança-t-il. Moi, je dois retourner boxer mes sacs.

Charly rejoignit June et Sapotille qui l'attendaient un peu plus loin. Ils marchèrent quelques minutes avant que Charly n'ose glisser à Sapotille :

– Panus m'a demandé si je ne lui en voulais pas à ton sujet. Tu sais pourquoi ?

Sapotille parut si furieuse qu'elle en frémit tout entière.

– Il t'a demandé si tu… Mais il a cru que j'étais ta propriété ou quoi ?

Et son pas se fit rapide et brutal. Elle fonçait sans regarder autour d'elle.

Soudain, Charly lâcha son sac et bondit en avant pour la retenir par le coude :

– Attention !

– Mais c'est quoi, ce truc ? demanda June qui s'était elle aussi arrêtée.

– Je ne sais pas, mais si on ne veut pas se prendre un algo en pleine tête, on devrait éviter de se mettre en travers de leur route.

Devant eux avançait une colonne de miliciens dans leur uniforme vert. Ils se serraient autour d'un énorme coffre cadenassé qui paraissait aussi patibulaire qu'eux.

– Merci de m'avoir arrêtée, souffla Sapotille à Charly. Je n'avais pas très envie de retourner à Saint-Fouettard. Je ne sais pas ce qu'ils transportent là-dedans, mais ils ne rigolent pas avec...

– Comment s'appelle cette rue ? demanda Charly avant de repérer un panneau aux lettres d'or : « Boulevard Archibald Crépillon »... Qu'est-ce qu'il y a, de ce côté ?

– Rien, répondit Sapotille. Une autre route. Ça sort de Thadam. La direction dans laquelle ils vont, par contre, c'est l'Académie.

– C'est là qu'ils vont déposer leur butin, j'imagine.

Ils attendirent que la procession les ait largement dépassés pour reprendre leur chemin à travers le quartier En Octobre. Mais en arrivant route du Marquis les Trois Mouches, ils assistèrent exactement au même spectacle. Une troupe de miliciens, le pas lourd et militaire, avançait autour d'un coffre massif.

– Je ne vois qu'une seule chose qui mériterait une telle protection, dit finalement Sapotille : un coffre rempli à ras bord de gemnez.

– Où est-ce qu'ils en auraient trouvé autant ? s'étonna Charly.

– Crépine dit que toute sa famille d'accueil a été mitardisée et elle ne sait pas pourquoi. À mon avis, elle n'est pas la seule.

June intervint alors :

– Ça vous ferait plaisir, si je vous disais qu'on va justement leur reprendre une gemnez ?

– Si ces coffres en sont pleins, je ne suis pas sûr qu'on les perturbe tant que ça en leur volant une seule gemnez…, commença Charly.

Sapotille l'interrompit :

– June, ne me dis pas que c'est ce que je crois…

– On est presque arrivés, on ne va pas abandonner maintenant !

– Mais qu'est-ce que tu veux faire avec ce sac ?

– De la purée !

Une minute plus tard, ils s'arrêtèrent devant un vieux bâtiment croulant, dont l'escalier était si ébréché qu'on se demandait s'il était bien sage d'y poser le pied.

– Le pauvre vieux, il vaudrait mieux l'abattre, ricana Charly.

– C'est le musée de la Guerre du Détournement de Magie, soupira Sapotille. June est convaincue qu'ils dissimulent un complot, mais c'est ridicule.

– Ce n'est pas ridicule ! s'offusqua June. Charly, monte l'escalier, je t'explique.

Et elle s'exécuta, tandis que Charly peinait sous le poids du sac de plus en plus agité. Elle raconta leur visite avec Sapotille, et comment elles avaient trouvé la dernière pièce condamnée.

– Elle est condamnée parce que le plancher est vermoulu ! protesta Sapotille.

– Bref, conclut June, c'est obligé que le souvenir de Silverine Lampion cache quelque chose.

– Ben, hum… peut-être ?

Charly n'était pas beaucoup plus convaincu que Sapotille.

– Et donc… tu veux soudoyer le gardien avec un sac de patates ? Ça ne va peut-être pas suffire.

– Je veux soudoyer personne, j'ai dit que je voulais faire de la purée, corrigea June en poussant la porte. Bonjour !

Un homme était derrière le comptoir, occupé à lire un énorme livre. Il avait l'air très content de prendre la poussière et parut stupéfié de les voir.

– Aaaah, des visiteurs ! s'écria-t-il.

– Tout va bien, le rassura Charly, nous ne vous voulons pas de…

– On est venus pour vous prévenir de l'invasion de patates-patates ! s'exclama June.

– La quoi ?

– Ça ! dit June.

Et elle déplia un couteau, dont elle donna un grand coup dans le sac de jute.

– Hey ! s'affola Charly.

Mais trop tard. Les patates-patates jaillirent avec fureur et commencèrent à rebondir dans toutes les directions, sol, murs, plafond, fracassant tout ce qui se trouvait sur leur passage.

– Ah oui, elles sont vraiment énervées, constata June un peu dépassée.

Les patates-patates envahissaient maintenant l'intégralité du musée, détruisant les cadres et les vitrines. Le gardien s'était jeté au sol en hurlant, son livre ouvert sur la tête.

Sapotille prit une patate-patate en pleine figure. Charly entendit ses lunettes se briser. Immédiatement, il se plaça devant elle pour la protéger de nouveaux impacts.

– Appelez de l'aide ! cria June. Je vais essayer de sauver ce qui peut l'être !

Puis passant près de Charly, elle lui chuchota à la hâte :

– C'est une diversion, venez m'aider !

Charly sentit une patate-patate lui frapper l'oreille de plein fouet et son tympan se mit à siffler.

– June, c'est la pire idée que tu aies jamais eue !

Mais il la suivit et entraîna Sapotille qui n'y voyait plus rien.

June courait. Les patates-patates fusaient dans tous les sens. L'une d'elles lui percuta la mâchoire avec une telle violence qu'elle en tomba à la renverse. Mais elle se releva et repartit aussitôt.

– C'est dans cette pièce, couina Sapotille.

Et elle essaya de traverser le mur. Charly lui fit faire un écart d'une cinquantaine de centimètres pour qu'elle vise l'encadrure de la porte.

– La gemnez ! Elle est dans cette vitrine ! s'exclama June.

Mais ladite vitrine explosa sous leurs yeux, défoncée par une patate-patate.

– Où est-ce qu'elle a roulé ? demanda Charly.

– Je ne sais pas, je ne vois rien sans mes lunettes !

Tous les trois se jetèrent à quatre pattes pour fouiller sous les meubles, évitant les patates tant bien que mal.

– C'est quoi, ce bruit ? demanda soudain Charly. On dirait une sorte de craquement, non ?

– Je l'ai ! s'écria June.

Elle tenait fièrement entre ses doigts la gemnez ternie.

– Pas trop tôt, on va pouvoir dégager de cet endroit, grommela Sapotille.

Au moment où elle atteignait le milieu de la pièce avec Charly, le plancher s'effondra sous leur poids.

Sapotille lança le bouclier le plus rapide de sa vie, tandis que Charly se jetait sur elle pour l'empoigner par la taille. D'un grand geste du bras, il se saisit du sortilège de Sapotille et l'élargit autant que possible.

Ils chutèrent au milieu des poutres brisées et des lattes déchiquetées, mais le bouclier les protégea et ils n'eurent que quelques bleus à déplorer, ainsi qu'une toux terrible qui leur secoua les bronches, car la poussière était épaisse. Autour d'eux, la plupart des patates s'étaient calmées, ne bondissant que mollement. Certaines avaient fini en purée, ainsi que June l'avait promis.

– Vous allez bien ?

La voix de June était inquiète. Plus proche de la porte, elle était restée en sécurité à l'étage supérieur, là où le plancher avait tenu le choc.

– Ça va, croassa Charly entre deux quintes de toux. Grâce à Sapotille.

– Je dirais que c'était du très bon travail d'équipe, répliqua celle-ci tout en blottissant son visage dans son col.

Charly la sentait respirer dans son cou. Il était à peu près certain que ce n'était pas *uniquement* pour se protéger de la poussière et il jubila. Pour un peu, il aurait été ravi d'avoir traversé le plancher. Il la serra un peu plus fort dans ses bras et elle s'y blottit encore davantage.

Soudain, il y eut un bruit de bottes, hélas parfaitement identifiable.

– Oh là là, ciel ! lança June d'une voix exagérée. C'est la milic-heu qui vient pour me prendr-heu !

– Elle essaie de nous prévenir, comprit Charly. Vite, cachons-nous !

– Je ne vois rien sans mes lunettes, aide-moi !

Comme ils escaladaient les débris pour se dissimuler sous le reste du parquet où se trouvait encore June, Charly vit tomber une petite bille blanche. *La gemnez*, comprit-il. Il se hâta de la ramasser, juste à temps.

– On te tient, sale petite peste ! Où sont tes complices ?

– Vous parlez des patates ? Honnêtement, je ne sais pas ce qui s'est passé, je voulais juste faire de la purée.

– Réponds ou je te garantis que tu vas tâter de nos algos. Où sont les deux autres gamins ?

– Partis. Ils voulaient pas de purée.

Il y eut une espèce de choc et un cri étouffé. À coups de poing ou de sortilège, les miliciens venaient de frapper June. Charly se sentit vibrer tout entier, mais il ne pouvait pas intervenir, ne serait-ce que pour protéger Sapotille. Il se rassura en se disant que June savait encaisser.

Il entendit les miliciens s'avancer jusqu'au bord du parquet démoli. Ils devaient fouiller les décombres des yeux. Charly et Sapotille se plaquèrent autant que possible contre le mur. Elle, plongeant le nez dans son col à lui, lui, respirant dans ses cheveux à elle pour se retenir de tousser.

La poussière leur piquait atrocement les yeux et les faisait pleurer.

– Bon, vous allez m'emmener à Saint-Fouettard, j'imagine, dit June très fort. J'ai hâte de rencontrer le nouveau directeur !

– D'abord, tu vas venir à la milicerie avec nous, sale petite vermine ! Viens par là.

Un couinement.

– Hey, doucement ! J'ai dit que j'étais d'accord pour vous suivre.

Les pas s'éloignèrent. Charly vit des étincelles magiques s'allumer près de lui. Sapotille venait de réparer ses lunettes.

– Ce n'est pas beaucoup mieux, déclara-t-elle. On ne voit rien avec tout ce plâtre dans l'air…

– Il vaudrait mieux qu'on sorte d'ici sans avoir à repasser par le musée, dit Charly. Dans quoi est-ce qu'on est tombés ?

– Je suis presque sûre qu'on est vautrés sur des boîtes de conserve.

Finalement, ils parvinrent à dénicher une porte fermée à clé. Sapotille qui maîtrisait les sorts classiques – chez Charly la magie restait toujours un peu aléatoire – parvint à déverrouiller une serrure vétuste qui menait à un appartement tout aussi décrépi.

– On devrait vite s'enfuir avant que les propriétaires ne reviennent, souffla Sapotille.

– Ce n'est pas comme si on avait les moyens de réparer, admit Charly.

Dans sa main, il serrait fort la gemnez que June avait dénichée.

Avec Sapotille, ils se hâtèrent de quitter la ville et ne reprirent leur souffle qu'une fois parvenus dans les champs.

– Les adultes vont être furieux, quand ils vont l'apprendre…, ruminait Sapotille. Déjà qu'en théorie on n'avait même pas le droit de quitter le manoir !

– Quelque part, heureusement que c'est June qui s'est fait attraper, dit Charly. Elle risque beaucoup moins que nous. J'espère juste que son idée valait le coup. On devrait lire cette gemnez. Si on rapporte une prise de valeur, on se fera peut-être pardonner.

Sapotille approuva, mais glissa du bout des lèvres :

– À mon avis, on va être super déçus…

Comme elle ne manifestait pas une grande curiosité, Charly serra la gemnez dans son poing et entreprit sa lecture.

Le souvenir était étrange, d'une teinte sépia avec de grandes zones de flou. C'était un très vieux souvenir qui paraissait usé. Le son non plus n'était pas très bon.

Charly se retrouva projeté quelque cent ans plus tôt dans le corps de Silverine Lampion, un corps déjà fatigué quoique jeune, brisé par les nuits sans sommeil et le travail des muscles autant que de l'esprit. Aussi, c'était la guerre. Le temps était à la peur et à l'angoisse, qui duraient déjà depuis plusieurs mois sans promettre de changement.

On rit d'elle. De grands rires puissants et tonitruants qui visent à la remettre à sa place. Elle a beau se dire qu'elle a raison d'être là avec sa grande idée au milieu de tous ces messieurs… La façon dont ils la regardent la fait douter. Pourtant, elle a rêvé d'être des leurs autrefois. Les cours du soir, c'était pour ça. Mais eux, tout ce qu'ils voient, c'est la femme de ménage qui récure l'urine incrustée dans les joints, parce qu'ils ne sont même pas foutus de pisser proprement. Cette petite colère remet Silverine d'aplomb. Elle cherche du regard le soutien du professeur émérite qui l'a fait venir ici. Il paraît agacé, elle ne sait pas si c'est après elle ou à cause des messieurs.

– Ça marche vraiment ! glapit-elle.

Sa voix se perd dans les aigus à force de vouloir se faire entendre et déclenche une nouvelle salve de rires. Bon, tant pis, elle doit faire sa démonstration et vite, avant qu'on la jette dehors. Elle sort trois objets de son sac et les pose sur le pupitre. Une noix, une feuille de papier et une plume. Elle a bien mémorisé les trois runes, elle ne doit surtout pas se tromper. La noix s'ouvrira, la feuille brûlera et la plume volera. Vite, de son doigt elle commence à tracer des lignes de feu et le silence se fait, peu à peu. Ah, ça vous en bouche un coin ! *songe-t-elle,* que je sois parvenue à faire un peu de magie alors qu'Holger Frakass…

Soudain, le souvenir s'arrêta et Charly eut le temps de ciller avant qu'il reprenne peut-être une ou deux minutes plus tard.

Ils l'applaudissent maintenant, c'est la gloire et bien sûr qu'elle est ravie de répondre à toutes leurs questions.

– Et donc vous avez eu l'idée de piéger la magie grâce à un livre de jeux de runes pour enfants, datant du siècle dernier ?

– Oui, j'étudie les différentes formes de magie, c'est le sujet du mémoire que je présenterai en…

– Messieurs, voilà pourquoi nous devons parfois écouter les femmes ! Seule l'une d'entre elles pouvait avoir l'idée de fouiner dans des jeux d'enfants ! Des jeux d'enfants !

Ça rit à nouveau, même si cette fois c'est un rire de soulagement, un rire presque complice. Silverine ricane un peu, histoire de ne pas rester sur la touche. Elle doit encore évoquer ses recherches. Elle essaie de faire comprendre qu'elle veut parler, elle finit même par lever la main comme une gosse. On ne lui prête plus attention, tant ils sont surexcités.

– Il y a quand même un problème, essaie-t-elle de crier. Au contraire de la magie intuitive, la magie runique semble détruire…

Le souvenir sauta encore. Quand il revint quelques secondes plus tard, le bruit s'était encore intensifié et Silverine Lampion ne parvenait plus du tout à se faire entendre :

– … ne pourrons pas nous passer de l'intuition ! Elle est changeante et par là même créatrice…

Le souvenir se brouilla une dernière fois. Il y eut encore un son, un monsieur qui criait « *Holger Frakass* », juste avant « *plus jamais laisser faire ça* », et c'est tout, plus rien. C'était terminé.

– Alors ? demanda Sapotille. Ça valait le coup ?

Charly lui retourna une moue dubitative.

– Je ne suis pas sûr… Silverine Lampion veut mettre en garde contre la magie runique, mais le souvenir est effrité, elle ne dit pas clairement que les runes tuent la magie. Il faut le déduire.

Il soupira avant d'ajouter :

– Ça ne suffira pas pour convaincre le grand public, mais on peut peut-être au moins faire circuler l'information chez les Académiciens. Si tu penses que ce Lothaire Galbinus est de notre côté…

– Je n'ai pas dit ça. Mais c'est notre meilleur espoir.

Elle tendit la main vers la gemnez.

– Donne, je vais faire une transcription précise avant de la remettre aux adultes.

Charly grimaça.

– En tout cas, on va se faire secouer pour June. Je ne sais pas à combien la milice va fixer l'amende, mais ça risque de coûter cher, alors même qu'on a des soucis d'argent. J'ai entendu dire qu'on vivait aux crochets de Célestin.

– C'est vrai, confirma Sapotille. Il va finir par se lasser. Et si la gemnez n'a même pas de réelle valeur…

Charly lui coula un regard en biais, se demandant s'il pouvait lui proposer une étreinte réconfortante. Leurs rapports s'étaient réchauffés, mais pas au point de reprendre où ils s'étaient quittés, au temps des baisers. Or Charly avait follement envie d'embrasser Sapotille. Mais est-ce que c'était le moment, avec June prisonnière à la milicerie ?

Charly écrasa ses désirs dans son poing droit – cette fois, il le fallait bien – et s'engagea d'un pas décidé vers le manoir. Il était décidé à encaisser l'engueulade à la place de Sapotille, un geste d'attention qui valait bien une couronne de fleurs.

***

– Mais qu'est-ce qui vous est passé par la tête ?

De rage, Maître Lin fouetta la croupe des licornes d'un coup de rênes. Elles renâclèrent mais accélérèrent leur trot. Charly et Sapotille se tassèrent quant à eux dans la citrolle, n'osant pas rappeler que ce n'était pas par leur tête à eux que cette idée était passée, mais bien par celle de June.

Par chance, Maître Lin était seul au manoir lorsqu'ils étaient rentrés. Par chance aussi, il était capable de conduire l'attelage des licornes (il avait secoué ses longs cheveux devant leur museau et elles avaient été très impressionnées). Du coup, Charly avait bon espoir de récupérer June avant que sa mère et sa grand-mère ne soient de retour, sans même parler de Célestin qui piquerait une crise épouvantable en l'apprenant. June était sa chouchoute, il ne s'en cachait pas.

La route la plus rapide longeait le canal Carpien et Charly regarda les péniches défiler les unes après les autres, paisibles sur l'eau dormante. À quelques centaines de mètres, le barrage électrique de la Karpass qui soutenait la réserve d'eau était bien visible. C'était un barrage qui tenait par magie et Charly se demanda ce qui se produirait le jour où celle-ci serait insuffisante dans Thadam. Le barrage s'effondrerait-il ? Et dans ce cas, la ville serait-elle noyée sous des trombes d'eau ? L'Académie devait avoir paré à une telle éventualité.

Par-delà le vallonnement de la berge opposée, il apercevait maintenant les toits des trois boudeuses, les tours qui composaient Saint-Fouettard. Tout était calme. Le paysage donnait l'impression d'attendre le printemps en faisant la sieste, les mains croisées sur un ventre repu. Il se moquait éperdument que June soit aux mains de la milice.

Maître Lin ne ralentit pas quand ils passèrent devant la Pitchounette, dont la figure de proue tourna pourtant la tête dans leur direction. Enfin, ils arrivèrent place des Deux Algos où la sinistre milicerie les toisa de tous ses barreaux. C'était le genre de bâtiment qui montrait les dents.

– Qui sont tous ces gens ? s'étonna soudain Maître Lin.

De fait, sur la place, il y avait beaucoup de monde. Ça patientait par petits groupes, ça remplissait des papiers contre les murs ou sur le dos de bonnes âmes complaisamment pliées en deux. Trois miliciens parurent et furent aussitôt assaillis par plusieurs personnes empressées. Immédiatement, un algo violent les projeta au sol. Il y eut des cris et des gémissements.

– Silence ! Vous aurez des nouvelles de vos proches quand on en donnera ! cria un milicien.

Après quoi, il parut tout content de lui et ricana un peu. Ça s'entendit très bien car la place était devenue silencieuse. Un nouveau milicien sortit, tirant derrière lui deux vieilles dames au regard vide.

– Y a-t-il quelqu'un pour venir chercher… (il consulta un papier) Gisèle Bounce et Fatima Laplume ?

Deux hommes et une jeune femme se précipitèrent, déjà en larmes. Il était évident que les vieilles dames avaient été mitardisées.

– Oh là là, résuma Sapotille.

Charly lui prit la main et la serra bien fort. Maître Lin avait attaché les licornes assez sommairement à un abreuvoir. Il n'avait pas l'intention de s'attarder.

– Ne bougez pas d'ici, leur glissa-t-il.

Et il les abandonna à l'extrémité de la place, s'avançant seul vers le bâtiment tapissé de barreaux. Hélas, le premier milicien auprès duquel il voulut se renseigner le projeta contre le mur d'un algo moqueur.

– Outch ! compatit Charly. Ça doit faire mal…

Il se précipita pour l'aider, mais Sapotille le retint.

– Il nous a dit de ne pas bouger.

– Mais il faut bien qu'on sorte June de là ! s'affola Charly.

Soudain, il doutait. Est-ce que ce serait aussi simple de récupérer June qu'il l'avait d'abord cru ? Maître Lin s'était relevé et avait ramassé ses lorgnons. D'après son geste, Charly devinait qu'il les avait retrouvés brisés. À présent, il restait planté là, ne sachant plus quoi faire qu'eux.

– S'il faut avoir des relations pour entrer, on est mal…, maugréa Sapotille.

– Tu as au moins une relation qui ferait réfléchir n'importe qui, ironisa Charly. Dommage que ton frère ne soit pas du genre coopératif.

Sapotille sursauta, presque à rebours.

– Mais eux, ils ne le savent pas, dit-elle, avant d'ajouter : Je suis sûre que c'est parce que je pense à June que j'ai ce genre d'idée.

Puis elle se tourna vers Charly :

– Il va falloir que j'impressionne la galerie… Rends-moi le sapeur, s'il te plaît.

Charly n'était pas sûr de comprendre, mais il lui tendit le chapeau.

– Qu'est-ce que tu veux faire ?

– Ça.

Sapotille posa le chapeau sur sa tête et le sapeur, qui réagissait aux intuitions, la para immédiatement d'une majestueuse robe de soie noire. Charly s'écarta de deux pas, la robe était vaste et comprenait même une légère traîne. Sur les cheveux de Sapotille, le sapeur s'était métamorphosé en couronne de roses noires avec des épines si épaisses qu'elles en étaient effrayantes.

– Majesté…, s'inclina Charly, plus du tout ironique.

– Attends-moi là.

– Sûrement pas. Toutes les reines ont besoin d'une escorte.

Il n'ajouta pas que, dans le cas présent, un garde du corps ne serait pas du luxe. Sapotille hocha gravement la tête et s'avança d'un pas décidé et cérémonieux vers la milicerie. Charly, malgré son accoutrement ridicule, restait à son niveau, vigilant.

– Je suis la sœur du Cavalier, déclara-t-elle de but en blanc aux deux miliciens qui gardaient la porte.

Elle avait assez d'aplomb pour les déstabiliser, mais, Charly le vit tout de suite, ce ne serait pas suffisant.

– Je viens chercher June Bourdoncle, insista-t-elle.

Les deux miliciens se regardèrent, hésitèrent et décidèrent finalement de ne pas la prendre au sérieux.

– On n'a reçu aucun ordre en ce sens, dit en souriant le plus petit des deux.

Quand Charly le vit lever la main tatouée vers Sapotille, il était prêt. Il intercepta l'algo d'un geste rapide et le projeta vers le sol. Il avait été discret, mais les miliciens s'attendaient si peu à ce que leur sortilège dysfonctionne qu'ils n'avaient pas prêté attention à son geste.

Celui qui avait jeté l'algo fit jouer ses doigts et son poignet, comme s'il suspectait un rouage de s'être brisé.

– Y a une panne de magie, ou quoi ?

– J'ai rien remarqué, dit l'autre.

Il jeta à son tour un algo, que Charly intercepta tout aussi vite. Heureusement, Sapotille avait compris la manœuvre et répéta bien fort, pour détourner leur attention de Charly :

– Je suis venue chercher June Bourdoncle.

Les miliciens devenaient fébriles. Ils leur firent signe de dégager.

– Écoute, on n'a pas d'informations à te transmettre, alors tu patientes avec les autres. Tu vois ? Il y a plein de gens qui attendent, tu n'es pas la seule !

– Très bien, dit Sapotille. Vous l'aurez voulu.

Et elle tourna les talons pour marcher droit vers le centre de la place. Arrivée là, elle sortit ostensiblement une grosse craie de son sac et se mit à tracer des symboles par terre. Maître Lin, qui s'était à grand-peine tenu en retrait jusque-là, se précipita vers eux.

– Qu'est-ce que vous fichez ?

– Je crois qu'il faut laisser faire Sapotille, dit Charly.

Mais les dessins qu'elle réalisait sur le sol rendaient tout le monde nerveux. Un milicien finit par se ruer vers elle.

– Halte ! Que trafiques-tu, au juste ?

– Eh bien, j'appelle mon frère. Après tout, ces gens attendent en famille, donc moi aussi.

– Ton frère…, répéta le milicien.

– Mon frère, la Mort, répéta Sapotille d'une voix forte.

Et Charly se demanda comment elle avait pu faire résonner le mot « mort » sur les murs de la place.

Le milicien parut se demander si un abus de pouvoir de plus valait tous les ennuis qui étaient en train de se présenter et dut estimer que non.

– Bon, arrête tes bêtises, je vais me renseigner. Mais c'est vraiment parce que tu es jeune !

La suite ne dura pas plus d'une poignée de minutes que Sapotille employa à avoir l'air la plus majestueuse possible sous les regards d'une foule mi-inquiète, mi-perplexe.

Finalement, le milicien revint en trottant.

– Elle n'est plus ici, dit-il à Sapotille.

Charly s'approcha d'un pas rapide.

– Et elle est où, alors ? demanda-t-il.

Le milicien lui jeta un regard ulcéré mais lui répondit :

– Je ne sais pas. Elle est bien passée par la milicerie, mais elle a été emmenée ailleurs. Je n'ai pas pu avoir plus d'informations. Essayez Saint-Fouettard, vu son âge, ce serait logique qu'on l'y ait envoyée.

Charly bredouilla un remerciement. Maître Lin et Sapotille avaient déjà tourné les talons pour retourner à la citrolle.

– On aurait dû commencer par là ! s'exclama Charly en les rejoignant. C'était évident qu'elle y serait !

Il forçait un peu son soulagement. On n'y était pas encore.

La citrolle passa le Pont-Chenille au galop et cahota sur la route des Miliciens jusqu'au lac du Dour Louzet pour s'arrêter devant la bastide de Saint-Fouettard. On était en pleine journée et le pont-levis était baissé.

Il était près de midi, ce qui signifiait que les quelques cours indigents qu'on dispensait en guise d'éducation étaient finis. La plupart des enfants avaient déjà dû se diriger vers leur travail en ville, du moins pour ceux qui avaient la chance d'en avoir un. Les autres étaient contraints de vivre à demi affamés et dans une hygiène relative.

Les deux enfants qui traînaient devant la bastide, désœuvrés, étaient de ceux-là. Charly les interpella :

– Le directeur est là ?

– Il se cache à l'intérieur, juste derrière le mur. Il s'amuse à faire peur à tous ceux qui passent la porte.

Charly se tourna vers Maître Lin et Sapotille pour leur préciser :

– Le nouveau directeur est l'ancien surveillant de notre chambre. Je le connais, il est corruptible. Par contre, c'est un croquemitaine et, heu… Pensez à bien sursauter quand il nous fera « bouh », ça le flattera.

Mais quand ils eurent passé le pont-levis, Dunkel von Wassermann les attendait, bras croisés et l'air vexé.

– J'ai l'ouïe fine, aussi, leur annonça-t-il tout de go.

Malgré tout, il restait impressionnant avec ses deux mètres cinquante de hauteur, ses membres beaucoup trop longs et sa face de cauchemar dans laquelle une multitude de dents jaunâtres étaient comme jetées en désordre.

Maître Lin se racla la gorge avant de se lancer :

– Nous cherchons une jeune dame qui a dû être amenée ici, un peu plus tôt… Il s'agit de June Bourdoncle.

Le croquemitaine grimaça.

– Je m'en souviens. C'est la petite effrontée qui touche le nez de tout le monde.

Ce disant, il palpait son énorme appendice nasal. Il avait semble-t-il un mauvais souvenir de June.

– Mais elle n'est pas ici. Je ne l'ai pas vue depuis plusieurs semaines.

Charly eut l'impression que son cœur se décrochait et lui dégringolait le long des côtes.

– Comment ça, pas ici ? demanda-t-il, la voix étouffée par l'angoisse. Vous êtes sûr ? Les miliciens sont peut-être en retard…

– Les miliciens évitent de venir jusqu'ici. L'autre jour, l'un d'eux a voulu me jeter un algo, en représailles, je lui ai mangé tous les doigts de la main. Mais je récupère les enfants quand même. Les enfants d'ici m'appartiennent.

Il eut un drôle de sourire que Charly trouva franchement inquiétant.

– Vous dites que j'aurais dû récupérer une petite ? Personne ne prend mes enfants. Je vais la chercher.

– Merci, glissa Maître Lin. Pourriez-vous nous prévenir quand vous l'aurez retrouvée ?

– Et pourquoi ?

– Parce que nous pourrons vous offrir des saucisses en échange ? se hâta de proposer Charly. Vous savez, ces petites choses qui ressemblent à des doigts.

– Des doigts seraient mieux, négocia le croquemitaine.

– Mais ce seront des saucisses, dit fermement Sapotille. Nous sommes au manoir de Célestin Bourpin.

– Oh, je sais où vous êtes. Je sais où vivent tous les enfants.

Soudain, il plongea vers le sol et posa son énorme nez par terre. Charly se souvint qu'il s'en servait pour percevoir les vibrations.

– Elle ne s'est pas perdue en route. Je vais aller voir en ville.

Il se glissa dans un pan d'obscurité et Charly le perdit soudain de vue. Quand il l'aperçut de nouveau, ce fut furtivement, dans les ombres du chemin qui menait à Thadam.

– Il a l'air sûr de lui, dit-il. Il va forcément la retrouver.

Il cherchait à se rassurer, mais c'était difficile, à présent.

Ils eurent tout le temps de rentrer au manoir et de voir revenir d'abord Césaria et Dame Mélisse, puis Célestin. Ils eurent tout le temps d'encaisser les foudres générales pour leur imprévoyance. À dire vrai, Charly s'en moquait, il était fou d'inquiétude.

Dans l'après-midi, ils reçurent un message porté par un gamin qui réclamait des saucisses en échange. Une main malhabile y avait tracé ces lignes :

La petite est ché le juje Dandellion.
Le morso est tro gro pour moa.
j'abandon

Charly sentit d'abord qu'il avait mal aux genoux, avant de comprendre qu'il était tombé en avant, bouleversé par le choc.

June était aux mains du juge. Le juge qui les haïssait tous et les voyait comme un frein à son hégémonie.

June. Son amie la plus chère.

13
Attente

Sapotille ne savait pas quoi faire. Elle avait bien vu les adultes s'agiter en tous sens, mais pour ce qu'elle avait constaté, ça n'avait servi à rien.

Charly, lui, s'était complètement effondré. En plusieurs heures, il n'avait pas dit un mot, ravagé par l'angoisse et la culpabilité. Sapotille ignorait comment le réconforter, d'autant qu'elle se sentait presque aussi mal. June l'avait tellement aidée ces dernières semaines, il était loin le temps où son côté rebelle lui tapait sur les nerfs !

En fait, Charly et elle avaient commis la même erreur. À force de se laisser tourner la tête par la liberté de June, l'effronterie de June, la force de June, ils avaient fini par la croire invincible. À eux, il pouvait arriver des drames, des vrais. Mais pas à June, non, puisque June prenait tout à la rigolade, puisque June était légère comme une bulle qui vous pique le nez avant de vous faire éternuer.

– On ne peut rien faire… On devrait aller se coucher, souffla Sapotille à Charly, alors que la nuit était tombée depuis un moment.

Elle avait faim. Elle n'avait rien avalé depuis le petit déjeuner, mais personne n'avait parlé de dîner et il lui avait semblé indécent de réclamer à se remplir le ventre. Après tout, June avait-elle à manger là où elle se trouvait ? Sapotille ne misait pas sur l'hospitalité du juge.

Dans la salle de séjour, Césaria, Maître Lin et Dame Mélisse avaient passé quantité d'appels à travers tous les miroirs que recensait le manoir. Célestin, de son côté, avait multiplié les allers-retours en ville, quémandant l'aide de vieilles connaissances. Sans succès.

Quand enfin il fut trop tard pour faire quoi que ce soit, on se rassembla dans la grande pièce pour attendre. Les fauteuils accueillirent les séants épuisés en grinçant le moins possible. Même les toilettes de faïence ancienne, qui d'ordinaire faisaient tout pour se faire remarquer, s'étaient raccrochées au mur, dans une volonté de discrétion. Célestin avait allumé quelques bougies. Pas trop, parce que la lumière brûlait les yeux cernés.

– On va forcément finir par avoir des nouvelles, répétait Dame Mélisse d'une voix ferme.

Elle jouait à la maîtresse-femme pour rassurer son monde, mais Sapotille voyait bien que même elle n'y croyait pas. Maître Lin avait lu et relu le journal du jour, comme s'il pouvait lui apporter des réponses.

– Il y a de plus en plus de pannes dans le centre de Thadam, au moins deux par jour. Le juge doit avoir d'autres chats à fouetter que de s'occuper d'une gamine ! avait-il dit plusieurs fois.

Célestin avait eu plusieurs crises de larmes. De petits sanglots aigus qu'il avait étouffés dans son mouchoir et qui s'étaient arrêtés aussi brusquement qu'ils avaient commencé.

– Et moi qui me préoccupais de finir mon char dans les temps ! gémissait-il. Comme si ce Carnaval avait la moindre importance !

Charly, lui, s'était muré dans le mutisme. Au début, il avait voulu se rendre directement chez le juge, mais tout le monde l'en avait empêché : il aurait fait une trop belle proie.

Alors il était resté dans le salon, assis sur un coussin, sombre. Mandrin était venu lui faire des grâces sans parvenir à l'émouvoir. Et Sapotille avait tenté de le réconforter à son tour, allant jusqu'à poser une tête délicate contre son épaule. Mais là non plus, il n'avait pas réagi. Elle regrettait terriblement leur légèreté du petit matin, avant qu'ils ne partent pour cette expédition idiote. Là, il l'avait prise dans ses bras. Elle aurait dû en profiter pour retrouver ses lèvres, l'embrasser à pleine bouche. Maintenant, c'était trop tard…

Elle s'inquiétait des cernes qui s'allongeaient sous les yeux de Charly.

– On ne peut rien faire… On devrait aller se coucher, lui glissa-t-elle.

Mais pour toute réponse, Charly lui retourna un sourire aussi bref que triste, avant de replonger le visage entre ses bras. Sapotille comprit qu'il ne comptait pas bouger de la nuit. En fait, ils dormiraient là tous ensemble, au cas où des nouvelles surviendraient.

Bon an mal an, elle commença à aménager un espace entre les coussins et partit chercher une pile de plaids pour réconforter tout le monde.

Comme elle passait par l'entrée les bras chargés de couvertures, ce fut elle qui la première entendit le bruit des sabots.

– Une citrolle vient d'arriver dans l'allée ! cria-t-elle en se précipitant vers la porte d'entrée.

– Attends ! On ne sait pas qui c'est ! s'exclama la voix de Maître Lin dans son dos.

Mais elle avait déjà ouvert la porte d'entrée.

Elle eut d'abord un coup au cœur en identifiant la citrolle. C'était celle des Dendelion. Mais la silhouette sur le banc du cocher était reconnaissable entre toutes, avec sa quantité de rubans flottant au vent.

– Dodeline ! cria Maître Lin.

– Venez m'aider, vite, répliqua Dodeline.

Et elle ouvrit la portière. À l'intérieur, il y avait un petit corps effondré, avec une touffe de cheveux noirs.

– C'est June ? demanda Sapotille en se précipitant. Elle est… elle va bien ?

Sous l'afflux d'angoisse, sa voix s'était faite criarde. Maître Lin s'avança à son tour, mais déjà Charly les bousculait tous deux pour leur griller la priorité.

– June ! Ma June !

Il se précipitait vers la petite silhouette et Sapotille la vit remuer un peu. Elle se rendit compte qu'elle avait oublié de respirer depuis plusieurs secondes et relâcha douloureusement l'air de ses poumons.

Tout doucement, Charly prit June dans ses bras. Sapotille n'avait jamais remarqué à quel point June était petite, elle qui prenait tant de place d'habitude. Son visage était beaucoup trop pâle avec d'énormes taches sombres autour des yeux. *Pas des coups,* comprit Sapotille, *mais une immense, une terrible fatigue.* On avait fait du mal à June.

Celle-ci leur fit un sourire pitoyable, mal étiré sur des lèvres desséchées.

– C'était… c'était pas une super journée…, tenta-t-elle de frimer.

Et Sapotille vit qu'il lui manquait une dent, mais c'était peut-être dû à l'incident des patates-patates.

– Je dois vous parler, dit Dodeline, vite.

Maître Lin lui fit signe d'entrer et tous se replièrent à l'intérieur.

Dame Mélisse, qui était leur meilleure guérisseuse, s'agitait autour de June. Charly l'avait allongée sur un tapis avec mille délicatesses et restait près d'elle, lui tenant la main. Il surveillait les gestes de sa grand-mère avec attention, mourant visiblement d'envie de l'aider sans en être capable.

– J'espère que ça ira, pour la petite, souffla Dodeline d'une voix tremblante.

Elle tordait ses mains fines et pâles avec une telle violence que Célestin se hâta de lui tendre une tasse de thé.

– Tenez, ma chère… pour vos nerfs.

Mais Dodeline tremblait si fort que la tasse lui échappa des mains et se brisa sur le parquet.

Maître Lin s'approcha alors et lui saisit les poignets pour l'apaiser.

– Dodeline, ma chérie, ça va aller… Tu as fait ce qu'il fallait.

Dodeline le contempla avec des yeux noyés et Sapotille comprit que le lien qui les avait tous deux unis autrefois ne s'était jamais rompu.

– Tu…, chevrota Dodeline.

Sa voix mourut et elle dut se faire violence pour reprendre :

– Vous n'avez pas suffisamment craint mon mari. Et tout va devenir pire, à présent.

Maître Lin continuait de la regarder doucement, l'encourageant à parler, ce qu'elle finit par faire.

– C'est Thibald…

Elle eut deux sanglots secs avant de reprendre.

– C'est notre fils qui lui a passé l'Épée de Vérité à travers le corps. Rhadamante l'utilise comme une sorte d'assistant, à présent. Je ne peux rien y faire. Il veut que Thibald devienne l'Allégorie du temps, le moment venu. Mais Thibald est beaucoup trop jeune, ça détruirait toute sa personnalité ! Rhadamante veut utiliser notre fils comme il utilise le Cavalier. En faire une arme qu'il dégainerait à sa guise.

– Et June, demanda Sapotille, est-ce qu'elle a parlé ?

– Si elle a parlé ?

Dodeline eut un rire hystérique.

– Je n'ai pas pu tout entendre, mais pour avoir causé, elle a causé ! Elle a même hurlé la façon dont votre Loge prévoyait d'attaquer mon époux durant le Carnaval ! Vous êtes complètement inconscients d'avoir mouillé une enfant dans de telles histoires.

Maître Lin blêmit devant la charge des accusations et Sapotille se crut obligée d'intervenir :

– Ce n'était pas la faute des adultes. En fait, c'est même la mienne. C'est moi qui ai eu l'idée d'espionner les réunions.

– Eh bien, bravo ! cria Dodeline. À présent, Rhadamante sait tout.

Sapotille sentit le rouge lui brûler les joues. Mais Maître Lin de son côté ne perdait pas le nord :

– Dodeline… Est-ce le juge qui t'a demandé de nous ramener June ? Maintenant qu'il a eu ce qu'il désirait ?

Elle le regarda, soudain très calme, et ses épaules s'affaissèrent.

– À ton avis, Lin ? Bien sûr que non. Il comptait mitardiser la petite aux aurores. Mais je ne pouvais pas laisser faire ça sous mon toit.

Elle retira soudain ses mains de celles de Lin.

– Vous devriez abandonner. Fuir. Mon mari a déjà gagné et il le sait. Partez suffisamment loin pour qu'il n'ait pas la patience de vous traquer et oubliez la magie, c'est ce qui peut vous arriver de mieux.

– Si nous oublions la magie, nous risquons d'oublier beaucoup de choses… et beaucoup de monde…, dit Maître Lin.

Il eut un geste doux vers Dodeline, mais déjà elle lui échappait, réajustant son manteau blanc et sa longue étole de soie rose.

– Quoi que vous décidiez de faire, ne me racontez rien. Il me ferait tout avouer. J'évite son regard autant que possible, mais avec son horrible bandeau, il me voit déjà coupable de tout, tout le temps.

– Dodeline, est-ce qu'il risque de te faire du mal, pour lui avoir soustrait June ?

Elle eut un pauvre petit sourire.

– Tu pourrais rester ici, avec nous, reprit Maître Lin. Ce manoir est protégé par le théorème de Kerbenec, le juge ne s'y risquera pas. Ou bien, nous pouvons te cacher quelque part, nous avons des alliés…

– Je n'abandonnerai pas mon fils. Il me méprise, mais il m'écoute encore. Je suis sa dernière ancre avec la raison, son père lui retourne la tête.

– Dodeline, le juge va te faire du mal…

– Il reste mon époux. Pour le meilleur et pour le pire.

À ce moment, Charly se releva et s'avança vers elle.

– Cela m'a manqué de ne plus être votre dame de compagnie, lui glissa-t-il.

– Oh, moi aussi, tu m'as manqué, Charly !

Elle eut un geste pour le prendre dans ses bras, qu'elle retint au dernier moment.

– J'aurais besoin (il sortit un papier très froissé de sa poche) de plusieurs plantes pour fabriquer un antidote contre la pétricelle. Je ne connais pas leur nom à toutes, mais je les ai dessinées.

Il se tourna vers sa mère et saisit la main dont l'auriculaire était changé en porcelaine, pour la montrer à Dodeline.

– C'est pour guérir ma mère.

Dodeline regarda Césaria, elle paraissait un peu émue.

– Alors c'est votre fils ? Vous avez de la chance…

– Je sais.

– Faites attention à lui. Mon fils fera du mal au vôtre s'il en a l'occasion. Et mon mari… n'en parlons même pas.

Césaria hocha gravement la tête. Dodeline prit le papier que Charly lui tendait, puis elle les salua tous d'un geste rapide et, après un dernier regard à June, quitta les lieux. Maître Lin la suivit et Sapotille l'entendit qui tentait encore de la convaincre de se mettre à l'abri. Mais quand il les rejoignit quelques minutes plus tard, il fut évident qu'il avait échoué.

– Il va falloir prévenir la Loge, soupira Césaria. Tout le plan tombe à l'eau.

– Je crois qu'on va avoir besoin d'une pétillonade bien forte ! dit Célestin.

Mais alors, June partit d'un affreux ricanement.

– Je les ai bien eus…, grinça-t-elle d'une voix à bout de souffle.

– Comment ça ? demanda Sapotille.

– Pour la magie intuitive. Ils ont pas pensé à m'interroger dessus, alors je leur ai rien dit. Rien du tout !

– Tu es la meilleure, ma June ! s'exclama Charly. Je ne sais pas comment on aurait fait, si le juge avait appris ça.

De fait, dans la pièce tout le monde avait l'air un brin soulagé. Alors, Charly souleva June dans ses bras et lança à la cantonade :

– Nous, on va se coucher.

– Je viens avec vous ! s'écria Sapotille.

Ils regagnèrent le laboratoire où les attendaient leurs hamacs. C'était drôle de se dire que le matin même, c'était la puanteur des pieds de June qui les en avait chassés. Charly allongea doucement June et se blottit près d'elle. Mandrin les rejoignit, puis Pépouze.

Sapotille avait l'impression d'être isolée.

– Je peux… Je peux venir avec vous ? demanda-t-elle avec timidité.

Charly tendit vers elle le bras qui ne maintenait pas June contre lui.

– S'il te plaît, oui.

Alors qu'elle se blottissait contre son torse, Sapotille sentit enfin les terreurs de la journée s'estomper. Ici, elle était à l'abri, protégée. Même si cette sensation risquait hélas de ne pas durer.

À dire vrai, ce fut même encore plus court qu'elle ne l'aurait cru, car dix minutes après s'être allongés tous ensemble, la toile du hamac se rompit et ils chutèrent brutalement, pour se relever couverts de contusions.

– Au fait, vous avez toujours la gemnez ? demanda June de sa voix amoindrie. C'était bien un complot ?

– Oui, alors à ce sujet…, commença Sapotille (elle sortit la gemnez qu'elle avait oubliée dans sa poche et la tendit à June). C'est *presque* un petit complot. Je veux dire, si on regarde bien, on voit des trucs.

June lui retourna un regard éteint.

– J'ai fait tout ça pour rien, c'est ça ?

– Ben…, répliqua Charly, ce n'est pas complètement inutile, mais pas aussi spectaculaire que tu l'avais espéré.

– Le grand public ne comprendra rien, traduisit Sapotille. Mais entre les bonnes mains, ça peut faire une différence. Peut-être.

14
Apprentissage

Après cette mésaventure, les adultes leur interdirent totalement de quitter le manoir. Il y eut des réunions, des visites et des discussions par miroirs interposés (quand les pannes de magie le permettaient), mais cette fois, Sapotille, Charly et June s'abstinrent d'espionner. Ils avaient fait assez de dégâts.

June encaissa le choc de ce qui lui était arrivé en arrosant tout le monde de mauvaise humeur. Elle passait le plus clair de son temps à caresser Pépouze ou à tenter de la dresser. Aux cours de magie intuitive que Césaria avait maintenus, elle ne participait plus que du bout des doigts.

– Allez, viens ! tenta de la secouer Charly. Nos amis de Saint-Fouettard sont arrivés, on doit s'entraîner.

– Pour quoi faire ? demanda June, en lançant une noix-surprise à Pépouze qui la rapporta aussitôt.

Voilà une demi-heure qu'elle se livrait au même manège. Le bruit de la noix roulant et rebondissant sur le parquet était pénible, et Charly avait remarqué qu'il exaspérait Sapotille. Celle-ci restait penchée sur ses livres, révisant tant bien que mal pour le passage de grade et crispant parfois les lèvres d'exaspération. Mais elle n'osait pas proférer le moindre reproche.

– J'ai pas envie de faire de la magie, grommela June.

– La magie intuitive n'a d'intérêt que si elle est pratiquée en groupe. Ne lâche pas l'affaire, s'il te plaît, on a besoin de toi.

– Vous avez besoin de moi pour rien du tout, vous allez encore roucouler bêtement en vous regardant dans le blanc des yeux, et moi, je vais tenir la chandelle.

– N'importe quoi ! s'agaça Sapotille. On ne roucoule pas, on prépare le passage de grade qui sera hyper dangereux, je te rappelle !

Elle avait tout de même rougi très fort.

Depuis que Charly était revenu, tous deux avaient retrouvé une proximité faite de gestes doux. Seulement, ils ne s'étaient plus embrassés depuis ce matin d'avant la course de citrolles, il y avait déjà longtemps. Sapotille paraissait le désirer, tout en le redoutant. Elle passait son temps à repousser Charly, avant de revenir le chercher.

Pour une raison qu'il ne saisissait pas, Charly avait le sentiment qu'elle multipliait les refus juste pour s'assurer qu'il les respecterait. Elle paraissait même s'attendre à ce qu'il finisse par les outrepasser.

Pour Charly, c'était hors de question. Il patienterait tant qu'elle ne serait pas prête et lui laissait l'initiative. Jusque-là, il avait pour elle des délicatesses dont il voyait bien qu'elle se délectait. Le résultat, somme toute pas désagréable, était qu'ils profitaient des séances d'entraînement pour se taquiner, se tourner autour et repousser les limites en espérant qu'elles finissent par céder.

Sauf que leur petit jeu de séduction était apparemment transparent et June les avait épinglés. Sapotille en était mortifiée. Charly assumait. Il était amoureux de Sapotille et il le lui aurait volontiers avoué, si elle n'avait pas été à ce point sur la défensive, pour une cause obscure.

– S'il te plaît, June…, insista Charly.

June se leva en soupirant, attrapant Pépouze par ce qui semblait être la peau du cou.

– Allez viens, ma belle !

Une fois arrivés aux jardins, ils se firent houspiller par Césaria :

– C'est pas possible ! Y en a pas un qui est fichu d'être à l'heure ! Hier, c'était Klafidie qui était retenue par son travail, avant-hier Karib et Silas se sont lancés dans je ne sais quel pari idiot… Et aujourd'hui, vous ! Alors que vous habitez sur place et n'avez aucune excuse !

Charly et Sapotille eurent la décence de baisser les yeux, tandis que June regardait vers les écuries où Célestin s'activait autour d'une énorme charrette, sur laquelle se trouvait un lit à baldaquin multicolore, surmonté d'oiseaux géants factices.

– C'est ça, le char de Célestin ? s'émerveilla-t-elle. Il va être trop cool !

– C'est clair, renchérit Crépine. On est allés le voir de plus près et les oiseaux lâchent des confairires quand ils battent des ailes.

– C'est quoi, des confairires ?

– Des confettis, mais qui te chatouillent et du coup, ça fait rire, répondit obligeamment Klafidie.

– Ouais, et il a aussi prévu deux bras mécaniques qui tapent les passants à coups de polochons, renchérit Panus.

– Et il a teint ses licornes en rose et vert, ricana Karib. Elles ont l'air trop vexées !

Césaria les rappela à l'ordre :

– S'il vous plaît, on se concentre. Profitons-en tant qu'il y a de la magie, jusque-là on a eu de la chance pendant nos cours, mais on n'est pas sûrs que ça dure toute l'après-midi. Formez deux équipes. Comme d'habitude, Charly dans un camp, Sapotille dans l'autre, histoire d'équilibrer les forces… June ? June !

June s'était éloignée vers Célestin, le pas traînant. Césaria lui courut après pour la ramener. Pendant ce temps, Panus, Truc et Klafidie se placèrent à côté de Charly, tandis que Crépine, Karib et Silas se rangeaient près de Sapotille.

– Vous comptez toujours vous présenter au passage de grade ? demanda Klafidie. Le juge risque d'en profiter pour vous tuer.

– Le problème, c'est que maintenant qu'on a passé les sélections, on n'a plus le choix, répliqua Sapotille.

– On n'a pas encore décidé, tempéra Charly.

– Et vous enfuir ? relança Panus.

– On en a parlé après ce qui est arrivé à June, mais pour aller où ? Avec la trame, le juge et le Cavalier pourraient nous retrouver n'importe où et n'importe quand.

– Moi, je pense que l'Académie va mitardiser tous les magiciers qu'il trouvera pour leur voler de la magie jusqu'à ce qu'il n'y ait plus de magie du tout, dit Crépine. Et on finira tous mitardisés comme des zombies, nous aussi.

– La Loge va bien avoir une nouvelle idée, intervint Sapotille. À mon avis, ils comptent nous utiliser, c'est pour ça que Césaria nous entraîne. Enfin, je veux dire vous, pas moi. Moi, je fais de la magie runique, alors de toute façon je ne sers à rien…

– Ne dis pas ça, lui souffla Charly. La Loge a besoin de nouveaux Élémenters. En plus, tu m'aides à déguiser ma magie, c'est important.

Charly et Sapotille se démenaient pour donner l'illusion que Charly utilisait des runes lorsqu'il lançait un sortilège intuitif. Ça fonctionnait à condition de ne pas y regarder de trop près et ce serait probablement insuffisant pour le passage de grade. Mais chacun tâchait de rester optimiste.

Césaria revint en traînant par le bras une June au summum de sa mauvaise volonté. Elle tenait toujours Pépouze par un bout, comme si c'était un doudou.

– Bien, reprit Césaria. Aujourd'hui vous allez vous entraîner exactement comme si vous passiez votre grade d'Élémenter. Je vous rappelle que les sorts doivent être spectaculaires parce que le public vote pour pas mal de points.

– C'est un concours de popularité, en fait, soupira Charly. Je comprends mieux pourquoi ceux qui se présentent aux passages de grade participent d'abord aux courses des Cadets. Pour que le public les reconnaisse et leur donne des points plus facilement.

– Moi, j'ai toujours voté avec objectivité, ronchonna Sapotille.

– Bref, enchaîna Césaria. Une autre partie des points est délivrée ou retirée par les Académiciens qui jugent la technique. Et une dernière part provient d'une coupe qu'il faut être le premier à attraper. Elle rapporte cent points, soit la moitié de ce qui est nécessaire pour décrocher le grade. Il y a aussi une histoire de médailles, mais on ne va pas s'en préoccuper aujourd'hui.

Elle sortit une cuiller à soupe un peu tordue de sa poche.

– Ce sera la coupe. Je vais l'accrocher au puits.

Tout le monde regarda la cuiller, dubitatif.

– Mais, madame, on passe pas le grade d'Élémenter, nous, dit finalement Klafidie.

– C'est pourquoi votre objectif est différent. Tous ceux qui pratiquent la magie intuitive seront obligés de le faire en collectivité, chacun dans son camp. Sapotille sera la seule à agir individuellement et à sa guise, mais si le camp de Charly parvient à s'allier, il sera plus fort. Charly, tu as des facilités à interagir avec les autres, mais ton handicap sera de faire semblant de tracer des runes pour donner le change. Vous êtes prêts ?

– Moi, je joue pas, dit June.

Et elle se laissa tomber à terre.

– Très bien, soupira bruyamment Césaria. Tu feras l'arbitre

avec moi pour juger de la qualité et du spectacle. Les autres, c'est parti !

Les premiers coups s'échangèrent très vite. Sapotille avait un avantage et le savait. Tous ceux qui dépendaient de la magie intuitive avaient besoin d'un « briquet », ainsi que l'appelait Charly, pour lancer un sortilège. Charly utilisait Mandrin avant de communiquer son flux à son équipe, tandis que Césaria fournissait l'étincelle du second groupe.

Charly avait fait des progrès si considérables qu'il n'avait même plus besoin d'un contact direct avec son familier. Il suffisait qu'il pense à lui pour que la magie se déverse. En revanche, transmettre ce flux à Panus, Truc et Klafidie, qui étaient d'un niveau beaucoup moins avancé, lui prenait plus de temps.

Sapotille en profita sauvagement. À peine Césaria avait-elle lancé les hostilités qu'elle traça une rune puissante qu'elle projeta aux pieds de Panus. Immédiatement, la terre se liquéfia et l'engloutit jusqu'aux épaules.

– Hé ! protesta Panus, j'ai même pas eu le temps de récupérer du flux ! Truc, sors-moi de là !

– Bravo, Sapotille, intervint Césaria, c'était très spectaculaire. Mais je te rappelle que lors de ton passage de grade, tu ne disposeras que de la quantité de moires contenues dans ton insigne. Si tu dilapides ainsi tes sortilèges, tu n'iras pas bien loin !

Charly, de son côté, se demandait ce que Panus avait pu faire à Sapotille. Il avait bien remarqué que lors de chaque entraînement, et même lorsque celui-ci consistait simplement à faire pousser des plantes, onduler un mur ou léviter dans les airs,

Sapotille mettait des bâtons dans les roues de Panus, dans le but de le disqualifier au plus vite.

Charly essaya d'entraîner Klafidie et Truc avec lui, mais Truc était occupé à tenter de tirer Panus du sol.

– Mitard, Truc, tu me fais super mal !

Tant pis, il restait Klafidie, ce serait suffisant. En plus, c'était toujours avec elle qu'il « dansait » le mieux. Faute d'un meilleur terme, c'est ainsi qu'il désignait le fait de faire de la magie groupée, parce qu'il fallait se couler dans les mouvements de l'autre.

Il jeta un sortilège sur l'intégralité de l'autre équipe en tissant une rune factice.

– On n'y croit pas, Charly ! le houspilla sa mère. Tu as fait mine d'utiliser une rune pour réchauffer un bain glacé au lieu de… (elle examina le sortilège qu'il avait lancé) au lieu d'une rune impactant des racines ! En plus, ce n'est pas très spectaculaire.

En effet, les racines des mimosas avaient jailli du sol pour se saisir des chevilles de Karib, Silas et Crépine. Seule Sapotille répliqua par un sortilège nonchalant et y échappa. Après quoi, elle courut en direction du puits pour y saisir la cuiller.

– Faut qu'on fusionne, frangin ! cria Karib à Silas.

– Mais qu'est-ce que vous fichez ? hurla soudain Césaria.

Charly, qui s'était lui-même lancé en direction de la cuiller, se retourna. Karib et Silas avaient en effet fusionné… physiquement. Ils étaient comme soudés au niveau de l'épaule et ne disposaient plus que de deux bras. Les jumeaux étaient devenus des siamois, ce qui les fit éclater de rire.

– Eh, Crépine, tu nous rejoins ?

– Ça va pas, non ?

Charly reprit sa course en direction de Sapotille, pour voir que Klafidie l'avait devancé. Dans la plus pure tradition de Saint-Fouettard, elle se saisit de Sapotille par la taille et lui fit un plaquage au sol.

– Hey, c'est pas de la magie, ça ! glapit Sapotille.

– Mais c'est légal, la contrecarra Césaria. Il faudra vous attendre à ce genre de coups tordus au passage de grade.

– Attends, tu vas voir !

Charly n'eut pas le temps de s'approcher beaucoup plus. Sapotille était devenue très rapide.

Les longs cheveux auburn de Klafidie se dressèrent vers les frondaisons du mimosa le plus proche et s'y emmêlèrent sur toute leur longueur.

– Aïeuh ! protesta Klafidie.

– J'ai pas fini !

Le grand arbre couvert de grappes dorées la fouetta de ses branches. En trois coups, Klafidie fut recouverte de pollen jaune et prise d'une terrible crise d'éternuements.

– Et ça ne va faire qu'empirer ! lui lança cruellement Sapotille.

Elle s'était déjà relevée et approchait du puits, où la cuiller se balançait au vent. Mais Charly avait eu le temps de rattraper son retard. Il traça rapidement une rune factice qu'il espéra convaincante et appela le vent.

Sapotille cria quand elle fut soulevée dans les airs par une petite tornade. Charly en profita pour arracher la cuiller d'un geste sec, puis il tendit les bras pour accueillir Sapotille, qui y retomba.

– J'ai gagné, lui souffla-t-il.

– Mais mon équipe s'est auto-éliminée, avança-t-elle, sans faire mine de descendre de ses bras.

– Hmm, alors tu crois qu'on devrait partager cette cuiller ?

Le visage de Sapotille s'était niché dans son cou, il sentait son haleine le caresser. Elle baissa la voix et lui glissa :

– Je crois qu'on devrait partager…

– Va faire un câlin, Pépouze ! cria soudain la voix de June.

Charly releva les yeux juste à temps pour prendre Pépouze en pleine figure. De surprise, il en lâcha Sapotille qui tomba par terre en criant.

– Elle était jalouse ! ricana June, alors que Charly se dépêtrait de la serpillière trop affectueuse.

– June ! protesta-t-il.

June avait repris du poil de la bête au plus mauvais moment. Il songea que c'était tout de même bon signe, avant de mieux regarder son visage. Malgré un air bravache, June paraissait au bord des larmes. Alors même qu'elle leur tournait le dos depuis une semaine, elle s'était sentie mise sur la touche et ne l'avait pas supporté.

Il soupira. Lui-même avait un peu la tête qui tournait. C'était à cause de la magie intuitive qui exigeait qu'il donne de sa personne. Au même instant, sa mère passa près de lui au pas de course en criant :

– Maman ! Maman, viens nous aider !

Derrière elle, Karib, Silas et Crépine la suivaient tant bien que mal en se débattant. Ils étaient désormais tous les trois soudés les uns aux autres.

– Je vais vous tuer ! hurlait Crépine.

– Et comment tu vas faire, vu que ton bras est collé à mon épaule ? la nargua Silas.

Dame Mélisse fit irruption du manoir à cet instant. Le miroir magique qu'elle avait à la main signifiait qu'elle avait dû interrompre une conversation.

– Par les quatre sabbats ! s'écria-t-elle en lorgnant l'étrange créature que formaient les trois jeunes gens.

– Je t'en prie, maman, dis-moi que tu connais un moyen de les décoller !

– Ah, madame, je suis tellement fan de votre travail ! brailla alors Crépine. Vous pouvez me faire une dédicace sur le sortilège en papillote que vous avez créé, s'il vous plaît ?

Dame Mélisse fronça les sourcils.

– Un des sortilèges de hasard que j'avais offerts à Charly ? C'est toi qui l'as ?

– Ouais, je lui ai gratté et maintenant je le garderai toute ma vie !

Crépine se tourna vers Silas.

– Utilise mon bras pour le prendre dans ma poche, toi ! Si j'ai ma dédicace, *peut-être* que je te pardonnerai.

– Quant à toi, mon chéri, dit Césaria à Charly, ne va pas t'imaginer que je n'ai pas observé ta prétendue rune. Elle disait que tu voulais mettre un réfrigérateur en panne, alors que tu as lancé un sortilège de tornade. C'est n'importe quoi, l'Académie n'y croira pas une minute !

Charly lui renvoya un sourire gêné et voulut relever Sapotille, qui était tombée à ses pieds. Mais lassée de l'attendre, elle avait fini par se débrouiller seule.

– Qui sont ces gens ? demanda-t-elle alors qu'elle remettait de l'ordre dans sa tenue.

Elle désignait du doigt une douzaine de personnes qui venaient d'entrer sur le domaine, d'une démarche erratique. Leurs vêtements étaient dépenaillés, leurs cheveux décoiffés et leur regard…

– Ce sont des mitards ! s'exclama Charly.

– Comment sont-ils arrivés jusqu'ici ? s'interrogea Césaria.

Elle se rua vers le groupe qui se dispersait sous les arbres. Soudain, Charly la rattrapa par le bras.

– Regarde, maman ! Derrière la grille…

Elle s'arrêta d'un coup. Quatre miliciens, qu'ils n'avaient d'abord pas repérés à cause de leur uniforme vert fondu dans la végétation, regardaient vers eux avec des sourires de prédation.

– Ce sont eux qui les ont amenés.

– C'est de l'intimidation ! s'agaça Césaria. On ne va pas se laisser faire !

– Il y a beaucoup d'enfants ici, ma fille…, intervint alors Dame Mélisse.

– Vous croyez qu'ils nous ont vus faire de la magie intuitive ? s'inquiéta Charly.

– Les miliciens sont nuls en magie, le rassura Sapotille. C'est pour ça qu'ils n'ont que deux sortilèges tatoués sur les mains.

Au même moment, Célestin Bourpin passa près d'eux au petit trop. Il avait des plumes et des confettis collés un peu partout sur ses vêtements et paraissait encore plus étrange que d'habitude.

– Excusez-moi, excusez-moi ! chantonna-t-il avec une gaieté forcée en les doublant.

Charly le vit s'approcher des miliciens avec lesquels il parlementa quelques minutes. L'un des miliciens lui jeta un algo et il fut projeté au sol. Charly voulut courir vers lui, mais il se releva aussitôt en riant très fort, comme si le milicien lui avait fait une bonne blague. L'habitude du harcèlement lorsqu'il était enfant lui avait donné des réflexes.

Finalement, les miliciens firent demi-tour. Quand Célestin revint vers eux, il était pâle.

– Avant, je leur offrais une boîte à prout et des bonbons colle-aux-dents et ils étaient contents, dit-il avec un sourire crispé. Apparemment, ça ne suffit plus. Les temps changent.

– Nous vous mettons tous en danger en restant ici, avança Charly.

– Bah, pas du tout, rétorqua Célestin en agitant une main négligente. Tout le monde m'adore, je suis le clown indispensable de Thadam ! Il est temps de le rappeler à cette ville et le Carnaval sera le moment idéal. Je vous laisse, je dois finaliser mon merveilleux char. Vous pouvez gérer les mitards ? Merci…

Et il retourna bricoler son char.

– Ces mitards sont un avertissement, dit Césaria. La menace se rapproche. Nous risquons de finir comme eux.

Dame Mélisse hocha la tête.

– Je vais voir si je peux identifier ces pauvres bougres, pour que leurs familles viennent les chercher.

Elle fit une pause avant d'ajouter :

– La véritable arme du juge, c'est le Cavalier. Nous devrions nous en occuper avant qu'il ait mitardisé la moitié de Thadam et de ses provinces.

15

Carnaval

– Vous allez tous au Carnaval, dit Césaria.

Tous tombèrent des nues, mais Sapotille fut la plus prompte à réagir :

– Je croyais qu'il n'y avait qu'ici que nous étions en sécurité, à cause du théorème de Kerbenec ? Et qu'on devait se tenir à carreau jusqu'au passage de grade ?

Dame Mélisse leur adressa son sourire le plus rassurant :

– Vous avez besoin de vous divertir un peu, vous êtes encore si jeunes ! Ces derniers mois ont été difficiles, il ne faut pas gâcher la perspective d'un bon moment.

– Et puis nous vous avons prévu des costumes, intervint Maître Lin. Je les ai sélectionnés moi-même avec Mme Freluche. Avec ça, vous passerez inaperçus dans la foule.

– Oh, c'est… surprenant, mais vraiment gentil ! s'exclama Charly.

Des étoiles s'allumaient timidement dans ses yeux, il mourait d'envie de voir le Carnaval de Thadam dont tout le monde parlait depuis des semaines. June était toutefois beaucoup moins naïve :

– Vous avez besoin qu'on soit pas dans vos pattes, pas vrai ?

– Mais non, ça n'a rien à voir ! tenta de se justifier Maître Lin. C'est juste que…

– Vous allez invoquer une Allégorie, comprit soudain Sapotille. Le juge ? Non, ce serait trop difficile… Vous voulez affronter le Cavalier !

– Maman, Grand-Ma… ? C'est vrai ? s'affola Charly.

Les adultes échangèrent des regards gênés, hésitant à mentir.

– Écoutez, dit finalement Césaria. Nous ne pouvons pas rester les mains dans les poches. Le Cavalier est l'arme directe du juge et une menace lourde qui plane sur nos têtes. June a failli être mitardisée !

– Mais… Grand-Ma l'a affronté et il a failli la tuer ! Il l'a même blessée !

Charly désignait la hanche de sa grand-mère qui ne s'était jamais remise de cette rencontre. Il était à l'évidence bouleversé et Sapotille vint se tenir près de lui pour lui montrer son réconfort.

– Je ne serai pas seule, cette fois-ci, lui répondit Dame Mélisse. Maître Lin sera là pour m'aider, ainsi que Marianne de la Pitchounette et Nana du Haricot Bleu. Nous sommes tous puissants et le théorème de Kerbenec limite les forces du Cavalier tout en nous permettant de ne pas nous rationner en magie.

– Mais le juge s'attend à ce que vous tentiez quelque chose pendant le Carnaval ! s'exclama Sapotille.

– Oui, répliqua Maître Lin, mais il est obligé d'y assister et la plupart des miliciens aussi. Nous n'aurons pas de si belle opportunité avant longtemps.

– Néanmoins, intervint Césaria, nous ne pouvons pas garantir que le manoir ne présentera aucun risque pour vous. C'est la raison pour laquelle vous irez au Carnaval avec Célestin.

Il fut impossible de négocier davantage. Charly eut beau supplier et même s'énerver – ce que Sapotille ne l'avait encore jamais vu faire –, les adultes ne plièrent pas.

Tout de même, lorsqu'ils leur présentèrent les costumes, les trois jeunes gens furent impressionnés.

– Han, j'adore ! s'écria June en attrapant un costume de bonhomme de pain d'épices en pain d'épices.

– Wahou ! Vous ne vous êtes pas moqués de nous ! s'exclama Charly en se saisissant à son tour d'un costume en brume de ténèbres.

– Oui, c'est pas mal…, minauda Sapotille.

Elle avait hérité d'une longue et magnifique robe de cristal, mais n'osait pas dire qu'elle était folle de joie. Ce n'était pas sérieux de se réjouir en de telles circonstances.

– Et ça, qu'est-ce que c'est ?

Elle s'était saisie d'une espèce de nuage qui vint aussitôt se positionner au-dessus de sa tête.

– Une sorte de coiffe, répondit Maître Lin. J'ai pensé que ça te plairait. Le costume s'appelait Danaé.

Immédiatement, le nuage creva et répandit sur Sapotille une douce pluie de pépites d'or qui s'accrochèrent élégamment à ses cheveux et ses vêtements.

– Oh, c'est… c'est…, bafouilla Sapotille qui était émue mais ne voulait pas le montrer.

– Ne vous emballez pas, tempéra Césaria, on les a seulement loués à Mme Freluche. Mais on veut que vous vous amusiez pendant ce Carnaval.

– Pendant que vous, vous prendrez tous les risques, grimaça Charly.

– On ne va pas revenir là-dessus. Préparez-vous, vous partez avec Célestin dans une heure.

Tout avait été pensé pour qu'ils n'aient pas le temps de se rebeller ou même simplement de réfléchir. Ils attrapèrent les costumes et s'isolèrent pour s'habiller, le cœur pas vraiment à la fête.

– Tu es très belle, dit Charly quand Sapotille eut enfilé sa robe.

– Merci, répliqua-t-elle plus sèchement qu'elle ne l'aurait voulu.

Le costume en brume de ténèbres lui conférait une prestance en diable et elle le trouvait beau comme un dieu. Mais plutôt mourir que de le lui avouer ! De son côté, June n'avait toujours pas retrouvé son allant, mais parvenait à faire semblant. Et lorsqu'elle enfila sa tête de pain d'épices au large sourire en pâte d'amandes, l'illusion fut parfaite.

– Allez, en voiture, les enfants ! leur cria Célestin. Le défilé de chars commence allée de la Fiole Brisée. Je vous amène jusque-là, après quoi, vous vous débrouillerez seuls !

June ne se fit pas prier et embarqua, non sans s'être moquée des licornes teintes en rose et vert pastel. Charly ne quittait plus les bras de sa mère et de sa grand-mère, très inquiet qu'il était des épreuves qui les attendaient. Quant à Sapotille, elle se retenait de sauter au cou de Maître Lin, mais c'était uniquement parce qu'elle se refusait d'admettre qu'il courait un terrible danger.

– Ne t'inquiète pas, ça va aller, lui dit-il tout en arrangeant une mèche de ses cheveux parée d'or.

Le nuage au-dessus de la tête de Sapotille se mit à pleuvoir un peu plus fort.

– J'ai vu les runes que vous avez tracées dans la serre, dit-elle. Elles sont presque complètes.

– Nous attendrons que le Carnaval batte son plein. Nous avons multiplié toutes les précautions possibles et Célestin a même renforcé les protections sur son domaine. Ne rentrez pas avant minuit et en cas de besoin, allez vous réfugier sur la Pitchounette, nous sommes bien d'accord ?

Sapotille hocha la tête et tendit une main timide que Maître Lin serra fort entre les siennes.

– On reparlera de cette histoire d'adoption, après ? demanda-t-elle d'une toute petite voix.

Les yeux de Maître Lin se firent tout flous.

– Ça me fait plaisir que tu veuilles en reparler, dit-il. Maintenant, filez et n'oubliez pas de vous amuser.

Avant que Sapotille ait pu ajouter un mot, il lui glissa une bourse usagée entre les mains et la poussa vers le char de Célestin. En refermant les doigts, Sapotille entendit des tintements et éprouva un poids surprenant. Maître Lin, qui n'était pourtant pas en fortune, venait de lui remettre une jolie quantité de sonnantes et de trébuchantes.

Elle voulut lui retourner des formules creuses, des « c'est trop » et des « il ne fallait pas », mais il lui posa un doigt d'autorité sur la bouche.

– Si tu veux devenir ma fille, il va falloir accepter d'être gâtée de temps en temps. La vie, c'est difficile, alors parfois on allume des étoiles dans le noir.

Sur ces paroles, le char de Célestin se mit en branle. Sapotille fit juste un geste d'au revoir et de merci à la fois, priant très fort pour que ce ne soit pas un geste d'adieu. Un bras s'enroula autour de ses épaules, elle sut que c'était Charly sans même avoir besoin de se retourner. Une histoire de délicatesse. Elle se blottit dans ses jolies ténèbres, son nuage à elle les arrosant tous deux d'une légère pluie d'or.

– Hey ! On peut venir avec vous ? Siouplè, m'sieur !

Sapotille se pencha vers l'avant du char et mit un moment à reconnaître leurs camarades de Saint-Fouettard, qui les attendaient vautrés sur le bas-côté.

– Si vous ne salissez rien, c'est d'accord !

Il y avait peu de chances. Le char était constitué d'un gigantesque lit à baldaquin en toile d'Arlequin et surmonté d'une montagne de coussins multicolores. Sur les montants du lit, les oiseaux géants en papier mâché – des oiseaux de paradis – battaient mécaniquement des ailes irisées. C'était une profusion de couleurs toutes plus vives les unes que les autres, à peu près insalissables.

Panus fut le premier à escalader le char. Il avait de vilaines mains de croquemitaine plus vraies que nature et une capuche qui, lorsqu'il la rabattit, lui appliqua un masque assorti avec des dents qui tombaient un peu – sans doute avaient-elles déjà beaucoup servi. Sapotille préférait ça à son vrai visage. Malgré leur explication, elle se sentait toujours mal à l'aise en sa présence. Elle lui adressa un sourire froid pour lui faire croire qu'il la laissait de marbre.

– Ça va ? demanda Charly.

Il n'était pas dupe et savait qu'elle avait un souci avec Panus, mais elle n'avait pas envie d'en discuter.

– Bien sûr, pourquoi ça n'irait pas ?

– Sans vouloir déranger, vous pourriez pas nous aider à monter ? fit alors la voix de Silas.

Ravie de la diversion, Sapotille se pencha pour découvrir que Silas portait un costume de centaure avec de vrais sabots, impressionnant quoique le pelage fût un peu rapiécé.

– Où est Karib ? demanda-t-elle.

Elle ne les avait jamais vus l'un sans l'autre.

Panus éclata de rire.

– Dans son… !

– Je ferai pas le cul du centaure toute la journée ! râla la voix de Karib depuis l'arrière-train de l'équidé. On inversera en cours de soirée !

Tandis que Charly et June manœuvraient pour les aider à se hisser, Klafidie s'installa à côté de Sapotille. Son costume était assez minimaliste : une espèce de diadème bricolé avec les fils de fer qui servaient à fermer les bouteilles de pulpisse.

– Hmm, en quoi est-ce que tu es déguisée ? lui demanda Sapotille.

– En princesse sublime, ça se voit pas ?

– Si, si.

– Humpf !

Ce dernier cri d'effort était de Crépine, qui venait de s'installer à leurs côtés. Elle portait une énorme corbeille à papier autour de la taille, pleine de feuilles froissées.

– Je suis déguisée en mauvaise idée, expliqua-t-elle à Sapotille.

– Ah bon ?

Crépine piocha une boulette au hasard dans sa corbeille et la jeta sur Sapotille, où elle resta collée un instant.

– Tiens, et si j'allais jouer dans un mixeur ? s'interrogea Sapotille. Hey ! Non mais ça va pas !

– Ben, j'avais prévenu que c'était pas une bonne idée.

Le char se remit en route vers Thadam et Sapotille se demanda si Maître Lin et Césaria n'avaient pas manigancé l'idée de regrouper tous les jeunes afin qu'ils se protègent mieux les uns les autres.

– C'est sympa qu'on aille au Carnaval ensemble ! lança Klafidie. Au fait, vous avez du fric pour qu'on graille des trucs ? Parce que nous, on est à sec.

Sapotille soupira. Finalement, ce n'était pas une histoire de sécurité.

Alors que le char entrait dans Thadam, empruntant la rue Léon Alycanthe le long du quartier de la Gibbeuse, les bras mécaniques jaillirent sur les côtés, se saisirent des coussins sur le lit et commencèrent à taper doucement sur la foule rigolarde. Les oiseaux de paradis géants battirent des ailes plus fort et, de leur bec, crachèrent des confairires multicolores autour d'eux. Sapotille en prit une pleine poignée dans le cou et se mit à pouffer. C'était comme se faire arroser d'éclats de rire.

– Allez, les mouflets, tout le monde descend ! leur lança Célestin. Laissez-moi travailler sérieusement.

Charly descendit en vitesse et se hâta de tendre les bras pour que Sapotille y saute. Ce qu'elle se serait fait un plaisir de faire si June ne l'avait pas prise de vitesse. Encore une occasion manquée.

Tandis qu'ils s'éloignaient, Célestin braillait dans leur dos :

– QUI VEUT ME DÉFIER EN DUEL DE POLOCHONS ? LA BATAILLE AURA LIEU SUR CE LIT ET LE VAINQUEUR REMPORTERA POUR DIX SONNANTES DE FARCES ET ATTRAPES DANS MES USINES !

Les chars étaient déjà quelques-uns à être stationnés allée de la Fiole Brisée, attendant que le convoi se mette en route. Célestin leur avait expliqué qu'ils remonteraient ensuite la rue des Quarante pour longer le canal, qu'ils redescendraient par la route des Joyeux Parapluies, stationneraient un moment place de l'Allégorie Courage autour de la statue qui saluait toujours la foule, prendraient la rue des Étoiles à Croquer pour finir place des Magisters, devant l'Académie de Magie. Là, les chars se placeraient en cercle autour du clou du spectacle : un grand feu de joie où l'on brûlerait Monsieur Carnaval. Comme la procession durerait des heures, il ferait nuit quand les flammes feraient leur office. Enfin, tout s'achèverait dans un grand bal populaire qui durerait jusqu'aux aurores.

Le Carnaval de Thadam était le plus grand événement du monde des magiciers. Tout au moins, d'après ce que Sapotille en savait. Des gens venaient de partout pour y assister. La population de Thadam doublait à cette occasion et c'était d'ordinaire une débauche de magie.

Bien sûr, cette année, l'Académie avait ordonné des restrictions. Les festivités se feraient à l'économie, même si on en conserverait l'essentiel. Pour éviter que des pannes ne viennent gâcher le moment, on avait imposé à la population trois jours entiers sans magie, et non plus simplement le mardi. Entre ces nouvelles ordonnances, les impôts toujours plus lourds en gemnez et le nombre anormal de mitards qui se répandaient dans Thadam, Sapotille s'était demandé comment les gens encaissaient ce durcissement toujours plus violent du pouvoir. Elle avait la réponse autour d'elle : pour l'instant, on s'amusait parce qu'on le pouvait encore.

Elle saisit la main de Charly et la serra fort. Il répondit d'une pression ferme, mais sans la regarder.

– C'est incroyable… incroyable ! répétait-il en boucle.

Sapotille sourit, attendrie. Après tout, c'était la première fois qu'il voyait cela. Autant en profiter avant que cela disparaisse pour toujours, et qu'eux aussi, peut-être, cessent d'exister.

Alors, elle décida de s'émerveiller également. Tant qu'on était capable de voir le beau et d'en éprouver une joie pure, pleine et entière, c'est qu'on était vivant. Le juge aurait dû en prendre de la graine.

Autour d'eux, Thadam avait sorti ses plus beaux atours. Certains paradaient en costumes de porcelaine teintée de sublimes dessins bleus, dans une parodie esthétique de pétricelle. Ils marchaient en prenant garde à ne pas ébrécher leurs costumes. D'autres étaient vêtus d'une robe de fleurs qui faisait éclore tout un printemps dans leur traîne. Un homme portait un habit en plumes de paon qui fit brusquement la roue. Il y avait des costumes en fontaine de chocolat, en fours à pain avec des baguettes toutes chaudes, en toiles d'araignées avec des araignées… Un homme jaillit devant eux en imperméable et en écarta les pans d'un seul coup, dans un geste cher aux exhibitionnistes. Sapotille sursauta. Dessous, l'homme ne portait rien : ni vêtements, ni peau, ni muscles, ni organes. Il ne restait que son squelette. L'homme repartit en ricanant, fier de sa plaisanterie.

Plusieurs chars faisaient déjà la queue, même si celui de Célestin était loin d'être le dernier à être arrivé. Il y avait un dragon qui soufflait des flammes de tissu, de grosses têtes grimaçantes figurant quelques célèbres magiciers ayant fait l'histoire de Thadam et tout devant, un char immaculé, représentant l'Académie miniature sur lequel quelques pseudo-Académiciens singeaient leur comportement hautain de la façon la plus outrancière. L'Académie était si sûre d'elle qu'elle avait elle-même financé ce char qui la tournait en dérision.

– Klafidie a dit que vous nous payeriez un truc à boire ! lança alors Crépine.

– Elle a dit ça ? ricana Charly.

Sapotille examina rapidement le contenu de sa bourse.

– Allez, c'est ma tournée !

Après tout, on leur avait expressément donné l'ordre de passer une bonne soirée. Mieux valait s'empiffrer de cochonneries que de réfléchir à ce qui risquait d'advenir sous peu au manoir de Célestin.

À cause de la cohue et du choix qui s'offrait à eux, ils mirent presque une heure à rejoindre les forains du Mal d'Aurore, dont de nombreuses roulottes s'étaient installées place du Cuir de Dragon.

Il y avait de la pulpisse et de la pétillonade à foison, mais aussi des cornets de frites de patates-patates qui se battaient si fort que les frites bondissaient dans tous les sens, des beignets de prédiction et des gaufres géantes, qui servaient de trampoline collectif. Enfin, Sapotille avisa une série de nuages roses accrochés sur des bâtons :

– Je vais prendre des barbapapwahs pour tout le monde ! s'écria-t-elle.

– Des quoi ? demanda Charly.

– Ce sont des barbes à papa, mais la première bouchée provoque une illusion où tu as l'impression d'être projeté sur un nuage de sucre. Ça ne dure pas longtemps, mais tu vas voir, c'est juste wah !

Ils firent la queue et le forain commença à sculpter des nuages roses et scintillants. Crépine, Klafidie, Silas et Karib, qui était sorti du derrière du centaure, se jetèrent dessus comme une nuée de mouches. Panus se retint légèrement à cause du regard dur de Sapotille, mais à peine.

– Ça va, y en aura pour tout le monde, bougonna-t-elle.

Mais quand ce fut leur tour, à Charly, June et elle, elle vit trois mains étrangères plonger vers leurs barbapapwahs et en arracher un large pan.

– Non mais ça va pas ! cria-t-elle d'autant plus furieuse que le sortilège de projection dans les nuages ne fonctionnait qu'une seule fois.

Toutefois, elle eut un mouvement de recul en reconnaissant ceux qui étaient venus les piller : Thibald, Marusa et Thorus. Bien sûr.

Thorus portait un costume de Minotaure si impressionnant que lorsqu'il fit claquer ses sabots et lui cria au visage, elle s'effondra contre la roulotte, sa barbapapwah se collant misérablement à son costume.

Marusa était déguisée en Méduse, avec des serpents écarlates qui se tortillaient sur son crâne et crachèrent leur venin en direction de Charly.

Quant à Thibald, ironie suprême, c'était un ange avec deux grandes ailes immaculées. Sapotille remarqua trop tard qu'il était penché vers June et murmurait à son oreille. La tête de bonhomme de pain d'épices reflétait la terreur.

– Laisse-la ! hurla Sapotille.

Charly se hâta de voler au secours de son amie, mais déjà

Thibald reculait en mastiquant le morceau de barbapapwah qu'il leur avait volé.

– Merci pour cette bouchée ! leur lança Marusa, les yeux fermés d'extase. La première est la seule qui vaille le coup, c'est toujours ce que je dis.

Et les aspics de sa chevelure vinrent lui lécher les doigts.

Sapotille décolla tant bien que mal la sucrerie, qui avait fait une énorme tache sur sa robe désormais beaucoup moins magnifique. Même les plus menus plaisirs, il fallait qu'ils les gâchent ! Elle était folle de rage, elle avait envie de les… mais c'était le dernier moment pour une action d'éclat. Maître Lin et ceux qui combattraient bientôt le Cavalier n'avaient pas besoin de ça. Tout ce qu'on lui avait demandé, c'était de s'amuser et de ne pas faire de vagues. Elle pouvait au moins s'y tenir. Elle leva les yeux vers Charly et vit qu'il était arrivé à la même conclusion, quoi qu'il lui en coûtât.

– Bien entendu, vous ne faites pas partie de la Parade des Cieux, vous ! les taquina encore Thibald.

– Ça ne va pas trop me manquer, vu que je ne sais pas ce que c'est, lui répondit placidement Charly.

– C'est encore un truc pour se faire voir du public avant le passage de grade, expliqua Sapotille. Une simple balade en balai volant.

Elle avait essayé de mettre de l'indifférence dans sa voix, mais ça l'agaçait que Thibald, Thorus et Marusa aient tant d'opportunités de se faire connaître. C'était autant de promesses de points faciles lors de l'épreuve qui les attendait, par simple effet de popularité.

– Ça, pour nous voir, vous allez nous voir ! insista Thibald.

La parade passera dans toutes les grandes rues de Thadam et on va laisser un sillage doré derrière nous.

– On va même bouter le feu à Monsieur Carnaval ! renchérit Thorus.

– Dire que vous allez rester par terre comme des cloportes, le seul jour où on a le droit de voler en balai dans Thadam… Allez, à bientôt. Surtout toi, ma petite June ! Vu la punition que s'est mangée ma mère par ta faute, je te jure qu'on se retrouvera.

Et ils les plantèrent là tous les trois.

Sapotille tremblait de rage :

– Je n'arrive pas à croire qu'ils osent venir nous narguer, après ce que cette sale petite gouape a fait à June. Et pas merci pour l'aide, vous autres !

Elle tournait à présent sa colère vers leurs camarades de Saint-Fouettard, qui avaient sagement dévoré leur barbapapwah pendant les provocations.

– Pourquoi ? T'aurais voulu que ça dégénère ? demanda Klafidie. Ils sont plus forts que nous, c'est tout. Pas la peine de chercher les ennuis.

– June, ça va ? s'inquiéta Charly.

June ôta sa tête de bonhomme de pain d'épices. Au-dessous, son visage était complètement déconfit.

– Je… me suis pissé dessus.

En effet, une flaque d'urine s'étalait à ses pieds. Il y eut un silence consterné.

– Bah, c'est Carnaval, finit par dire Panus. Dans trois heures, y aura du vomi partout. T'as juste pris un peu d'avance…

– Le truc, c'est que... quand il s'est approché de moi, je me suis souvenue de l'épée... qu'il m'avait passée à travers...

Sapotille se raidit tout entière. Pourvu que June ne pleure pas. June ne pouvait pas pleurer. Sinon, c'était forcément la fin du monde.

– On devrait se venger ! s'exclama-t-elle soudain.

C'était sorti tout seul.

– J'ai pas trop envie de me colleter avec leurs darons, avança Panus.

– On n'est pas obligés de signer notre méfait, insista Sapotille. Mais June m'a aidée quand tu n'arrêtais pas de me tripoter alors...

– QUOI ? ! s'écria Charly.

– ... Alors je veux lui rendre la pareille, conclut Sapotille.

– J'aime bien l'idée, intervint June, mais va quand même falloir que je change de futal avant.

– Si tu veux, tu peux prendre le mien, proposa Karib en tirant sur la croupe du centaure qu'il avait dégrafée. Franchement, j'en ai ma claque.

– Excusez-moi, retenta Charly, est-ce qu'on peut revenir sur cette histoire de tripotage ?

– C'est du passé, mec ! rétorqua Panus à toute vitesse. Et puis faudrait pas oublier qui sont les vrais méchants, hein ! On va leur faire payer, à ces trois bourgeois, vous pouvez compter sur moi.

– Mon futal d'abord, insista June. Maître Lin a dit qu'on pouvait se réfugier sur la Pitchounette. Je me rincerai là-bas.

Elle laissa passer une seconde, avant d'ajouter :

– En plus, je suis fatiguée.

Tous entreprirent de traverser les rues noires de monde, mais le cœur n'y était plus. Du moins les miliciens, nombreux ce jour-là, paraissaient-ils détendus. Eux aussi avaient envie de s'amuser et sans cogner sur personne, pour une fois.

Sapotille tenta de rassurer June, mais elle ne savait pas y faire et June avançait le visage fermé, esquissant à l'occasion un sourire forcé. Charly, sans doute, aurait pu la réconforter, mais ainsi que Sapotille le redoutait, il avait reporté toute son attention sur elle.

– Dis-moi, avec Panus… j'ai interrompu quelque chose en rentrant à Thadam ? Je veux dire… c'est pour ça que tu as du mal à revenir vers moi ?

Sapotille se fit violence pour lui répondre :

– Je vais le dire une fois et après on ne reviendra plus jamais dessus. Je n'étais pas d'accord avec ce que Panus m'a fait, mais je n'ai pas réussi à le lui dire. Et June m'a aidée à ce que ça s'arrête. C'est tout.

Comme Charly ne répondait pas, elle tourna son visage vers lui. Il paraissait à la fois bouleversé, furieux, triste et inquiet. Son poing droit était violemment crispé.

– Et ça va, maintenant ? demanda-t-il finalement.

– Ça va.

À cet instant, ils atteignirent la péniche de la Pitchounette.

– Marianne n'est pas là ! leur cria la figure de proue.

– On sait ! Il paraît qu'on peut entrer quand même.

Le pirate en bois sculpté hocha la tête et leur fit signe de passer le ponton.

La péniche était déserte et June se hâta de prendre une cabine pour aller se nettoyer. Pendant ce temps, sur le pont, Panus leur exposa une idée :

– On n'a qu'à demander à Crépine d'utiliser son sortilège de hasard au moment exact où la Parade des Cieux passera à côté de nous. Il arrivera forcément un truc !

– Hein ? Mais ça va pas, non ? s'offusqua Crépine. Je vais pas gâcher un sortilège de Dame Mélisse, dédicacé, en plus !

– Et ce serait trop… hasardeux, confirma Charly qui se souvenait de la chute de tuiles et de la tornade lorsqu'il avait utilisé les siens. Il nous faut une meilleure idée.

– La nuit tombe dans une heure et la parade a lieu juste après, résuma Sapotille. Il nous faudrait une idée rapide et facile à mettre en place.

– Si Célestin acceptait de nous prêter son char, on pourrait leur jeter des oreillers en pleine tête au moment où ils passent, avança Klafidie. Ils feraient moins les malins sur leur balai !

– Célestin a déjà fait beaucoup pour nous, objecta Sapotille. Il faut qu'on arrête de se reposer sur lui dès qu'on a besoin de quelque chose.

Elle laissait ses yeux courir autour d'elle. Au loin, sur le canal Carpien, le barrage de la Karpass était éclairé et vaguement menaçant. Elle tâcha de se concentrer davantage. Il fallait aider June à obtenir une revanche salvatrice. Que pouvait-on trouver d'utile dans une auberge ?

– Je vous préviens, dit-elle soudain, ce n'est pas l'idée du siècle. Ce n'est même pas original. Mais c'est rapide à mettre en place et si jamais on se fait attraper, on ne devrait pas avoir trop d'ennuis.

– Est-ce que ça va énerver Thibald ? demanda June.

Elle revenait juste de la douche. Elle avait emprunté une jupe à Marianne, un peu courte sur elle, et cela fit drôle à Sapotille qui ne l'avait jamais vue porter autre chose que des pantalons. Elle lui sourit :

– L'avantage, c'est que Thibald est tellement susceptible que tout l'énerve. Bon, on va devoir emprunter des draps à Marianne qui seront irrémédiablement fichus, et j'espère que vous n'avez pas le vertige parce qu'on va devoir monter sur les toits.

Il avait fallu se dépêcher. Sapotille s'était résignée à prélever une once de magie dans son insigne pour souder les draps entre eux. Elle l'avait fait à contrecœur, car le passage de grade était trop proche pour qu'elle ait le temps de la recouvrer entièrement. Et bien sûr, il était trop risqué d'ôter son sablier hors du manoir. Mais elle estima que leur petite vengeance en valait la peine et elle était la seule du groupe à être capable d'utiliser un sortilège aussi précis.

Le pirate qui tenait lieu de figure de proue leur avait indiqué très obligeamment où était rangée la peinture de son carénage. Charly avait trouvé un moyen de sécher l'ensemble d'un sortilège audacieux et ils avaient même déniché deux balais pour voler jusqu'au sommet des bâtiments le moment venu. Le hic, c'était que seule la Parade des Cieux avait le droit de voler et qu'ils risquaient donc de se prendre un algo en pleine tête dès l'instant où ils les auraient enfourchés. Il leur faudrait être discrets.

Leur petit groupe avait dû retraverser Thadam dans une cohue dont il était de plus en plus difficile de se dépêtrer. Du moins la foule convergeait-elle dans sa majorité vers la place des Magisters. Les chars étaient déjà arrivés et placés en cercle. Celui de Célestin Bourpin, bien visible, était du côté de l'Académie, trop loin pour qu'ils puissent lui faire signe. Néanmoins, même à cette distance, ils le voyaient sauter sur son lit et distribuer des coups de polochon.

– Il est motivé ! s'exclama Sapotille. J'espère qu'il a quand même fait des pauses depuis qu'on l'a quitté.

Au milieu de la place, derrière de vastes barrières de sécurité, se dressait Monsieur Carnaval : un assemblage grossier de bottes de paille en costume, supposé figurer Holger Frakass, comme tous les ans. On y mettrait le feu après la parade, quand la nuit serait tombée avec certitude. En attendant, la garde était sérieusement montée par des… Sapotille écarquilla les yeux quand elle s'aperçut que c'étaient des Académiciens et non des miliciens qui étaient chargés de la sécurité. Ce point était inhabituel, mais avec toutes les pannes de magie qui sévissaient ces derniers temps, l'organisation du Carnaval avait peut-être voulu pallier toutes les éventualités.

– Là-haut, à l'angle de la route du Marquis les Trois Mouches ! s'écria soudain Charly. Il y a un toit bien plat au-dessus de la banque, et c'est pile en face de l'Académie, ce sera parfait.

– On n'aura pas intérêt à traîner après ça, ricana Sapotille.

Quoiqu'elle ne fût coupable de rien, elle avait été soulagée que Charly n'ait pas fait de crise de jalousie après les révélations qu'elle lui avait faites.

Alors qu'ils travaillaient à l'exécution de leur plan, Panus avait quand même demandé à Charly :

– Bon, tu veux me flanquer une raclée, histoire qu'on n'en parle plus ?

– Ce n'est pas mon genre, avait répliqué Charly. Par contre, je vais tellement bien te tirer la tête, que tu vas regretter la raclée.

– Je suis désolée, mec. J'aurais pas dû toucher à tes affaires.

Pour le coup, Charly s'était redressé avec une telle brusquerie que tout le monde avait sursauté.

– Sapotille n'est pas et ne sera jamais ma propriété, avait-il dit, glacial. Le problème, ce n'est pas moi. Le problème, c'est que tu as fait du mal à une personne que j'aime. Et du coup, ça me fait du mal à moi aussi. Et je voudrais réparer le mal que tu as fait, mais je ne sais pas comment faire.

Les mots « une personne que j'aime » avaient résonné très fort dans la péniche et le cœur de Sapotille.

– Ça va, avait-elle dit finalement en se concentrant sur son pinceau. J'ai réparé le mal toute seule, avec l'aide de June. Mais merci de veiller sur moi.

C'était après cette discussion que Charly et Sapotille s'étaient désignés volontaires pour monter sur les toits et venger June.

– Charly et moi sommes les deux plus forts, s'était justifiée Sapotille. On saura mieux réagir si quelque chose tourne mal.

Bien sûr, c'était surtout l'occasion de se retrouver seule avec Charly. Personne n'avait été dupe, mais personne n'y avait non plus trouvé à redire.

La fête battait maintenant son plein. Les odeurs de graillon et de caramel se mêlaient à la poudre brûlée des pétards. Les lumières éclairaient peu à peu le crépuscule.

– C'est le moment ! souffla Sapotille à Charly.

Ils enjambèrent leur balai et firent signe aux autres d'organiser une petite diversion. Crépine se précipita vers les trois miliciens les plus proches.

– C'est pour un sondage ! brailla-t-elle. Est-ce que vous avez voulu devenir des miliciens toute votre vie ?

– C'est parce qu'on se demande quel métier choisir plus tard ! renchérit Panus.

Les miliciens, plutôt fiers d'être sollicités de la sorte, leur répondirent bien gentiment, tandis que Sapotille et Charly s'élevaient dans les airs.

– Tu t'en sors ? souffla Sapotille en essayant de maintenir la trajectoire de son balai.

Charly grogna un assentiment. C'était lui qui portait toute la charge.

Ils atteignirent assez vite le toit de la banque, où ils arrimèrent le haut du drap.

– Maintenant, y a plus qu'à attendre.

Leur plan était si simple qu'il en était puéril. La Parade des Cieux passerait d'une minute à l'autre. Une fois parvenue sur la place, elle tournoierait autour de Monsieur Carnaval et lui lancerait simultanément une quinzaine de sortilèges de feu.

Les flammes illumineraient alors les façades de tous les bâtiments de la place. C'est le moment que Charly et Sapotille choisiraient pour déployer leur gigantesque banderole qui disait :

« THIBALD DENDELION EST UNE FACE DE FION »

On avait laissé à June l'honneur de trouver le texte, dans la mesure où elle était la victime. Comme toujours, elle s'y était attelée avec recherche et subtilité.

– Les voilà ! s'exclama soudain Sapotille.

Elle désignait du doigt une vingtaine de jeunes gens hissés sur leur balai, qui volaient bien en V, quelque deux mètres au-dessus de la foule. Ils laissaient une traînée de feu dans leur sillage. Tous portaient un uniforme rutilant et tenaient un sabre, avec lequel ils taillaient les branchettes qui poussaient sur leur balai. Certains faisaient tournoyer des bâtons enflammés d'une main, d'autres étaient debout sur leur balai et effectuaient des acrobaties en groupe. Tout était parfaitement chorégraphié.

L'une des silhouettes – Sapotille fut certaine d'identifier cette pimbêche de Sophronia – virevolta dans les airs en un magnifique saut périlleux, pour retomber dans les bras de Thibald qui menait la parade. Ce dernier avait gardé ses ailes d'ange.

– Ça m'ennuie de le reconnaître, dit Charly, mais ils ont la classe.

– Mais nous, on a les étoiles, lui souffla Sapotille.

Charly entendit l'invitation. D'ailleurs, il n'attendait que cela. Il la prit dans ses bras.

Les étoiles qui s'allumaient, c'était parfait pour donner rendez-vous à un baiser qu'ils désiraient depuis longtemps. Parfait pour oublier que leurs proches étaient sûrement déjà en train d'affronter le Cavalier, avec tous les risques que cela supposait. Parfait pour envoyer Thibald et toute sa clique se faire voir.

Sapotille se blottit contre Charly et glissa son nez dans son cou. Elle le respira abondamment avant de lever son visage vers le sien et de lui tendre ses lèvres. Au même moment, il y eut une salve de détonations. La Parade des Cieux venait de bouter le feu à Monsieur Carnaval, qui mettrait un bon quart d'heure à brûler. C'était bien suffisant pour déployer la banderole.

Alors que Charly baissait son visage à la rencontre du sien, elle coula tout de même un regard rapide vers la place pour vérifier que tout se déroulait selon le plan… Et elle se figea net.

– Attends !

Sapotille n'était pas bien sûre de ce qu'elle voyait, mais à trente mètres de hauteur, la perspective laissait peu de place au doute. Et moins encore maintenant que la scène était éclairée par des flammes.

– Charly, regarde les runes autour du feu !

Charly avait laissé son baiser suspendu dans les airs et c'est d'une voix toute déconfite qu'il reprit contact avec la réalité :

– Heu… ce sont des runes de protection pour éviter un incendie, j'imagine…

– Pas du tout ! Oh non, c'est pour ça qu'il y a autant

d'Académiciens autour de la place ! C'est la rune d'appel du Cavalier et elle est activée ! Tu sais ce que ça veut dire ?

Charly hésita, mais le réel reprenait maintenant ses droits dans ses yeux. Il pâlit.

– Ça veut dire que ma grand-mère n'a pas pu l'invoquer au même moment au manoir…

Ils observèrent tous deux un silence impuissant. Soudain, Charly demanda :

– Au fait, si la rune est activée… où est le Cavalier ?

– J'imagine qu'il est dissimulé sous…

Sapotille ne put finir sa phrase. À la même seconde, le Cavalier jaillit de la gigantesque forme de paille embrasée, la faux dressée chassant les flammes devant lui d'un mouvement ample.

La foule, qui jusque-là se répandait en ovations, se mit à hurler et amorça un mouvement de panique. Elle s'écarta du chemin du Cavalier avec toute la brutalité possible et lui ouvrit un boulevard dans la direction qu'il avait choisie. Il n'eut qu'à lancer sa monture au galop, droit vers l'Académie. Droit vers…

– Non ! Non ! Non ! hurla Sapotille en attrapant son balai.

Mais elle n'eut pas le temps de l'enfourcher.

Le Cavalier se ruait vers la silhouette qui rebondissait sur son lit multicolore. Célestin Bourpin fut aussi surpris que le reste de l'assistance d'être choisi pour cible. Il eut d'abord un réflexe de fuite, mais il se rendit compte tout de suite que c'était inutile.

Sapotille le vit sortir un long pistolet de sa ceinture et tirer. *Il avait prévu de se défendre !* songea-t-elle avec espoir. Hélas, ce fut une gerbe de confettis multicolores qui jaillit du canon.

Après quoi, Célestin attrapa deux oreillers et frappa de toutes ses forces le Cavalier qui était déjà sur lui. Affronter la Mort dans une bataille de polochons, c'était tout Célestin. Le Cavalier n'était pas réputé pour son sens de l'humour, il répliqua en abattant sa faux et Célestin s'effondra.

– C'était… quand même pas… Célestin ? demanda Charly d'une voix qui n'en revenait pas.

Il semblait vouloir que Sapotille le détrompe. Mais la silhouette d'Arlequin ne bougeait plus, effondrée sur le lit.

– Je pense que si…

Elle non plus ne voulait pas y croire. La scène avait des allures irréelles, surtout depuis le toit où ils se trouvaient. Peut-être qu'ils s'étaient trompés, peut-être que ça faisait partie du spectacle, peut-être que…

– S'IL VOUS PLAÎT, MESSIEURS-DAMES ! s'écria alors une voix amplifiée par la magie. CÉLESTIN BOURPIN EST APPAREMMENT DÉCÉDÉ. CES CHOSES ARRIVENT ET FONT HÉLAS PARTIE DE LA VIE. LES FESTIVITÉS VONT SE POURSUIVRE NORMALEMENT. LE FEU D'ARTIFICE SERA TIRÉ DANS UNE OU DEUX HEURES.

16
VEILLÉE MORTUAIRE

C'est June qui conduisit le char lorsqu'ils ramenèrent le corps au manoir. Elle était complètement mutique, les yeux écarquillés d'une stupeur qui s'éternisait. Régulièrement, elle se retournait vers la dépouille de Célestin, comme si elle s'attendait à la voir se relever en hurlant: « Mais voyons, c'était une blague ! »

Après ce qu'elle avait déjà vécu avec le juge quelques jours plus tôt, Charly s'inquiétait pour elle. À défaut, c'était Sapotille qu'il serrait de toutes ses forces dans ses bras.

– Charly, tu me fais mal...

– Pardon !

Il la repoussa en douceur.

– Non, je veux rester dans tes bras, mais ne m'écrase pas. Ça ne sert à rien, tu ne pourras pas toutes nous protéger, tu sais.

Charly la reprit contre lui, mais baissa les yeux. Ne pas pouvoir protéger tout le monde, c'était bien ce dont il était question.

– De toute façon, reprit Sapotille, ce n'est pas ta faute, c'est la mienne.

– N'importe quoi ! C'est moi… je veux dire, c'est ma mort qui a tout déclenché.

– Non, c'est moi lorsque j'ai dénoncé les bêtises de mon frère à mes parents. Ils ont voulu prendre mon frère sur le fait, la maison a explosé, mon frère s'est retrouvé au Purgatone et entièrement soumis à l'Académie. C'est ainsi qu'il est devenu le Cavalier. Sans ça, on n'en serait pas là…

Ce disant, elle désigna de la main plusieurs silhouettes de mitards qui titubaient autour d'eux.

– Tu n'as pas à assumer les choix désastreux de ton frère, protesta Charly avant d'ajouter : Il y a vraiment beaucoup de mitards dans les rues, ce soir. Je me demande si le Cavalier a moissonné au hasard.

– Ça devient pas marrant, cette histoire, marmonna June. Ça devient vraiment pas marrant du tout.

Quand elle les vit rentrer, Césaria se précipita d'abord vers eux, affolée :

– C'est trop tôt ! Maître Lin, Marianne et Dame Mélisse sont encore en train d'essayer d'invoquer le Cavalier !

– Il n'apparaîtra pas, lui répondit Charly en descendant du char. Les Académiciens ont tracé une rune sur la place des Magisters pour le bloquer en ville. Et il… il s'est servi de sa faux.

Il se retourna vers le corps, effondré sur le lit bariolé.

– Oh non ! Non ! Non ! Non !

Césaria bondit sur le char et se mit à palper Célestin, tentant de lui porter les premiers secours.

– C'est trop tard, maman.

– Mais qu'est-ce qui leur a pris ? Tout ce que Célestin faisait, c'étaient des blagues et la cuisine ! Il n'avait aucune fonction stratégique parmi nous !

– La rumeur de Lys Atravice avait dit qu'il allait mourir, intervint soudain Sapotille. Il avait cette espèce d'appareil qui aidait son cœur. Il disait que c'était de là que venait la rumeur… Est-ce que… est-ce que son cœur aurait simplement lâché ?

Elle paraissait s'interroger. Le doute traversa les yeux de Césaria.

– C'est terrible, mais… c'est possible, admit-elle. Les Académiciens n'avaient pas vraiment de raison de s'en prendre à lui. Il était inoffensif. N'importe quel membre de la Loge est une épine beaucoup plus grosse dans le pied du juge.

Elle garda un silence ému quelques instants et s'en fut chercher Dame Mélisse, Maître Lin et Marianne.

Après cela, tout s'enchaîna. Dame Mélisse s'occupa de la toilette mortuaire avec Maître Lin, pendant que Marianne préparait le dîner que personne ne mangerait.

– Vous n'êtes pas obligés d'être présents pour la veillée, les enfants, leur glissa Césaria.

– Je veux le voir une dernière fois, dit June.

– Moi aussi, renchérirent Charly et Sapotille d'une même voix.

Charly n'était jamais entré dans la chambre de Célestin Bourpin. C'était étrange de le faire pour la première fois alors que son occupant gisait sur le lit, les mains croisées sur le ventre. On lui avait sans doute passé le costume le plus élégant de son armoire, c'est-à-dire qu'il était vêtu de rouge et d'or, avec des manches à oriflammes.

L'endroit lui ressemblait, un joyeux désordre de souvenirs colorés et d'inventions à moitié bricolées. Le papier peint était un gigantesque plan de travail qui aurait débordé de partout. Les murs étaient recouverts d'idées écrites à la craie, de morceaux de tissus et de cartes postales épinglées. Le plafond était quant à lui une verrière. Célestin s'endormait en regardant les étoiles. Sur le lit, autour du corps, il y avait des peluches, que Dame Mélisse et Maître Lin n'avaient pas osé enlever : une licorne, un dragon, un hippogriffe et un ouroboros tout duveteux.

Maître Lin et Dame Mélisse avaient allumé des bougies d'encens, qui diffusaient une douce odeur dans la pièce et une fumée bleutée, respectant ainsi une tradition magicière.

Charly et Sapotille se placèrent autour du lit dans une posture de recueillement, un peu gauches. June avait pris la peine d'aller cueillir un bouquet de mimosa. Elle le plaça maladroitement entre les mains de Célestin. Charly détourna le regard pendant qu'elle agissait. Mandrin et Pépouze grattaient à la porte, mais on ne les avait pas laissé entrer.

Ils restèrent plusieurs minutes, sans savoir que dire ni que faire. Y avait-il un mode d'emploi pour être solennel ?

Des déflagrations retentirent. Charly leva les yeux vers la fenêtre et vit qu'on tirait le feu d'artifice dans le centre de Thadam. Il sourit tristement. Célestin méritait bien ça pour son départ.

– Bon, hum…, tenta June d'une voix émue. Je suis triste parce que je crois qu'on était faits pour s'entendre, toi et moi. On aurait pu devenir de vrais amis. Ou alors, j'aurais pu faire un doctorat en bêtises poussées à tes côtés. Ça ne se fera pas et je le regrette, mais je ne t'oublierai pas. Et je m'occuperai de tes licornes, même si ce sont de sales garces. Voilà… C'est tout.

Sapotille ouvrit la bouche et la referma. Elle hésitait à se lancer.

– Je suis désolée, dit-elle finalement. Le Cavalier est mon frère et même si ta mort est peut-être naturelle… Personne ne devrait partir en voyant quelque chose d'aussi terrifiant. Tout ça est ma faute.

– Non, ça ne l'est pas, lui souffla Charly en lui posant une main sur l'épaule.

L'ambiance était étouffante dans la pièce. On ne respirait plus et Charly ne savait plus bien si c'était à cause des bougies, du mimosa ou de l'émotion. Il eut le réflexe d'écraser cette dernière dans son poing, mais se retint à temps. L'émotion, comme la magie, devait circuler. Dame Carasse le lui avait assez répété.

– Je ne pourrai pas faire de meilleur discours que June, intervint-il enfin. Mais je voulais juste dire qu'on fera ce qu'on pourra pour obtenir non pas vengeance, mais justice. La vraie justice, pas celle qui se promène en ville avec sa panoplie, parce qu'une bonne justice ne peut pas être une personne. Une bonne justice est impersonnelle, désintéressée, proportionnée et cohérente.

Il connaissait ces quatre mots par cœur. Il se les était répétés en boucle depuis la dernière discussion qu'il avait eue avec Dame Carasse, dans l'autre monde.

– Il faut qu'il y ait justice, reprit-il, parce que moi, je ne crois pas du tout à cette histoire de mort naturelle. Je pense que c'est le juge qui a commandité ton meurtre et je pense que tu mérites que la vérité soit faite et dite.

Ses mots clôturèrent l'homélie. Tous trois observèrent encore quelques minutes de silence. Puis June soupira et se retira de la pièce, suivie par Charly et Sapotille. Les adultes qui les avaient laissé se recueillir seuls prirent leur place. Ils veilleraient le corps jusqu'au matin, où le défilé des personnes chères à Célestin Bourpin et venues lui rendre hommage commencerait.

Charly espérait qu'il y aurait beaucoup de monde. Célestin le méritait.

– Je vais aller m'occuper des licornes, dit June. J'ai promis. En fait, je pense que je vais même dormir dans les écuries. Elles sont confortables et… ça me fait bizarre de me coucher dans la maison de Célestin alors qu'il est mort, là, dans sa chambre.

– C'est vrai, approuva Charly. Je viens avec toi… Sapotille ?

– Je viens aussi. Mais tu penses vraiment que ça ne peut pas être une mort naturelle ?

Charly lui saisit la main pour la réconforter.

– Oui, mais c'est le juge le coupable. Pas toi.

– En tout cas, mort naturelle ou pas, j'imagine qu'on sera vite fixés, marmonna-t-elle.

Et ils se dirigèrent tous les trois vers les écuries. Mandrin et Pépouze les accompagnèrent.

Charly ignorait encore à quel point Sapotille avait raison. Ils furent vite fixés.

Dès les premiers rayons du soleil, en fait.

***

Le bruit ne les réveilla pas tout de suite.

Quand Charly ouvrit les paupières, il s'aperçut qu'il avait dormi la joue sur la croupe d'une licorne. Du moins avaient-ils tous les trois eu bien chaud, sur les vastes coussins brodés de soie qui meublaient l'écurie de Célestin. Les licornes s'étaient montrées inhabituellement douces, comme si elles avaient parfaitement compris le drame survenu durant le Carnaval.

Une lumière encore incertaine tombait le long des panneaux de bois. Elle était rose, car c'était la couleur des vitraux. Il était encore très tôt et Charly se demandait ce qui l'avait tiré de son sommeil, quand il entendit sa mère crier :

– Vous n'avez pas le droit !

S'ensuivirent des éclats de voix autoritaires.

– Non, nous ne voulons pas vous suivre ! glapit alors Maître Lin. Et lâchez-moi ! Justine, mords-les !

Charly réveilla June et Sapotille et, d'un doigt sur la bouche, leur fit signe de rester discrètes. Tous trois s'approchèrent d'une des étroites fenêtres de l'écurie pour y couler un œil.

Charly reprit brutalement son souffle. Il y avait une bonne vingtaine de miliciens dans le jardin de Célestin et, parmi eux, Margotin Atravice, le capitaine en habit écarlate. Ils avaient fait sortir du manoir sa mère, sa grand-mère, Maître Lin et Marianne, et leur avaient menotté les mains dans le dos. Justine, le crocodile, était en train d'être muselée. Elle paraissait sonnée, elle avait dû prendre un algo mal placé.

– Célestin Bourpin nous avait donné son accord pour loger chez lui ! hurla encore sa mère.

Elle n'avait pas besoin de parler aussi fort, les miliciens étaient juste à côté d'elle. À sa façon de ne surtout pas regarder dans leur direction, Charly comprit qu'elle essayait de les avertir.

June s'était précipitée vers la porte, Charly l'arrêta.

– Non ! On n'aiderait personne si on se faisait arrêter aussi, chuchota-t-il. Restons cachés et prévenons la Loge dès qu'ils seront partis.

– En utilisant la magie intuitive, on pourrait repousser leurs sortilèges ! protesta June.

À cet instant, les toilettes de Célestin sortirent en trombe et culbutèrent trois miliciens brutalement. Le capitaine écarlate leur accorda à peine un regard et fit exploser la faïence d'un algo bien placé.

– Je ne suis pas sûr qu'on pourrait repousser ça, rétorqua Charly à voix basse. En tout cas, nous savons maintenant pourquoi le juge a fait assassiner Célestin.

– Pour récupérer le manoir et nous empêcher d'être sous la protection du théorème de Kerbenec, traduisit Sapotille.

Elle accusait le coup.

Ils n'eurent pas beaucoup à attendre, avant que les miliciens n'évacuent les lieux. Ils étaient désespérants d'efficacité.

– On doit prévenir Mme Freluche, dit Charly. Elle agira rapidement.

Il se méfiait des autres membres de la Loge qu'il avait souvent trouvés trop frileux.

– Je reviens vite m'occuper de vous ! lança June aux licornes en laissant la porte de l'écurie ouverte.

– Reste là aussi, dit Charly à Mandrin. Tu seras plus en sécurité.

Mais il attrapa Pépouze par la peau du cou et la fourra dans son sac. La serpillière supportait mal la solitude.

Après quoi, ils coururent jusqu'à la rue de la Main Manchote presque sans reprendre leur souffle. Ils avaient emprunté l'impasse de la Fatigue qui Court (qui n'était d'ailleurs pas une impasse), quand les miliciens avaient choisi de longer le canal, aussi espéraient-ils les prendre de vitesse.

– Stop ! cria presque Charly en tendant le bras pour arrêter ses deux amies. Retournez-vous, vite, vite !

Tout le monde obéit sans discuter.

– Ils arrêtent aussi Mme Freluche ! les prévint Charly. Dépêchez-vous, on va se faire remarquer…

De fait, il n'était même pas sept heures du matin et les rues étaient quasiment désertes, à l'exception de quelques fournisseurs de denrées qui livraient leurs marchandises et glissaient des regards nerveux vers l'arrestation en cours. Charly, Sapotille et June se hâtèrent de se dissimuler derrière une charrette de café en lévitation.

Devant la boutique du Roi Nu, Mme Freluche criait très fort – ça s'entendait même à cette distance – qu'elle était une institution thadamaise à elle toute seule, qu'elle habillait des gens puissants et qu'on allait voir ce qu'on allait voir. En l'arrêtant à une heure aussi matinale, la milice espérait peut-être la faire disparaître sans laisser de traces. Mme Freluche se débrouillait pour que ça ne soit pas le cas.

– Ils ne vont quand même pas arrêter tous les membres de la Loge ?! paniqua Sapotille.

– Quand même pas…, souffla Charly.

Mais en lui-même, il n'en était plus trop sûr.

Soudain, le chargement qui les dissimulait en partie et qui reposait sur un coussin de magie s'effondra. Il y eut plusieurs petits accidents de ce genre dans la rue et les propriétaires poussèrent des exclamations furieuses.

Sapotille traça deux runes dans les airs sans aucun résultat.

– Une panne de magie ! leur indiqua-t-elle.

Mme Freluche l'avait compris aussi. Elle profita de ce que les miliciens ne puissent plus faire usage de leurs algos pour lancer son pied dans le tibia du plus proche et s'enfuir. Elle ne fit pas plus d'une dizaine de pas avant d'être rattrapée et jetée au sol, manuellement cette fois-ci. Les miliciens n'avaient pas besoin de leur magie pour se comporter en brutes.

Pendant ce temps, Charly réfléchissait à toute allure. Dame Rumpelstilskin s'était enfuie. Marianne, Mme Freluche et leurs proches avaient été arrêtés. Célestin était mort. Le propriétaire de La Charité Moqueuse aussi, ainsi que Sapotille et June le lui avaient raconté… Quels alliés leur restaient-ils ? Il hésita brièvement entre l'apothicaire des Potites Potions et le propriétaire de La Ventrée des Ogres. Celui des Trois Méduses n'était pas une option, il était trop récalcitrant.

– Essayons au Haricot Bleu, dit-il enfin. Je pense que c'est là qu'on aura le plus de chances.

Sapotille hocha la tête avec hésitation, June avait l'air inquiète.

Ils attendirent que les miliciens aient déserté la rue pour se précipiter vers la jardinerie. Par chance, elle recevait un arrivage de graines géantes de haricots et ils n'eurent pas à patienter pour se faire ouvrir.

– Par ici ! fit la dame la plus vieille quand elle vit les visages affolés des enfants.

Elle les avait reconnus.

Elle les reçut dans une magnifique serre, qui rappela beaucoup à Charly celle de Dodeline. De somptueux bouquets de roses-cyclopes, physalunes et fleurs de petits poissards occupaient tout un pan de mur, trois citrolles miniatures – à taille d'enfant – trônaient dans la vitrine et les fougères de givre étaient si majestueuses qu'il était aisé de se dissimuler derrière leur tronc.

Une dame un peu moins vieille – Charly croyait se souvenir qu'elle s'appelait Nana – leur proposa des rafraîchissements, mais ils n'avaient pas le temps pour ça. Charly se hâta de raconter les arrestations auxquelles il venait d'assister, parfois interrompu par Sapotille qui précisait un détail.

– Vous avez bien fait de venir nous voir, leur dit la dame la plus âgée. Restez ici, en sécurité. Ma fille et moi allons avertir les autres membres de la Loge en urgence.

– Je vais tout de suite frapper à la porte des boutiques, maman, dit la femme qui leur avait proposé de quoi boire. De ton côté, préviens par miroir ceux qui sont trop loin. Avec la panne de magie, on tirera un peu sur nos gemnez, mais c'est un cas de force majeure !

Quelques secondes plus tard, le petit panneau « fermé, on revient dans cinq minutes ou plus ! » était retourné sur la porte de la boutique. Charly, June et Sapotille avaient été laissés en plan au milieu des plantes, avec rien d'autre à faire que se ronger les sangs.

Ils restèrent d'abord sages et silencieux, prenant bien garde à demeurer invisibles depuis la rue.

Puisqu'ils n'avaient pas de quoi s'occuper, Charly examina les plantes. Certaines, il le savait, étaient nécessaires pour composer l'antidote contre la pétricelle. Dodeline lui avait promis qu'elle ferait des recherches à ce sujet, mais depuis qu'elle était venue leur rendre June, ils n'avaient plus eu la moindre nouvelle. En vérité, Charly s'inquiétait pour elle. Le juge ne ferait sans doute pas assassiner sa propre femme, mais il n'avait jamais été tendre avec elle. Se pouvait-il qu'il la retienne captive chez eux ? Thibald avait évoqué une punition… des coups, peut-être ?

– Je vais prévenir les copains de Saint-Fou ! dit soudain June. Ils devaient passer chez Célestin ce matin, pour lui rendre hommage et lui dire au revoir. Ils ne vont pas comprendre pourquoi le manoir est vide. J'en profiterai pour m'occuper des licornes, c'est ce qu'aurait voulu Célestin.

– Bonne idée, répliqua Charly. Confie-leur les livres de magie intuitive, aussi. Ils seront en sécurité à Saint-Fouettard. Par contre, si le juge tombe dessus, il les fera brûler.

– J'espère que la Loge va vite s'organiser, intervint Sapotille. Si Maître Lin et ta famille étaient mitardisés, je ne sais pas ce qu'on pourrait…

Elle termina sa phrase dans un sanglot.

Charly se hâta de la prendre dans ses bras pour lui murmurer des mots réconfortants :

– Du calme. La Loge a forcément prévu le coup. J'imagine qu'elle va organiser une action d'éclat devant la milicerie, peut-être prévenir la presse. Les gens ne laisseront pas faire ça.

June le regarda comme si elle en doutait. Mais elle ne dit rien et quitta la boutique en faisant tintinnabuler le carillon.

Il fallut attendre encore une vingtaine de minutes pour que Nana revienne, tout essoufflée.

– Ma mère a terminé ses appels ? demanda-t-elle tout de go. Venez, on va la rejoindre.

Ils passèrent ensemble un rideau de perles pour aboutir dans une petite pièce où la très vieille dame, assise dans un fauteuil, faisait face au miroir d'une coiffeuse. Plusieurs gemnez disposées autour luisaient doucement, montrant que la magie utilisée venait d'elles et pas de l'air ambiant. Dans le reflet, un homme que Charly n'avait encore jamais rencontré était en train de conclure la conversation.

– Très bien, merci beaucoup de m'avoir prévenu.

S'ensuivit le bruit de caillou dans l'eau qui marquait toujours le début ou la fin des communications par miroir magique.

– J'ai fini, maman ! s'exclama Nana.

– Moi, pas encore, mais nos deux derniers alliés sont loin de Thadam. Faisons le point, je les appellerai après.

Nana fit un grand sourire aux enfants et Charly réalisa soudain qu'elle n'avait posé aucune question sur l'absence de June.

– D'abord, les enfants, merci beaucoup. Nous vous devons une fière chandelle. Grâce à vous, nous avons averti tout le monde et je suis sûre que plusieurs arrestations ont pu être évitées.

Charly hocha la tête, prenant le compliment. Il avait hâte qu'elle leur dise maintenant ce que la Loge avait prévu pour libérer leurs proches.

– Lucien des Trois Méduses s'est enfui. Il a toujours été très timoré, c'était à prévoir. Yael de La Ventrée des Ogres a fait comme lui. Mais tous les autres restent sur Thadam, prennent leurs précautions vis-à-vis de la milice et ferment leur boutique en signe de protestation.

– Ici aussi, le mouvement a été bien suivi, intervint la mère. On peut être fiers de nous !

Charly les regardait sans comprendre.

– Attendez, pour lutter contre les abus de pouvoir du juge,

vous... fermez vos boutiques ? Et vous allez... mettre une pancarte explicative pour expliquer votre démarche ?

– Ah non, ce serait de la provocation ! Mais les gens ne sont pas idiots, ils vont se poser des questions.

– Mais si vous aviez été arrêtés, vos boutiques seraient aussi restées fermées !

– Et les gens se seraient aussi posé des questions. Mais autant arriver à ce résultat sans prendre de risques, n'est-ce pas, jeune homme ?

Charly se sentait un peu confus.

– Et pour libérer Maître Lin, Marianne, Césaria, Mme Freluche et Dame Mélisse, qu'est-ce que vous allez faire ?

– Je regrette mais une intervention serait beaucoup trop dangereuse. Ils vont devoir se débrouiller seuls. En revanche, vous pouvez rester ici aussi longtemps qu'il vous plaira. On vous prévoira un couchage dans le cagibi.

Charly et Sapotille échangèrent des regards effarés.

– On va en discuter, merci, dit finalement Charly.

Et il entraîna Sapotille du côté de la boutique. Elle n'avait pas dit un mot depuis plusieurs minutes.

Qu'est-ce qu'on va faire ? Mais qu'est-ce qu'on va faire ? se demandait Charly. Vu la tête que faisait Sapotille, il n'osait pas poser la question à haute voix, mais cela le taraudait.

– Dodeline ! s'exclama-t-il soudain. Je vais aller la voir. Peut-être qu'elle pourra nous aider ou que c'est nous qui l'aiderons, mais au moins, on fera quelque chose.

– Est-ce que tu peux m'embrasser ?

La question de Sapotille prit totalement Charly de court. Avec tout ce qui s'était passé ces dernières semaines, eux qui étaient en quête de perfection n'avaient jamais trouvé le bon moment pour s'embrasser. *Maintenant* était sans doute pire que tout ce qu'ils avaient traversé jusqu'ici. Mais au fond, Sapotille avait raison. Le moment de leur baiser serait forcément parfait, quel qu'il soit. Et puisque Sapotille avait eu besoin de temps pour revenir vers lui, il était soulagé que ce temps prenne fin.

– Bien sûr.

Il la prit dans ses bras. Et elle lui rendit son étreinte.

Il l'embrassa. Et elle lui retourna son baiser.

Leurs lèvres jointes eurent un goût d'éternité. Un drôle de mélange, entre les retrouvailles et les adieux.

Quand enfin leurs bouches se séparèrent, Charly était bouleversé. Il n'aurait su dire pourquoi il avait envie de pleurer. Il mit cela sur le compte de l'émotion. Depuis bien trop longtemps, il désirait retrouver Sapotille et ses lèvres.

– Va chez Dodeline, je t'attends ici, lui dit-elle.

Elle vérifia que la rue était vide de miliciens, lui fit un dernier au revoir et le poussa doucement dehors.

En remontant la rue de la Main Manchote, Charly se sentait vraiment drôle. Mais il ne pouvait se permettre de s'attarder sur ce qu'il ressentait. S'il voulait sauver sa mère, sa grand-mère et tous les autres, il devait demander l'aide de la seule personne qui pouvait encore lui en apporter. Dodeline.

– Ça commence à bien faire, ces pannes de magie ! C'est plusieurs heures par jour, désormais ! protestait une dame auprès de l'épicière.

Depuis qu'il était revenu à Thadam et logeait au manoir, Charly n'avait pas eu l'occasion de remarquer à quel point le visage de la ville avait changé. Et pourtant.

Ce n'était pas juste les silhouettes hagardes des mitards qui étaient devenues monnaie courante, c'était aussi qu'elles étaient presque les seules à occuper les rues. En effet, les gens ne sortaient plus. Quand ils le faisaient, c'était toujours avec un visage préoccupé. Ils portaient un sac de commissions ou un dossier, bien en valeur, pour que les autorités comprennent qu'ils avaient une bonne raison d'être là.

Et puis, les pannes ! Curieusement, ils en avaient été à peu près préservés au manoir, alors qu'elles se multipliaient dans Thadam au point de devenir quotidiennes. Celle qui était survenue lors de l'arrestation de Mme Freluche était toujours en cours. Charly essaya de compter depuis combien de temps elle avait débuté. Une demi-heure ? Quarante minutes ?

Il était à présent dans l'avenue du Dragon en Laisse où trônait la maison du juge, avec ses petites tourelles prétentieuses qui dépassaient d'une tête toutes les autres bâtisses.

Dodeline était-elle chez elle ? Et surtout, Charly pouvait-il espérer la voir sans tomber nez à nez avec le juge ?

Il eut une pensée pour le croquemitaine de Saint-Fouettard, capable de deviner le nombre de personnes dans un logis d'après les vibrations qu'elles produisaient. Et il songea qu'il était capable de faire de même, puisque Dame Carasse lui avait montré précisément comment procéder.

Il s'agenouilla comme s'il refaisait ses lacets et posa la main sur le sol. Puis il sollicita une étincelle de magie auprès de Mandrin, qui baguenaudait dans les jardins du manoir. Maintenant, ça ne lui demandait presque plus d'effort d'y recourir. Il n'en revenait pas comme ses progrès avaient été rapides au cours des dernières semaines.

Malheureusement, le juge avait évolué lui aussi, et à des niveaux que Charly n'atteindrait jamais.

Au moment où il interrogeait les pierres et où celles-ci lui répondaient, il songea à la panne de magie. Il avait de la chance. Elle venait apparemment de prendre fin, car la maison lui parla. Oui, elle abritait deux êtres de chair et de sang. Un petit, énervé, à l'étage (Charly, qui connaissait l'architecture de la bâtisse, reconnut la chambre de Thibald). L'autre, léger et fluet, était dans la serre, avec beaucoup de tissu qui traînait par terre. C'était forcément Dodeline, dans une de ses robes à froufrous. Pas trace du juge, ni de qui que ce soit d'autre. Dodeline n'avait jamais remplacé Charly en tant que dame de compagnie, ce qui le flattait. Aujourd'hui, cela lui permettrait en sus d'être discret.

Charly connaissait bien la maison. Il escalada prestement la grille et contourna la façade. La serre n'avait pas bougé, toujours aussi verdoyante…

Là ! Dodeline était en effet alanguie dans son fauteuil, dans une robe rose surchargée de jupons. Charly frappa discrètement au carreau. Elle ne réagit pas. Il insista un peu plus fort. Toujours rien. Elle devait dormir.

Il tenta d'ouvrir la porte sans trop y croire, mais elle n'était pas fermée à clé et pivota sans résistance.

La serre était silencieuse. Seules les roses-cyclopes émirent un bruissement quand elles dardèrent leur œil unique dans sa direction. Charly s'approcha et posa une main sur l'avant-bras de Dodeline, s'attendant à la voir sursauter. Il était prêt à la rassurer d'un sourire. Elle serait sans doute ravie de le voir. Lui en tout cas, l'était.

Elle ouvrit les yeux.

Et il tressaillit d'horreur.

– C'est provisoire, dit Thibald.

Il se tenait dans l'encadrure de la porte, en partie dissimulé par les plantes. Charly fit d'abord un bond en arrière, s'attendant à une attaque. Mais Thibald avait perdu de sa superbe. Son visage était amaigri et cerné.

– Ton père a osé faire ça ? demanda Charly.

– Il fallait bien qu'elle soit punie. C'est à cause de vous tous, en vrai.

– Et tu as laissé faire ? Tu as laissé ton père mitardiser ta mère ?

– C'est provisoire ! répéta Thibald. Père m'a promis qu'il lui rendrait ses gemnez pour mon passage de grade. Si je me tiens bien. C'est dans quelques jours, il faut juste être patient.

Il se gratta et Charly nota qu'une énorme plaque d'eczéma lui avait poussé dans le cou.

Charly regarda Dodeline, dont le visage désormais vide et

absent avait perdu toute sa mobilité. C'en était fini des grands battements de cils et des lèvres balbutiantes. Il leva les yeux sur Thibald et s'aperçut qu'il faisait le même deuil. Charly n'avait jamais manqué de compassion, même pour ses ennemis.

– Je suis désolé pour toi, dit-il.

– Toi-même, rétorqua Thibald.

Puis, comme Charly ne comprenait pas, il ajouta :

– Ce n'est pas une façon de parler. Tu vas vite comprendre ce que c'est que d'avoir une mère mitardisée. Mon père est à la milicerie. Il a appris l'arrestation de toute ta sale bande, il y a une heure. À mon avis, les condamnations ne vont pas traîner.

Comme Charly encaissait le choc, Thibald étira un sourire dur.

– Toi aussi, tu aurais dû être arrêté. Profite de ta liberté, parce qu'avec mon père ça ne va pas durer ! Toi, ta copine June et même Sapotille. Mon père vous mettra à tous le grappin dessus et vous fera mitardiser.

– Ton père ne pourra pas mitardiser Sapotille, dit Charly d'une voix atone. Le Cavalier est son frère et il a passé un pacte de sang avec lui-même pour s'empêcher de lui faire du mal.

Thibald hocha la tête, songeur.

– C'est vrai, admit-il. Et si tu veux tout savoir, ça rend mon père fou de rage. Mais à ton avis, dans quel état sera ta petite chérie quand elle n'aura plus que des mitards autour d'elle pour lui tenir compagnie ?

Elle sera dévastée, songea Charly. *Et en plus, elle se sentira coupable.*

Il avait l'impression qu'un poids gigantesque s'abattait sur ses épaules. Leur défaite était-elle inéluctable ? Le juge allait-il donc gagner sans qu'ils puissent se défendre ? Leur restait-il la moindre carte en main ? Ils pouvaient fuir peut-être… mais sans sa mère, sa grand-mère et Maître Lin, c'était impensable…

– Dégage, maintenant. Ou j'appelle la milice.

Charly tourna les talons sans même dire au revoir.

Que pouvaient-ils faire ? June ne s'avouerait jamais vaincue, mais le mal que le juge lui avait fait bridait ses idées et Charly répugnait à la faire replonger dans le danger. Quant à Sapotille, que lui dirait-il ? Elle attendait sans doute l'aide salvatrice qu'il lui avait fait miroit…

Il se pétrifia avant même d'avoir quitté le jardin du juge. Quand il avait quitté Sapotille, elle n'avait rien eu l'air d'attendre du tout. Sauf un baiser, peut-être. Mais il avait eu un drôle de goût.

Un goût d'adieu.

Le souffle de Charly s'accéléra. Soudain, il savait où était Sapotille.

Il n'avait pas le temps de faire l'aller-retour pour vérifier. Il revint dans la maison du juge en courant et se rua sur un Thibald stupéfait.

– J'ai besoin d'utiliser un miroir magique, et vite.

– Et qu'est-ce qui te fait croire que je vais te laisser faire ?

Quelques secondes plus tard, Thibald était étroitement ficelé entre les branches d'un saule sangloteur qui lui pleurait dessus.

– Tu me paieras ça, Charly ! T'as de la chance qu'on soit en pleine panne de magie.

Qu'est-ce qu'il racontait, celui-là ? La panne était terminée depuis plusieurs minutes. La preuve, Charly avait pu se servir de magie.

17
GRAND FRÈRE

Pour la première fois en six ans, Sapotille était revenue rue de la Folie Empoudrée.

– Rien n'a changé, souffla-t-elle en regardant autour d'elle.

Cela la sidérait.

Les villas étaient toujours aussi luxueuses et les jardins aussi bien entretenus. Sapotille fut scandalisée que la marque du drame qu'elle avait vécu ici n'ait pas souillé les jolis crépis.

Elle avait du mal à respirer en approchant du grand portail de ferronnerie noire. Derrière la grille, c'était pire que ce qu'elle aurait cru : tout était neuf, reconstruit à l'identique, exactement comme lorsqu'elle était enfant et qu'elle menait sa petite vie dorée, avec une famille pas si imparfaite que ça. Le jardin était au carré et la vaste demeure flamboyait dans sa multiplicité de matériaux : fenêtres de bois violet, fronton de granit et tonnelle de verre et métal. À l'écart, il y avait toujours la petite tour crénelée, plus neuve qu'autrefois, ça se voyait aux joints encore clairs et aux pierres trop bien agencées.

Sapotille s'était attendue à des ruines lavées par la pluie et envahies de ronces. Quelque chose qui réponde au souvenir atroce qu'elle avait de son autrefois, quand elle avait dû fouiller les décombres à la recherche de son foyer brisé. Mais l'explosion paraissait n'avoir jamais eu lieu.

– Rien n'a changé…, répéta-t-elle encore.

Ce n'était pas tout à fait vrai.

En y prenant garde, elle percevait une sorte de pulsation magique. L'impression était diffuse et il fallait y prêter attention, mais si on la cherchait, on pouvait la sentir. Une Allégorie vivait en ce lieu. *Il est ici*, comprit Sapotille. *Chez moi. Ou plutôt chez nous.* Elle ne s'était pas trompée et en fut soulagée.

Avant de pousser la grille, elle eut une pensée pour tous les gens qu'elle avait appris à aimer au cours des derniers mois. Maître Lin qui finalement ne l'adopterait jamais, Célestin pour qui c'était déjà trop tard, June qui s'était révélée une alliée aussi précieuse qu'inattendue, Césaria qui l'avait couvée sans avoir l'air d'y toucher, Dame Mélisse avec qui elle n'aurait jamais eu le privilège de cuisiner, ses amis de Saint-Fouettard et même Panus qui au fond avait été plus crétin que méchant. Mais surtout, il y avait eu Charly et pour cela elle éprouvait une reconnaissance immense. Pour les baisers brûlants échangés, pour le respect qu'il lui avait toujours témoigné, pour la sécurité et la chaleur qu'elle ressentait dans ses bras…

Maintenant, c'était à elle de le protéger. De les protéger tous.

Elle tremblait un peu. Elle prit une respiration profonde, contempla une dernière fois le ciel qui n'était même pas bleu et avança vers la Mort.

La panne de magie durait toujours et Sapotille comprit que c'était sa chance. Sans cela, le juge aurait probablement déjà convoqué le Cavalier pour mitardiser sa nouvelle fournée de prisonniers. Tandis que là… Le Cavalier était chez lui, elle le sentait.

Elle s'approcha de la maison et regarda par les fenêtres. À l'intérieur, les pièces étaient entièrement désertes, sans meubles ni tableaux. Son frère avait reconstitué la coquille de leur passé mais l'avait laissée vide.

Le laboratoire de Gothen était dans la tour. Elle s'en approcha, se demandant si c'était là que le Cavalier attendait d'être invoqué.

Comment vivait une Allégorie ? Pour ce qu'elle en savait, le juge n'avait pas changé sa façon d'être, mais c'était sans doute un leurre pour faire croire qu'il lui restait plus d'humanité qu'il n'en possédait. Et Gothen ? Errait-il comme un fantôme, de pièce en pièce, ne descendant même pas de son cheval constitué de magie ?

Elle remarqua soudain la brume qui soufflait ses volutes jusque sur ses chevilles et entendit le bruit des sabots. Voilà, il venait à sa rencontre.

Il était derrière la tour. Il ne faisait rien. Il se tenait simplement droit sur son cheval, sa faux translucide bien en main.

– Bonjour, dit Sapotille.

Il ne lui répondit pas. C'était peut-être mieux, ça rendait la suite plus facile…

– Tu as passé un pacte de sang avec toi-même, rappela-t-elle. Ce qui signifie que si tu me tues, tu mourras aussi.

– **La mort ne signifie plus rien pour moi**, répliqua l'Allégorie.

– Tant mieux, répliqua Sapotille d'une petite voix. De mon côté, je dois avouer que c'est quand même quelque chose…

Elle prit une respiration tremblante et ajouta d'une voix plus faible encore :

– Mais je n'ai pas le choix.

Puis elle se jeta sur la faux du Cavalier.

Il l'esquiva à la dernière seconde en faisant tournoyer son manche. Sapotille cria de rage. Ça lui avait demandé du courage de tenter un tel sacrifice, et voilà qu'il lui faudrait recommencer.

Elle se rua de nouveau sur le Cavalier, mais il lui opposa la jambe de son cheval et fit pivoter brusquement sa monture, pour la repousser en arrière.

Sapotille tomba sur les fesses, hurla de douleur et s'en voulut. Tomber sur les fesses n'était pas digne du suicide romantique qu'elle avait projeté.

C'était le seul moyen qu'elle avait trouvé pour se donner le courage d'aller jusqu'au bout, s'imaginer en grande héroïne qui sauvait ses amis, elle qui avait si souvent été seule. Elle trouvait que c'était une fin qui avait du panache et qui méritait qu'on la pleure. Qu'on fasse au moins ça pour elle, puisqu'elle devait mourir si jeune, après avoir rempli sa vie de devoirs, d'obligations et de si rares moments de joie.

Elle se releva. Prête à tenter un nouvel assaut.

Au même moment, la texture de l'air changea. Il y eut une espèce de crépitement, à moins que ce ne soit dans la lumière…

La magie revient, comprit Sapotille. Elle se demandait comment en faire usage pour son compte, quand la brume fut comme aspirée. Le Cavalier lui tourna le dos, sans plus faire attention à elle.

Il est invoqué !

– Non ! Reste ! hurla-t-elle.

Mais déjà, il devenait transparent.

Sapotille paniqua. Si jamais le Cavalier partait, elle en était sûre, Maître Lin, Césaria, Dame Mélisse et Marianne seraient mitardisés.

Elle cherchait le sortilège le plus puissant de son répertoire pour le retenir, arrachant le sablier de son cou : aucune bride ne devait la ralentir.

Mais comment arrêter une Allégorie sur son propre terrain ? Elle tenta de se remémorer la conférence de Lothaire Galbinus. Qu'avait-il dit, déjà ? Une Allégorie était contrainte d'obéir à son essence et de faire ce pour quoi elle avait été créée. Fallait-il qu'elle meure pour le retenir ? Mais elle avait échoué et… un instant ! Le Cavalier n'était pas destiné à moissonner les morts, pas vraiment. Il avait été créé par le juge et l'Académie pour récolter des gemnez. Ce qui signifiait…

Elle traça une rune à toute vitesse sur son front.

Moins d'une seconde plus tard, elle avait une énorme et rutilante gemnez entre les doigts.

– Hey ! Tu la veux ?

Elle agitait la grosse perle blanche avec provocation sous le nez du Cavalier. Elle le vit clairement marquer le pas et résister à l'invocation qui l'aspirait.

– Tu as vu comme elle est belle ?

De fait, elle était magnifique et cela serra le cœur de Sapotille. Si elle avait eu le temps de réfléchir, ce n'est sûrement pas le souvenir dont elle aurait choisi de se séparer. Mais il brillait si fort en elle, qu'elle l'avait saisi d'instinct.

C'était le premier baiser qu'ils avaient échangé avec Charly, en ce jour d'hiver, juste avant la course de citrolles. Elle devait l'admettre, ce baiser avait été le meilleur moment de sa vie. Maintenant qu'elle se l'était ôté de l'esprit, elle ressentait un vide immense.

Elle chassa les larmes de ses yeux et continua d'agiter sa gemnez bien haut. Avec un peu de chance, elle capterait même un rayon du soleil.

– Viens la chercher ! Elle est pour toi !

Le Cavalier retrouva toute sa consistance. Son cheval fit deux pas vers elle, elle avait gagné.

Attendre qu'il vienne, à présent. Ne plus bouger. Arrêter de trembler, aussi : elle ne devait surtout pas laisser la gemnez lui échapper. Le Cavalier ne pouvait pas résister à un tel appât. Que Lothaire Galbinus ait eu raison sur ce point était déjà un soulagement.

Elle se doutait qu'elle avait peu de temps pour agir.

Ceux qui avaient tenté d'invoquer le Cavalier s'étaient peut-être déjà aperçus que quelque chose clochait. Avec un peu de chance, ils mettraient cela sur le dos de la panne de magie. Mais ça ne durerait pas.

Le Cavalier était proche maintenant. Sapotille fit miroiter la gemnez plus fort encore, comme si elle comptait la lui donner.

Il tendit la main.

Elle lâcha la gemnez et se rua en avant. Cette fois-ci, elle le prit de court. Elle s'empara de la faux par le manche. Elle avait l'intention de s'embrocher dessus ou simplement de s'effondrer sur le fil de la lame. Sans doute que ce serait suffisant.

Mais le Cavalier lâcha simplement la faux en échange de la gemnez. Et Sapotille se retrouva avec l'arme gigantesque entre les mains, perplexe.

– Je te préviens, je vais me tuer !

– **Ce ne sera pas ma responsabilité,** répliqua le Cavalier.

Sapotille comprit qu'elle s'était piégée. Le pacte de sang ne valait que si le Cavalier était directement responsable de sa mort. Pas si elle mourait de sa propre main.

De rage, elle attrapa la faux et la dressa bien haut avant de l'abattre d'un grand arc de cercle en direction du cheval. L'outil était difficile à manier. Le cheval recula avec aisance, mais elle-même manqua de se trancher les mollets.

Elle hurla de colère et de frustration à la fois.

– Pourquoi ? Mais pourquoi es-tu comme ça ? l'admonesta-t-elle. Quand on était petits, tu m'offrais des œufs en sucre fourrés aux bisous baveux ! Tu cachais des monstres péteurs sous mon lit ! Tu m'apprenais à faire des potions qui puent et c'était tellement bien ! Est-ce que tu t'en souviens, au moins ?

– **Je m'en souviens. Mais ça ne me fait rien.**

– Rien ? Ça ne te fait rien, les vacances qu'on allait passer à la plage, où on piratait les coquillages pour leur faire répéter des gros mots aux quiétons ? Et la nuit où on a soudoyé la baby-sitter pour aller voir une course de citrolles en douce ? Et la fois où on a rendu fous les parents parce qu'on avait ensorcelé toutes les fourchettes du tiroir à couverts et qu'on ne pouvait plus les utiliser sans qu'elles braillent « berk, c'est dégueu ! » ? Ça ne te fait rien ?

– **Non.**

Les larmes de Sapotille ruisselaient à présent sur ses joues.

– Je croyais que tu t'étais interdit de me faire du mal ! Que c'était ça, ton pacte de sang ! Et pourtant, ça me fait du mal que tu ne ressentes plus rien. Ça me fait tellement de mal !

– **Ce n'est pas comme ça que ça fonctionne.**

Il y eut un bref silence et le Cavalier ajouta :

– **Je vais partir, maintenant.**

– Ah oui ? Eh bien, tu peux courir pour récupérer ta faux !

– **Je peux me débrouiller sans.**

Sapotille poussa un grand cri et voulut donner un nouveau coup. Un hurlement la retint. Pas du tout celui qu'elle attendait.

C'était une espèce de hennissement furieux, accompagné d'un « YIIIHAAAA » d'encouragement.

Après quoi, elle n'entendit plus grand-chose parce qu'un

choc terrible la propulsa en avant. Elle tomba et la lame trop affûtée s'enfonça férocement dans son épaule. Mais elle n'eut pas le temps d'avoir mal, parce qu'elle perdit connaissance.

***

– Sapotille ! Sapotille !

C'était Charly.

Ça ne pouvait pas être Charly, si ?

– Sapotille ! Réveille-toi !

Où était-elle ? Chez elle, mais ce n'était pas chez elle. Est-ce qu'elle était morte finalement ? Comme elle avait mal à l'épaule !

– Sapotille, je t'en supplie, lâche cette faux avant qu'on se fasse piétiner !

Sa main était restée crispée autour d'un bâton. Elle le lâcha.

Alors Charly la prit dans ses bras, la souleva de terre et se mit à courir.

– June, prends la faux ! hurla-t-il.

– Je peux pas ! Je vais me faire massacrer ! glapit la voix de June en retour.

– C'est bon, je l'ai ! fit une troisième voix que Sapotille ne s'attendait pas du tout à entendre.

– Pa… Panus ? bredouilla-t-elle d'une voix pâteuse.

Charly la serra un peu plus fort dans ses bras avant de la poser à terre.

– On a failli ne pas te trouver à temps, lui souffla-t-il.

– Qu'est-ce… ?

Elle avait une migraine folle, elle porta une main à son crâne et l'en retira tout ensanglantée. Charly réagit immédiatement et souleva ses cheveux pour inspecter la plaie.

– Ça saigne beaucoup, mais ça ira. Tu as dû te prendre un coup de sabot des licornes. Entre ça et ton épaule, ma pauvre…

Il avait déchiré un pan de sa chemise et compressait douloureusement le bras de Sapotille pour arrêter le sang.

– Les licornes ?

– Je vais la mettre à l'abri, je reviens tout de suite, dit Charly.

– T'as intérêt, répliqua June. Parce qu'à mon avis, on va pas faire le poids, tous autant qu'on est.

– Non, non ! Laissez-moi. Le Cavalier doit être arrêté !

Sapotille se fit violence pour reprendre ses esprits. Elle repoussa Charly et parvint tant bien que mal à s'asseoir. Elle mit un moment à comprendre le spectacle qui se livrait sous ses yeux.

Toujours juché sur son cheval, le Cavalier affrontait les deux licornes de Célestin. Elles étaient enragées. Les coups de sabots et les coups de corne étaient donnés pour tuer. Des centaines de kilos de tendons, de muscles et d'os déchaînés de fureur. Les dents aussi étaient de la partie, mordant les croupes, arrachant le crin. Les licornes étaient déjà recouvertes de sang, ça se voyait bien sur leur pelage.

Une corne déchira soudain le flanc du cheval noir. Celui-ci répliqua d'une ruade si violente qu'il y eut un craquement quand elle atteignit une licorne.

– Elles vengent leur maître…, murmura Sapotille.

– Je ne crois pas, répliqua June. C'est juste qu'elles détestent vraiment, mais alors vraiment le cheval du Cavalier.

– C'est parce que c'est un concentré de magie morte, dit alors Charly. Je crois que ce n'est pas un vrai cheval.

– En tout cas, ça fait bien chocotter, dit une nouvelle voix.

À cet instant seulement, Sapotille s'aperçut que Charly, June et Panus n'étaient pas les seuls à être venus. Il y avait aussi Karib, Silas et Klafidie.

– Vous êtes tous là ? s'étonna-t-elle.

– Presque, répliqua Klafidie. On a laissé Truc avec Crépine pour veiller Célestin. C'était trop dangereux pour eux.

– Oh, non ! Baroque ès Lettres de Noblesse…, gémit soudain June.

Du côté du combat équestre, une licorne avait fini par s'effondrer au sol pour ne plus bouger. Mais il n'était pas question de lui prêter assistance. La seconde poursuivait sa lutte à mort.

Sapotille avait encore du mal à se concentrer, mais le sentiment d'urgence lui revint avec force :

– Le juge risque d'arriver d'une minute à l'autre avec la milice, les informa-t-elle. J'ai empêché le Cavalier de répondre à son invocation.

Charly hocha la tête et réagit sur-le-champ :

– Il faut détruire la faux. Si ses trois artefacts sont détruits, il perdra une bonne partie de sa magie.

– Je m'en occupe ! s'exclama Panus.

Il saisit le manche à deux mains et précipita la lame de toutes ses forces contre le mur de la bâtisse. Le choc fit rebondir l'outil avec une telle puissance que Panus réalisa presque un tour sur lui-même.

– Mitard, fais gaffe un peu ! brailla Silas qui avait évité l'impact de justesse.

– C'est super solide, cette saloperie ! se justifia Panus.

Déjà, il renouvelait son essai sans davantage de succès.

– Le cheval noir ! Regardez ! cria alors Karib.

La monture du Cavalier s'était effondrée au sol et perdait en consistance. En fait, elle s'était mise à couler comme une espèce de poix. Le Cavalier se releva et s'éloigna de plusieurs pas, tandis que la seconde licorne, Azalée Tous les Pastels du Monde, tombait à genoux, haletante, et posait une tête blessée sur le dos de sa compagne qui ne bougeait toujours pas.

Quelques secondes plus tard, le cheval noir avait entièrement disparu, ne laissant même pas une ombre sur l'herbe.

– Il vient vers nous ! avertit Klafidie.

C'était inutile. Tout le monde avait vu le Cavalier avancer dans leur direction.

– La faux ! Dépêche-toi ! lança Charly à Panus.

Avant même la fin de sa phrase, il s'était précipité pour lui prêter main-forte. Ensemble, ils tentèrent de briser à nouveau la lame contre le mur. Ce fut un nouvel échec, mais cette fois, la faux émit un bruit strident et vibra.

– Plus fort !

Ils n'auraient pas le temps.

Mais l'idée qu'ils soient tous venus l'aider donnait de la force à Sapotille.

Elle se remit debout. Ça tournait un peu. Son épaule la lançait si fort qu'elle en avait le vertige.

Le Cavalier avançait toujours. Sapotille se précipita vers lui et l'enlaça de toutes ses forces. Ainsi qu'elle l'espérait, il lui rendit son étreinte par une sorte de réflexe. Il l'avait prévenue, il n'avait pas besoin de la faux.

Comme les mains de Sapotille entraient en contact avec sa peau nue, elle se sentit partir.

– **Non.**

Le Cavalier chercha à la repousser, mais elle résista. Il contint sa magie, toutefois, car elle cessa de se sentir aspirée de l'intérieur.

– Lâche notre Sapo !

June, évidemment. Elle avait bondi sur le dos du Cavalier, qu'elle commençait à marteler de ses poings. Le Cavalier projeta une main vers elle.

– Attention ! cria Sapotille.

Elle savait ce qui allait se produire. Le Cavalier ne voulait pas lui faire de mal à elle, mais s'il touchait n'importe lequel de ses camarades, il le tuerait sur-le-champ. Elle s'étira au maximum pour se saisir de la main du Cavalier et la serrer du plus fort qu'elle pouvait. Une fois encore, elle sentit une faiblesse terrible la balayer, avant que le Cavalier ne reprenne le contrôle de sa magie. Ne pas lâcher, ne surtout pas lâcher.

– Laisse-la ! Laisse-la ! s'exclama la voix de Klafidie à son tour.

Elle était en train de bourrer de coups de pied les mollets du Cavalier… qui tendit sa seconde main vers elle. Sapotille l'intercepta de justesse et serra de toutes ses forces. Elle était prête quand la nouvelle vague mortifère la balaya. Même dans la mort, elle ne lâcherait pas la main de son frère. Elle devait à tout prix l'empêcher de tuer ses amis et si c'était elle qui y restait, tant mieux, elle aurait atteint son but.

Une vague de souvenirs remonta en elle. *Gothen la tient par les deux mains pour lui faire faire des pas de géant. Elle a peut-être cinq ans et des gloussements de plaisir la secouent quand elle s'aperçoit qu'il a enfilé des bottes de sept lieues, qui leur font faire des bonds gigantesques. En bas, leurs parents crient que c'est dangereux, arrêtez tout de suite les enfants !*

Elle a six ans. Gothen lui tient les mains pour l'aider à doser les ingrédients de leur première recette magique, une recette de Dame Mélisse. Malgré les attentions de son grand frère, elle a la main trop lourde sur le sucrétincelle et la neige meringuée devient une mélasse caramélisée.

Elle a huit ans. Il a enchanté un gant pour la chatouiller jusqu'à ce que fou rire s'ensuive et il lui tient les mains pour l'empêcher de se défendre. Elle râle à n'en plus pouvoir, mais au fond elle est ravie et glousse de bonheur.

Alors qu'elle se remémorait tout cela, elle savait que ses souvenirs atteignaient aussi le Cavalier. Aujourd'hui, c'était son tour à elle de lui tenir les mains, mais ça n'avait rien à voir avec les mille et un petits riens qui composaient la vie. C'était pour entraîner son grand frère vers la mort.

Elle hurla en serrant les mains plus fort encore.

Soudain, elle sentit une présence chaude dans son dos. Le torse de Charly était plaqué contre elle.

– Tiens bon ! On est tous là, lui souffla-t-il à l'oreille.

– Il ne doit pas… lâcher mes mains…, haleta Sapotille.

Charly ne répondit pas. Charly était occupé à comprendre, pensa-t-elle, que son sacrifice était indispensable. Qu'il n'y avait pas d'autre chemin.

Mais Charly dit alors quelque chose qu'elle n'attendait pas du tout :

– Il est fait de magie lui aussi. Je vois sa trame.

Soudain, il se mit à crier, à l'attention des autres :

– Il est composé de magie ! On peut… On peut le détricoter !

Et Sapotille vit la main de Charly plonger en avant. Elle écarquilla ses yeux noyés de larmes quand elle vit ses doigts s'enfoncer dans la poitrine du Cavalier, comme s'il n'avait aucune consistance. Puis Charly tira en arrière et il y eut un bruit de déchirure.

Le Cavalier tressauta violemment et Sapotille comprit qu'il venait de subir un rude coup. C'était terrible. Tout en elle vibrait du désir d'aider son frère, de le sauver. Mais il tuerait tous ses proches si elle baissait sa garde ne serait-ce qu'un instant.

Elle raffermit sa prise en pleurant et entrelaça ses doigts avec ceux de Gothen. Elle espéra de tout cœur qu'il percevait son soutien, alors même qu'elle était en train de le piéger.

– Faites comme moi ! cria Charly. Appuyez-vous sur ma magie !

June fut la première à comprendre. Elle plongea en avant et tira. Nouveau bruit de déchirure. Ce fut comme si elle arrachait un voile de ténèbres au Cavalier. Elle recommença immédiatement. Presque au même moment, Karib et Silas l'imitèrent. Puis Klafidie, et enfin Panus qui avait dû finir par abandonner la faux.

– Je suis désolée ! sanglota Sapotille. Je suis tellement désolée, Gothen !

Elle sentait l'essence de son frère disparaître devant elle. Entre ses doigts, sa force faiblissait. Elle n'avait plus d'effort à faire pour le tenir, à présent.

Autour d'elle, Charly, June et tous les autres continuaient d'arracher de grands pans de magie sombre.

Finalement, le Cavalier tomba à genoux.

– Arrêtez, je vous en supplie ! cria Sapotille. C'est la fin.

Elle le ressentait dans ses paumes.

Karib et Silas eurent du mal à s'interrompre et ce fut finalement Charly qui les repoussa.

Sapotille aida son frère à s'allonger. Il ne pesait presque plus rien et avait la consistance d'un fantôme.

– Je t'aimerai toujours, d'accord ? Pardon ! Pardon pour tout !

Elle n'avait pas lâché ses mains, mais cette fois c'était pour l'accompagner.

– Ton pardon ne me fait rien. Mais ce qui reste en moi d'humain… est soulagé d'être libre… enfin.

Il avait dit ses derniers mots, mais il lui fallut encore presque une minute pour mourir. Sapotille le regarda jusqu'au bout, droit dans les yeux.

Quand enfin il se changea en brume, ne lui laissant même pas un corps sur lequel pleurer, Sapotille se sentit tellement vide qu'elle pensa ne plus jamais se relever.

Elle était si choquée qu'elle mit un moment à remarquer les centaines de gemnez que le Cavalier avait libérées en mourant.

Panus, Klafidie et les jumeaux étaient en train de s'en remplir les poches.

– Hey, la faux ! Elle disparaît aussi ! s'écria Panus.

– Sapotille, il faut qu'on parte, vite ! dit alors Charly. Le juge ou la milice ne doivent pas nous trouver !

Il la prit dans ses bras, elle se laissa faire bien volontiers. June accourait vers eux.

– Les licornes viendront pas, leur dit-elle avec angoisse. Elles sont vivantes mais salement amochées. J'espère qu'ils les soigneront.

– Bien sûr qu'ils les soigneront, répliqua Klafidie. T'imagines ? C'est les seules licornes de tout Thadam !

– Les gars, on a un problème ! s'écria soudain Karib en courant vers eux. Y a des miliciens au bout de la rue et apparemment, ils attendent des renforts !

– Il y a un portillon, au fond..., souffla Sapotille à bout de forces. Il est caché derrière la roseraie. On pourra traverser le jardin du voisin et ressortir par la rue parallèle...

Charly chercha la roseraie des yeux et se mit à courir en la serrant contre lui. Alors qu'elle s'effondrait dans ses bras, la tête basculant en arrière, Sapotille laissa son regard couler derrière eux.

Tout leur groupe s'était mis à courir, sauf Klafidie qui ramassait désespérément une dernière poignée de gemnez avant de les rejoindre. Pour ceux qui vivaient à Saint-Fouettard, la simple vue d'autant de magie leur faisait miroiter une fortune à laquelle ils n'accéderaient jamais.

Soudain, Sapotille tressauta.

– Il faut qu'on y retourne ! s'exclama-t-elle.

– Quoi ? Mais pourquoi ? demanda Charly sans même ralentir.

– J'ai laissé notre baiser là-bas !

Comme il atteignait enfin le portillon caché, il lui retourna un regard confus.

– On en échangera d'autres. Plein. Autant que tu veux !

– Mais c'était le premier ! Et il était… il était parfait !

Elle s'effondra pour de bon. Elle avait tout simplement trop perdu ce jour-là.

18
Après tout, le déluge

Durant la semaine qui s'écoula, Charly se sentit terriblement impuissant.

Ils avaient trouvé refuge sur la Pitchounette, qui pleurait chaque jour son désarroi de l'arrestation de sa propriétaire. De son côté, Sapotille ne faisait que dormir, ce qui était la meilleure chose qui puisse lui arriver. Mandrin lui tenait compagnie et ronronnait pour la réconforter comme si sa vie en dépendait.

– Tu me donneras des nouvelles d'elle, d'accord ? avait demandé Panus à Charly. Je sais que j'ai pas trop le droit de réclamer ça, mais j'aimerais bien devenir un ami potable, à défaut d'autre chose.

Charly avait hoché la tête.

– Je ferai de mon mieux pour vous tenir au courant, mais on va quand même éviter de sortir.

– Ouais, nous aussi, on va se faire tout petits à Saint-Fouettard. Le juge va pas laisser passer un coup pareil.

– Je ne pense pas qu'il sache qu'on était derrière. On ne s'est pas fait attraper, alors il doit chercher une explication. Mais tu as raison, mieux vaut rester dans son angle mort.

Heureusement, tout était prévu sur la péniche pour éviter de mettre le nez dehors. Il y avait des provisions à foison, de la literie, des produits d'hygiène, tout le nécessaire et plus encore.

Depuis l'arrestation de Marianne, l'auberge était officiellement fermée et, une fois les derniers jeunes clients partis, le pirate musculeux qui faisait office de figure de proue n'avait plus laissé entrer personne, à part eux. Il montait la garde jour et nuit et hurlait sur n'importe quel passant qui s'attardait un peu trop près. Son caractère soupe au lait leur permettait de se sentir en sécurité.

Ils s'étaient peu étalés. Charly avait choisi de coucher dans la même chambre que Sapotille pour la veiller, mais June n'avait pas voulu rester seule et ils s'étaient finalement entassés à trois dans une cabine minuscule. Ils étaient même quatre, si l'on comptait l'odeur des pieds de June qui avait tellement de présence qu'elle en acquérait de la personnalité. Sans parler de Pépouze et de Mandrin.

Charly avait tenté de guérir l'épaule de Sapotille par magie, mais il n'avait pas la science de sa grand-mère et Sapotille conservait une cicatrice extrêmement vilaine. Elle prétendait que ça n'était pas plus mal parce que ça lui rappelait son frère, mais Charly soupçonnait qu'elle voulait souffrir pour se punir.

Les nouvelles leur parvenaient chaque matin à tire-d'aile, par *Le Temps des magiciers*. La disparition du Cavalier n'avait pu être cachée, ne serait-ce que parce que la mort survenait à nouveau de façon naturelle chez les habitants de Thadam. Aussi le juge s'était-il fendu d'une longue interview pour tout justifier : les Allégories ne vivaient pas éternellement, un jour venait où leur magie s'épuisait et ce temps était arrivé pour le Cavalier, hélas trop jeune au moment de sa métamorphose. Évidemment, cette disparition tombait mal puisque la ville, aujourd'hui pauvre en magie, ne tournait que grâce aux gemnez récoltées. Pour pallier cela, le juge annonçait une augmentation des impôts et imposait un nouveau jour par semaine sans magie. Désormais, sa pratique en serait interdite le mardi, mais aussi le samedi.

Le Temps des magiciers avait multiplié les microtrottoirs auprès de gens qui se plaignaient des pannes de magie et expliquaient dans quelles situations tantôt amusantes, tantôt dramatiques elles les avaient plongés. Charly s'était bêtement demandé comment le journal était parvenu à trouver des passants pour les interroger, dans la mesure où les rues étaient plus désertes que jamais. Il le savait, car lui-même avait dû sortir pour se rendre à la milicerie. Ç'avait d'ailleurs été sa seule sortie jusqu'ici.

Comme il n'avait été question nulle part de l'arrestation de leurs proches, il avait tenté d'obtenir des renseignements par lui-même. Il avait bien manqué de se faire arrêter, mais un milicien s'était laissé charmer par Mandrin venu se frotter à ses jambes.

– Vous aimez les chats, vous aussi ? avait innocemment demandé Charly.

C'était le cas. Le milicien avait multiplié les papouilles en échangeant des banalités sur les frasques félines. Finalement, grâce à d'habiles questions, il avait confié à Charly que les geôles étaient pleines à craquer. On ne s'en sortait plus parce que le Purgatone n'avait pas fini de repousser depuis cette affaire de dragon et maintenant que le Cavalier était mort et que la Justice était débordée, on ne savait plus quoi faire de tous les prisonniers et il n'en pouvait plus des corvées de sandwichs pour nourrir tout le monde.

Charly s'était senti soulagé. Ses proches ne devaient pas nager dans le confort, mais du moins devaient-ils être en relative sécurité pour le moment.

Puis les choses s'étaient accélérées.

Un matin après qu'il eut reçu le journal, Charly réveilla June en douceur.

– Tu peux rester avec Sapotille ? lui chuchota-t-il. Le Petit Théâtre et le casino viennent de s'effondrer, je dois aller voir.

– Mitard, y a des victimes ?

– Non, ils ont fait évacuer la population hier soir, plusieurs heures avant que ça n'arrive. C'étaient des bâtiments qui tenaient debout uniquement grâce aux gemnez, tu imagines le gaspillage ?

– Ils sont gonflés de rationner les gens alors qu'ils ne font gaffe à rien, eux !

– En tout cas, l'Académie doit faire une déclaration importante, alors je vais aller écouter. Je resterai caché dans la foule.

Sapotille dormait encore quand Charly quitta la péniche.

– Fais attention à toi, gamin ! lui lança une voix pleine de graviers.

Charly se retourna et adressa un petit signe de remerciement à la figure de proue qui venait de l'interpeller.

Autour des péniches, les quais étaient moins déserts que d'habitude et Charly songea qu'il n'était pas le seul à vouloir entendre les propos de l'Académie. L'ambiance restait toutefois sinistre. Les ponts qui enjambaient le canal Carpien étaient noyés dans la brume et au loin, le barrage de la Karpass était vautré en travers de l'eau, comme un crapaud fainéant.

Ce n'était pas un très grand barrage, la Bretagne étant une terre pauvre en montagnes. Certes, il y avait des lacs, collines et vallons, mais rien de suffisant a priori pour mettre en place une installation de ce type. Le barrage de la Karpass devait alimenter en électricité la ville de Thadam, rien de plus, et il tenait debout grâce à la magie.

Ça n'avait pas grand sens. C'était « déshabiller Pierre pour habiller Paul » comme disait Dame Mélisse et Charly songea que cette absurdité était justement celle qui avait précipité Thadam dans la situation actuelle.

Les bâtiments maintenus par magie commençaient à s'effondrer et la mort du Cavalier empêchait désormais les rafles de gemnez auxquelles la milice s'était livrée ces dernières semaines. Le barrage était-il en danger ? Charly tenta de se rassurer. Sans doute était-il une priorité que l'Académie avait choisi de préserver au détriment de bâtisses plus dispensables, tels justement le casino et le Petit Théâtre.

Il pressa le pas devant la milicerie, ne pouvant toutefois s'empêcher d'y couler un œil. Il espéra que ses proches se portaient bien dans les cellules dont il apercevait les barreaux et que les articulations de sa grand-mère ne souffraient pas trop de la situation.

Place de l'Allégorie Courage, la statue de femme casquée, dotée d'une épée et d'un bouclier, avait cessé de faire la révérence à tout-va. Il n'y avait pourtant pas de panne de magie en ce moment et les statues dépensaient peu de moires, mais on avait dû les désenchanter pour éviter une dépense trop démonstrative.

Lorsque Charly arriva enfin place des Magisters (où la spectaculaire statue de bronze d'une vingtaine de fondateurs avait elle aussi cessé de s'animer), il fut soulagé de constater que la foule était aussi nombreuse que prévu. Il allait pouvoir s'y noyer facilement.

Le casino et le Petit Théâtre bordaient le quartier de la Roncette, de sorte que Charly qui était très grand pouvait en apercevoir les débris de là où il se trouvait. Les deux bâtiments tout en dômes et colonnes étaient à présent changés en gravats poussiéreux…

Il fallut attendre les discours un long moment, mais au bout d'une heure, les miliciens s'agitèrent enfin du côté de l'Académie.

– Ça va commencer, chut !

– Bah, on a failli attendre, dites donc !

Steffie Alycanthe fut la première à monter au pupitre installé devant l'Académie. Elle salua et se lança dans un discours introductif aussi long qu'inutile où elle expliquait que les temps étaient graves, que Thadam connaissait une crise terrible qui marquerait son histoire mais dont elle ressortirait vainqueresse comme lors de l'épidémie de pétricelle ou la guerre du Détournement de Magie et qu'elle allait maintenant laisser la parole au juge, applaudissez s'il vous plaît.

La foule applaudit brièvement comme on se débarrasse d'une corvée. Elle attendait de savoir à quelle sauce elle allait être mangée.

Le juge s'avança alors. Il avait accroché à ses épaules une vaste cape de soie noire doublée de rouge. Son bandeau écarlate ceignait toujours ses yeux et son épée lui battait la hanche. Charly dut reconnaître qu'il en imposait.

– **Mes chers concitoyens, nous traversons une situation particulièrement difficile et plus que jamais, l'avenir de Thadam est incertain. C'est la raison pour laquelle nous devons hélas faire des sacrifices.**

Charly eut une moue dubitative. Il était à peu près convaincu que le juge et la plupart des Académiciens ne s'incluaient pas dans la notion de sacrifice. Le juge poursuivit son discours :

– **Nous avons ménagé le Carnaval, mais vous comprendrez que tant que la situation n'est pas réglée, nous ne pouvons plus consommer de la magie de façon aussi dispendieuse. C'est pourquoi, la mort dans l'âme, nous avons décidé de supprimer le sabbat de printemps qui devait avoir lieu le mois prochain.**

Les Thadamais furent à l'évidence stupéfiés par la nouvelle et le brouhaha s'installa dans la foule.

– Mais… Mais ce n'est jamais arrivé ! cria quelqu'un.

Le juge tendit une main pour réclamer le silence et l'obtint.

– J'entends vos angoisses, mais nous travaillons à rétablir la situation pour le sabbat d'été.

Vu la tournure que prenaient les événements, Charly ne voyait pas comment ce serait possible.

– Seuls les passages de grade sont maintenus. Ils auront lieu sous la coupole de l'Académie comme d'habitude, mais nous en avançons la date à la semaine prochaine.

Charly crut qu'il allait s'étouffer. Bien sûr que les passages de grade étaient maintenus, puisque le fils du juge lui-même était concerné. Mais dès la semaine prochaine ?

– Je vais maintenant laisser place à mon collègue Lothaire Galbinus, qui vous précisera les modalités exactes et répondra à vos questions.

L'Académicien aux soyeux cheveux blonds qui avait tenté de l'aider lors des sélections se présenta au pupitre.

Sapotille et Césaria avaient évoqué Lothaire Galbinus comme allié et il est vrai qu'il avait fait ce qu'il avait pu lorsque Charly était revenu à Thadam. Cependant…

Charly le détailla avec attention. Cet homme pouvait-il leur porter assistance une fois encore ? Ils avaient absolument besoin qu'on leur prête main-forte, même si Galbinus n'était pas à cent pour cent rallié à leur cause.

Charly hésita jusqu'à la fin des questions. Il n'y en eut pas beaucoup. Les faits étaient clairs. Certaines personnes avaient simplement besoin qu'on les leur répète, trop sonnées qu'elles étaient par l'annonce de la nouvelle.

Quand la foule commença enfin à se disperser, Charly se dissimula sous un auvent pour examiner ce qui allait suivre. Son chapeau-sapeur savait heureusement se mettre au diapason des situations et l'avait vêtu d'un costume gris, pour une fois peu élégant et même très passe-partout.

La chance lui sourit. Lothaire Galbinus ne s'attarda pas à la fin des discours, à l'inverse du juge qui était très occupé à faire acte de présence. Ainsi que Charly l'avait espéré, l'Académicien à boucles d'or partit en direction du quartier des Petites Fées Modèles. Il fut facile de lui emboîter le pas.

Dès qu'il ne fut plus en vue de la grand-place, il courut pour le rattraper. Lothaire Galbinus se retourna, fronça les sourcils et le reconnut tout de suite. Il lui fit signe de le suivre dans le renfoncement d'une ruelle.

– Il vaudrait mieux qu'on ne nous voie pas ensemble, lui dit-il d'entrée de jeu.

– Il vaudrait mieux qu'on ne me voie pas du tout, répliqua Charly.

– J'ai appris ce qui s'était passé pour votre grand-mère et, hum, toute sa clique. Par contre, peut-être pourriez-vous m'éclairer sur la question de la mort du Cavalier ? Il est bien mort, oui ? Vu la quantité anormale de gemnez retrouvées, c'est ce qu'il nous a semblé, mais après tout, ce ne serait pas sa première disparition.

Charly faillit répondre et se retint à temps. Une information de cette ampleur se monnayait.

– Pourriez-vous faire sortir ma grand-mère et… toute sa clique de la milicerie ?

Lothaire Galbinus le regarda avec un brin de contrariété. Il comprenait que Charly lui proposait un marché.

– C'est dans votre intérêt ! reprit Charly. Nous aurons du mal à affronter le juge sans ma grand-mère et tous les autres.

Lothaire hésita puis hocha la tête.

– Je vais voir ce que je peux faire. Voyons-nous demain soir, vingt heures. Où vous êtes-vous réfugiés ?

Charly n'avait pas la moindre envie de révéler leur cachette. Cela mettrait peut-être June et Sapotille en danger. Mais Lothaire Galbinus se montra insistant et, vu leur situation, il sembla à Charly qu'il n'avait pas le choix. Il allait falloir prendre ce risque.

– Nous sommes sur la Pitchounette, vous savez, l'auberge de jeunesse sur le canal Carpien…

– La Pitchounette ? Sur le canal Carpien ?

– Oui, c'est ce que j'ai dit…

– C'est intéressant, ça… Beau bateau et solide aussi…

L'évocation de la péniche paraissait avoir donné une idée à l'Académicien. Il réfléchit quelques instants avant d'ajouter :

– Bon, il va me falloir plus de temps. Voyons-nous plutôt dimanche, même heure. Avec l'interdiction de pratiquer la magie le samedi, on ne devrait pas risquer la panne. En attendant, tenez-vous à carreau, jeune homme, il serait fâcheux que notre ami Dendelion vous mette la main dessus avant que j'aie tout organisé.

Et il prit congé.

Charly s'en retourna vers la péniche un peu embêté. Il n'était pas certain d'avoir eu la meilleure des initiatives. D'un autre côté, pouvaient-ils encore faire autrement ?

Il longeait les quais et était déjà en vue de la Pitchounette, lorsqu'un papillon de papier lui percuta la tempe à plusieurs reprises jusqu'à ce qu'il s'en saisisse.

Il le déplia. C'était sa convocation au passage de grade d'Élémenter.

L'Académie n'avait pas lambiné. La lettre était générique et les informations le concernant avaient été ajoutées à la main :

« Charly Vernier,

Veuillez vous présenter mercredi neuf mars à 14 h 30, à l'Académie de Magie, en compagnie de votre marraine Dame Estelle Mélisse. Nous vous rappelons que votre bonus est de 0 *point.*

Vous avez déjà passé les épreuves de sélection et ne pouvez en aucun cas vous désister, sous peine de recevoir un malus de 100 *points reconductible.*

Une collation sera servie avant l'épreuve, merci de faire part de vos allergènes à l'organisation.

Cordialement,

Cyril Lickboots, pour l'Académie de Magie. »

– Mauvaise nouvelle, gamin ? lui demanda la figure de proue quand elle le vit monter à bord.

– La paperasse officielle, ce n'est jamais bon signe, répliqua Charly dans un rictus.

Quand il passa la porte de la cabine, Sapotille était debout. Elle agita un papier devant son visage :

– J'ai reçu ça. Oh, toi aussi, à ce que je vois. Comment on va faire ? Nos parrains sont à la milicerie !

– Et l'Académie le sait, répliqua Charly. J'imagine que c'est sa façon de se débarrasser de nous une fois pour toutes. Mais on a peut-être un allié dans l'affaire. En tout cas, je l'espère, parce que sinon, on est vraiment dans le pétrin.

Et il lui raconta la conférence de l'Académie, suivie de son entrevue avec Lothaire Galbinus.

***

Durant les quatre jours qui précédèrent leur rendez-vous, ils ne subirent pas d'arrestation. Ils le prirent comme une bonne nouvelle. Ils s'attendaient pourtant à voir débarquer des hordes de miliciens, mais Lothaire Galbinus semblait avoir tenu parole, du moins pour l'instant.

Sapotille essayait de s'entraîner à la magie, sans parvenir à grand-chose.

– Il n'y a même pas un seul livre sur cette péniche ! finit-elle par s'emporter. Comment est-ce que je suis censée réviser ? En plus, Maître Lin n'est pas là pour m'entraîner.

– Parce que tu comptes vraiment aller à ce passage de grade ? s'étonna Charly. Officiellement, je sais qu'on est obligés de s'y rendre, mais ce serait quand même se jeter dans la gueule du loup. Si on tentait notre chance, on n'en ressortirait pas, tu sais ça ?

Il regarda Sapotille et, à son visage résolu, comprit que de son côté elle pensait malgré tout réussir.

– Tout sera contre nous ! tenta-t-il de la convaincre. L'Académie, le juge, sans parler du fait que Thibald nous a forcément préparé un sale coup.

– Il y a le trophée, si j'arrive à l'atteindre ma victoire sera incontestable. Et puis le public juge aussi et je suis une Butternut ! À Thadam, ça veut encore dire quelque chose, surtout maintenant que mon frère est mort…

– Oui, d'accord, mais…

– Et je suis très intelligente ! Et je connais plein de sorts, plus que Thibald et Marusa réunis, même, j'en suis sûre !

– C'est vrai.

Il la regarda avec tendresse, il ne voulait pas la blesser.

– Mais je crois que le juge essaiera de nous assassiner, si nous y allons. Maintenant que le Cavalier ne peut plus te protéger, tu es vulnérable. Et j'ai très peur de ce qui pourrait t'arriver.

Il lui ouvrit les bras et elle s'y pelotonna. Mais elle n'abandonnait pas pour autant.

– On ne peut pas juste se laisser faire tout le temps, d'accord ? lui souffla-t-elle dans le cou. J'en ai assez des défaites, je veux une victoire ! Si je n'étais pas une simple Patouilleuse, j'aurais plus de pouvoir. Peut-être que si j'avais été une Élémentère depuis le début, j'aurais pu faire la différence.

– Lothaire Galbinus doit venir tout à l'heure. Je te propose qu'on attende de voir comment il peut nous aider et qu'on décide après. Tu veux bien ?

Il a intérêt à ne pas venir les mains vides, ajouta-t-il mentalement.

Sapotille accepta. Maintenant qu'elle s'était à peu près relevée de son deuil, Charly mourait d'envie de la câliner et de l'embrasser. Qui plus est, après tant d'événements, ils avaient tous deux besoin de réconfort.

Il chercha ses lèvres et elle les lui offrit volontiers. Il était terrifié à l'idée de la perdre à nouveau. Il n'en pouvait plus que ses proches lui soient arrachés les uns après les autres. Tantôt sa mère, tantôt sa grand-mère, tantôt son maître… Heureusement, il avait l'espoir de les retrouver un jour, bientôt peut-être, grâce à Lothaire Galbinus. Mais qu'il arrive quelque chose à Sapotille, c'était inenvisageable.

Alors, comme s'il déployait un bouclier, il délivra les mots qu'il avait sur le cœur :

– Je t'aime.

Le regard qu'elle lui retourna le chavira. C'était comme si elle avait attendu cela depuis toujours. Dame Carasse avait raison. Les émotions, comme la magie, devaient circuler. C'était ce qui composait la vie.

Sapotille ouvrit la bouche. Certainement qu'elle lui aurait répondu, si au même moment June n'avait pas fait irruption auprès d'eux :

– Y a Lothaire Bidule qui discute avec Pitchounette sur le

quai. Il est en avance, ce couillon. J'le fais monter, sinon il va attirer l'attention !

Charly soupira et lâcha Sapotille à regret.

– Je crois que notre réunion commence.

Il se mit à installer des chaises, tandis que Sapotille prenait les verres et une bouteille de pétillonade. Mais June n'était pas partie depuis trois minutes qu'elle revint, seule et contrariée :

– Il est à bord, mais il veut pas me suivre. Venez m'aider, il arrête pas de faire le tour du pont. J'ai demandé à Pépouze de le surveiller, mais c'est pas discret !

Contrariés de devoir s'exposer, Charly et Sapotille sortirent à leur tour. Heureusement, c'était l'heure entre chien et loup où l'on n'y voit qu'à dix mètres. Eux-mêmes ne comprirent pas exactement ce qu'ils voyaient quand ils aperçurent Lothaire Galbinus sautiller vivement sur le plancher.

À côté de lui, Pépouze tentait d'imiter ses mouvements.

– Heu… bonsoir, dit Charly.

L'Académicien lui renvoya un vague signe de tête et s'avança jusqu'au bastingage dans lequel il donna de petits coups de poing. Finalement, il déclara :

– Ça ira très bien.

– Y a intérêt ! répliqua Pitchounette, dont l'agacement traduisait que le manège durait depuis un moment.

– Vous voulez bien nous suivre à l'intérieur ? demanda Charly.

– On va vous servir une collation, précisa Sapotille pour l'encourager.

– Je n'ai pas faim, merci les enfants. On voit vraiment bien le barrage d'ici, c'est mieux que je ne l'espérais. Allez, larguez-moi ces amarres.

Charly, Sapotille et June se jetèrent des regards interloqués.

– Comment ça ? demanda Charly. La péniche reste à quai, normalement.

Le regard de Lothaire Galbinus se durcit.

– Écoute-moi bien, jeune homme. Tu m'as demandé de faire délivrer ta grand-mère et c'est ce que nous allons faire. Mais l'action de ce soir m'a coûté cher en services, menaces et pots-de-vin. Et pour qu'elle fonctionne, j'ai besoin que ce bateau navigue. Me suis-je bien fait comprendre ?

Cet homme était habitué à se faire obéir, mais Charly ne baissa pas les yeux.

– Justement, non, nous n'avons pas compris. Peut-être pourriez-vous nous donner des détails ?

Pour toute réponse, l'homme sauta à quai. Là, il commença à défaire les cordages des bites d'amarrage. Il n'était pas expérimenté et ses gestes étaient maladroits, emmêlant les nœuds au lieu de les défaire.

– Il se fiche de nous ? demanda June.

– Non, mais je rêve ! tempêta Charly.

Il allait alpaguer l'Académicien, mais ce dernier eut un geste d'apaisement en leur direction.

– Je vais expliquer, promis, dit-il en rejetant les bouts à bord. Mais nous n'avons pas beaucoup de temps. Quant à vous, chère Pitchounette, j'espère que vous n'êtes pas un marin d'eau douce…

– JE SUIS UN MARIN D'EAU DOUCE ET IL N'Y A AUCUNE HONTE À ÇA ! hurla la figure de proue déjà exaspérée par l'examen qu'elle avait eu à subir.

– Oui, oui, je ne voulais pas vous vexer. Gardez votre énergie pour plus tard, il va y avoir du sport.

Alors que la péniche s'écartait doucement du quai, entraînée par le courant léger, Lothaire Galbinus bondit à bord.

– Moteur, ça tourne ! exigea-t-il.

– Si je veux ! grogna Pitchounette.

Mais elle obtempéra et lança en effet son moteur.

– Maintenant, en route vers le barrage, je vous prie.

Et il se positionna à l'avant du navire, face au vent, comme un glorieux capitaine. C'en fut trop pour Charly qui s'approcha, épaules carrées, tout prêt à le jeter par-dessus bord s'il présentait un danger.

– Nous aimerions des explications, s'il vous plaît, exigea-t-il trop poliment.

Lothaire Galbinus dut sentir qu'il risquait de se retrouver à barboter dans le canal, car il obtempéra :

– Vous voyez ce barrage ? Eh bien, il va sauter dans quelques minutes.

Profitant de la stupéfaction qu'il avait provoquée, il sortit une étrange longue-vue de sa sacoche et la pointa vers le ciel.

– Et qu'est-ce que c'est que cette chose ? demanda Charly qui se sentait sur le qui-vive après une telle révélation.

– Je connais ! C'est un lecteur de trame, répondit June, ravie d'avoir la réponse. Il y en avait un chez Célestin.

– Ça sert à regarder s'il y a plus ou moins de magie dans l'air, ajouta Sapotille.

– Tout à fait, jeune fille. On ne veut pas d'une panne maintenant, n'est-ce pas ? Il pourrait y avoir des morts et ce serait inadmissible. Mais tout va bien, la concentration de moires est correcte.

– Attendez, vous allez vraiment faire sauter le barrage ?

Charly n'en revenait toujours pas.

– C'est-à-dire que… je ne vais rien faire. Simplement, vous aurez remarqué que les pannes de magie ne frappent pas partout en même temps. La magie s'appauvrit plus vite à certains endroits qu'à d'autres. Il est donc plausible qu'une panne frappe le barrage de la Karpass, qui ne serait pas ressentie à l'Académie. D'autant que par une coïncidence navrante, les collègues chargés de contrôler la trame ne sont pas là ce soir.

– Mais vous n'avez pas une réserve de gemnez pour prendre le relais dans ces cas-là ? demanda Sapotille.

– Normalement, oui. Mais il se trouve qu'à la suite d'une erreur administrative tout à fait malheureuse, le barrage n'a pas reçu ses chargements lors des trois derniers jours. Cela peut se comprendre. Après tout, la pénurie provoque un chaos sans nom.

Il sortit soudain un étrange stylo de sa veste. Charly avait déjà vu ce genre d'objet, c'était de la magie d'ingénierie. Lothaire Galbinus appuya sur le capuchon et le stylo émit une série de flashs.

– Voilà qui est fait, nous disposons d'environ deux minutes. Et si vous en profitiez pour me raconter la mort du Cavalier ?

Immédiatement, il ajouta à l'intention de Sapotille :

– Sans vouloir me montrer grossier, jeune dame.

Mais Sapotille, tout endeuillée qu'elle était par la mort de son frère, ne quittait pas le barrage du regard et ouvrait des yeux de plus en plus effrayés.

– Eh bien… Mon frère est mort et nous aussi, nous allons bientôt l'être, je pense. Pourquoi est-ce qu'on se rapproche de ce barrage, s'il doit rompre ?

– Oui, bonne question, enchaîna June. Pourquoi est-ce qu'on ne fait pas plutôt demi-tour pour s'enfuir à toute vitesse en hurlant ?

– Parce que je dois…, commença Lothaire Galbinus.

Mais il fut interrompu par un grondement terrible, suivi de ce qui ressemblait beaucoup à une explosion. Ils virent alors le barrage s'effondrer sous leurs yeux.

– Un peu tôt, grogna Galbinus entre ses dents, avant d'ajouter à voix haute : Accrochez-vous, ça va secouer un peu.

– Un peu ? hurla June.

Une vague immense d'une dizaine de mètres avait crevé la construction et se déversait maintenant dans leur direction.

– Mitard, couina Pitchounette.

Il était trop tard pour se réfugier à l'intérieur. Sapotille s'accrocha à Charly, qui empoigna June d'une main et de l'autre s'agrippa à toute force au bastingage.

– Par pitié, tiens le coup, Pitchounette ! murmura-t-il.

À la proue, le pirate bandait tous ses muscles, se préparant à l'impact.

Mais l'Académicien semblait savoir ce qu'il faisait. Il se mit à tracer des runes de feu à une allure folle.

La vague qui était jusque-là une explosion de gerbes d'une violence inouïe, prête à tout détruire sur son passage, se rassembla sur elle-même et fit le gros dos.

– Couché… couché… couché…, répétait Lothaire Galbinus en poursuivant ses runes, comme s'il espérait être obéi.

Et en effet, la vague s'aplanissait, s'étalait, se lissait…

– Le niveau monte quand même super vite, paniqua Charly.

Au même moment, cela les rattrapa. La péniche se leva vers le ciel et deux énormes masses d'eau passèrent par-dessus le bastingage. Lothaire, qui ne s'était pas accroché pour garder les mains libres, fut balayé. Aussitôt, ils furent secoués beaucoup plus violemment. Pitchounette se mit à hurler tandis que tout son corps de bois craquait sous la force de l'eau. Et Sapotille échappa à Charly.

– Sapotille !

Il lâcha le bastingage sans réfléchir pour glisser sur le pont à sa suite et ils seraient tous deux passés par-dessus bord, si l'Académicien ne s'était pas relevé à cet instant pour reprendre ses runes.

Pitchounette quant à elle affronta courageusement les flots, en faisant hurler son moteur.

– C'est moi qui commande ! C'est moi qui commande ! hurlait-elle pour se convaincre.

June s'était emmêlée dans les cordages, auxquels elle s'accrochait en couinant. Charly usait de toute sa force pour retenir

Sapotille contre lui. Ses muscles étaient tétanisés à force de s'agripper au bastingage glissant. Ils étaient tous trempés comme des rats, gelés et pétrifiés. Pépouze vint s'entortiller autour d'eux comme pour les encourager à tenir bon. Dans leur cabine, Charly percevait Mandrin en train de miauler de terreur.

Reste à l'intérieur, lui enjoignit-il.

Quand enfin les remous se calmèrent pour n'être plus qu'une houle qui donnait vaguement mal au cœur, ils purent relever la tête et souffler.

– Oh non…, souffla alors Sapotille.

Elle avait été la première à regarder vers Thadam. Charly tourna la tête et, malgré l'obscurité, fut choqué par la vision qui s'imposait à eux : la ville barbotait dans l'eau, qui avait noyé les quais et les premiers étages des immeubles.

– Qu'est-ce que vous avez fait ? cria-t-il.

Lothaire Galbinus les rejoignit. Des poches lui avaient poussé sous les yeux et il paraissait rabougri sur lui-même. Les sorts qu'il avait employés l'avaient à l'évidence fatigué et ses boucles blondes n'avaient plus la moindre prestance, maintenant qu'elles étaient trempées.

– Bah, c'est encore l'hiver, les gens gardent leurs fenêtres fermées. Et puis à cette heure, ils sont chez eux, mais ils ne dorment pas encore, c'est le moment parfait. Tout le monde a dû monter d'un étage, et voilà.

– Mais vous êtes fou ! Tout Thadam est sous l'eau, des gens sont peut-être morts !

L'Académicien haussa les épaules.

– On ne fait pas d'omelette sans casser des œufs. Si personne n'arrête le juge, ce sera bien pire. Et je vous ferai remarquer que tout Thadam n'est pas sous l'eau.

D'une main tremblante d'épuisement, il désigna l'Académie bien visible au centre de la ville.

– Le terrain de Thadam n'est pas plat. D'après mes calculs, le quartier Droit et celui des Korrigans Pouilleux ont dû prendre deux mètres d'eau. Abraxas, les Cent Magisters et les Premiers Sabbats, entre un mètre vingt et quarante centimètres selon les endroits. Et au quartier En Octobre, à la Rose Subite et à la Gibbeuse, on doit pouvoir se déplacer sans souci avec une bonne paire de bottes. Tous les autres sont assez en hauteur pour être au sec.

– Ouais, en d'autres termes, on n'aura même pas la satisfaction de voir les riches pleurnicher parce que la flotte a salopé leur parquet, grommela June.

Mais Charly n'avait pas digéré la première partie des explications :

– Les gens ne sont pas des œufs, articula-t-il froidement. S'il y a eu un seul décès…

L'Académicien soupira, mais il n'avait plus l'énergie pour hausser le ton.

– Le juge réfléchit à faire disparaître les gens qui gaspillent trop de magie, dit-il finalement. Et il y a pire encore, mais ce ne sont pas des affaires dont je tiens à discuter avec des Patouilleurs. S'il vous plaît, nous avons peu de temps. Je veux agir avant que l'Académie puisse s'organiser.

Il tapa sur le bord du bastingage d'une main exsangue.

– Pitchounette, ma chère, vous allez devoir naviguer dans les rues de Thadam. En route vers la milicerie.

– Vous allez vraiment sortir nos proches de là ? demanda Sapotille.

Elle n'avait pu s'empêcher de ressentir un espoir visible.

– Eh bien, c'était notre marché, me semble-t-il. À présent, il est d'ailleurs temps d'honorer votre part...

– Le Cavalier est bel et bien mort, coupa Charly. Il ne reviendra pas. Et ses artefacts ont disparu avec lui.

– Comment avez-vous fait ?

Sapotille ouvrit la bouche, mais Charly répondit à sa place :

– On lui a juste volé sa faux et les licornes se sont chargées du reste. Elles vont bien, d'ailleurs ? Elles étaient sérieusement blessées quand nous sommes partis.

– On les soigne, mais elles ne feront plus jamais de courses de citrolles. Ce sont vraiment elles qui ont éliminé le Cavalier ?

– Oui. C'est terrifiant, une licorne en colère, poursuivit Charly. On a bien failli se faire tuer à coups de sabots ou à coups de corne.

– Hmm. Surprenant, mais pourquoi pas.

Sapotille avait jeté un regard interrogateur à Charly qui n'avait jusque-là pas l'habitude de lui voler la parole. Il lui serra furtivement la main en retour, cherchant sa compréhension. Quoique cet homme se présentât comme leur allié, il ne lui accordait qu'une confiance relative et préférait lui concéder le moins d'informations possible. Il l'expliquerait plus tard à Sapotille.

Pitchounette remontait la rue du Fameux Capitaine à la vitesse de deux nœuds à peine. Une péniche ne navigue jamais très vite, mais celle-ci était très nerveuse à l'idée d'aventurer sa coque en territoire piéton.

La nuit était tout à fait tombée à présent et Pitchounette avait allumé son fanal ainsi que de grands projecteurs qui balayaient les immeubles. Les réverbères des rues étaient engloutis, ce qui éclairait l'eau avec étrangeté. Ils fonctionnaient par magie et étaient la seule source de lumière en ville. Tout le reste, qui tenait sur le réseau électrique, avait sauté en même temps que le barrage.

– On dirait que l'eau est plutôt montée à trois mètres qu'à deux, fit remarquer Charly.

– Tu exagères, mon garçon, répliqua l'Académicien. Deux mètres soixante, à tout casser.

Une voix les interpella soudain :

– Ohé ! Par ici ! S'il vous plaît !

Charly tourna la tête en tous sens avant de comprendre d'où elle venait.

– On est là !

– Sur les toits !

Sapotille fut la première à pousser un cri de surprise. Les toits abritaient en effet de nombreuses personnes de tous âges.

– L'eau va encore monter ?

– Vous pouvez nous prendre à bord ?

Lothaire Galbinus se plaça dans le rayon du fanal de façon à être visible.

– N'ayez crainte, messieurs-dames ! L'eau ne va pas monter

davantage et l'Académie est prévenue, qui vous portera bientôt secours. Nous sommes en mission d'urgence et ne pouvons vous aider, mais gardez patience ! Vous pouvez redescendre dans les étages inférieurs où il n'y a pas d'eau.

Sitôt qu'il eut parlé, il tapota le bastingage de Pitchounette et lui glissa :

– Il va falloir penser à accélérer, l'Académie doit bel et bien être en chemin.

– Et c'est vous qui allez me réparer si je me fais un trou dans la coque ? bougonna Pitchounette.

– Je m'y engage. Je connais d'excellents sorts de…

Au même moment, tous les lampadaires sous-marins s'éteignirent.

– Super. Encore une panne de magie, grogna Sapotille.

– Déjà ? s'étonna Lothaire Galbinus. Eh bien, une chance que j'aie eu de quoi mater la vague.

– Oui, une chance, cingla Charly.

Heureusement, ils étaient enfin arrivés à la milicerie.

– Au moins, ils pourront pas nous balancer d'algos ! se rassura June.

– Pitchounette, approchez-vous au maximum, je vous prie, demanda Lothaire Galbinus.

Charly se crevait les yeux pour essayer de voir ce qui se passait derrière les fenêtres. Plusieurs bougies avaient été allumées qui éclairaient vaguement. Ça grouillait de silhouettes.

– OHÉ ! LA MILICERIE ! hurla Lothaire Galbinus. ICI L'ACADÉMIE ! NOUS SOMMES VENUS VOUS SAUVER !

Il y eut un moment de flottement, puis un milicien passa la tête par une fenêtre.

– Nous ne pouvons pas laisser les prisonniers tout seuls !

– On les embarque aussi ! répliqua Lothaire Galbinus. Dépêchez-vous s'il vous plaît, on va vous lancer les amarres.

Charly se tenait prêt. Sitôt que l'Académicien lui eut fait signe, il lança la corde vers le milicien penché à la fenêtre. Il leur fallut trois essais avant de réussir.

On disposa ensuite des planches en travers et l'évacuation commença. La Pitchounette tendait les mains et aidait ceux qui passaient à ne pas tomber. C'était une très grande péniche, qui pouvait accueillir de nombreuses personnes. Bientôt, une vingtaine de miliciens et plus de cinquante prisonniers se bousculèrent sur le pont, sans parler de la petite dizaine de familiers (chien, oiseau, singe et autres).

Charly remarqua que les miliciens étaient excessivement nerveux. Sans doute que l'inondation les avait secoués, mais il y avait autre chose… *Ils ne peuvent pas utiliser leurs algos à cause de la panne et ça les inquiète*, comprit-il.

– MARIANNE ! rugit soudain la Pitchounette.

– Toi aussi, tu m'as manqué, ma chouquette !

La grande figure de proue avait saisi l'aubergiste dans ses bras et la serrait de toutes ses forces, refusant de la lâcher. Tant pis pour les suivants, ils se débrouilleraient seuls pour monter à bord.

Soudain, Charly nota que le rythme avait ralenti. Il se fraya un chemin parmi la foule et aperçut une silhouette mince et un tantinet dépenaillée, accompagnée d'un grand crocodile.

– Maître Lin ? alpagua-t-il.

Mais Maître Lin était visiblement occupé. En levant les yeux, Charly s'aperçut que Césaria était en train d'essayer de faire descendre Dame Mélisse, qui peinait à s'aventurer sur les planches. D'après ses grimaces, sa hanche devait lui faire souffrir le martyre.

– J'arrive, Grand-Ma ! s'exclama-t-il.

Il bondit sur les planches et monta jusqu'à la milicerie, où il souleva sa grand-mère dans ses bras, avant de reprendre le chemin de la péniche.

– Je suis contente de te voir, mon chéri, lui glissa sa mère.

Elle avait l'air tout à fait épuisée.

– Je reviens te chercher, maman, si tu veux, lui proposa Charly avec sollicitude.

– Ça va aller, ça va aller ! dit-elle en agitant la main d'un geste vague.

Mais Charly nota qu'elle avait désormais trois doigts de porcelaine. Il serra sa grand-mère un peu plus fort dans ses bras et descendit la passerelle de fortune avec délicatesse.

– Tu es vraiment un bon garçon, lui souffla Grand-Ma.

Sa voix chevrotait comme celle d'une très vieille femme et cela effraya Charly. Elle devait avoir laissé toutes ses forces dans cette prison.

Au moment où il bondissait sur le pont pour la reposer au sol, un milicien pointa soudain son doigt dans sa direction.

– Hey, toi ! T'es le gamin que le juge nous avait demandé d'arrêt…

Le milicien ne finit jamais sa phrase. Sans réfléchir, Charly l'avait mentalement poussé à l'eau pour qu'il se taise.

Et c'est exactement ce qui se produisit. Le milicien bascula par-dessus le bastingage dans un énorme PLOUF.

Plusieurs choses se produisirent alors. Une dizaine de personnes s'agitèrent pour repêcher l'infortuné milicien. La grand-mère de Charly lui jeta un regard surpris et dit :

– Tu as fait beaucoup de progrès, dis-moi.

Tandis que Sapotille se précipitait vers lui pour chuchoter, presque paniquée :

– Mais comment tu as fait ? Il y a une panne de magie ! Personne ne peut faire de magie en ce moment et toi, tu l'as juste… tu l'as juste *ploufé* !

Elle en perdait ses mots.

Le milicien, tout grelottant, remontait à bord.

– Je ne comprends pas, balbutiait-il, j'ai dû glisser et…

Au même instant, il sembla qu'une nouvelle force le poussait en arrière pour le faire retomber dans l'eau glacée.

– Hey, moi aussi j'y arrive ! dit alors June, puis se tournant vers Charly : Tu m'en veux pas si je t'ai utilisé comme briquet ?

Maître Lin fixa un drôle de regard sur eux.

– De la magie en pleine panne de magie ? Voilà qui est très intéressant.

De son côté, Lothaire Galbinus s'était hissé sur la cabine pour héler la foule.

– S'il vous plaît, écoutez-moi ! Les miliciens vont vous délivrer un reçu. Vous restez officiellement prisonniers, mais étant donné les circonstances, vous pouvez rentrer chez vous ou vous faire héberger chez des amis. Vous recevrez une convocation plus tard, pour répondre de vos actes devant la justice. En attendant, vous êtes libres, sur ordre de l'Académie.

19

COMPLOTAGES

Lothaire Galbinus aurait volontiers réquisitionné la Pitchounette pour jouer les sauveurs dans tout Thadam et soigner ainsi son image. Mais la question de Saint-Fouettard lui coupa l'herbe sous le pied. La bastide se trouvait sur le lac du Dour Louzet et, de par sa situation géographique, était forcément en danger.

– Des enfants sont peut-être en train de se noyer en ce moment même ! s'écria Marianne.

– Mais… mais il y a d'autres urgences, non ? Des urgences plus proches ? tenta de plaider l'Académicien.

– Vous, je vous ai assez obéi pour le restant de mes jours ! lui assena Pitchounette. Restez à bord si vous avez besoin de comploter, mais tous les autres descendent !

La péniche débarqua prisonniers et miliciens aussi près de la place des Magisters qu'elle le put, avant de voguer en direction du lac, gardant à bord un Lothaire Galbinus grommelant. Cependant, comme ils s'approchaient, même lui fut contraint de reconnaître que la situation de Saint-Fouettard nécessitait les secours les plus pressants.

– Je n'avais pas songé que l'eau irait jusque-là, admit-il.

La bastide était engloutie quasiment jusqu'aux toits. Par chance, les protections magiques avaient tenu le coup le temps d'évacuer les enfants jusqu'aux étages supérieurs et aucun ne manquait à l'appel, tout au plus étaient-ils vaguement humides.

Tout le monde embarqua dans un joyeux chaos. Et Pitchounette retrouva ses fonctions d'auberge de jeunesse.

L'Académicien soupira et attrapa Sapotille par le bras.

– Jeune dame, trouve-nous un endroit à l'abri de toutes ces oreilles indiscrètes. Nous devons parler. Le juge va réagir et les choses risquent de s'accélérer.

Finalement, ils se réfugièrent tous dans le garde-manger, sur les sacs de patates-patates qui se tortillaient de colère.

– Maintenant que vous êtes libres, déclara l'Académicien en s'adressant aux adultes, il va vous falloir une stratégie, et vite !

– On peut peut-être prendre le temps de se sécher d'abord ? répliqua Maître Lin, acerbe.

Mais Lothaire Galbinus l'ignora :

– Vous devez agir pendant le passage de grade.

– Vous pensez sérieusement qu'il sera maintenu ? demanda Sapotille. Après ce qui vient de se passer ?

– La rupture du barrage et l'inondation vont donner du fil à retordre à toute l'Académie, mais je mettrais ma main au feu que la date du passage de grade sera maintenue. Vous n'avez que deux jours pour vous organiser et cette fois, vous n'aurez pas le droit à l'erreur. Depuis que votre petite bavarde a parlé, le juge s'attend à un assaut d'envergure.

Ce disant, il lança un regard de reproche à June, qui lui tira la langue en retour.

– Au moins, il ne peut plus compter sur le Cavalier, avança Césaria. C'était son bras armé.

– Une bête blessée n'en est que plus dangereuse. Rhadamante Dendelion dirige encore la milice et ses propres pouvoirs sont phénoménaux. Avec son bandeau, il peut voir nos fautes futures. Vous n'imaginez pas l'énergie que je déploie pour éviter son regard ! Mais ce n'est pas le plus dangereux…

– Le pire, c'est la balance, approuva Charly.

Lothaire Galbinus hocha la tête.

– Avec elle, il peut orienter l'opinion collective dans le sens qui lui plaît. Une foule exposée à cette balance ne pourra jamais se soulever. C'est la tyrannie éternelle qui nous attend tous.

– Du moins tant qu'il reste de la magie.

Lothaire Galbinus les regarda et parut hésiter à leur révéler une information. Finalement, il dit à voix presque trop basse pour être entendu :

– L'Académie a trouvé comment récolter de la magie supplémentaire.

– Comment ? s'écria Maître Lin. Mais c'est une nouvelle fabuleuse !

– Pas vraiment. Des expériences ont montré que… chaque être humain possède en lui une part de magie. Une part infime, mais qu'il peut plus ou moins développer. Nous savions cela pour les magiciers, c'est la raison pour laquelle nos gemnez deviennent puissantes avec l'accroissement de nos pouvoirs. Mais la chose se trouve aussi chez les quiétons, ce qui explique que n'importe qui puisse s'initier à la magie.

– C'est ce que nous expliquait Dame Carasse, s'enthousiasma Charly. C'est comme ça que la magie se crée ! Toute la magie !

– Attendez, tempéra Dame Mélisse, comment le juge compte-t-il récupérer la magie des quiétons maintenant que le Cavalier est mort, alors même que celle des magiciers lui échappe ?

– C'est le résultat des recherches que Steffie Alycanthe effectue depuis des années, soupira Lothaire Galbinus. Elle est encore en phase expérimentale, mais c'est déjà un succès. Seulement nous ne parvenons pas à garder les sujets en vie à l'issue de l'expérience. Le Cavalier provoquait l'amnésie, la méthode de Steffie Alycanthe est mortelle et beaucoup plus… massive. L'élimination de nombreux quiétons est nécessaire pour récolter une petite quantité de magie.

Tout le monde en resta coi. L'avenir qui s'ouvrait devant eux était glaçant.

– Donc si nous n'arrêtons pas le juge maintenant, résuma Sapotille, il s'en prendra aux quiétons et en tuera un maximum, juste pour continuer à faire de la magie ?

– En effet.

– C'est le problème avec les tyrans, avança Césaria, quand on pense que ça ne peut pas être pire, ils arrivent toujours à nous surprendre. Ça ne s'arrête jamais.

– Mais ça pourrait, intervint alors June, et avant que qui que ce soit ne lui coupe la parole, elle enchaîna : La magie intuitive serait la solution.

– La magie intuitive consomme trop de magie et mène à des excès comme Holger Frakass ! répliqua sèchement Lothaire Galbinus.

– La magie intuitive ne consomme pas de magie, elle en produit. Simplement, c'est une magie sauvage et… bordélique ! C'est plus dur à comptabiliser !

L'Académicien posa un regard très soupçonneux sur June.

– Qu'est-ce qui vous permet de proférer de telles allégations, jeune dame ?

Sapotille se crispa. Que faisait June ? C'était trop tôt ! Il ne fallait surtout pas qu'elle lui confie leur secret le plus précieux, à savoir qu'elle, Charly et une partie de la jeunesse de Saint-Fouettard avaient commencé à mettre leur nez dans de la magie illégale.

Heureusement, June avait de la ressource, elle sortit la gemnez qu'ils avaient dérobée au musée et la plaça entre les mains de Lothaire Galbinus.

– C'est un souvenir de Silverine Lampion, vous savez, celle qu'a créé la magie runique…

– Je sais qui est Silverine Lampion, merci.

– Bah, tout est dedans, vous verrez.

June exagérait un peu. Lothaire Galbinus devait le savoir, car il continuait de la fixer étrangement. Sapotille sentit son souffle s'accélérer. June avait pris un gros risque. Certes, la question de la magie intuitive devrait être débattue, mais les préjugés étaient lourds à Thadam et il fallait être en position de force pour mettre le débat sur la table sans être accusé de vouloir devenir un nouvel Holger Frakass. Dame Mélisse devait avoir suivi le même cheminement, car elle choisit de faire diversion :

– Je pense pouvoir me débarrasser de la balance. En tout cas, la rendre inutilisable.

Lothaire Galbinus lui retourna un regard surpris.

– Et comment comptez-vous vous y prendre ?

– Une balance ne fonctionne que si on peut y équilibrer les poids, répondit Dame Mélisse. Je vais l'écraser sous quelque chose de si lourd qu'elle ne pourra plus jamais servir.

– Et puis-je vous demander où vous comptez trouver une chose pareille ?

– Non. Nous avons été trop bavards une fois et cela nous a coûté cher. Disons simplement… (et son regard se fixa à celui de Charly) que j'ai beaucoup appris au contact d'une sorcière métaphysique. En revanche, si je mets cette balance hors d'usage, je veux que l'Académie remplisse son rôle.

– Son rôle ? répéta Lothaire Galbinus sans comprendre.

– Son rôle, insista Dame Mélisse. Les Allégories sont soumises à l'Académie précisément pour éviter ces abus de pouvoir aux conséquences dramatiques. Votre institution a failli à sa fonction. Je comprends la peur de certains d'entre vous. Mais vous ne pouvez plus vous comporter comme des canards qui ne se mouillent jamais les plumes. Si je mets cette balance hors d'usage, en exposant ceux qui me sont chers, vous vous chargerez de l'épée, du bandeau et surtout, de déchoir l'Allégorie de la justice de ses fonctions.

– Comme si ça pouvait être aussi simple ! s'offusqua l'Académicien. Vous ne vous rendez pas compte !

– Ce dont on se rend compte, dit alors Charly, c'est que vous voulez qu'on prenne tous les risques en nous aidant le moins possible.

Après cela, les échanges furent houleux, il y eut des cris et des doigts haut levés. Sapotille songea que la Pitchounette ne devait pas en rater une miette, sans même parler de leurs camarades de Saint-Fouettard qui étaient experts dans l'art d'écouter aux portes.

– D'accord, d'accord ! s'écria finalement Lothaire Galbinus. Mais je ne peux rien promettre pour le moment. Je vais voir si mes alliés habituels me suivent. Mais vous…

Il pointa son doigt vers Dame Mélisse d'une façon qui choqua Sapotille.

– Vous prenez la responsabilité de cette balance.

Puis il quitta les lieux et obtint de débarquer dans le quartier de la Rose Subite, où il se retrouva avec de l'eau jusqu'à la taille.

Sapotille, Charly, June et leurs protecteurs restèrent à discuter dans le garde-manger un peu plus longtemps.

– Je ne suis pas sûre qu'il soit fiable, dit Césaria. On pourrait aussi prendre la décision de fuir.

– Le juge ne nous laisserait pas faire, objecta Dame Mélisse. Il nous rattraperait coûte que coûte et je crains qu'il ne nous exécute après un jugement expéditif. On pourrait tenter de se faire discrets en arrêtant complètement la magie, mais…

– Mais on oublierait plein de choses ! l'interrompit June.

On oublierait même Célestin et ça, c'est hors de question ! Célestin mérite qu'on se souvienne de lui. *Je* mérite de me souvenir de Célestin. Et puis ce serait une très, très mauvaise idée d'oublier le juge et ces saletés d'Académiciens. Ils en profiteraient pour nous tomber dessus.

Chacun approuva, Sapotille la première. Si tous ses souvenirs ayant trait à la magie s'effaçaient, elle ne savait pas ce qui lui resterait. Gothen disparaîtrait pour toujours de sa mémoire, c'était certain. Ses parents aussi, Maître Lin qui lui enseignait la magie et Charly… Que garderait-elle de Charly ? Elle ne voulait pas prendre le risque.

– De toute façon, on n'a pas le choix, dit Charly. Je comprends que vous vouliez nous protéger, mais si nous avons une chance d'arrêter le juge, nous avons une lourde responsabilité vis-à-vis de tout le monde. Lothaire Galbinus estime que c'est le bon moment, alors nous devons nous rendre au passage de grade. Je ferai de mon mieux pour dissimuler ma magie intuitive.

Sapotille hocha la tête, sans oser appuyer Charly à voix haute. Ses désirs n'étaient pas si désintéressés et elle en avait honte. Car malgré la situation elle ne pouvait s'empêcher d'espérer devenir une Élémentère… la plus jeune de Thadam depuis son frère, Gothen ! Elle avait beau savoir que c'était ridicule et que la magie runique était mortifère, elle en avait rêvé depuis trop longtemps pour ne pas avoir ressenti une petite étincelle de joie à l'idée de passer son grade, même si ça n'était qu'une diversion.

Charly, qui la connaissait bien, ne fut pas dupe.

– Notre objectif, ce sera de rester en vie et de permettre à ma grand-mère d'approcher le juge, d'accord ? lui chuchota-t-il à part. Pas de faire de l'épate pour remporter ce grade à la noix.

– Oui, bien sûr.

– Et je suis sûr que le juge va pousser Thibald à utiliser des sorts extrêmement dangereux contre nous, alors il faudra qu'on veille l'un sur l'autre.

– Toujours, lui répondit-elle dans un sourire. En plus, tu as zéro point d'avance. Alors si je ne te protège pas, tu seras éliminé tout de suite, ta grand-mère aussi et on ne se débarrassera jamais de cette balance de l'enfer.

Sur ce point, du moins, elle n'avait pas besoin d'être encouragée.

Ils laissèrent les adultes débattre des détails et quittèrent la réunion. Comme Sapotille l'avait soupçonné, elle entendit un léger bruit de cavalcade quand ils poussèrent la porte du garde-manger.

– Ça va, je sais que vous êtes là ! lança-t-elle.

Panus, Klafidie, Crépine et les jumeaux sortirent de l'escalier sous lequel ils s'étaient dissimulés. Ils ne paraissaient même pas gênés d'avoir été pris en flagrant délit.

– Vous avez tout entendu, pas vrai ? leur lança-t-elle.

Ils hésitèrent un instant, puis Crépine lâcha :

– Franchement, vous êtes dingues, vous avez aucune chance.

– Merci pour les encouragements, grommela Charly.

– Je viendrai quand même, dit Panus. Juste au cas où vous auriez besoin d'un coup de main pour vous tirer quand ça tournera mal. Parce que ça va *forcément* mal tourner.

– Moi aussi, je viendrai, dit Klafidie. De toute façon, je rate jamais un passage de grade et vu que celui-là sera sans doute le dernier, ça serait bizarre que j'y sois pas.

– Et on votera tous pour vous, dit Karib.

– Ouais, enchaîna son frère, vous aurez besoin de nos points pour pas être éliminés trop vite.

– Et puis on pourra au moins ficher le bazar pour faire une diversion quand vous devrez vous enfuir, enchaîna Crépine. Ça, c'est dans nos cordes.

– Vous êtes géniaux, en fait, répliqua June sur un ton d'évidence.

Il est vrai que les pensionnaires de Saint-Fouettard avaient un talent pour l'enthousiasme qui forçait le respect et Sapotille décida de se laisser porter. Leurs chances étaient maigrelettes, mais il leur faudrait quand même essayer.

La Pitchounette était fondamentalement casanière et, quoique le canal Carpien fût sorti de son lit, elle resta proche de son emplacement habituel, s'accrochant de son ancre à la vase d'un air buté.

Dans les deux jours qui suivirent, ceux qui le pouvaient bourrèrent le crâne de Charly pour lui faire travailler sa gestuelle runique.

– Il ne s'agit pas qu'on comprenne que tu es un Intuitif, surtout maintenant que Lothaire Galbinus a des soupçons, répétait Césaria à l'envi.

De son côté, Maître Lin ne s'était toujours pas remis de sa

surprise, lorsqu'il avait compris que cette magie pouvait se pratiquer même en cas de panne.

– C'est pourtant logique, expliquait Charly. La magie intuitive vient de nous, elle est cyclique.

– Je n'en reviens pas, c'est la solution à tous nos problèmes !

– Pour peu que l'Académie accepte d'abandonner son pouvoir, ce qui n'arrivera pas demain, rappelait Dame Mélisse. Oublions cette histoire de magie intuitive et focalisons-nous sur le juge. On réglera les histoires de magie plus tard.

La veille du jour J, Lothaire Galbinus revint les voir en catimini. Du moins, c'était son objectif. Dans les faits, il se retrouva à zigzaguer dans une petite barque, armé d'avirons qui battaient l'eau de façon anarchique. C'était un mardi, jour où la magie était rationnée, raison pour laquelle il avait choisi de s'abstenir, même si les Académiciens n'étaient en théorie pas soumis aux restrictions. Sa tentative de discrétion fut un échec magnifique. En quelques minutes, tous les enfants de Saint-Fouettard étaient penchés au bastingage et se fichaient de lui en le montrant du doigt.

– Eh bien, on a failli attendre, grinça Maître Lin en l'aidant à monter à bord. J'espère qu'au moins, les nouvelles sont bonnes.

– Elles le sont, répliqua l'Académicien avec hauteur. Pourrait-on avoir un peu de confidentialité ?

Tous se réunirent une fois de plus dans le garde-manger.

– J'espère que vous êtes prêts pour demain, vous deux, attaqua-t-il tout de go en fixant Sapotille et Charly.

– Je suis prête, répliqua Sapotille.

Elle savait que Charly était loin de partager sa confiance, mais elle se sentait assez forte pour le protéger si nécessaire. Après tout, elle se préparait à ce passage de grade depuis des années. Pas lui.

– Et vous aussi, reprit Lothaire Galbinus en se tournant vers Dame Mélisse. J'ai remporté cette négociation de haute lutte.

– Je suis prête, assura à son tour Dame Mélisse.

– Bien, alors voilà comment nous allons procéder…

Lothaire Galbinus se lança dans ses explications. Il manœuvrait les enjeux politiques bien mieux que sa barque et Sapotille comprit très vite que sans lui, rien ne serait possible.

Le juge Dendelion les attendait de pied ferme. Il avait prévu de faire arrêter sur-le-champ Dame Mélisse, Maître Lin et Césaria, qui étaient par ailleurs en sursis. Les miliciens devaient les évacuer du bâtiment, après quoi…

– Je crains qu'il n'ait prévu de vous faire disparaître. Définitivement.

– À ce que je constate, il ne s'embarrasse même plus des apparences, répliqua Césaria qui avait légèrement pâli.

Lothaire Galbinus eut un geste vague comme pour désigner la situation dans son ensemble.

– Vous avez vu où en est Thadam ? Non, Rhadamante ne soigne plus les apparences. À ce stade, c'est la fuite en avant pour piller ce qui reste des ruines ! Quant à nos jeunes gens…

Il annonça ce qui était prévu pour Charly et Sapotille, mais ils l'avaient deviné seuls. Le juge comptait profiter de l'événement pour les mettre en danger le plus possible, les faire perdre et terminer par une injection de pétricelle s'ils avaient l'audace de survivre, tout en se réservant la possibilité d'un accident à venir.

– On l'a vraiment énervé, traduisit Charly.

– Par chance, le juge a sous-estimé à quel point la rupture du barrage avait rebattu les cartes et c'est tout à fait ce que j'espérais. Voyez-vous, depuis que Thadam a été engloutie et que nous sommes bravement venus sauver nos miliciens, le juge a perdu du galon et j'en ai moi-même gagné.

Ce disant, il se rengorgea, fier de lui.

Sapotille se sentit mal à l'aise. Depuis deux jours que Thadam était en partie sous l'eau, les nouvelles du *Temps des magiciers* étaient inquiétantes. On comptait une bonne vingtaine de disparus, plusieurs milliers de personnes avaient dû être relogées (le parc des Élégants Porcelets abritait des centaines de tentes, faute de mieux, et certaines familles campaient dans les rues), les bronchites s'étaient répandues comme une traînée de poudre et les pneumonies attendaient en embuscade, sans même parler des innombrables blessures résultant des évacuations. Le bilan de la catastrophe menaçait de s'alourdir encore et Lothaire Galbinus se gargarisait de son avancée politique ?

Sapotille échangea un regard avec Charly, mais celui-ci ne paraissait pas surpris. Il se méfiait de cet homme depuis le début et ses intuitions étaient souvent justes. Lothaire Galbinus se souciait moins d'abattre un tyran que d'avancer ses propres pions. Heureusement, se rassura Sapotille, leurs intérêts se rejoignaient. Pour le moment.

Elle écouta d'une oreille attentive la suite du discours de l'Académicien.

– L'excellente nouvelle, depuis cette affaire, c'est que les miliciens me sont reconnaissants et suivent mes ordres plutôt que ceux du juge, qui avait pris l'habitude d'outrepasser ses fonctions ces derniers mois. Le voilà remis à sa place ! Et grâce à moi, vous pourrez tous pénétrer dans le bâtiment de l'Académie sans être arrêtés. Les parrains et marraines seront positionnés autour de la piste et, c'est là que je suis fier de moi, chère Dame Mélisse, je suis parvenu à vous installer juste à côté du juge. Il va en bouillir de rage !

Sapotille hocha la tête, se souvenant que Rhadamante Dendelion s'était en effet désigné pour être le parrain de son fils, Thibald. Il aurait donc, c'était logique, sa place dans la tribune des parrains et marraines.

– Je vous suggère d'attendre que le passage de grade batte son plein pour agir, suggéra Lothaire Galbinus à Dame Mélisse qui approuva. Mettez cette balance hors service et l'Académie se soulèvera pour déchoir le juge de son statut d'Allégorie, je m'en porte garant. Ce sera une grande première pour l'Académie de Magie, une initiative dont je serai le porteur et j'avoue que je suis plutôt excité à l'idée d'entrer dans nos livres d'histoire de cette façon.

– Mais êtes-vous certain que vos collègues vous suivront ? demanda Maître Lin, méfiant. La gemnez vous a-t-elle aidé ?

– La gemnez de Silverine Lampion, oui… C'est une piste intéressante, mais j'ai trouvé qu'il serait prématuré de l'utiliser pour le moment. Voyez-vous, Thadam n'est pas prête à revenir à la magie intuitive.

Sur ces mots, il jeta un drôle de regard à Charly et June. Sapotille se tendit. Ainsi qu'elle l'avait craint, le souvenir de Silverine Lampion n'avait servi qu'à attiser les soupçons. Elle se hâta de relancer la conversation :

– La magie intuitive n'était qu'une piste théorique. Combien des vôtres êtes-vous parvenus à convaincre ?

– Une petite vingtaine. Le juge effraie beaucoup de monde parmi nous.

– Une petite vingtaine n'est pas la majorité.

– C'est suffisant ! Il y en a d'autres qui n'ont pas voulu se mouiller dans l'affaire par couardise, qui nous sont toutefois acquis. Quant aux derniers, ils se rallieront au plus fort. Le juge a bien quelques complices irréductibles, mais nous trouverons le moyen de les faire taire. Débarrassez-nous de cette balance et nous nous occuperons du reste, je vous en fais le serment !

Sapotille s'en voulut, mais elle ne put s'empêcher de demander :

– Et le passage de grade ?

Lothaire Galbinus se mit d'abord à glousser, pensant qu'elle plaisantait. Mais voyant qu'elle était sérieuse, il se radoucit et ajouta :

– Comme ces épreuves seront très perturbées, je pense qu'en guise de compensation, l'Académie pourra exceptionnellement accorder le grade d'Élémenter à tous les participants.

Il s'en fallut de peu qu'il lui ébouriffât les cheveux, mais

Sapotille songea avec gêne qu'elle l'aurait mérité. Sa remarque était puérile et le fait qu'elle trouve sa source dans le souvenir de son frère, plus jeune Élémenter avant elle, n'y changeait rien.

– Si vous permettez, je vais maintenant prendre congé, leur dit Lothaire Galbinus. Je préfère éviter de rester en votre compagnie, si délicieuse soit-elle.

Césaria le raccompagna jusqu'à sa barque, tandis que les autres s'attardaient dans le garde-manger.

Charly fronçait les sourcils.

– Je ne le sens pas, dit-il enfin quand il fut certain que Lothaire Galbinus n'était plus à portée d'oreille. On doit arrêter le juge en urgence, mais ça ne sauvera pas la magie si l'Académie persévère dans la même voie. Et maintenant que Steffie Alycanthe a trouvé une nouvelle source avec les quiétons, j'ai peur qu'ils refusent d'envisager la magie intuitive par principe.

– Un tyran pourrait en remplacer un autre, approuva Maître Lin. Après le juge, ce pourrait être au tour de Lothaire Galbinus de faire régner la terreur.

– Mais il n'est pas une Allégorie, tempéra Dame Mélisse. Et il n'a pas encore la notoriété ou le pouvoir du juge, même s'il y aspire. Nous devons affronter celui qui a mitardisé ou assassiné des magiciers à tour de bras. Lothaire Galbinus n'en est pas là. Chaque chose en son temps.

Charly parut réfléchir, puis demanda :

– En parlant d'affronter le juge, Grand-Ma… Je sais qu'il faut rester prudent au cas où on nous extorquerait des informations, mais comme l'épreuve a lieu demain… Comment as-tu prévu de te débarrasser de la balance ?

– Je te l'ai dit. Je vais l'écraser sous quelque chose de terriblement lourd.

Sapotille échangea un regard avec Charly. Elle partageait son inquiétude. Contrairement à eux, Dame Mélisse n'avait jamais eu l'occasion d'éprouver la solidité d'un artefact d'Allégorie.

– Pardonnez-moi, avança alors Sapotille, mais vous ignorez peut-être que la balance est presque indestructible. Charly n'a pu briser le sablier de mon fr… du Cavalier que grâce au théorème de Kerbenec et sans doute aussi à sa magie intuitive. Nous avons eu besoin des licornes pour abattre son cheval et nous n'aurions jamais pu détruire sa faux si…

Elle sentait les sanglots lui étreindre la gorge. Mais Dame Mélisse posa une main douce sur sa joue.

– Je sais, répliqua-t-elle. Mais crois-moi si je te dis que je dispose de la chose la plus lourde au monde et que la balance du juge n'en réchappera pas.

– De quoi s'agit-il, Grand-Ma ? insista Charly avec inquiétude.

– Mon petit chéri… Tu te souviens de cet été chez moi, quand tu avais huit ans ? Que nous cuisinions ensemble des beignets de réconfort et que tu m'as pris mon grimoire pour plaisanter ?

Charly hocha la tête avec gravité. Bien sûr qu'il se souvenait. Tout le monde dans cette pièce savait ce qui s'était alors passé. Et même si son souvenir lui avait ensuite été ôté…

– Oui, dit Charly. Je sais. Je me suis enfui et la voiture m'a tué. C'était un accident.

En face de lui, sa grand-mère avait fermé les yeux.

– C'était un accident, mon chéri. Mais je peux te jurer que la balance du juge ne me résistera pas. Parce que je ne me suis jamais remise de cette journée-là. Et je ne crois pas qu'il existe sur Terre quelque chose de plus lourd que ma culpabilité.

20

TU QUOQUE MI FILI

Le lendemain matin, Pitchounette avait beau trembler sur elle-même, elle n'en démordit pas :

– Je vous accompagne.

Ainsi se rendirent-ils à l'Académie en péniche, au risque de s'échouer sur les pavés. Elle jeta l'ancre rue des Étoiles à Croquer et, pour les derniers mètres qu'il leur restait à parcourir, Marianne leur prêta un canot de secours.

– Tant pis si vous me l'abîmez sur le dallage, mais il est hors de question que vous ayez les pieds mouillés à votre épreuve, mes choupinets. Et je reste ici au cas où vous auriez besoin de fuir…

Elle les serra dans ses bras avec des yeux humides, au point que Charly se sentit embarrassé.

– Ne nous enterrez pas trop vite, tenta-t-il de plaisanter. La moitié de l'Académie prendra fait et cause pour nous, ce n'est pas rien !

– Bien sûr, que je suis bête ! Et ce Lothaire Galbinus a vraiment gagné en puissance ces derniers temps. La Loge des Anamnèses a confirmé. Vous aurez au moins cela pour vous.

Comme ils étaient tous montés dans le canot, celui-ci avança sans aide sur les flots. Charly se retourna et vit que Marianne traçait des runes dans les airs, prenant le risque de dépenser sa magie pour mieux les soutenir.

Tout en serrant Mandrin dans ses bras, Charly songea que le familier de Maître Lin produisait toujours son petit effet et qu'il était content de l'avoir à leurs côtés. Le crocodile Justine nageait près d'eux avec enthousiasme. Pépouze était là aussi, que June avait tenu à emmener.

– Allez, quoi, elle sort pas souvent !

Crépine avait approuvé, fascinée qu'elle était depuis le début par la serpillière. À présent, elle la regardait nager, trop occupée à s'émerveiller pour ramer avec les autres.

– Crépine, tu nous aides ! tenta d'ordonner Klafidie, sans succès.

Il n'y avait pas eu assez de place sur le canot principal et les pensionnaires de Saint-Fouettard avaient dû s'entasser sur un mauvais radeau. Toutefois, ils ne détonnaient pas dans le décor. Autour d'eux, une bonne douzaine d'embarcations composées de bric et de broc arrivaient des rues inondées. Deux cosses de haricot géant avaient été métamorphosées en barques. Il y avait trois citrolles aussi, qui arrivaient par la route du Marquis les Trois Mouches et par le boulevard Archibald Crépillon, dont les chevaux pataugeaient dans vingt à cinquante centimètres d'eau.

La place des Magisters n'était inondée qu'en partie et ressemblait à une gigantesque flaque.

Charly bondit hors du canot et aida Sapotille, puis June à descendre. De leur côté, Césaria et Maître Lin assistaient Dame Mélisse, et Charly ne put refréner un pincement d'angoisse lorsqu'il aperçut la main de sa mère, dont quatre doigts de porcelaine blanche se détachaient sur la peau noire.

La maladie progressait de plus en plus vite. Si elle pouvait encore bouger les doigts, ils s'étaient nettement raidis et cela risquait d'empirer. Césaria n'avait pas de rôle spécifique à jouer lors du passage de grade (si ce n'était d'accorder tous ses points à Charly, retardant ainsi son élimination). Par ailleurs, il était hors de question pour elle d'abandonner son fils, sa mère, June dont elle se sentait responsable, Sapotille qu'elle envisageait comme belle-fille et Maître Lin avec qui elle avait une relation quasiment fraternelle.

À June aussi, on avait demandé de rester à bord de la Pitchounette où elle serait protégée des atteintes du juge, mais elle avait fait comme si elle n'avait pas entendu.

Ce qui était très curieux, songea Charly en débarquant, c'était que l'Académie s'était donné un petit air de fête, comme si elle se moquait des cataclysmes qui s'enchaînaient sous ses yeux. C'était la définition même du déni.

Un magnifique tapis bleu étoilé était étalé sur les marches qui menaient à la porte principale et une trentaine de miliciens formaient une haie d'honneur, non pas dans leur uniforme traditionnel, mais dans une superbe livrée verte rehaussée de galons et d'épaulettes dorées. C'était à l'évidence leur tenue d'apparat.

Il faisait beau et le dôme bleu du bâtiment étincelait au soleil. Après l'inondation qui avait noyé Thadam, les cascades décoratives qui jaillissaient tout autour du toit paraissaient plus menaçantes qu'autre chose, mais on les avait néanmoins laissées. Une gigantesque banderole accrochée au-dessus de la porte annonçait en lettres d'or: « PASSAGE DU GRADE D'ÉLÉMENTER » et en passant dessous, Charly eut l'impression de se jeter dans la gueule du loup.

Il installa Mandrin sur ses épaules et tendit la main pour se saisir de celle de Sapotille, qui la serra trop fort en retour. Elle n'était pas plus confiante que lui.

– Ne t'inquiète pas, c'est Grand-Ma qui doit faire tout le travail, lui chuchota-t-il.

– Je sais, mais pendant ce temps, on doit quand même passer un examen salement dangereux. Et il y a encore plus de gens que d'habitude !

En effet, la foule se pressait vivement.

Autour d'eux, Charly apercevait bien sûr les Patouilleurs qui, comme eux, se présentaient à l'épreuve. Il reconnut Chrysanthème et Sophronia, entourées d'une dizaine de membres de leur famille. Il y avait de jeunes enfants, des adolescents, des adultes de tous âges et même des vieillards. Mais tous les visiteurs présents ne paraissaient pas proches des candidats. D'innombrables curieux étaient venus, qui pour la plupart n'avaient aucun lien avec les participants.

Charly songea que la population de Thadam avait été très secouée au cours des dernières semaines. Chacun avait dû se terrer chez soi et, pour beaucoup, même la notion de chez-soi avait été bouleversée. Le passage de grade était sans doute estimé sans risque. Et la population cherchait à s'amuser, à moins qu'elle ne veuille se rassurer par une démonstration de magie de grande ampleur quand celle-ci était en train de s'effondrer.

– Mitard ! s'exclama soudain June.

Charly se hâta de la rattraper pour voir ce qui lui avait extirpé ce cri.

– Mitard…, souffla-t-il à son tour, faute de mieux.

– Ah, c'est vrai que c'est votre première fois ! tenta de frimer Sapotille.

Mais elle aussi était impressionnée.

Les épreuves avaient lieu sous le dôme, dans l'amphithéâtre principal de l'Académie. Il n'était pas surprenant que cet espace soit « plus grand » que les murs extérieurs ne le laissaient supposer, car c'était une magie fréquente à Thadam. Mais les Académiciens avaient agi sans mesure.

Il y avait au bas mot mille places assises, dans un espace qui n'aurait pas dû en compter plus de trois cents. Surtout, la scène centrale, ronde, avait l'ampleur d'une salle de bal et affichait un décor stupéfiant. Charly avait été prévenu par Sapotille, il ressentit néanmoins une petite angoisse le tenailler.

Les quatre éléments étaient toujours représentés, mais chaque année, l'un d'eux était mis en valeur. Cette année, c'était la terre. La scène était recouverte de dunes de sable. Au milieu s'étendait une mare, sur le côté de laquelle étaient plantés cinq balais. Juste au-dessus, au sommet de la voûte, se trouvait la fameuse coupe qui rapportait cent points.

– Et où sera le feu ? demanda Charly qui le cherchait des yeux.

– Ils n'ont pas encore allumé les torches, mais elles sont positionnées tout autour du terrain, regarde. Et il y aura aussi des flammes flottantes dans les airs.

– On va voter pour vous à mort ! s'exclama June.

Elle brandissait un sac de dix jetons qu'elle venait de récupérer, en échange d'un bracelet lumineux au poignet.

– Je préférerais qu'il n'y ait pas de morts, tempéra Césaria, mais oui, on fera de notre mieux pour vous soutenir. Mon chéri, fais très attention à toi. Tu n'as aucun point d'avance, tu risques d'être éliminé très vite…

Ce disant, elle indiqua un large tableau suspendu au-dessus de la porte d'entrée. Les noms de vingt participants au passage de grade y étaient inscrits par ordre alphabétique, avec leur nombre de points :

Sapotille Butternut : 32 points
Thibald Dendelion : 86 points
Burt Gulluche : 16 points
Thorus Mizdu : 23 points
Marusa de Pourance : 57 points
Chrysanthème Walkie : 43 points
Sophronia Lullabie : 22 points
Charly Vernier : 0 point

Il y avait douze autres participants que Charly ne connaissait pas vraiment, mais tous avaient un nombre de points compris entre seize (le score le plus bas était celui de Burt) et quatre-vingt-six (Thibald avait obtenu le plus haut). Son zéro à lui était une notable exception.

– Nous devrions aller nous asseoir dans la tribune des marraines et des parrains, dit Maître Lin à Dame Mélisse.

À ses pieds, Justine émit un vagissement féroce. Charly doutait hélas que ça suffise à impressionner le juge.

Sa grand-mère lui saisit alors les deux mains et les serra fort dans les siennes.

– Mon chéri, je suis désolée de te demander ça, car je sais que le juge risque de tenter quelque chose contre toi à chaque seconde que tu passeras sur cette scène. Mais j'ai besoin que tu m'accordes du temps. La magie à laquelle je vais recourir va requérir toute ma concentration. Si tu es éliminé de l'épreuve, je devrai quitter la tribune et je ne pourrai plus agir.

Charly hocha la tête.

– Je ferai de mon mieux, je te le promets.

– Et je le protégerai, ajouta Sapotille. Mieux vaut que ce soit moi qui sorte, plutôt que toi.

Comme Charly savait ce qu'il lui en coûtait de s'engager de la sorte, il la remercia de son sourire le plus charmeur.

Sur ces paroles, Maître Lin et Dame Mélisse filèrent remplir ce qui restait de paperasse administrative avant d'aller s'asseoir à côté du juge. Pour sa part, Césaria hésitait à prendre Charly dans ses bras et amorça deux gestes avant d'y renoncer. En fin de compte, ce fut lui qui lui fit un câlin. Sa mère n'avait jamais su y faire avec les sentiments.

– Bonne chance, mon chéri, lui glissa-t-elle à l'oreille.

June, en revanche, était sans pudeur.

– Allez, fais un bisou à Pépouze, ça porte bonheur ! s'écria-t-elle en lui pressant la serpillière trempée contre la joue.

– June, eurk ! se récria Charly.

Mais comme la serpillière avait l'air vexée, il se sentit en effet obligé de l'embrasser.

– Hi hi ! Trop mignon ! gloussa Crépine qui vouait décidément un attachement anormal à cette chiffe.

– On va tous s'asseoir au premier rang, dit June. On sera là, si jamais vous avez des soucis.

– Faites attention, quand même, répliqua Sapotille. Les interventions sur scène sont sévèrement réprimandées. Une année, il y a un homme qui est entré torse nu sur le terrain pour afficher un message de soutien aux Frangés du Mal d'Aurore et les miliciens l'ont presque fracassé contre le mur à coups d'algos pour le sortir.

– Et dire que j'avais peur qu'il y ait pas d'ambiance, répliqua June.

Elle ricanait, mais Charly voyait qu'elle forçait le trait.

Leurs camarades de Saint-Fouettard leur adressèrent une dernière bourrade amicale et tous se séparèrent.

– La loge des candidats doit être par là, dit Sapotille à Charly. Il paraît qu'on a droit à des chocolats chauds gratuits, des guimauves et tout !

Elle avait pris une voix enthousiaste, mais soudain elle pâlit.
– On risque de vomir devant tout le monde, si on mange ça…
– Eh bien, on essaiera de viser le juge. Allez, viens !

Des miliciens leur firent signe de se diriger vers une porte tendue de draperies. Pendant un instant, Charly redouta un piège. Mais quelques instants plus tard, ils étaient dans une salle remplie de fauteuils et coussins, au milieu des autres concurrents.

Et il y avait en effet un buffet, devant lequel se trouvaient Thibald, Thorus et Marusa, qui dardèrent sur eux un regard noir.

– Oh non, pas eux, souffla Sapotille.

C'est alors qu'une silhouette colossale s'approcha. Charly tourna la tête et fut surpris de reconnaître Chrysanthème Walkie.

– Écoutez, c'est la tradition d'essayer d'impressionner ses concurrents en les menaçant avant l'épreuve. Alors vous pourriez faire comme si c'était le cas ? Il faut que je vous parle d'un truc…

Charly et Sapotille firent de leur mieux, ce qui n'était pas si simple : Chrysanthème Walkie était blême de trac et donnait plutôt envie de la réconforter.

– Voilà, je m'étais approchée du buffet, même si en fait, je peux rien avaler à cause de l'angoisse et… j'ai entendu les trois terreurs causer. Marusa disait que le juge les avait personnellement entraînés à lancer des sorts hyper violents. Des sorts qui normalement ne sont pas accessibles aux Patouilleurs. Elle avait l'air fière d'elle. Mitard, j'aurais jamais dû me présenter à cette épreuve en même temps que ces trois cinglés. Mais bon, tout le monde dit qu'après ça, il n'y aura pas d'épreuve avant un moment, alors…

– Merci de nous avertir, répliqua Sapotille. On se doutait que quelque chose comme ça risquait d'arriver, mais c'est bien de savoir d'où le coup va partir.

– Je n'arrive pas à croire que le juge utilise son propre fils pour nous atteindre, murmura Charly de son côté.

Il prit une longue respiration, puis ajouta :

– Il faut que j'aille lui parler. Tiens-moi Mandrin, s'il te plaît.

Et il plaça son chat dans les bras de Sapotille, qui miaula en retour.

– Quoi ? Tu es fou !

Mais Charly se dirigeait déjà vers Thibald, qui parut largement aussi surpris que Sapotille.

Tout se passa si vite que Thibald se contenta de tressaillir quand Charly se pencha à son oreille.

– Je peux te dire deux mots en privé ?

Plus vive, Marusa commença à tracer une rune. Mais un coup d'œil rapide à son sablier la poussa à s'arrêter : elle ne voulait pas gaspiller de magie juste avant l'épreuve. Quoi qu'il en fût, Thibald lui faisait signe de se calmer.

– Ça va. Je veux bien l'écouter me supplier. Pour ce que ça va changer !

Et il ricana, aussitôt imité par Thorus et Marusa. Toutefois, un regard à son visage fit comprendre à Charly qu'il savait aussi bien que lui de quoi ils allaient parler.

Ils s'éloignèrent de plusieurs mètres pour se mettre à l'écart, et Charly demanda immédiatement :

– Comment va ta mère ?

Thibald avait beau s'y être attendu, il pâlit. Charly remarqua alors que l'eczéma qu'il avait dans le cou lui mangeait maintenant toute l'oreille.

– Ça te regarde ? C'est ma mère, pas la tienne, alors je t'interdis, t'entends, je t'interdis de parler d'elle !

– Ton père ne lui a pas rendu sa mémoire, pas vrai ? Pourtant, tu t'es tenu à carreau, non ?

– Il a dit qu'il le ferait après, si j'obéissais bien. Et je ne suis pas désolé de te dire que ça te concerne, Machin ! Je vais te faire passer un sale quart d'heure, quand on sera sur scène !

– Mais ton père t'avait promis qu'il lui rendrait la mémoire avant l'épreuve, pas après. Pourquoi il tiendrait parole cette fois, alors qu'il s'est déjà parjuré aujourd'hui ?

Thibald le regarda, les dents si serrées que sa mâchoire en tremblait. Soudain, il projeta son poing en avant, mais Charly se saisit de son poignet et l'arrêta avant l'impact. Le visage de Thibald se décomposa de peur, mais le contrecoup ne vint pas.

– Ta mère, c'est quelqu'un, tu sais. Elle t'aime par-dessus tout et elle mérite qu'on lui rende la pareille. Si tu la protèges pas, qui va le faire ? Moi ? Je voudrais bien, mais comme tu l'as remarqué, je ne suis pas en position de force. Il faut que tu le fasses toi, d'accord ?

Charly n'attendit pas que Thibald lui réponde, il tourna les talons et s'en fut retrouver Sapotille.

Dans son dos, Thibald cria :

– Mais je vais la protéger, qu'est-ce que tu crois ? Je vais la protéger en détruisant ta sale face de rat !

C'est sur ces mots que l'Académicienne Steffie Alycanthe fit son entrée. Charly la vit se tourner vers Thibald et lui sourire comme pour l'approuver, avant de déclarer bien fort :

– Jeunes gens, l'épreuve va démarrer dans une dizaine de minutes. Vous allez maintenant faire votre entrée sur l'hymne thadamais. Merci de vous ranger en file indienne par ordre alphabétique pour que le public vous identifie plus facilement.

– Ça, c'est nouveau, souffla Sapotille à Charly.

– Ils le font pour nous séparer. Ils savent que ça va nous désavantager.

De fait, Sapotille Butternut s'avancerait la première et Charly Vernier fermerait la marche. Ils ne pourraient pas être plus éloignés l'un de l'autre.

Ils n'eurent pas le temps d'en discuter davantage. Déjà les trompettes retentissaient, puissantes. Tous les concurrents se mirent en ligne, et Steffie Alycanthe poussa brutalement Sapotille en avant pour la forcer à entrer. Charly fut presque sûr de la voir lui planter ses ongles dans l'épaule. Mais Sapotille se reprit bien vite et, après avoir manqué de s'effondrer devant les spectateurs, redressa sa silhouette et afficha un port de tête altier. Question fierté, Sapotille savait en imposer mieux que quiconque.

Ils furent répartis en demi-cercle autour de la scène, face à la tribune des Académiciens.

Là, Lothaire Galbinus prit la parole, avec un porte-voix tout à fait ordinaire. Cela étonna et rassura Charly à la fois. En fin de compte, tout le monde ne gaspillait pas la magie n'importe comment. Et il se sentit plus confiant envers ce qui allait suivre. Lothaire Galbinus était bel et bien la personne qu'il leur fallait.

– MESDAMES ET MESSIEURS, BEAUCOUP PARMI VOUS CONNAISSENT DÉJÀ LES RÈGLES, JE VAIS TOUTEFOIS LES RAPPELER POUR NOS CANDIDATS. DU FAIT DE LEUR GRANDE EXPERTISE, LES ACADÉMICIENS PEUVENT ÔTER OU OFFRIR AUTANT DE POINTS QU'ILS LE DÉSIRENT, QUAND CHACUN D'ENTRE VOUS DISPOSE DE DIX POINTS À DISTRIBUER OU À ENLEVER SELON SON DÉSIR. POUR LES UTILISER, MERCI D'ENTRER LE NOM DU CANDIDAT QUE VOUS SOUTENEZ SUR LE BRAS DE VOTRE FAUTEUIL ET D'INSÉRER DANS LA FENTE LE NOMBRE DE JETONS QUE VOUS SOUHAITEZ UTILISER, QUE CE SOIT DE FAÇON POSITIVE OU NÉGATIVE.

Il brandissait à titre d'exemple un jeton comme ceux que June s'était procurés.

– LES CANDIDATS QUI ATTEINDRONT DEUX CENTS POINTS SERONT ADOUBÉS ÉLÉMENTERS, CEUX QUI DESCENDRONT AU-DESSOUS DE ZÉRO SERONT ÉLIMINÉS. CHAQUE CHUTE HORS DE LA SCÈNE COÛTERA VINGT POINTS. LA COUPE VOUS PERMETTRA DE GAGNER CENT POINTS. VINGT MÉDAILLES SONT CACHÉES DANS LE DÉCOR QUI ACCORDERONT CHACUNE DIX POINTS À CELUI QUI LES TROUVERA. VOUS NE DISPOSEZ QUE DE LA MAGIE DE VOTRE SABLIER POUR TRACER VOS RUNES.

TOUTEFOIS, À L'OCCASION, DES GEMNEZ SERONT ENVOYÉES SUR LE TERRAIN DONT VOUS POURREZ VOUS SERVIR. D'ORDINAIRE, LES CANDIDATS ONT UNE HEURE ET DEMIE POUR REMPORTER L'ÉPREUVE. MAIS AUJOURD'HUI, ÉTANT DONNÉ LA SITUATION MAGIQUE DE THADAM ET LA MENACE DE PANNES QUI POURRAIENT PERTURBER L'ÉVÉNEMENT, NOUS AVONS ÉTÉ OBLIGÉS DE RÉDUIRE LE TEMPS À QUARANTE-CINQ MINUTES.

Les gradins se mirent à bruisser de chuchotements surpris et les candidats se jetèrent des regards paniqués. Ils n'avaient pas anticipé ce changement de paradigme.

Charly grimaça, quarante-cinq minutes signifiaient que ses concurrents allaient tout de suite donner leur pleine mesure et que l'épreuve ne rencontrerait aucun temps mort. Il n'en devrait lutter que plus fort pour laisser à sa grand-mère le temps d'agir. Il nota toutefois que Thibald, Marusa et Thorus n'avaient affiché aucune stupeur. Ils devaient déjà être prévenus…

– S'IL VOUS PLAÎT, UN PEU DE CALME ! appela Lothaire Galbinus. LA DÉCISION A ÉTÉ PRISE PAR L'ACADÉMIE IL Y A DEUX HEURES SEULEMENT, ET CE N'ÉTAIT PAS DE GAIETÉ DE CŒUR. MAIS NOUS DEVONS NOUS MONTRER RESPONSABLES FACE À LA SITUATION !

La foule se tut alors soudainement. En se retournant, Charly s'aperçut que ce n'était pas le discours de Lothaire Galbinus qui avait provoqué ce silence, mais le juge qui s'était levé dans sa tribune. Près de lui, Charly repéra sa grand-mère, raide et digne comme une statue. Ce ne devait pas être simple d'être assise juste à côté de l'Allégorie et d'éviter coûte que coûte de croiser son regard et cette saleté d'Étoffe de Rédemption. Si Dame Mélisse faillissait, le juge verrait clair dans leurs plans. Même à la distance où il se trouvait, Charly préféra baisser les yeux. On n'était jamais trop prudent.

– **Soyons honnêtes !** s'écria le juge de sa voix d'Allégorie. **Seuls les Patouilleurs qui remporteront leurs points en quarante-cinq minutes seront de toute façon dignes de devenir Élémenters. La magie est de plus en plus rare, vous le savez tous. Il est donc préférable pour Thadam que les candidats médiocres soient éliminés définitivement.**

Dans les jambes de Charly, Mandrin émit un grondement. Il n'était pas le seul. La foule protestait.

– **Vous trouvez cela injuste ?** demanda le juge. **Eh bien, voyons cela de plus près...**

Au grand effroi de Charly, il sortit alors sa balance de l'étui qu'il portait à sa ceinture.

– **De ce côté, nous avons le poids des traditions qui, il faut bien l'admettre, n'ont jamais servi que les plus mauvais d'entre nous. Mais les traditions pèsent lourd dans notre société et il est normal que nous y soyons attachés. De cet autre côté, nous avons la situation magique actuelle à laquelle nous sommes obligés de nous confronter. Et ça n'est après tout pas un mal, si seule la crème d'entre nous parvient à gravir les échelons. Alors, qu'en pensez-vous ? Cette fois-ci, ce n'est pas moi qui vais juger, c'est vous ! Que ceux qui veulent rétablir la tradition malgré tout lèvent la main.**

Charly vit que le juge orientait sa balance de façon à privilégier le second plateau. Dans la foule, pas une personne ne bougea.

La pensée de Charly le prit alors par surprise. Il songea soudain que les propos du juge étaient parfaitement légitimes. Bien sûr que la magie ne devait être accessible qu'aux meilleurs ! C'était l'évidence même. Comment avait-il pu croire autre chose ?

– L'autre ! L'autre proposition ! se mit-il à hurler.

Son cri fut largement repris dans l'assemblée.

– **Très bien. Que ceux qui désirent s'adapter à la situation et n'accorder leur grade qu'aux meilleurs lèvent le bras…**

La foule manifesta avec enthousiasme, en levant qui un bras, qui les deux à la fois pour mieux marquer son accord. Près du juge, Dame Mélisse et Maître Lin les imitaient. Les vingt candidats, dans leur ensemble, applaudirent avec joie leur propre condamnation.

– **Nous ferons donc ainsi,** dit le juge en rangeant sa balance. **Quarante-cinq minutes sont bien suffisantes.**

Comme toujours après qu'il avait utilisé son artefact, il y eut un moment de flottement. Chacun se demandait ce qui s'était passé et ce qui avait motivé son propre jugement. Même Charly, qui connaissait le processus, dut faire un effort pour comprendre qu'une fois de plus Rhadamante Dendelion lui avait confisqué son libre arbitre.

Décidément. Sa grand-mère devrait plus que jamais détruire cette balance.

– S'IL VOUS PLAÎT, reprit Lothaire Galbinus. S'IL VOUS PLAÎT ! L'ÉPREUVE VA COMMENCER !

Lui-même semblait avoir du mal à recouvrer ses esprits.

– À MON SIGNAL, LES CANDIDATS POURRONT GAGNER LE PLATEAU. À VOS MARQUES… PRÊTS… PARTEZ !

Immédiatement, les torches s'allumèrent tout autour de la scène et plusieurs flammes se mirent à flotter dans les airs, de plus en plus nombreuses à mesure qu'elles se rapprochaient de la coupe.

Encore perturbés par la combine du juge, les candidats s'élancèrent moins vite qu'ils ne l'auraient pu. Thibald, Thorus et Marusa les prirent de vitesse et furent les premiers sur le terrain.

Charly pensait qu'ils se rueraient sur les balais pour tenter d'accéder à la coupe, mais leur premier réflexe fut de se retourner vers les autres candidats pour les affronter.

À peine Sophronia eut-elle mis le pied sur le sable que Marusa traça une rune dans sa direction. Aussitôt, elle fut projetée en arrière et poussa un cri de rage.

En haut, le tableau recalculait déjà les points.

Sophronia Lullabie : 2 points

Charly ne disposait d'aucune marge et avait intérêt à se montrer très prudent pour ne pas être expulsé dès son entrée en piste. Mais après tout, Thibald n'essaierait sans doute pas de l'éliminer. Ce qu'il voulait, c'était le blesser grièvement et peut-être même le tuer.

Charly souffla lentement, tâchant de se concentrer sur les points positifs. Il disposait de deux avantages uniques parmi les candidats. La magie intuitive, beaucoup plus imprévisible et puissante que celle de ses rivaux – à condition que nul ne le perce à jour. Et un familier.

Charly fit signe à Sapotille qui était elle aussi restée en retrait, impressionnée par le carnage que Thibald et son équipe effectuaient dans les rangs de leurs concurrents. Heureusement, leur stratégie était en train de se retourner contre eux et les autres candidats s'étaient provisoirement ligués pour les affronter.

Sapotille eut un geste discret pour indiquer qu'elle était prête.

– Mandrin, à toi ! s'écria Charly.

Le chat s'élança sur le sable et fonça en direction de Thibald, qui hésita. Il se tenait prêt pour recevoir Charly et lui porter un assaut sans doute sanglant, mais Mandrin brouillait les cartes. Avoir un familier était si peu fréquent que Thibald ne s'était pas préparé à l'affronter.

Sa seconde d'hésitation fut salutaire. Sapotille et Charly en profitèrent pour se ruer sur scène.

Il se passa alors plusieurs choses en même temps. Mandrin changea de direction au dernier instant et bondit sur Thorus pour lui décrocher un monumental coup de griffe sur le biceps, en plein sur son tatouage de corbeau. Thibald, qui s'apprêtait à lancer une rune dans sa direction, annula son sort à la dernière seconde de peur de blesser son ami. Marusa, débordée par l'attaque conjointe de Chrysanthème et de Sophronia, voulut s'en prendre à Sapotille, mais elle réagit trop tard. Sapotille avait eu le temps de tracer un sort de bouclier. Intuitivement, Charly le dupliqua, tout en traçant une rune factice dans les airs, dont il espérait qu'elle duperait le public. Ce n'était pas avec un sort aussi basique qu'ils gagneraient des points, mais du moins cela leur laissait-il le temps de s'organiser.

Thibald venait de rater l'opportunité de lui porter un rude coup, mais ce n'était que le début.

Face à Thorus, deux candidats que Charly ne connaissait pas s'enfonçaient dans le sable, l'un d'eux, un garçon asiatique, répliqua avec une tornade qui devint vite immense.

– Charly ! À terre ! cria alors la voix de Sapotille.

Charly se retourna, surpris, Sapotille avait réussi à le rejoindre. Elle se jeta sur lui.

– À terre, je te dis ! Il a perdu le contrôle !

Il se laissa tomber sous elle. En effet, la tornade devenue haute d'au moins dix mètres emportait tout sur son passage. Léchant les torches, elle s'embrasa et se dirigea vers le public.

– Attention ! hurla Charly.

– Laisse l'Académie s'en occuper ! Vite, relève-toi !

En obéissant, Charly sentit un objet plat et dur sous ses ongles, il s'en saisit machinalement.

La tornade avait frôlé les premiers rangs avant d'être maîtrisée par les Académiciens. Charly regarda vers le tableau et vit le nombre de points du candidat s'effondrer. Les gens furieux d'avoir été mis en danger le sanctionnaient et les Académiciens en rajoutaient sans doute.

Lothaire Galbinus se leva pour crier dans son mégaphone d'une voix sévère.

– AMALOU PICCABIA, VOUS TOMBEZ À MOINS VINGT-SEPT POINTS, VEUILLEZ QUITTER LA SCÈNE ! VOTRE MARRAINE VA VOUS REJOINDRE IMMÉDIATEMENT DANS LES COULISSES.

Le candidat malheureux obéit, la tête basse.

– Charly, c'est pas le moment de regarder le décor ! s'écria Sapotille.

Charly tourna la tête et vit qu'en effet, Thibald avait profité de sa distraction pour former trois énormes boules de sable compactes et dures comme de la roche. Elles étaient aussi grandes que lui. Thibald sourit et traça une nouvelle rune. Les trois boules furent projetées dans leur direction. Charly ne réfléchit pas, il leva le bras et souleva une immense vague de sable devant eux. Les boules repartirent en sens inverse et Thibald fut contraint d'annuler son sortilège aussi vite qu'il le pouvait pour qu'elles ne s'écrasent pas dans le public.

– Ça, c'était pas discret ! chuchota Sapotille. Heureusement que tout le monde regardait ailleurs.

Elle avait raison, Charly n'avait même pas pensé à faire semblant de tisser une rune. Par chance, le public avait tout de même été impressionné et en regardant le tableau, il vit une douzaine de points s'afficher en face de son nom. Thibald, lui, en était déjà à cent quinze points.

Mais la magie intuitive était épuisante de par sa nature, et Charly sentait le contrecoup de la fatigue l'envahir. Dans l'urgence, il n'avait pas économisé ses forces. Il allait devoir se montrer vigilant s'il voulait tenir jusqu'à la fin de l'épreuve.

Il voulut tout de même remercier la foule généreuse avec un grand sourire et un salut du bras. Aussitôt, il lui fut accordé neuf points de plus.

– Tu as trouvé une médaille ! s'écria alors Sapotille. Une des vingt que l'Académie a cachées dans le décor !

– Ah, ça ? demanda Charly.

En effet, c'était l'objet qu'il tenait à la main et venait de trouver sous le sable. L'Académie fut contrainte de la prendre en compte et dix nouveaux points s'affichèrent en face de son nom, tandis que la médaille s'effritait pour redevenir du sable.

– Trente et un points, beaucoup mieux ! se réjouit Charly.

C'est à cette seconde que Thorus lui fonça dessus la tête en avant et le percuta à pleine vitesse.

– OUGNF ! cria Charly en sentant ses côtes craquer.

Avec horreur, il vit alors Thorus lui tracer une rune sur le thorax. Son tatouage de corbeau qui claquait continuellement du bec sur son biceps descendit le long de son bras et gagna la peau de Charly.

– Qu'est-ce que c'est que ce truc ? s'affola-t-il.

Le bec du corbeau tatoué se mit à lui lacérer les chairs jusqu'au sang.

– AAAAAAAAH !

Mais Charly n'était pas au bout de ses peines. Tandis que le tatouage de Thorus le torturait, son regard tomba sur Thibald, qui s'était emparé d'une torche pour… pour la manger ? Thibald avait avalé le feu ? Il traçait maintenant des runes à toute vitesse et une immense langue de feu lui jaillit de la bouche, se précipitant droit sur Charly.

Charly tenta d'appeler Mandrin à son secours. Seulement Mandrin avait déjà fort à faire avec Marusa qui lui courait après. Elle hurlait des ultrasons qui rendaient fou son cerveau de chat.

Soudain, une gigantesque statue d'eau représentant Sapotille s'éleva au milieu de la mare. Elle leva une main et l'abattit sur Thibald qui se retrouva à boire la tasse, noyé dans son bras. Sa langue de feu s'était éteinte deux mètres à peine avant d'atteindre Charly. La Sapotille aquatique abattit l'autre main sur Marusa, qui cessa du coup de poursuivre Mandrin, pour barboter dans le grand tunnel d'eau que formait son second bras.

– Mandrin ! hurla Charly.

Immédiatement, son chat se précipita à son secours. Pétrifié de douleur, Charly fusionna avec son esprit. *Débarrasse-nous de ça, je t'en supplie !*

Mandrin jaillit tous crocs dehors et mordit Charly. Ce faisant, il lui arracha le corbeau tatoué et bondit quelques mètres plus loin pour le déchiqueter à son aise.

– Mon corbeau ! Mon corbeau ! Mais comment t'as fait ça ? hurlait Thorus.

– Honnêtement, je ne suis pas sûr, ahana Charly, à bout de souffle.

Il posa une main sur Thorus et le projeta plusieurs mètres en arrière. Puis il se força à se relever. La fatigue lui faisait tourner la tête.

Autour de lui, l'épreuve battait son plein et il avait du mal à suivre ce qui se passait. Lothaire Galbinus avait annoncé la découverte de quatre nouvelles médailles et expulsé trois autres candidats. Ils n'étaient plus que seize. À l'autre bout du terrain, Charly vit tomber un petit parachute accroché à une perle blanche. *Une gemnez pour recharger la magie*, comprit-il. Immédiatement, plusieurs candidats se battirent pour l'attraper. Burt était du lot.

Ils échangeaient des coups de poing, car la plupart étaient déjà à court de magie. Les Académiciens et le public désapprouvaient cette violence non conventionnelle et leur ôtèrent des points. Sur ces entrefaites, Chrysanthème Walkie arriva et, toute colossale qu'elle était, repoussa trois candidats pour attraper la gemnez. Puis elle salua la foule, qui l'ovationna.

Le tableau lui conférait maintenant quatre-vingt-dix points. Charly, lui, en avait quarante-deux et Sapotille soixante-treize. Thibald était redescendu à cent. *Mais ce qu'il veut, ce n'est pas gagner des points, c'est m'éliminer !* Il tourna les yeux vers sa grand-mère, se demandant combien de temps il pourrait tenir. Il avait espéré la voir concentrée et active, mais tout ce qu'il aperçut, ce fut son regard inquiet et tendu.

Le juge a rangé sa balance, réalisa-t-il alors. Et sa grand-mère ne pouvait rien faire tant que c'était le cas.

Il se hâta de réfléchir. Qu'est-ce qui pourrait faire que le juge la ressorte ? Une volonté de tricher. Et pourquoi tricherait-il ? Parce que son fils risquait de perdre l'épreuve ! Il devait concentrer toute son énergie sur Thibald.

C'est à cet instant qu'il s'aperçut que la statue d'eau de Sapotille avait disparu.

Dégoulinants, Thibald et Marusa reprenaient leur souffle sur le sable.

– Sapotille ! Sapotille ! appela-t-il à toute voix.

Mandrin passa près de lui, courant et miaulant. Charly le suivit aussi vite qu'il le put.

Ils trouvèrent Sapotille cachée derrière une petite dune,

roulée en boule sur le sable. Elle tressaillit en les voyant arriver, avant de couiner :

– J'ai plus de magie !

– Moi, si ! dit Charly en l'aidant à se relever. Ne restons pas là.

Ils étaient juste à côté de la mare. Assise non loin d'eux, Sophronia se regardait dans le miroir de l'eau en s'exclamant :

– Qu'est-ce que je suis belle ! Oh là là, qu'est-ce que je suis belle !

Elle avait dû être frappée par un sort de Narcisse et serait hors circuit pendant encore un moment.

À quelques mètres, Burt avait enjambé un balai volant, avant de mettre le feu aux quatre autres, pour être sûr que personne ne le suivrait. Un autre candidat voulut se jeter sur lui, mais Burt l'enfouit aussitôt dans le sable, ne laissant dépasser que la tête.

Soudain, le balai lui échappa des mains comme une savonnette trempée.

– Hein ? Mais qu'est-ce…

– Ha ha ! C'est bête que tu aies fait brûler tous les autres ! s'écria Chrysanthème en plaçant le balai entre ses jambes.

Toutefois elle en fut immédiatement éjectée par Marusa qui arrivait en courant, trempée et folle de rage. Elle lança un sortilège dans leur direction. Charly était paré et le dévia d'un habile coup du poignet, leur évitant à lui et à Sapotille s'être touchés. Mais Burt et Chrysanthème furent projetés dans la mare.

– Hu ? s'étonna Marusa, avant de se reprendre : Pas grave, on va déjà s'occuper de ces deux-là.

Et elle gela la surface de la mare. Burt, qui avait réussi à sortir la tête de l'eau, se retrouva pris dans la glace et se mit à hurler. Mais Chrysanthème était coincée dessous et ne pouvait pas remonter à la surface.

– Tu es folle, tu vas la tuer ! s'écria Charly.

– C'est le jeu, lui répliqua Marusa. Seuls les plus forts survivent !

Et elle enjamba le balai pour s'envoler vers la coupe. Elle ne vit pas Mandrin sauter à sa suite. Prenant appui sur le fagot de brindilles à l'arrière, il lui bondit sur le crâne, pour se laisser retomber sur son visage.

– Dégage, sale bête ! Mais dégage, je vois rien !

Elle hurla avant de s'écraser dans le public.

– Oh, les vachards ! s'écria Sapotille. Comme Mandrin était avec elle, ils t'ont enlevé vingt points à toi aussi ! Tu n'en as plus que trois.

– On s'en fiche, répliqua Charly.

En lui, il tiqua un peu. Il n'avait pas remarqué que son score était si bas. Sans doute un coup des Académiciens. Il faudrait qu'il trouve un moyen de rester pour donner du temps à sa grand-mère, mais ce n'était pas l'urgence.

Depuis plusieurs secondes, il faisait semblant de tracer une rune de feu, tout en réchauffant intuitivement la glace aussi vite qu'il le pouvait. Rapidement, un trou s'ouvrit et Chrysanthème, hors d'haleine, sortit la tête pour reprendre son souffle.

– Aide-moi, vite ! dit Charly à Sapotille.

À deux, ils sortirent péniblement Chrysanthème de l'eau.

– Vous voulez pas me filer un coup de main, tant que vous y êtes ? les appela Burt.

Mais comme il paraissait en sécurité, Charly préféra le laisser là où il était.

– Atten… Attention ! hurla Chrysanthème.

Ils relevèrent les yeux. Thibald leur faisait face et Charly ne comprit pas tout de suite ce qu'il faisait. Il brandissait une torche et faisait monter du sol des volutes de sable.

– Il fusionne du sable et du feu ! s'exclama Sapotille. Du sable et du feu, ça fait…

– Du verre ! comprit Charly trop tard.

Il n'eut pas le temps de contrer le sortilège correctement. Son bouclier n'était qu'approximatif quand il vit mille éclats tranchants de verre jaillir dans leur direction. L'un d'entre eux lui déchiqueta la joue, tandis que Sapotille et Chrysanthème criaient. Burt, derrière eux, se mit à hurler comme un goret.

– Il m'a bousillé un œil ! Il m'a bousillé un œil, ce taré ! Sortez-moi de là, sortez-moi de là, j'abandonne ! J'abandonne, vous entendez ? Au secours !

Charly était en sang, mais un rapide examen lui assura qu'il n'avait rien de grave. Il tourna un regard effrayé vers Sapotille. Des mèches de cheveux avaient été tranchées et son bras gauche était blessé, mais là aussi, cela paraissait superficiel.

En revanche, un gargouillement atroce lui fit baisser les yeux. Chrysanthème portait une main à son cou, qui saignait à gros bouillons. Thibald l'avait égorgée.

– Non ! Non ! Non ! s'écria Charly.

Il repoussa la main de Chrysanthème pour poser la sienne sur la plaie.

SOIGNE ! s'enjoignit-il de toutes ses forces.

Au même moment, une gemnez tomba doucement, parachutée dans leur direction. Thibald leva vers elle des yeux pleins d'espoir. Il avait jeté ses dernières forces magiques dans ce sortilège.

– Oh, que non ! rugit alors Sapotille.

Elle se rua vers lui et lui décrocha un direct en plein menton. Après quoi, elle s'empara elle-même de la gemnez et la fixa à son sablier.

– J'arrive ! cria-t-elle alors à Charly, qui cicatrisait la plaie tant bien que mal. Sapotille le rejoignit et se mit à tracer des runes de guérison. Bientôt, Chrysanthème put respirer à nouveau.

– J'abandonne, furent ses premiers mots lorsqu'elle put enfin reprendre la parole. Je suis trop pure pour ce monde et franchement, la magie ne mérite pas qu'on crève pour elle.

Après quoi, elle jeta un drôle de regard à Charly et il se demanda si elle l'avait percé à jour. Il sentit qu'elle enfonçait une main dans sa poche.

– Tiens, je les gardais pour la fin, parce que la foule ne distribue pas facilement les derniers points, mais c'est cadeau.

Après quoi, elle se releva et fit signe à la tribune académicienne qu'elle quittait la scène. Derrière eux, on était en train d'évacuer Burt.

Charly glissa une main dans sa poche et s'aperçut que Chrysanthème y avait glissé pas moins de quatre médailles, soit quarante points. Il se sentit triste pour elle. En plus d'être remarquablement douée, c'était une excellente stratège. Elle aurait mérité de décrocher son grade.

Lui-même avait des vertiges après avoir utilisé tant de magie.

– On est encore combien ? demanda-t-il d'une voix épuisée.

– Moins de dix, je crois, lui répondit Sapotille. Je n'ai jamais vu autant de blessés et d'éliminés ! Et plus personne n'ose s'approcher de Thibald... regarde !

Elle désignait le tableau. La scène qui venait de se dérouler avait fortement impressionné le public. Thibald l'avait horrifié, tandis que Charly et Sapotille l'avaient enchanté.

Thibald était tombé à huit points et sans doute les Académiciens avaient-ils travaillé à le sauver. Quant à Sapotille, elle disposait maintenant de quatre-vingt-seize points et Charly...

– Cent trente-deux points ! s'exclama-t-il, stupéfait.

Mais ce qui venait de se passer était trop grave, et il n'osa pas remercier la foule. Près d'eux, Thibald peinait à reprendre ses esprits, Sapotille avait frappé fort.

– En plus, tu avais gagné la course des Cadets, poursuivit-elle. Les gens ont dû être doublement ravis de te donner leurs jetons.

Charly hocha la tête, tout en songeant que le juge devait être furieux. Il jeta un coup d'œil rapide dans sa direction, faisant en sorte de ne pas croiser son regard.

La balance ! Il avait sorti sa balance ! Il s'apprêtait donc à tricher, comme Charly l'espérait.

– On va chercher cette coupe ? demanda-t-il à Sapotille.

– Ensemble ? Mais les balais sont brûlés !

– Bah, pas tant que ça...

Charly tenait à peine sur ses jambes, mais il s'approcha des balais noircis en tâchant de repérer le moins calciné. Ainsi qu'il l'espérait, il restait un peu de vie dans le bois.

VERDOIE, lui enjoignit-il.

Le balai obéit et, d'épuisement, Charly trébucha en le ramassant.

– Je vais avoir besoin de toi pour le faire décoller, souffla-t-il à Sapotille. Et puis, apparemment, les gens veulent du spectacle. Si on leur offrait une comédie romantique, au milieu de toute cette violence ?

– Le juge va en crever de rage.

– J'espère bien.

Ils décollèrent ensemble, Mandrin se perchant tout naturellement derrière eux. Sapotille fournissait la magie, Charly dirigeait le balai en évitant les flammes suspendues dans les airs. Au-dessous d'eux, ils virent Thibald lever un visage pétri de haine et de frustration, mais il ne disposait plus d'aucune moire. Marusa accourait vers lui en boitillant. Elle traça une rune de travers et leur envoya une bourrasque qui, entraînant les flammes des torches avec elle, leur roussit les vêtements. Toutefois, elle devait être à court de magie elle aussi, et Charly n'eut aucun mal, malgré sa fatigue, à repousser le sortilège.

Entre les dunes, ils aperçurent Thorus, assis par terre et se tenant la tête, face à deux candidates qui avaient l'air aussi étourdies que lui. Sophronia s'admirait toujours dans l'eau. Le candidat enfoui dans le sable par Burt avait du mal à s'extraire.

À l'autre bout du terrain, trois autres s'affrontaient férocement sans leur prêter la moindre attention. C'était parfait.

Ils virent pleuvoir les petits parachutes de cinq ou six gemnez autour d'eux. La magie des candidats était presque entièrement épuisée et l'Académie tentait de relancer l'action.

Sapotille en attrapa un au passage et traça une rune pour expédier les autres vers la foule d'une brise légère. Après quoi, elle salua le public avec élégance. En remerciement de ce cadeau, elle eut droit à des applaudissements fournis.

– Douze points de plus, bravo ! s'exclama Charly.

– J'ai pris des leçons avec le plus grand charmeur de la Terre, répliqua-t-elle en se blottissant dans ses bras. Je me demande ce que le juge…

– Non, ne regarde pas vers lui ! C'est maintenant que… il va tricher pour nous faire mal voir du public, mais ce n'est pas grave. Concentrons-nous sur la coupe.

Charly espérait de tout cœur que sa grand-mère parvenait à mettre en place son sortilège de culpabilité. Dans son angle de vision, il vit les points sur le tableau bouger en première et en dernière ligne. Leur score à Sapotille et à lui chutait. Le juge agissait.

Les flammes étaient maintenant de plus en plus serrées et formaient comme des anneaux de feu. Charly agrippa plus fort le manche du balai et stabilisa leur vol – il était meilleur que Sapotille sur ce plan. Soumis à toute cette pression, le balai avait commencé à buissonner, ce qui risquait de les faire tomber. Sapotille se hâta d'arracher une série de branchettes qui poussaient sur le manche. Dans son dos, Charly percevait Mandrin qui leur prêtait assistance. Les chats adorent ratiboiser les jeunes pousses, il s'en donnait donc à cœur joie.

Soudain, les flammes redoublèrent. Mais elles jetaient leurs derniers feux. Sapotille les détourna d'eux d'une rune simple. La coupe était à eux.

– Prends-la, dit Charly.

– Tu es sûr que tu ne la veux pas ?

– Prends-la, je dois donner du temps à ma grand-mère.

Alors Sapotille tendit le bras et saisit la coupe.

Charly regarda vers le tableau :

Sapotille Butternut : 203 points.

En bas, Lothaire Galbinus annonçait les scores.

– Félicitations, souffla Charly, tu es la plus jeune Élémentère depuis dix ans.

– Depuis Gothen, répliqua-t-elle d'une voix tremblante.

– Allez, on a bien mérité un tour d'honneur pour fêter ça.

Ils sortirent délibérément de la scène et se mirent à voler au-dessus du public qui les ovationnait. Sapotille brandissait la coupe.

Charly se racla la gorge, soudain timide :

– Au fait, tu disais que tu voulais un baiser parfait… pour, tu sais… compenser celui que tu avais perdu.

Sapotille tourna vers lui un visage rayonnant. Son sourire était si sincère que Charly en fut tout bouleversé à l'intérieur. Ce fut elle qui pressa ses lèvres contre les siennes et ils échangèrent un baiser parfait.

Au-dessous d'eux, la foule était hystérique. De joie, les gens jetaient en l'air foulards et chapeaux.

Ce que Charly ne put voir, trop concentré qu'il était sur la bouche de Sapotille, son odeur et tout le reste, c'est que le tableau de décompte était devenu fou.

D'un côté, le juge essayait d'influer de toutes ses forces sur sa balance pour que le public se mette à haïr Charly, aidé en cela par quelques Académiciens qui ôtaient discrètement des points. De l'autre, Charly était si doué pour se faire aimer – le charme étant après tout la plus douce des magies – que les spectateurs ne pouvaient s'empêcher malgré tout de lui en accorder.

Quand Charly et Sapotille séparèrent enfin leurs lèvres, ils se sentirent flotter quelques secondes, encore entraînés par leur émotion. Puis Sapotille, qui ne perdait pas le nord, jeta un coup d'œil au tableau.

– Charly ! Tu en es à cent soixante-huit points… Non, cent soixante-cinq… ça descend !

Charly reprit son souffle et ne put s'empêcher de glisser un regard vers le juge et sa grand-mère. Il ne sut comment, mais il comprit qu'elle était prête et qu'elle n'attendait qu'une diversion.

Alors, il sortit de sa poche les quatre médailles que Chrysanthème lui avait données et les brandit bien haut.

Il y eut un silence de surprise dans la foule, comme un hoquet, puis des rires et des hurlements de joie. Charly venait de remporter son grade d'Élémenter avec deux cent et un points. Avec Sapotille, ils se posèrent ensemble sur une dune de la scène et se tournèrent vers la tribune académicienne.

Malgré son sourire triomphant, Charly se tenait sur le qui-vive. *Bientôt... Bientôt...*

Soudain, il entendit un cri de colère et la voix de l'Allégorie de la justice s'éleva :

– **Qu'est-ce que vous avez fait ? Comment avez-vous osé ? C'était la Balance des Châtiments ! Comment... comment l'avez-vous bloquée ?**

Enfin ! Dame Mélisse l'avait donc fait, elle avait réussi !

À présent, c'était au tour de Lothaire Galbinus de jouer. Charly gardait les yeux rivés sur la tribune des Académiciens, qui s'agitaient beaucoup. La plupart d'entre eux paraissaient soulagés et ne cachaient pas leur joie, exactement comme l'Académicien l'avait prédit.

Lothaire Galbinus se leva, son mégaphone à la main. Il allait faire arrêter le juge ! Il allait déchoir une Allégorie, il allait...

– ARRÊTEZ DAME MÉLISSE ET MAÎTRE LIN, cria-t-il. ILS ONT PORTÉ ATTEINTE À UNE ALLÉGORIE ! ILS SONT AUSSI COMPLICES DE NOMBREUX CRIMES ENVERS THADAM ET N'AURAIENT JAMAIS DÛ ÊTRE ADMIS EN CES LIEUX !

– Quoi ? s'écria Charly, stupéfait. Mais... qu'est-ce qu'il raconte ? En plus, c'est lui qui leur a permis de venir ici !

– Il nous a trahis ! comprit Sapotille. Il ne veut pas sauver la magie, juste prendre la place et le pouvoir du juge !

Autour d'eux, une vingtaine de miliciens se dirigeaient vers les gradins des parrains et des marraines, pour procéder aux arrestations. Charly se retourna et échangea un regard effaré avec sa grand-mère, puis avec Maître Lin. Ils s'étaient levés, mais ne bougeaient pas. Sans doute ne pouvaient-ils rien faire de plus.

Avec désarroi, Charly vit les miliciens leur attacher les mains dans le dos et les emporter hors de la tribune.

Mais ce n'était pas fini. Lothaire Galbinus criait maintenant dans son mégaphone :

– ET VOUS EN PROFITEREZ POUR ARRÊTER CE GARÇON, CHARLY VERNIER. IL A COMMIS LE PIRE CRIME QUI SOIT, IL PRATIQUE LA MAGIE INTUITIVE ! NOUS L'AVONS PERCÉ À JOUR DURANT L'ÉPREUVE. IL A FAIT USAGE DE NOMBREUX SORTS QUI NE SONT PAS DANS LE DICTIONNAIRE ET ONT AFFOLÉ LES LECTEURS DE TRAME.

Il y eut tant de cris et d'exclamations dans le public que Charly eut du mal à comprendre si les gens manifestaient leur surprise, leur colère ou leur désapprobation.

– Éloigne-toi de moi, vite, murmura-t-il à Sapotille. Ils ne doivent pas nous mettre dans le même sac.

Mais Sapotille ne bougea pas, elle voulait le soutenir. À leur grand étonnement, la foule réagit à peu près de la même façon. Elle n'avait aucune envie d'abandonner son chouchou et sa confiance en l'Académie s'était sérieusement écornée au cours des derniers mois. Ce n'était pas qu'elle était prête à pardonner l'usage de la magie interdite, mais elle pensait que Lothaire Galbinus mentait. Et maintenant que la balance du juge était hors service, pas grand-chose ne pouvait la faire changer d'avis.

Une femme anonyme augmenta le son de sa voix par magie pour hurler :

– Et vous avez des preuves de ça ?

Les applaudissements autour d'elle prouvèrent qu'elle n'était pas la seule à exiger des réponses.

Lothaire Galbinus devint si rouge qu'il donna l'impression d'être sur le point d'exploser, il suffoqua dans son porte-voix :

– DEPUIS QUAND L'ACADÉMIE DOIT-ELLE SE JUSTIFIER DE QUOI QUE CE SOIT ? C'EST NOUS QUI SOMMES EN CHARGE, VOUS ENTENDEZ ? NOUS ET PERSONNE D'AUTRE ! QUE LA MILICE ARRÊTE CE GARÇON !

– **Et puisque vous désirez des preuves, je vais vous en donner**, intervint le juge à son tour en descendant vers la scène. **C'est à cela que sert l'Épée de Vérité.**

– Charly, il va te passer son épée à travers le corps ! s'affola Sapotille.

– Personne ne touchera à mon fils ! s'éleva alors une nouvelle voix dans le public.

– Maman ?

Charly se retourna. Sa mère avait enjambé la rambarde et accourait dans sa direction.

– Maman, non !

Il s'élança vers sa mère. Le juge n'avait pas encore eu le temps d'arriver jusqu'à eux, mais avec effroi, il vit Lothaire Galbinus tracer des runes. Près de lui, Steffie Alycanthe l'imitait, ainsi que deux autres Académiciens.

– Attendez ! hurla Charly.

Trop tard, tous les sortilèges jaillirent en même temps ou presque. Charly ne sut jamais à qui ils étaient destinés, si c'était à lui ou à sa mère, mais peu importait, puisqu'ils étaient une famille. Ce dont il fut en revanche certain, c'est qu'ils leur seraient mortels.

Lorsque sa mère fit volte-face, elle avait déjà commencé à tisser un bouclier. Elle le déploya juste à temps.

L'onde de choc fut si violente que tout le bâtiment en trembla. Charly vit une gigantesque lézarde traverser la voûte et un peu de poussière leur tomba dessus. Il y eut un grand silence, comme si tout le monde avait été pris de court par cette violence.

Césaria était tombée à genoux et Charly se précipita vers elle.

– Maman… Oh non, non, non…

– Ça va aller, mon chéri.

Sa mère avait déployé un sortilège d'une telle puissance que son bras droit s'était entièrement changé en porcelaine. Avec horreur, Charly vit que la pétricelle lui était remontée jusque dans l'épaule.

– Ça va, ça va…, ne cessait-elle de répéter.

Mais elle était à un cheveu de perdre connaissance.

– A… Arrêtez-les ! répéta Lothaire Galbinus en oubliant son porte-voix.

Lui-même était quelque peu sonné.

– JE VOUS PRÉVIENS, J'AI UNE SERPILLIÈRE, ET J'HÉSITERAI PAS À M'EN SERVIR !

– June ? s'étonna Charly.

– YAAAAHAAAA !

Il tourna la tête juste à temps pour apercevoir June débouler à travers les gradins.

– **Qu'est-ce que c'est que cette chienlit ?** hurla le juge qui les voyait converger vers lui et avait dégainé son épée. **Les intrusions sont interdites. Cessez immédiatement !**

– PÉPOUZE, ATTAQUE ! fut la seule réponse qu'il obtint.

Avec stupéfaction, Charly vit la serpillière tournoyer dans les airs et s'écraser sur la face du juge.

– **AAAAAH !**

Il ne cria pas longtemps, Pépouze retomba aussitôt au sol en se contorsionnant curieusement. Mais le juge avait quelque chose de changé. À présent, il…

– **Mon bandeau ! Où est l'Étoffe de Rédemption ?**

– Par les quatre sabbats, répliqua Charly avec une espèce de stupéfaction ravie, je crois que ma serpillière est en train de la dévorer !

C'était en effet ce qui se produisait. Pépouze continuait de se tordre bizarrement et se parait peu à peu de jolis fils rouges qu'elle intégrait à sa trame. Après tout, elle était une serpillière zombie.

Le juge devint fou. Il se rua en direction de Charly, l'épée levée.

– **Attrapez-le-moi !**

Les miliciens étaient déjà sur scène, certains coursaient June qui ne les avait pas attendus et slalomait entre les dunes. Le capitaine Atravice fut le premier à se jeter sur Charly. Il lui expédia un algo que Charly envoya valser, c'était tout ce qu'il avait encore la force de faire.

Sa mère était à présent évanouie, mais il n'osait ni l'abandonner ni demander de l'aide pour la faire évacuer. Elle était étendue sur le sol, sans défense. Il craignait que ça ne donne des idées à ceux qui leur voulaient du mal. Il s'éloigna de quelques mètres pour attirer l'attention sur lui.

– Mettez la main sur cette vermine ! hurla le milicien écarlate.

Ils furent quatre à obéir simultanément. Sapotille tenta de tracer une rune pour les repousser, mais un milicien lui expédia un algo, qui la fit s'envoler trois mètres plus loin.

– Sapotille ! s'écria Charly.

Il ne pouvait hélas lui porter secours. Ils étaient cinq à le maintenir et à l'agenouiller de force. Le juge s'avançait. La rage lui déformait les traits. Ses yeux, maintenant qu'ils étaient visibles, étaient étranges. Inhumains. Et Charly vit que les miliciens détournaient les leurs, mal à l'aise.

– **Écoutez bien,** hurla le juge. **Écoutez les confessions de celui qui pourrait devenir le nouvel Holger Frakass. Ce garçon a fait usage de magie intuitive au mépris de toutes nos lois et désormais, il va avouer !**

Paniqué, Charly vit que le public les regardait avec un doute dans les yeux. L'épée était déjà levée. C'était une catastrophe. Le juge obtiendrait ses aveux exactement sous la forme qu'il désirait et on le condamnerait sans avoir compris pourquoi la magie intuitive était nécessaire. Charly n'avait plus assez de force en lui pour s'opposer à la puissance de l'épée. Il avait déjà eu tant de mal à y résister la première fois ! Et là, il…

Une silhouette claudiquante s'était rapprochée d'eux.

– Papa ?

C'était Thibald.

Le juge lui retourna un regard glacé.

– Papa, je peux m'en occuper, s'il te plaît ?

– Tu veux… obtenir les aveux avec l'Épée de Vérité ?

– Tu me laisses faire d'habitude. Et comme je n'ai pas réussi à accomplir ma mission… après tu rendras sa mémoire à maman, d'accord ?

Le juge étira un sourire abominable sur son visage.

– C'est juste, mon fils, nous avons un marché.

Il tendit l'épée à Thibald qui s'en saisit avant de faire face à Charly. De sa main gauche, il gratta l'eczéma qui lui dévorait l'oreille et Charly s'attacha à ce geste, incongru dans un moment aussi solennel.

– Tu vois, lui dit Thibald avec une drôle de voix, je prends soin de ma mère.

Alors, il fit volte-face et planta l'épée jusqu'à la garde dans la poitrine de son père. Le juge hoqueta, se saisit du tranchant de la lame et tenta de la ressortir de sa poitrine, mais Thibald la maintenait ferme.

– Qu'as-tu fait des gemnez de maman ?

Autour de Charly, les miliciens qui l'avaient empoigné hésitaient à intervenir. Mais ils n'étaient pas taillés pour l'initiative. Ils se tournèrent vers la tribune des Académiciens pour demander des ordres. Pendant ce temps, le juge céda :

– Je les ai livrées à l'Académie pour les besoins de Thadam. La plupart d'entre elles ont sans doute déjà été dépensées.

Charly vit Thibald tanguer sous le choc de la révélation.

Lui-même ferma les yeux pour encaisser la nouvelle, mais contrairement à Thibald, il s'y attendait. Il avait eu le temps de réfléchir à la situation et savait que le juge n'était pas assez magnanime pour revenir en arrière.

Alors ce fut lui qui poursuivit l'interrogatoire :

– Avouez ! lui cria-t-il. Avouez que vous avez fait assassiner ceux qui entravaient votre pouvoir ! Que vous avez mitardisé de nombreux magiciers innocents, simplement pour récupérer leurs gemnez !

– Oui, j'ai fait cela.

Sapotille s'était relevée et avait redressé tant bien que mal ses lunettes brisées sur son nez. Un hématome lui faisait gonfler la pommette. Elle prit la parole à son tour, à voix forte pour que tout le monde entende :

– Avouez que vous avez contraint un jeune prisonnier à devenir l'Allégorie de la mort, dans l'unique but de servir vos desseins ! Avouez que vous avez tenté de m'assassiner, tenté de tuer ou de mitardiser Charly Vernier, Dame Mélisse, Maître Lin, June Bourdoncle et la plupart des membres de la Loge des Anamnèses, uniquement parce qu'ils se dressaient en travers de votre chemin !

– Oui, je l'ai fait. Mais la plupart des membres de l'Académie étaient complices. Aucun ne s'est opposé à mon action. La plupart m'enjoignaient même d'aller plus loin. Assassiner des quiétons pour récupérer leur magie n'était pas mon idée…

– ÇA SUFFIT ! ÇA SUFFIT ! claironna Lothaire Galbinus dans

son porte-voix. LE JUGE SERA JUGÉ LE TEMPS VENU, PUISQUE NOUS AVONS TOUS DÉCOUVERT DES CHOSES, HEU... SURPRENANTES. MAIS PAS ICI ! PAS EN PUBLIC !

Charly avait récupéré quelques forces. Profitant de ce que les miliciens étaient perturbés, il se releva.

– La justice se rend toujours en public, clama-t-il haut et fort. La justice ne se rend pas en secret, à la merci des intérêts privés ! À la merci de votre intérêt ! Une bonne justice est impersonnelle, désintéressée, proportionnée et cohérente. Et vous aussi devriez être jugé, vous qui avez noyé Thadam sous les flots en faisant exploser le barrage de la Karpass.

Tous les miliciens se tournèrent vers Charly avec stupéfaction.

– Mais... Mais on aurait pu en mourir ! dit l'un d'eux.

– CE SONT DES MENSONGES ! répliqua Lothaire Galbinus en retour. MILICIENS, ARRÊTEZ-LES TOUS !

Les miliciens hésitèrent. Ils étaient perturbés. Mais le capitaine Atravice frappa deux de ses subalternes les plus proches.

– Vous avez reçu un ordre !

Charly vit venir le moment où ils seraient tous arrêtés et où tout cela n'aurait servi à rien.

Il se tourna vers le public et le harangua, du peu de force qui lui restait :

– Et vous allez laisser faire ça ? Vous avez écouté ce que le juge a avoué ?

Le cri qu'il entendit en retour ne fut pas celui qu'il avait imaginé :

– SAINT-FOU ! SAINT-FOU ! SAINT-FOU !
ON VA VOUS PÉTER LE COU,
AAAHOUUUUUU !

Un instant plus tard, Panus, Klafidie, Truc, Crépine, Silas et Karib déboulaient sur le terrain. Les miliciens reprirent immédiatement du poil de la bête et tâchèrent de les arrêter à coups d'algos. Mais les pensionnaires de Saint-Fouettard rattrapaient leurs sortilèges et les leur renvoyaient dans la figure.

– Ils s'en prennent à nos enfants ! brailla quelqu'un dans le public.

Ce qui était drôle, parce que d'ordinaire ledit public se moquait éperdument de Saint-Fouettard. Heureusement, voir une autorité tenter de frapper des jeunes gens scandalise n'importe quelle personne dotée d'un brin d'éthique. Une bonne cinquantaine de personnes jaillirent sur scène pour protester. Après quoi, ce fut le chaos le plus total. Tout le monde courait dans tous les sens. Les miliciens attrapèrent par erreur des candidats qui avaient toute légitimité pour être là et qui se mirent à hurler :

– Vous savez qui sont mes parents ? Lâchez-moi, sales gueux !

Lesdits parents descendirent à leur tour sur scène pour venir crier sur l'Académie que la chair de leur chair n'avait pas à être traitée de la sorte. Les parents de ceux qui avaient été éliminés les rejoignirent bientôt pour dire que cette épreuve, c'était n'importe quoi et qu'il fallait la refaire passer. Le juge tenta de se relever, mais Thibald tenait toujours la poignée de l'épée et la lui retourna dans la poitrine.

– **AAAAH!**

Charly détourna les yeux, écœuré, et se hâta de rejoindre sa mère qui risquait d'être piétinée dans la cohue. Elle ne bougeait plus, mais sa respiration s'était apaisée. Son mouvement attira l'attention du capitaine Atravice qui le saisit par le col :

– Toi, l'agitateur, je vais m'occuper de toi en privé.

– Attention, une serpillière ! répliqua Charly.

Le milicien baissa les yeux pour constater que Pépouze s'était attaquée à son pantalon. Il n'eut pas le temps de s'en défendre, un éclair blanc lui bondit dessus en crachant pour déchiqueter sa chemise.

– Ah oui, j'ai un chat aussi, dit Charly en se libérant.

Sapotille l'avait rejoint entre-temps. La pauvre était sérieusement amochée.

– On fait quoi ? lui demanda-t-elle paniquée. On essaie de s'enfuir ?

– Je ne sais pas… Je ne suis pas sûr…

Ils tentaient de démêler la scène qui se déroulait autour d'eux. À cet instant, Crépine leur déboula sous le nez, coursée de près par un milicien. Ayant abandonné les algos, celui-ci la plaqua au sol.

– Je te tiens !

– C'est moi qui vous tiens, glapit Crépine en retour. J'ai une papillote dédicacée par Dame Mélisse, je vous signale !

Elle se tortilla pour attraper dans sa poche la papillote qui ne la quittait jamais. Comme le milicien voulait s'en saisir, elle appela :

– Sapotille ! À toi !

Et elle la lui lança. Sapotille la fit rebondir trois fois entre ses mains, avant de parvenir à l'empoigner. Elle en arracha les deux extrémités. Les papillotes de Dame Mélisse étaient des sortilèges de hasard. Sitôt que Sapotille l'eut déclenchée, elle et Charly regardèrent autour d'eux, à l'affût du moindre coup du sort. Mais il ne se passa rien.

Littéralement rien.

Devant Charly et Sapotille, le milicien qui s'apprêtait à leur expédier un algo agitait sa main dans le vide, sans résultat.

– Une panne de magie ! comprit Charly.

Cela produisit un drôle de temps mort. Autour de lui, les spectateurs descendus sur scène étaient perplexes, interrompus dans leur volonté de chaos. De leur côté, les miliciens mesuraient leur infériorité numérique et se repliaient prudemment. Les gens se balançaient d'un pied sur l'autre, dans une espèce de trêve incertaine.

– Ça ne va pas durer, dit une personne rassurante à un milicien, comme s'ils s'affrontaient dans une partie de ballon.

C'est alors qu'un puissant tremblement retentit et qu'une fine couche de plâtre s'écoula du plafond. Le public leva les yeux pour s'apercevoir que la fissure de la coupole s'était nettement agrandie.

– L'Académie est un bâtiment magique, cria Charly, il va s'effondrer !

– Impossible ! hurla Lothaire Galbinus en retour. Nous avons prévu largement assez de gemnez !

Il avait oublié d'utiliser son porte-voix, mais dans le silence inquiet de l'auditorium, il n'eut aucun mal à se faire entendre. Les gens parurent rassurés un instant. Mais à présent les murs vibraient, et de plus en plus fort. La fissure, elle, s'élargissait à vue d'œil.

– Vous êtes sûr qu'il y a assez de gemnez ? demanda une voix.

Charly jeta un regard inquiet à la foule, puis à la coupole. Finalement, il cria pour se faire entendre :

– Vous avez prévu assez de gemnez pour faire tenir le bâtiment debout… même avec les sortilèges destructeurs que vous nous avez lancés et qui ont fini dans le plafond ? Parce qu'ils avaient l'air super puissants !

Lothaire Galbinus ouvrit la bouche pour lui répondre sèchement, mais il la referma soudain et Charly le vit échanger des regards de doute avec les Académiciens autour de lui.

Le public n'en attendit pas davantage. Il se précipita vers la sortie en hurlant.

– S'IL VOUS PLAÎT ! ÉVACUEZ DANS LE CALME ! IL VA Y AVOIR DES BLESSÉS !

Mais l'affaire s'annonça bien pire que ce que chacun avait cru. La salle avait été agrandie par magie et les murs commencèrent à se rapprocher. Ils se gondolaient et se brisaient, essayant de retrouver leurs dimensions naturelles. La majorité du public qui était jusque-là sagement restée à sa place en fut presque éjectée, et bientôt, les gens roulèrent pêle-mêle les uns sur les autres vers la scène.

Tout le monde tenta de converger vers la sortie qui paraissait elle-même sur le point de s'écrouler. La foule formait maintenant un entonnoir sauvage et Charly vit plusieurs personnes tomber et être piétinées. Quelqu'un devait agir ! Quelqu'un devait empêcher ça !

Par réflexe, il se tourna vers les figures d'autorité autour de lui. Sa mère ? Elle était évanouie. Dame Mélisse et Maître Lin ? Ils avaient été emportés par la milice, les Allégories savaient où. L'Académie ? À part crier sur le public de garder son calme et s'enfuir en hurlant pour une partie d'entre elle, elle ne servait à rien. Lui pouvait agir, au fait. Les pannes de magie ne concernaient pas la magie intuitive. Le problème, c'est qu'il n'avait plus assez d'énergie en lui pour sauver la situation. Il avait besoin d'aide, il avait besoin…

À une dizaine de mètres de lui, il aperçut Klafidie envoyer une bourrasque de sable dans les yeux d'un milicien.

– Alors, ça fait quoi, de s'en prendre plein la tronche ?

Charly appela assez fort pour s'en déchirer les cordes vocales :

– SAINT-FOU ! J'AI BESOIN DE VOUS !

Ils réagirent plus vite encore qu'il ne l'espérait. Panus et June furent les premiers à ses côtés.

– J'ai besoin de votre énergie, mais vous me laissez conduire la danse, d'accord ? Je crois que je vois comment faire.

Ils s'étaient assez entraînés pour ça. Panus et June posèrent chacun une main sur son épaule. Le temps qu'ils agissent, Klafidie et Crépine les avaient rejoints, puis Karib et Silas.

Charly sentit alors la magie affluer. Il pouvait la modeler, il pouvait l'étendre… Il ferma les yeux pour mieux se concentrer et commença par s'occuper de la voûte pour l'empêcher de s'effondrer. La fissure se colmata à l'aide du sable, qui était parfait pour boucher les crevasses. Mais pour repousser les murs et faire croire à cette salle qu'elle devait être plus grande qu'elle n'était en réalité, c'était une autre affaire. Cela allait demander une source de magie colossale, il n'en aurait pas assez, il ne pourrait pas...

Au même instant, deux larges mains se posèrent sur sa poitrine. Charly ouvrit les yeux. Truc lui faisait face. Truc l'avait toujours bien aimé. Soudain, il déversa en lui son énergie immense et souriante. Charly ressentit un choc, il n'avait jamais remarqué que Truc avait une telle affinité avec la magie intuitive. Jusqu'ici, il s'était montré économe en jouant avec eux, méfiant, peut-être, mais aujourd'hui, il leur donnait tout ce qu'il avait.

Truc allait les sauver.

Charly se mit alors à repousser les murs et à rétablir les gradins. Il avait conscience de tout ce qui était et vivait autour de lui, comme Dame Carasse le lui avait appris. Les moellons de pierre et les gravats qui s'étaient détachés des murs retrouvèrent leur place grossièrement. Charly ne souhaitait pas faire dans la dentelle. Les réparations seraient moches, mais tiendraient. Et l'Académie ne pourrait pas faire comme s'il ne s'était rien passé. Elle porterait les stigmates de son inconséquence.

Autour de lui, les cris avaient stoppé et les gens cessé de fuir. Tous les regardaient, ébahis. Soudain, il tomba à genoux. À ses côtés, Truc, June, Panus et tous les autres s'effondrèrent à leur tour, totalement vidés. C'est alors qu'il vit un monumental crocodile poser sa tête près de lui.

– Justine ? demanda-t-il, incrédule.

– Bravo, les enfants, bien joué ! dit la voix de sa grand-mère, plutôt fatiguée elle aussi.

Il leva les yeux et la vit arriver aux côtés de Maître Lin.

– Vous avez réussi à vous libérer ! s'écria Sapotille.

– Eh bien, avec la panne de magie, les miliciens ne pouvaient plus faire usage de leurs algos et Justine s'est montrée très persuasive.

Après une telle dépense d'énergie, Charly avait la tête qui lui tournait. Il trouva toutefois la force de sourire. Autour d'eux, quelques personnes hésitantes lancèrent des applaudissements timides, bientôt suivis par l'assemblée entière.

– Césaria ! s'écria soudain Dame Mélisse en accourant auprès d'elle.

– Elle… Elle est blessée, mais ça ira, je crois, dit Charly.

Panus, June, Truc et les autres s'étaient relevés pour saluer la foule, ravis d'être pour une fois admirés. Les gens applaudissaient de plus en plus fort, conscients qu'ils leur avaient sauvé la vie.

Mais tout le monde n'était pas du même avis.

– VOUS APPLAUDISSEZ DES CRIMINELS ! hurla Lothaire Galbinus dans son mégaphone.

– Comment osez-vous ? répliqua Dame Mélisse. Ces enfants viennent de vous sauver ! Mieux que cela, ils apportent la solution à tous vos problèmes. La magie intuitive ne tue pas la magie, elle la crée ! Si nous sommes assez nombreux à la pratiquer, il n'y aura plus jamais de panne.

– LA MAGIE INTUITIVE N'A PAS ÉTÉ INTERDITE POUR RIEN. CES JEUNES GENS Y ONT TOUS EU RECOURS. CE SONT DES GRAINES DE TYRANS ! ILS DEVRONT ÊTRE SÉVÈREMENT RÉÉDUQUÉS ET CEUX QUI LA LEUR ONT ENSEIGNÉE SERONT CHÂTIÉS !

– Oh, la ferme, espèce de traître ! Je pense que pour la tyrannie, il n'y a pas besoin de magie intuitive. Vous avez bien assez montré l'exemple comme ça. C'est vous qui devez être jugé. Vous, toute cette Académie et le juge !

– LE JUGE SERA CONDAMNÉ À MORT ! répliqua Lothaire Galbinus.

– Non ! hurla alors Charly en se relevant. Non ! Personne ne doit jamais être condamné à mort. Vous parliez de le déchoir en tant qu'Allégorie…

– DÉCHOIR UNE ALLÉGORIE SIGNIFIE SON ÉLIMINATION, PETIT CRÉTIN ! ON NE PEUT PAS REVENIR EN ARRIÈRE.

– Si on peut !

– PARCE QUE TU TE SENS CAPABLE DE JUGER LA JUSTICE EN PERSONNE, JEUNE HOMME ? EH BIEN, JE T'EN PRIE, MONTRE-NOUS L'ÉTENDUE DE TA SAGESSE.

Charly hésita, et regarda le juge. Thibald continuait de lui maintenir l'épée enfoncée dans la poitrine en sanglotant, la tête appuyée contre son épaule, comme cherchant la tendresse de ce père qu'il venait de trahir.

Charly le repoussa doucement.

– Arrête, lui souffla-t-il, c'est fini.

Il ôta lui-même l'épée et la confia à sa grand-mère. Le

juge gémit de douleur et le regarda avec autant d'aigreur que d'épuisement.

– Une bonne justice est impersonnelle, désintéressée, proportionnée et cohérente, lui dit Charly.

– Alors tu vas m'envoyer pourrir au Purgatone avec plaisir, c'est ça ?

Charly hésita.

– Je trouve que le Purgatone ne devrait pas exister, lui répondit-il finalement.

Se tournant vers la foule, il répéta d'une voix puissante :

– Une bonne justice est impersonnelle, désintéressée, proportionnée et cohérente !

Puis il déclara :

– Si c'est à moi de décider… Je préférerais que ce ne soit pas le cas, mais si c'est à moi de décider… Je pense que le juge devrait être condamné à retrouver son humanité. Dans tous les sens du terme.

Le juge sursauta.

– Mais c'est impossible, je suis une Allégorie ! Je ne suis plus humain !

– C'est tout le problème depuis le début, répliqua Charly.

– Je crois que mon petit-fils a eu une excellente idée ! clama alors Dame Mélisse d'une voix puissante. Le juge doit retrouver son humanité.

Dame Mélisse savait s'adresser à une foule. Rapidement, elle obtint quelques ovations.

– Mais… Comment puis-je faire cela ? Je n'y arriverai jamais ! Une Allégorie ne le peut pas.

– Vous vous considérez comme le magicier le plus brillant qui soit, lui répondit Charly. Vous serez peut-être le premier à y parvenir.

– **Mais je ne sais même pas par où commencer.**

Charly songea à Dodeline et lui murmura :

– Je pense que vous devriez… cultiver votre jardin.

ÉPILOGUE

Un an plus tard

Dans le cimetière de la Petite Jeune Fille, Sapotille posa sa main sur le sol. Elle percevait tout son environnement. Le vent faisait vibrer les feuillages des arbres et soufflait doucement entre les stèles. La pierre tombale de Célestin Bourpin, en granit brut, lui avait toujours paru triste, pas au niveau de ce que ce grand homme méritait. Alors, elle insuffla de la magie dans la roche et, depuis la base, poussèrent soudain des cristaux d'améthyste.

Charly en reposa sa plume d'étonnement.

– Alors là, bravo !

Et il remit dans son enveloppe la lettre qu'il était en train d'étudier. Pépouze s'ébattait à ses côtés, au milieu des roses-cyclopes, des physalunes et du lierre céleste qui fleurissaient la tombe. Il n'avait pas osé emmener Mandrin qui cherchait trop souvent des noises au village de Poulpiquets installé contre la stèle. Sapotille et lui leur lisaient souvent des histoires lorsqu'ils venaient travailler ou simplement discuter sur la tombe de leur ami.

– Demain, j'ajouterai des opales, dit Sapotille. C'est coloré, ça lui plaira.

– Tu vas repousser les limites de la magie intuitive à toi toute seule !

– J'ai eu un excellent professeur, répliqua-t-elle en se blottissant dans ses bras.

Elle chercha ses lèvres à l'aveuglette, les yeux fermés. La confiance n'était plus un problème. De son index, elle traça quelques lettres sur le torse de Charly, qui sourit. Sapotille restait pudique sur la question de ses émotions, mais elle venait de lui écrire : *je t'aime*. Il lui rendit son baiser.

– Tu avances dans ton enquête ? demanda-t-elle soudain.

Elle désignait les courriers qu'il examinait, entre les pages desquels étaient intercalées des fleurs séchées. Charly soupira :

– Pas vraiment. Il ne me manque plus qu'une plante, mais les gens m'envoient toujours les mêmes. Je désespère.

– Tu y arriveras. À soigner ta mère de la pétricelle, je veux dire.

– J'espère. Je reçois de moins en moins de lettres… Même en repassant l'annonce toutes les semaines dans *Le Temps des magiciers*.

Dans ses recherches, Charly avait eu un allié d'envergure : *La Botanique enchantée* de Dodeline Dendelion était devenu un best-seller à Thadam. C'est lui qui l'avait fait connaître au grand public avec la complicité de Dame Rumpelstilskin, dans le but de dénicher les plantes qui guériraient sa mère, mais aussi les gemnez appartenant à Dodeline. Il avait multiplié les annonces dans les journaux en ce sens, et si la pétricelle continuait de s'étendre dans les membres de Césaria, du moins Dodeline était-elle devenue le visage des mitards malgré eux, victimes de la prédation du juge.

– On rentre chez ton… hum, chez ton père ? suggéra Charly. Maman m'a dit qu'elle y serait pour le thé.

– Moi non plus, je n'arrive pas à l'appeler comme ça, tu sais, s'amusa Sapotille. Je continue de dire « Maître Lin ».

Tous deux regagnèrent Thadam en passant par Saint-Fouettard. Ils espéraient y croiser Truc, Panus, Klafidie et les autres, mais ce ne fut pas le cas. Sans doute leurs amis étaient-ils en cours.

Bien que ses pensionnaires aient sauvé de nombreuses personnes durant le fameux passage de grade du printemps précédent, Saint-Fouettard n'avait pas fermé et on continuait d'y envoyer les jeunes éléments dérangeants. Il avait fallu que Dame Mélisse pique une crise mémorable devant l'Académie pour que celle-ci accepte d'augmenter les budgets. Désormais, la nourriture était devenue sinon décente, du moins suffisante, les dortoirs étaient chauffés l'hiver et les pensionnaires vêtus correctement. Quant à l'instruction…

Le manoir de Célestin Bourpin était à présent la première école de magie intuitive ouverte à tous. Malgré son lourd handicap dû à la pétricelle, Césaria y était une directrice stricte, originale et appréciée. Les ouvrages de magie intuitive retrouvés dans la bibliothèque de Célestin avaient été réimprimés et vendus à des précepteurs qui l'enseignaient à la jeunesse dorée de Thadam. Beaucoup de parents ne désiraient pas que leur progéniture s'instruise dans des écoles ouvertes à n'importe qui. Les habitudes n'avaient pas changé tant que cela, mais la magie intuitive se répandait.

En traversant le Pont-Chenille, Charly et Sapotille ne purent s'empêcher de marquer une halte et de regarder en direction de l'ancien barrage disparu.

– J'espère qu'ils n'essaieront jamais de le reconstruire, murmura Sapotille.

Après la fameuse journée du passage de grade, il avait fallu drainer l'eau du canal hors des rues de Thadam à la force des bras. Tout le monde s'y était mis, même si Charly, June et les pensionnaires de Saint-Fouettard avaient fait presque la moitié du travail à eux seuls, par la grâce de la magie intuitive. « J'ai toujours rêvé de faire ça ! » s'était exclamée June surexcitée, le jour où ils avaient repoussé l'eau devant eux comme une bande de jeunes moïses.

Charly soupira.

– Elle te manque, pas vrai ? demanda Sapotille.

– Disons qu'elle prend tellement de place que ça se voit vite quand elle n'est plus là…, répliqua-t-il dans un sourire.

Après cette affaire, June avait retrouvé sa famille, bien plus bouleversée par sa disparition qu'elle ne l'avait imaginé. Ses parents avaient tellement pleuré à son retour qu'ils avaient fait germer en elle la graine de la responsabilité, ce que personne jusqu'ici n'avait cru possible, pas même elle. Elle avait donc choisi de rester chez eux et de se tenir (presque) sage. Mais elle rejoignait ses amis pour les vacances et rattrapait largement le temps perdu en bêtises.

– C'est bientôt l'été, le rassura Sapotille. Dans quelques mois, elle sera de retour et elle pourra mettre Thadam sens dessus dessous.

– Il faut qu'elle y aille doucement quand même. La dernière fois, elle a fait pleurer un milicien.

– Ce n'est pas facile pour eux, depuis qu'ils n'ont plus le droit d'utiliser des algos, reconnut Sapotille.

Comme ils descendaient la route des Joyeux Parapluies, ils en croisèrent justement un qui, se sentant épié, leur fit un salut un peu raide. Ça manquait encore de naturel, mais les relations entre la population et les miliciens s'étaient beaucoup améliorées.

La ville avait changé. Sur les places, les statues étaient figées et, dans les vitrines, on ne voyait plus personne faire de magie pour l'épate. La transition n'était pas achevée et prendrait encore des années, mais tout ce qui relevait du gaspillage avait dû être repensé. Les bâtiments qui tenaient uniquement par magie s'étaient écroulés. On avait seulement préservé l'Académie en modifiant son architecture, de sorte qu'elle était parvenue à rester debout.

Charly la regardait désormais avec autant de colère que de satisfaction. Il était heureux d'avoir pu lui porter un coup aussi rude, mais fâché qu'elle soit parvenue à se maintenir à la tête de Thadam. Les Académiciens avaient réussi à faire porter la responsabilité des événements au juge et à leur prétendue ignorance.

Heureusement, Dame Mélisse avait intégré la noble institution et s'était fait un devoir de lui rendre la vie aussi pénible que possible, à tel point qu'il y eut plusieurs désertions d'Académiciens navrés de ne plus pouvoir abuser de leurs privilèges. Steffie Alycanthe avait été du lot. Elle était partie en claquant la porte, offusquée de n'avoir plus un seul milicien sous ses ordres. Elle était persuadée qu'on la retiendrait, ce ne fut pas le cas. Quant à Lothaire Galbinus, il avait échappé de justesse aux sanctions, mais son influence était réduite à peau de chagrin.

– Tu veux qu'on fasse un crochet pour passer voir ta grand-mère ? proposa Sapotille.

– Non, elle doit être en train de plaider je ne sais quelle noble cause devant cette troupe d'endormis, on ne va pas la déranger.

Quelques mois plus tôt, Dame Mélisse était parvenue à rendre illégale l'utilisation de gemnez comme monnaie et Charly en était très fier. Il sourit au bâtiment complètement de guingois. La coupole de l'Académie avait beaucoup souffert lorsqu'elle avait manqué de s'effondrer. Elle demeurerait de travers pour toujours et Charly s'en réjouissait.

De son côté, Sapotille avait le regard rivé sur le bâtiment opposé : l'ancienne banque, du haut de laquelle ils avaient assisté à la mort de Célestin Bourpin, un soir de Carnaval. Charly savait qu'elle était bouleversée, il lui prit la main.

– Dis-toi que les Académiciens ont cet endroit sous les yeux tous les jours, lui glissa-t-il. Ils ne pourront jamais oublier.

Dame Mélisse y avait fait ouvrir un hospice pour accueillir tous les mitards que le juge et le Cavalier avaient créés. Situé au cœur de la cité, l'endroit rappelait aux Thadamais la sombre période qui était entrée dans les livres d'histoire sous le nom de « crise de la Magie Morte ». Le musée, rénové à plus d'un titre, accueillait d'ailleurs une nouvelle aile qui en racontait le détail.

Charly et Sapotille s'engagèrent dans la rue de la Main Manchote. Certaines boutiques avaient fermé leurs portes, en particulier celles qui vendaient des objets fonctionnant à l'aide de gemnez. Mais de toute façon, personne ne regrettait la disparition des Trois Méduses.

Le Tcha-tcha-tchaï avait déployé ses tables en face du Lutin Gourmet à qui il faisait plus ou moins concurrence, mais l'ambiance n'avait rien à voir. Charly préférait d'ailleurs le salon de thé de Maître Lin, pas seulement parce que Sapotille y vivait, mais aussi parce qu'il aimait l'odeur du thé et des boiseries chaudes, ainsi que la théière rouge de l'enseigne qui se balançait au vent en produisant une fumée alléchante.

Lorsqu'ils entrèrent, il nota avec satisfaction que sa mère était déjà installée dans un fauteuil. Justine, le crocodile de Maître Lin, servait de repose-pieds à sa jambe droite changée en porcelaine.

– Thibald, veux-tu bien aller me chercher les sucres d'orge, s'il te plaît ? demanda-t-elle.

– Bien sûr !

Thibald s'était déjà levé, il se figea en se retrouvant face à Charly, qui prit sur lui pour lui sourire.

– Excuse-moi, je dois passer…, dit Thibald trop poliment.

– Mais je t'en prie ! répliqua Charly sur le même ton.

Au nom du pacte tacite qu'elles avaient autrefois passé entre mères, Césaria avait pris Thibald sous son aile. Mais les relations restaient tendues entre lui et Charly, quoiqu'ils fissent tous deux des efforts. Il n'y avait hélas pas d'autre solution. Le père de Thibald vivait aujourd'hui en ermite, à l'écart de Thadam. À l'étonnement général, c'étaient les Frangés du Mal d'Aurore qui avaient accueilli le juge. Les mauvaises langues disaient que c'était par intérêt, les bonnes âmes que c'était par pitié. Dans tous les cas, la recherche de son humanité suivait son cours. Elle était pour le moment un échec, peut-être parce que c'en était le chemin qui était intéressant.

Quant à la mère de Thibald…

– Pardonne-moi, mon ange, mais c'est à moi de choisir ce que je mets dans les thés que je sers ! s'exclama Maître Lin. Tu ne peux pas tester n'importe quoi sur les clients !

Un gloussement lui répondit.

– Mais il faut bien qu'on sache si ces nouvelles plantes sont comestibles !

Un froufrou de jupons écarlates et de châles dorés déboula depuis la courette qui faisait office de jardin. Dodeline apparut alors au milieu du salon, flamboyante et radieuse.

Thibald détourna aussitôt le regard et Charly se sentit pris d'une compassion terrible pour lui.

– Je vais t'aider à chercher les sucres d'orge, lui dit-il. Viens, je crois qu'ils sont derrière le comptoir…

Que les ventes de *La Botanique enchantée* explosent avait

été à plus d'un titre une chance inespérée, car des petits malins revendaient au prix fort des gemnez à leurs anciens propriétaires et plusieurs familles s'étaient ruinées pour recouvrer la mémoire de leurs proches. Pour Dodeline, on était parvenu après de longues recherches à mettre la main sur près de deux cents souvenirs fondateurs, qu'on put financer grâce à ses droits d'autrice. Elle avait ainsi retrouvé une bonne partie de sa jeunesse et de sa joie de vivre, et était à nouveau convaincue d'avoir vingt ans.

Dans la foulée, elle était retombée amoureuse de Maître Lin, qu'elle avait séduit avec enthousiasme. Après quelques réticences d'ordre éthique, celui-ci avait fini par succomber.

En revanche, Dodeline ne se souvint jamais d'avoir ne serait-ce que rencontré son juge de mari et tout le monde estima que c'était mieux ainsi. Hélas, elle avait aussi tout oublié de son fils, Thibald, ce qui était beaucoup plus cruel.

Thibald prenait la chose comme une nécessaire expiation de ses fautes et, quoiqu'il en résultât pour lui une grande souffrance, il était soulagé de n'avoir pas à affronter le regard de sa mère pour ce qu'il lui avait fait.

– Charly, mon chéri, tu es arrivé ! Viens me faire un bisou, j'ai la flemme de me lever.

Charly se précipita auprès de sa mère. Il savait que ce n'était pas par paresse si elle ne venait pas à sa rencontre, mais parce que la porcelaine avait tant grignoté ses chairs qu'elle avait du mal à se déplacer.

Il eut un peu envie de pleurer quand elle lui passa autour

du cou son bras raide et blanc, tout couvert des souvenirs qui avaient composé sa vie, en dessins bleutés.

En dehors d'eux, les seuls clients du Tcha-tcha-tchaï s'étaient installés en terrasse, ils étaient donc pour ainsi dire en famille.

– Tout va bien à l'école du Manoir ? interrogea-t-il.

– Panus et sa clique m'en font voir de toutes les couleurs, répondit sa mère. Je crois qu'ils s'ennuient, ils ont trop d'avance en magie sur leurs camarades. Un peu comme vous deux.

Elle le désignait, ainsi que Sapotille qui posait les tasses sur la table. Aussitôt, la théière perpétuelle entreprit de les remplir du haut de ses petites pattes.

– Je vais organiser un grand concours de cuisine magique, ça vous occupera, tous autant que vous êtes !

– Je ne dis jamais non à un concours, mais si je ne vais plus à l'école, c'est seulement parce que j'apprends plus vite toute seule ! protesta Sapotille. D'ailleurs, on travaille tous les jours sur la tombe de Célestin, avec Charly.

– Elle a raison, répliqua Charly sur un ton de reproche. Et moi non plus, je ne fais pas *rien*, maman. J'effectue des recherches.

Césaria soupira et crispa les mâchoires avant de répondre :

– Tu devrais arrêter, c'est inutile.

Charly ferma les yeux et respira lentement pour se calmer. Cette discussion se répétait chaque jour ou presque. Il avait beau savoir que c'était la façon qu'avait sa mère d'encaisser la maladie, il lui en voulait d'être si défaitiste. Plusieurs fois, il lui avait suggéré d'arrêter à nouveau la magie pour leur donner du temps, mais elle avait refusé. L'école avait besoin d'elle et il n'était plus question pour elle d'oublier ce qui touchait à son fils et à sa mère. Il n'empêche que personne n'avait imaginé que la pétricelle progresserait si vite.

Près d'eux, Dodeline et Maître Lin se chipotaient comme deux amoureux qu'ils étaient. Thibald les regardait en coin, hésitant à sourire. Même si sa mère avait oublié son existence, il était content de la voir heureuse.

Soudain, un homme entra dans le salon. Il avait le teint jaune, une redingote crasseuse et l'hygiène de celui qui ne se soucie pas de déranger autrui avec son odeur.

– C'est ici, pour les souvenirs de Dogueline Dendelion ?

Bien qu'il ait écorché le nom, Maître Lin et Dodeline cessèrent immédiatement de se chamailler et la fleur qu'ils tenaient à la main tomba à terre.

L'homme fouillait maintenant dans sa poche et en sortit plusieurs mouchoirs répugnants avant d'en extraire une gemnez.

– J'vous préviens, c'est dix sonnantes et c'est mon dernier prix.

– C'est très cher, dit Dodeline. J'espère que, pour ce prix-là, vous me rapportez un souvenir fondateur.

L'homme marqua une hésitation.

– Je veux le visionner avant de décider, reprit alors Dodeline.

– Hey, essayez pas de m'arnaquer ! Si c'est vous qui l'testez, vous risquez de l'absorber. Lui, il peut r'garder, si y veut.

Il désignait Maître Lin.

Dodeline hocha la tête pour marquer son accord. Il fallait une sacrée dose de confiance pour laisser n'importe qui plonger dans son intimité de la sorte. Maître Lin tendit une main pour visionner la gemnez crasseuse et Charly le vit brusquement écarquiller les yeux.

– Alors ? demanda Dodeline. C'est un souvenir important ? Qu'est-ce que j'y fais ?

– Pas grand-chose, répliqua Maître Lin d'une voix altérée. Tu travailles dans ta serre. Tu récoltes des graines, avant de les ranger dans ta grainothèque. Je ne suis pas sûr que ce souvenir soit essentiel, surtout pour dix sonnantes. Mais j'aimerais que Charly nous donne son avis, si tu veux bien…

– Si c'est seulement un souvenir de serre, d'accord…, accepta Dodeline.

Charly avait froncé les sourcils. Il était inhabituel qu'on lui demande son avis sur quelque chose d'aussi personnel. Thibald aurait sans doute été plus indiqué pour décider si sa mère avait besoin de ce souvenir… Mais un je-ne-sais-quoi dans la gestuelle de Maître Lin lui mit la puce à l'oreille.

Il tendit la main et recueillit la gemnez dans sa paume.

Dodeline s'est levée avant l'aurore, elle a encore mal dormi à cause de celui qui partage sa couche. La fatigue alourdit ses gestes. Elle est en chemise de nuit, une de ces délicatesses en soie et rubans qui lui donne l'air d'un adorable fantôme. Parfois, elle aimerait porter des couleurs, mais on lui a bien recommandé de ne pas attirer l'attention, parce que c'est vulgaire.

Elle est descendue dans la serre. Avec les plantes, il y a toujours à faire. Elles ont besoin d'elle et ne la rejettent jamais. Elles sont trop occupées à fleurir et à pousser. D'ailleurs, les trémières poilues sont enfin fanées, il va être temps de récolter les graines. Depuis le temps qu'elle attendait cela !

Elle se tourne vers les fleurs et…

Charly s'éjecta brutalement du souvenir. Il n'en était pas certain, car les fleurs étaient en partie fanées et les dessins que sa grand-mère avait reproduits dans son grimoire n'étaient qu'approximatifs, mais pour la première fois il avait un doute.

Il replongea dans le souvenir encore, et encore, et encore, afin de mieux examiner ce qui restait des pétales bleu sombre tombés sur le dallage, des très hautes tiges élancées et des feuilles velues en forme de cœur. Ça ressemblait tellement à…

– Ça suffit, maintenant ! Rends-moi ça, gamin, tu vas l'user !

Et l'homme lui arracha la gemnez de la main.

– Il a raison, intervint Maître Lin. Nous en avons assez vu. Alors Charly, qu'est-ce que tu en penses ?

Autour d'eux, tout le monde assistait à leur comédie et se demandait pourquoi son avis était si essentiel. Mais Charly, lui, sentait son cœur battre à tout rompre. Maître Lin avait eu la même idée que lui et cela le confortait dans son espoir.

– Je ne sais pas, dit-il finalement. Peut-être que ce souvenir est important, mais peut-être pas.

Il craignait que l'homme n'augmentât ses tarifs s'il les voyait marquer un intérêt trop vif pour la gemnez. Mais Maître Lin avait compris le message. Il négocia juste assez pour que l'homme ne se doute de rien. Au final, ça ne changea pas grand-chose. Le prix ne baissa pas, mais n'augmenta pas non plus.

– Je ne vais pas avoir assez, grommela finalement Maître Lin après avoir fouillé son tiroir-caisse.

– Maman, on peut participer, suggéra alors Charly à sa mère. C'est pour Dodeline, quand même !

– Si c'est pour Dodeline ! répliqua Césaria en mettant la main à la poche.

Ce n'était pas la première fois qu'elle payait pour les souvenirs de leur amie, mais au regard qu'elle échangea avec Charly, il lui sembla qu'elle avait compris qu'il y avait anguille sous roche. Sapotille fouilla péniblement son sac et en sortit une poignée de trébuchantes à son tour.

– C'est tout ce que j'ai, s'excusa-t-elle.

– Il va nous manquer une sonnante, gémit Dodeline.

– J'peux revenir plus tard, proposa l'homme en se mouchant dans sa manche.

– Non, c'est bon ! On va trouver ! le rassura Charly.

Il avait peur que l'homme s'en aille et ne revienne jamais. Il était prêt à aller frapper à toutes les portes des échoppes de la Main Manchote pour mendier ce qui leur manquait.

– J'ai ce qu'il faut, dit alors Thibald.

Et il ajouta une grosse pièce d'or dans la main de sa mère.

– C'est ma mère quand même, glissa-t-il à l'oreille de Charly.

Charly lui renvoya un regard incertain. Il hésitait à lui révéler que le souvenir…

– Ça va, te fatigue pas. Je sais que je suis pas dedans. Mais peut-être qu'un jour ce sera le cas ?

– J'en suis sûr, répondit Charly.

L'homme fut payé, leur céda la gemnez et quitta les lieux en les traitant de pigeons.

– Ça se sait, que vous êtes prêts à payer n'importe quoi contre les souvenirs de la femme du juge ! se moqua-t-il, tandis que la porte se refermait.

Mais personne ne lui prêta attention.

– Vite, reprends ce qui t'appartient, ma chérie ! dit Maître Lin en tendant la gemnez à Dodeline.

Elle l'absorba et parut immédiatement déçue. Elle avait espéré mieux des simagrées qui s'étaient jouées sous ses yeux.

– Vous nous expliquez, à la fin ? s'énerva Sapotille.

– Je crois… Je ne suis pas sûr, commença Charly, mais je crois que j'ai trouvé la dernière plante dont on a besoin pour préparer l'antidote contre la pétricelle.

– La trémière poilue ? s'étonna Dodeline. C'est une fleur qui n'a eu aucun succès quand je l'ai découverte, mais je dois pouvoir en retrouver quelques graines. Je me souviens où je les ai rangées, maintenant. Je vous ferai pousser ça pour dans deux mois.

La main de Césaria qui était encore de chair se saisit de celle de Charly et la serra très fort.

– Tu penses vraiment que c'est la même fleur ? demanda-t-elle, la voix chargée d'un espoir renouvelé.

– Peut-être, répéta Charly avec un sourire gigantesque.

Il ne voulait pas s'emballer, mais après tant de difficultés, il se délectait du mot « peut-être » qui avait des promesses plein la bouche.

– De toute façon, conclut Sapotille avec hauteur, ici, on a l'habitude de faire des miracles avec un peut-être.

FIN

Remerciements

Ce livre a en grande partie été écrit à la librairie L'Antre de Calliope à Aix-en-Provence. Merci à Mathilde Cappannelli et à ses collègues qui m'y ont accueillie à coups de théières et de délicieux gâteaux et m'ont régulièrement dégagé « ma table », alors que je n'en demandais pas tant !

Merci aussi à mon amie et collègue Rutile qui m'a fait découvrir la vidéaste politique Natalie Wynn et sa prodigieuse chaîne ContraPoints. Son émission sur la justice m'a été particulièrement utile.

Merci à Coline Pierré pour son court traité *Éloge des fins heureuses* que tout le monde devrait avoir lu au moins une fois dans sa vie. Pour ma part, j'en suis à la quatrième tant je l'ai aimé.

Merci à mon mari Christophe Arleston qui a baby-sitté pour me laisser m'isoler dans mes retraites d'écriture et a été un fantastique bêta-lecteur.

Merci à Laetitia Zaneboni pour son œil de lynx.

Merci à mon agente Roxane Edouard chez Curtis Brown pour son soutien sans faille tout au long de l'écriture, même lorsque j'avais des doutes et me suis retournée en tous sens sur mon manuscrit en me demandant par quel bout attraper la narration.

Merci enfin à l'équipe Gallimard pour son professionnalisme lors de toutes les étapes éditoriales. Cette trilogie fut une grande aventure et je suis heureuse d'en être arrivée à terme. C'était un long et beau voyage.

TABLE

À cinq ans, AUDREY ALWETT dicte ses aventures bucoliques à sa cousine, en abusant du passé simple. À huit ans, elle remplit des cahiers entiers de poèmes et contes cosmogoniques. À onze ans, elle suit les cours de français de Danielle Martinigol, une écrivaine qui transforme son rapport à l'écriture. À vingt ans, elle publie sa première nouvelle. Puis elle obtient un master de lettres, avant de rejoindre l'atelier d'artistes Gottferdom pour faire de l'écriture son métier à plein temps. À trente-deux ans, elle apprend qu'elle est autiste et songe que, du coup, tout s'explique. Audrey Alwett est aujourd'hui autrice de nombreuses bandes dessinées (en particulier la série à succès *Le Grimoire d'Elfie*), mais aussi de nouvelles, dessins animés et romans. Depuis 2018, elle est également conteuse. Si elle habite aujourd'hui à Aix-en-Provence, ville de fontaines et d'histoire, elle considère qu'elle a toujours vécu en Littérature.

ROMANS

Les Poisons de Katharz, ActuSF, Pocket
Magic Charly, 1. *L'Apprenti* ; 2. *Bienvenue à Saint-Fouettard*,
Éditions Gallimard Jeunesse

ALBUMS JEUNESSE

Le Mot qui arrêta la guerre, dessins de Ein Lee, nobi nobi!
Le Petit Chaperon rouge & ce qu'il advint dans le ventre du loup,
d'après Charles Perrault, dessins de Maud Amoretti,
Éditions Soleil

BANDES DESSINÉES

Princesse Sara, dessins de Nora Moretti, Éditions Soleil
(14 tomes)
Le Grimoire d'Elfie, co-scénario Christophe Arleston,
dessins de Mini Ludvin, Drakoo (3 tomes)
Le Jardin des Fées, dessins de Nora Moretti, Drakoo

RETROUVEZ

LES PRÉCÉDENTES AVENTURES DE

Magic Charly

1. L'APPRENTI

On peut avoir un chat doué de capacités hors du commun et tout ignorer de l'existence des magiciers. C'est le cas de Charly Vernier, jusqu'à ce qu'il découvre que sa grand-mère pourrait être un membre éminent de cette société. Mais elle court un grave danger. S'il veut la sauver – et se sauver lui-même –, Charly n'a pas le choix, il lui faut devenir apprenti magicier.

2. BIENVENUE À SAINT-FOUETTARD

Saint-Fouettard ! C'est dans cette sinistre institution pour jeunes magiciers indisciplinés que sont envoyés Charly et Sapotille. Alors que des forces malfaisantes œuvrent pour prendre le contrôle de la magie, les deux amis sont plus que jamais déterminés à agir. Mais comment lutter quand on n'a aucun sortilège sous la main ?

ON LIT
PLUS
FORT.
COM

L'ACTUALITÉ DES ROMANS
GALLIMARD JEUNESSE

Mise en pages : Françoise Pham

Loi n° 49-956 du 16 juillet 1949
sur les publications destinées à la jeunesse
ISBN 978-2-07-513838-3
Numéro d'édition : 360710
Dépôt légal : novembre 2022
Imprimé en Italie par Grafica Veneta

Le papier de cet ouvrage est composé de fibres naturelles, renouvelables,
recyclables et fabriquées à partir de bois provenant
de forêts gérées durablement.